JN318788

アルバイト・アイ

最終兵器を追え

大沢在昌

角川文庫
18655

目次

1

渋谷《しぶや》の街はいつも通りの人混みだった。歩いている人間の三十パーセントは学生で、九十パーセントは〝貧乏人〟、六十パーセントの頭の中には、「今夜いい女（男）とやる」ことしか詰まってない。

宇田川町《うだがわ》の、ポリボックスを境にふたまたに分かれる登り坂に僕は立っていた。

渋谷にはふたまたの道がやたら多い。道玄坂《どうげんざか》と宇田川町は特にふたまただらけだ。恋人をふたまたかける者、学生とアルバイトのふたまたをかける者、カタギと犯罪者のふたまたをかける者、そんな人間ばかりが集まってくる。でも、人生の登り坂と下り坂をふたまたかけられる者はいない。

僕が立っていたのは、道こそ登り坂だったものの、あきらかにまちがいなく、人生の下り坂を進む奴が通る方の道だった。

時刻は午後七時、月曜日。コヨミの上では秋だけど、夕方の渋谷にはいつだって夏しかない。

今また、人生の下り坂を転げ落ちようかというアホがひとり、僕に近づいてくる。目印である、僕のヤンキースのキャップをめざして。

そいつは色つきの眼鏡をかけ、妙に暑苦しい格好をした高校生だった。フード付の厚手のパーカを着るには、季節が早すぎる。でもそのフードが必要だったこともわかっている。ショップの防犯カメラから顔を守るためだ。だぶだぶのパーカの腹の中には、おそらく近所のレンタルビデオショップでビデオを借りたときにいっしょについてきたナイロン製の袋が入っている。でもその袋の中身は、そいつが好きなホラービデオでもＡＶソフトでもない。

眼鏡の奥の目は妙にふてぶてしく、ナメンナヨという強気の視線を発している。いいのかね、高校生がこういうビジネスの交渉にばかり長《た》けている、今の日本て。

そいつは僕に近づいてくるとさりげなくあたりを見回した。

「やあ」

僕は初対面なのに、てんで仲良しのふり。近くのビルの軒下にそいつを誘導し、もっていたショルダーバッグの口を開いた。服の中からでてきたナイロン袋の中身を、そいつはばさばさとバッグの中に落としこんだ。

あまりまっとうとはいえないバイトに精をだすリュウ君。

「何本？」

「ゲームが四本、ＤＶＤが六本」

そいつがつぶやいた。僕はバッグの底でタイトルを確認した。

「どれも新作だよ」

怒ったようにそいつがいった。

「はいはい」

ポケットから一万円札をだした。そいつは万札をさっとパーカのポケットにつっこみ、いった。

「おたくより条件のいいとこが最近できたんだぜ。一本千二百円だしてくれるんだ。『社長』にいっとけよ。勉強しないと潰《つぶ》されるよって」

あくまで強気。

「そりゃどうも」

僕がいうと、そいつは肩をそびやかし、歩き去っていった。僕はため息をつき、バッグを肩にかけ直した。坂を登って、右に折れ、小さな雑居ビルの前にでる。月単位で部屋を貸す、レンタルオフィスに、今の僕のバイト先がある。

ドアには「(株)未来開発」なんてプレートが掲げられているけれど、実際は架空の会社だ。ドア横のインターホンを押し、

「冴木《さいき》です」

と告げると、中からロックが外された。

オフィスの中は、八畳ほどのワンルームで、デスクがひとつ、安物の応接セットが二

組おかれている。そのひと組で今、「社長」が二人の女子高生を相手に、ビジネストークのまっ盛りだった。

「もう、近所に銀行ない？　そっか、じゃあしょうがないね。ケータイショップは？　ある。よかった。じゃ今度、ケータイ、契約してきてよ。新規で。今日作った、太平洋銀行の口座使っていいから。大丈夫、大丈夫。お金はこっちが全部持つから。そしたら一本、五千円で買うよ」

応接セットのテーブルには、二人が新しく開設した口座の通帳とキャッシュカードが四組おかれている。社長はそれを一組五千円で買う。

「どうするぅ」

「いいよ、あたし。ケータイショップなら、家の近くにあるから」

「じゃ、そうしてよ。はい、これ」

社長はさっさと現金をだす。四組ぶんの通帳代金二万に加え、新しい携帯電話二台ぶんの一万円。

お金が入ったら買いたいものの順番がその一から、その十二くらいまでリストができあがってる子たちには効果テキメン。

「明日って、六時限なんだっけ」

「日本史。ツチヤの」

「あ、じゃばっくれられるね」

「楽勝」

「明日、もってくるね。新しいケータイ」

「よろしくぅ」

社長がにこやかに手をふる。女子高生二人は立ちあがると、勤労高校生の僕には目もくれずに、オフィスを立ち去った。キャップを目深にかぶってるし、同級生にも援交させそうな彼女らに無視されたとしても、さしてプライドも傷つかないリュウ君。

「はい、お帰りぃ」

社長は笑って、僕を迎えた。三十そこそこ、妙に色が白くてイケメン風で、前身はホストかサパ男《お》、と僕はにらんでいる。もちろん、この社長にここまでのビジネスを立ちあげる頭はなく、バックにはもうちょっと危くて、頭のきれる、本職がついている筈《はず》だ。そいつらは渋谷にいる、わずか十パーセントの金持の仲間入りを果たすのが夢。

「これです」

バッグを逆さにして、買いとったばかりのゲームソフトとDVDソフトをテーブルに広げた。もちろん窃盗品、そして僕の罪は盗品故買、バイト料は一本につき五百円。

「じゃ五千円。ご苦労さん。ねえ、近所で工事やってる家ない？　できりゃユンボ使ってるといいのだけど」

「捜してみます」

「うん、よろしくね。今日はご苦労さま。来週も今日と同じで、五時にこられるかな？」

「はい」

オフィスにおいてあった通学鞄《かばん》をとりあげる。

「じゃ、お疲れさま」

手をふる社長に頭を下げて、オフィスをでた。

架空の株式会社「未来開発」の業務は、他人名義の銀行口座や携帯電話の売買、それに万引したゲーム、DVDソフトの故買だ。渋谷のクラブの出入口で高校生相手にビラをまき、簡単なバイトだよと誘いこむ。銀行口座は脱税目的のおじさんたちに、携帯電話はいけないお薬の売人さんたちに、高く売れる。もちろん女子高生から買ってすぐではアシがつくから、住所を変えたりもろもろ、専門的な作業は必要になる。

とにかく〝現場〟にでるのは全員、僕のような高校生。万一、お巡りさんにとがめられたら、宇田川町のどこかから僕を見張ってる「専務」が通報。ものの二分で、「(株)未来開発」は、モヌケの殻《から》になる、という仕組。

「(株)未来開発」が、新橋《しんばし》や赤坂《あかさか》など、おじさんの街でばらまいているチラシには、

『ビジネスチャンスをつかみたいあなたへ。

匿名《とくめい》口座あります。

アバンチュールを楽しみたくとも、プリペイド携帯が入手困難なあなたへ。

携帯電話あります』

と印刷されている。連絡先は携帯電話の番号で、そこには「未来開発」のみの字もない。

バイトに応募した僕に社長は、

「ニーズに応《こた》え、欲しい人へ、欲しいモノを提供する、現代ならではのスキマ産業です」

なんて胸を張ったけど、まあ立派な犯罪会社。しかも万一、おカミが目をつけても、つかまる現場はすべて高校生という頭のよさ。

レンタルオフィスの契約も、どうせすべては偽名で嘘の住所と電話番号で交されているに決まっている。早い話、〝悪人の、悪人による、悪人のための〟産業。

ＪＲで渋谷から恵比寿《えびす》にでた僕は、地下鉄に乗りかえ広尾《ひろお》で降りた。そこからまっすぐ、我が家のある広尾サンタテレサアパートに向かってもよかったのだけれど、もうひとつやることが残っていた。

広尾サンタテレサアパートは、バブルが弾《はじ》けた今となっても、都心の一等地にあり、一階にあるカフェテラス「麻呂宇《まろう》」が、近くのＳ女子大のお嬢様がたのたまり場となっている現実を考えると、家賃ひと月ン十万円はまちがいのないところだ。ここに、相場の十分の一、しかもあるとき払いの催促なしという超好条件で住めているのは、ひとえに大家である「麻呂宇」の圭子《けいこ》ママの好意によるところ。

好意といっても、僕に対してじゃない。僕の親父、それも戸籍上であって、実際は血のつながっていない、生産性ゼロ、勤労意欲ゼロ、性欲満点の、冴木涼介《りょうすけ》への好意だ。圭子ママの、僕に対する好意は、あって母性愛、できれば戸籍上の〝母〟になるのが夢というところだろう。

もちろん、女に目がなく、何より自由ワガママでいることを願う親父が、圭子ママのそんな願いをかなえる可能性はゼロだ。

「危険な職業の男に、家族はいらない」だと。じゃ、僕というセガレはどうなるの、なんて、今さらいう気にもなれないが。

何せ、この不良親父の職歴は華麗で、「商社マン」に始まって、「オイルビジネスマン」、「ルポライター」、「行商人」ときたあげく「秘密諜 報員《ちょうほう》」。ヒミツチョーホーインなんてのは、バブル崩壊後の銀座の白タク以上に未来のない商売としか思えない。今となっては、東西ベルリンの壁が健在だった頃の花形稼業だ。

この親父の今の仕事は、私立探偵。二階の、僕と親父が暮らす部屋のドアには「サイキ インヴェスティゲイション」というプレートがかかっている。もっともここに仕事をもちこんでくるのは、親父の昔なじみで、今は「歩く国家権力」といわれるほど出世した、内閣調査室の島津《しまづ》さんくらいのものだ。そこで親父の仕事を手伝ってきた僕は、

一、爆弾を背中にしょわされる
二、殺し屋をおびきだす囮《おとり》になる
三、遠い異国のジャングルで鰐《わに》のエサにされかかる

四、完成途中のジェットコースターで拷問《ごうもん》にかけられる
五、撃たれる
六、刺される
七、殴られる、は数えきれない、
　といった悲惨な高校生活をつづけてきた。そのあげく、
八、高校を三年で卒業することに失敗する
　人生ゲームにたとえるなら、他のプレーヤーとは十二マス以上の大差で、持金、持家ゼロ状態というところ。

　とはいえ、四年目の高校生活も、はや半ばにさしかかり、このままいけば何とか卒業証書は手にできそうな気配。さすれば、「歩く国家権力」島津さんに、電話を一本、文部科学省あてにかけていただき、東大推薦入学の労をとっていただいて一発逆転の可能性に賭《か》ける他ない。

　僕は広尾商店街を抜けたところで立ち止まった。携帯電話をとりだす。かつて老舗《しにせ》の和菓子屋さんだった家がとり壊され、整地のために小型の重機が入っていた。シートでおおわれた空き地の端に、パワーショベルがおかれている。

「(株)未来開発」の社長の携帯電話の番号を押す。

「はいはーい」

　明るいノリで社長がでてきた。

「冴木です。今、家の近くまで帰ってきたんですけれど、ユンボありました。建築現場においてあります」

「それどこ？」

「広尾です。工事は今やってません」

「あ、そう……」

社長は考えていた。この半月間のバイトの成果で、僕は社長に覚えがめでたい。〝使える奴〟と思われることに成功していた。

「冴木ちゃん、夜、でかけられる？」

「何時頃ですか」

「そうだな……。一時か二時くらい」

「平気ですよ。いつも寝るの、三時くらいだから」

高校生にあるまじき発言。

「じゃ、あとで電話するからさ、でてきて場所教えてくれる？」

「オッケーです」

僕は答えて電話を切った。

小さな工事現場でユンボが使われる期間は短い。このところユンボは、自動車窃盗団の人気ナンバーワンで、簡単に盗めるような、建設会社の庭先などにはおかれなくなってきている。ユンボの人気がベンツやフェラーリを上回ったのはしごくあたり前で、現金自動預払機ATMをぶっ壊すことができるから。

ベンツを盗んで海外に売り飛ばすより、ユンボを盗んでATMを壊した方が儲《もう》かるというわけだ。

工事現場にあるユンボは、毎日移動させる手間を省くため、工事期間だけおかれているものだ。ユンボを必要とするのは、現場の大きさにもよるがせいぜい数日間。見つけたら即かっぱらうのが、プロのやり方だ。おそらく、今夜かっぱらったユンボは、明日の朝、どこかのスーパーマーケットなどの壊れたATMの近くで見つかることになるだろう。

今頃社長は、せっせと知り合いの中国人に電話をかけている。放置されているユンボのありかを知らせるのも、「欲しい人へ、欲しいモノを提供する」立派なスキマ産業。

サンタテレサアパートまで戻ってきた僕は、「麻呂宇」の扉を押した。

「お帰り、隆《りゅう》ちゃん」

「お帰りなさいませ」

圭子ママと、広尾のドラキュラ伯爵《はくしゃく》こと、バーテンダーの星野《ほしの》さんが迎えてくれる。

「おなか空《す》いたぁ」

僕はカウンターに腰をおろしていった。

「ビーフストロガノフ、できております」

星野さんがいう。

「いただきまーす。親父は？」

「先ほど食事を終えて、二階に上がられました」

　おごそかに答える、星野ドラキュラ伯爵。

「隆ちゃん、どう？　この爪」

　このところ自前のネイルアートに凝っている圭子ママが両手の指をかざす。金色の下地に、赤いカエデの葉が散っている。秋バージョン。

「うーん、季節の先どり」

　如才なく感心してみせるリュウ君。噂では、この広尾サンタテレサアパート最上階にある圭子ママの三LDKは、半分以上が買いこんだドレス、バッグ、靴類で占められているという。大金持の画家の未亡人で、「麻呂宇」はハードボイルド大好きのママの趣味からつけられた店名。

「ちょっと早かったかしら？」

「うん？　そんなことないいんじゃない。お洒落《しゃれ》の基本は、人より半歩先にいくことでしょ」

「生意気いっちゃって」

　くすりと笑う圭子ママ。僕としては、何とか駄目親父が、このママと晴れて華燭《かしょく》のテンをあげてさえくれれば、生活の安定にたどりつけるのだが。

　白系ロシア人の貴族の血をひく星野さんは、カレーやシチュー、ストロガノフといった煮込み料理がめっぽう得意で、エンゲル係数が異様に高い冴木家の家計をひたすら助けて下さる神様だ。

ストロガノフを平らげ、新しいマルボロライトの封を切って、僕は一服した。留年を機に、煙草の種類をかえてみた。

「コーヒー、召しあがりますか」

「いただきます」

「麻呂宇」の扉が開き、サークルを終えた女子大生の一団が入ってきた。ママは早速、爪を見せびらかしに彼女たちのテーブルへ。

「そういえば、先ほど康子《やすこ》さまからお電話がありました」

ウインナコーヒーの入ったカップをさしだし、星野さんがいった。

「うん？　げっ」

僕は吐きだした。康子こと、向井《むかい》康子は、タレント学校で有名なＪ学園のスケ番だったのだが、僕とは裏腹にめでたく三年で高校を卒業し、Ｊ女子短大の文学部に進んだ。今から二年前、康子の死んだ親父さん、戦後日本を代表するブラックジャーナリスト鶴《つる》見康吉《みやすきち》（離婚した母親の姓を康子は名乗っていたのだ）の〝遺産〟をめぐる争いに我が「サイキ　インヴェスティゲイション」は巻きこまれた。そのときタレントデビューが決まっていた康子だったが、ヤクザ、殺し屋、オカマ、ついには国家権力までが加わった争奪戦にうんざりし、デビューを蹴《け》ってしまった。

日々。

だが大学に進学し、匕首《ドス》を捨てた康子は再びスカウトをうける。今はモデル系の事務所に所属し、前身をちらりともおくびにもださず、レースクイーンのバイトに専念する日々。

そういえば今日は、鈴鹿《すずか》だか富士《ふじ》のサーキットでのバイトが終わるので、いっしょに晩御飯を食べようという約束をしておったような気がする。

きっと僕の携帯にかけてきていたのだろうが、あいにく本物の僕の携帯は、バイト中は電源を切って鞄《かばん》の底だ。「(株)未来開発」との連絡に使っているのは、バイト用の、番号のちがう携帯電話なのだ。

あわてて自前の携帯をとりだし、留守録されたメッセージを聞いた。案の定、康子の怒りの伝言、メールがぎっちり詰まっておる。

「こら、隆、ざけんじゃないよ！　久しぶりのデートばっくれられると思ったら、大まちがいだかんね。これからそっちにカチコミかけっから、待ってなよ」

手負いの熊も全速力で逃げだそうかという迫力。しかしレースクイーンがこんな言葉づかいでいいのかね。

もっとも、康子の話では、サーキットにいってみたら、昔、シメた子やらタイマン張った、見覚えのあるスケ番あがりのお姐《ねえ》さんがごろごろいたというから、実はあの業界は、そのてのお嬢さま方の、第二の人生の定番コースなのかもしれない。

この場に康子が殴りこんできたら、血の雨は必至。僕は大急ぎでコーヒーを飲み干すと立ちあがった。

「ごちそうさま」

「あら隆ちゃん、もういくの？」

ママのひと言に、いっしょにいた女子大生たちがいっせいに僕を見た。

おや、こんなかわいい男の子がいたなんてぜんぜん気づかなかったわ、なーんて目線に渋く微笑むリュウ君。

「うん、東大お受験の勉強しなきゃ」

未来のエグゼクティブに今からツバつけとこ、と思わせるべく一発フカして、「麻呂宇」をでる。

外階段で二階にあがった。冴木家の住居兼オフィスのドアは、たいてい鍵《かぎ》がかかっていない。二LDKの中央が、親父の事務所、あと二部屋が僕と親父の私室だ。親父の、通称「インランの間」には、僕のママハハになるのを夢見た、幾多の女性の怨念《おんねん》がこもっている。

「大変だよ、オヤジ」

ドアを開けた僕はいった。ロールトップデスクに足をのせ、缶ビールをすすっていた親父は目をあげた。

外見は中背中肉で筋肉質、鼻の下にはトレードマークのちょびヒゲがあるが、ときと場合によって、そのヒゲは姿を消す。変装は、うしろ暗い過去を物語るようにかなりうまく、その頭の中は、女性のことを除くと、銃器、爆発物、エスピオナージュ（諜報活《ちようほう》動）ワールドの危い知識と怪しい外国語がぎっしり詰まっておる。

いつもの格好、皺《しわ》だらけのチノパンにTシャツ、そして僕のお古のヨットパーカだ。

「どした？　もう一度留年か。まあ高校生のうちに成人式を迎えるってのも、おつなものかもしれんぞ」

教育意欲のカケラもないセリフをほざく不良中年。

「あのね、誰のおかげで留年したと思ってるの、そんなことじゃないよ。例のバイトのおかげで、康子とのデートすっぽかしちゃったんだよ。さっき留守電聞いたら、ものすごい勢いで怒りまくって、これからカチこんでくるって」

やや事実を脚色して述べることにした。忘れていたのは事実だが、バイトのせいというのはちょっとちがう。

だが女の怒りには僕よりスネに傷もつ親父は、とたんに落ちつかない表情になった。

「お前それヤバいだろう。康子怒ったら、かなり恐いし。第一、いつもいってるじゃないか。同じ女と長くつきあうと、必ず向こうの方が権力をもつものだって」

父親にあるまじきアドバイス。だがそれに僕が答えるより早く、「サイキ　インヴェスティゲイション」のドアが蹴破られかねない勢いで開いた。

「隆！」

血相をかえた康子が立っておる。チューブトップにヘソだしジーンズという、かわいらしいいでたちだが、怒ったその顔は、愛児を燃やされ、復讐《ふくしゅう》に狂ったマザーエイリアン。

「だから――」

「いや、ちょっとこれにはワケが」

同時にあたふたする冴木親子。

ずかずかとリビングの中ほどまで進んできた康子は、僕の胸ぐらをつかんだ。

「どういう気、あんた。セコいばっくれ方しやがって。会うのが嫌なら嫌と、はっきりそういえばいいじゃんかよ」

「ちがうんだ、ちがうんだよ、バイトがちと忙しくて……」

「バイトぉ？」

康子の三角アイズが僕を吊《つ》るしあげたまま、親父に向けられた。

「いや、俺は知らん、どうも最近、学校がヒマなのをいいことに、怪しいバイトに精をだしておって、今も説教しようかと――」

「オヤジ！」

さっさと安全地帯に逃げこもうとするこの破廉恥《はれんち》さ。

「何のバイトだよ」

「渋谷で……」

「何を」

「盗品故買」

「は？」

「それとATM強盗の手伝い」

「マジで？」

「うん」

「殺す」

康子の手がジーンズの腰に巻いたチェーンにのびた。

「いやいや、ちょっと康子、待てよ」

ようやく親父が止めに入った。康子の腰から外れたチェーンはくるくると拳《こぶし》に巻きつけられる。

「これには、その、なんだ、ワケがある」

「あたり前じゃん。いくら金に困ったからって、隆がそんな真似するわけない。あんたがやらせているんだろ」

「いや、俺、じゃない」

康子が僕をにらむ。

「じゃ、やっぱりあんた――」

「だから聞けよ」

「聞いてるよ」

「いや、これはキョーハクだから」

「ごちゃごちゃいわないで、早く吐きな」

チェーンを巻きつけた拳がつきつけられる。

「わかった、いうよ。僕のいってる都立K高の生徒が、ここんとこたてつづけに万引きでパクられたんだ。いろいろ聞いてみたら、ゲームやDVDのソフトを高く買う故買屋が渋谷にいて、いきつけのクラブ周りでビラをまいてるっていうんだ。そこは、盗まれたソフトを裏で流したり、他人名義の銀行口座や携帯を高校生に作らせてそれを売るのを商売にしているみたいなんだ。社長ってのは表にでず、危い仕事は全部、アホな高校生をバイトで雇ってやらせてる」

「で、あんたもそのアホな高校生の仲間入りをしたわけ？」

「そう。今夜で終わりだけど」

「なんで？」

「近所の工事現場にあるユンボをかっぱらいにくる。きっとATMを壊して現金強奪に使うから、あとはアシがつかないように、情報提供した僕はクビになる」

康子はあきれたように目玉をぐるりと回した。親父を見る。

「なんでそんなバイト許したの」

「こいつが勝手に見つけてきたんだ。俺は面倒なことになるからやめとけっていったのに」

「ちゃんと相談したじゃん」

と僕。

「始めてからだろ」

「決着つけるには、やっぱり国家権力が必要でしょうが」

「お前ね、そんな世直しゴッコやったって、東大の推薦入学は無理だぞ」

「そんなことのためじゃないよ。アホ高校生をこれ以上増やしたくないの」

康子は僕と親父を見比べ、ようやく僕から手を離した。

「隆の気持はわかるよ」

「だろ。万引きやる奴はアホだけど、そのアホにつけこんで金儲《もう》けするのは、あくどすぎる」

「組がついてんの、バックに？」

「メイビー、パハップス」

「じゃそいつらがでてくるんだ」

「オア、チャイニーズマフィア」

たぶん混成部隊だろう。最近は、上納金の締めつけが苦しくて、中国マフィアと手を組むヤクザが増えている。

康子は天井をにらんだ。

「で、手筈《てはず》は？」

「何の？」

「何のじゃないよ、今夜の手筈だよ」

「あの、人気レースクイーンにそういう話は関係ないでしょ」

「何だって？　あんたひとりじゃ心配だからつきあってやろうっていってんのがわかんないのかよ」

「いや、それはちょっと……」

「怪我とかさせちゃマズいだろう」

親父がいった。

「こいつはそういうのには慣れているからいいが……」

ヒトサライ、カクベエジシの親方みたいなことをいう。

「いや、駄目だね。隆ひとりじゃ危くて放っとけない」

「康子――」

「あたしもつきあうからね。デートすっぽかした罪滅ぼし」

僕は親父と顔を見合わせた。

「しかたない、連絡係でもやってもらうか」

親父がため息を吐いた。

2

社長から連絡があったのは、午前二時を十分ほど回った時刻だった。

「ごめん、ごめーん、ちょっと手配に手間どっちゃって」

あいかわらずノリの軽い社長。この軽さが、アホ高校生に重大犯罪の片棒を担いでいると思わせない秘訣《ひけつ》なのかもしれない。

「大丈夫かな？　でてこられる？」

「オッケーっす」

「じゃ、天現寺橋《てんげんじ》の交差点のとこまできてくれるかな？　車で拾うから。BM《ビーエム》」

了解、と答えて電話を切った。ベッドの隣でさっきまで寝息をたてていた康子がぱっちり目を開いた。

「いくの」

起きあがった拍子に、みごとなおっぱいが毛布からこぼれ、もう一回イク、とお願いしたくなった。

「いく」

とだけ答えて、僕はベッドを降りると、ジーンズを身につけた。親父は二時間ほど前にでかけていた。

「親父に連絡しといて。待ちあわせは天現寺橋の交差点。目印はヤンキースのキャップ」

ベッドからでて衣服を着けている康子に告げた。

「わかった。隆、気をつけてね」

「うん。帰ってきたら、も一回する？」

「馬鹿」

部屋をでて階段を降りた。バイクでいくことも一瞬考えたが、ナンバーを覚えられたりするとまずい。結局、二本の足で天現寺橋まで向かうことにした。

天現寺橋の交差点、渋谷から明治《めいじ》通りを外苑《がいえん》西通りに左折した場所に、そのＢＭＷはハザードを点《とも》して止まっていた。歩きながらあたりを観察すると、五十メートルほど離れて、大型のトレーラーと別の乗用車が二台止まっている。

ＢＭＷの中には、運転席に社長がひとりいるきりだ。

「ご苦労さーん、はい、これ」

助手席に乗りこんだ僕に、社長は一万円札を二枚さしだした。

「どうも。この先を右折して下さい」

僕はいった。社長はハザードを消し、ＢＭＷを発進させた。

「いやあ、助かるなあ。ホント、冴木ちゃんみたいに気のつく社員がウチにもっといたら、社長は楽なんだけどね」

「あ、そこ左です。一通入って下さい」

BMWは人けのない商店街に入った。

「ここです」

建設途中の和菓子屋さん跡地を僕はさした。社長はわずかにスピードを落としたが、その前で止まることなく走り抜けた。

「オッケー！　確かにありました。じゃ、送ってくよ。あとはこっちの仕事だから」

「いや、その辺で落として下さい。どうせでてきちゃったのだから、西麻布《にしあざぶ》のクラブでもいって遊んできます」

自宅をマークされるのは、ちとマズい。

「そうかい？　じゃそうするけど……。若いね、やっぱり。今からオールで遊ぼうなんてさ」

「軍資金、できましたから」

「そのクラブ、冴木ちゃんみたいな高校生、よくくるの？」

危い、危い。適当にフカシただけなのに、本当に商売熱心な社長だ。これで、くると答えようものなら、ついてきてバイト高校生探しに使おうといいだしかねない。

「いや……。おミズの子が多いみたいです」

「そっか……」

昔馴染《なじみ》に会っちゃマズいと見たか、社長はブレーキを踏んだ。

「じゃ、ここで。また電話するから、そのときはよろしく」

BMWは商店街の外れで僕を落とし、走り去っていった。そのテールランプが見えなくなるのを待って、僕は携帯をとりだした。

「オープン〝チャンネルD〟、オープン〝チャンネルD〟、こちらナポレオン・ソロ」

DVDボックスでハマった、古き日のスパイドラマの合言葉を送りこむ。

「はいよ。こちらイリヤ・クリヤキン。〝アンクル本部〟とは話がついてる」

親父の声が流れこんだ。

「でかいトレーラーも確認ずみだ。奴《やっこ》さんたちがユンボをかっぱらって積みこんだら御用。ひっぱっていって、余罪を吐かそうって手筈になってる」

「オッケー。じゃ、先にアパートに戻ってる」

電話を切ったとたん、僕は背後からアッパーにしたヘッドライトに照らしだされた。ふりかえると目がくらんだ。何だろうと思う間もなく、僕の横で急停止したのは、行った筈の社長のBMWだった。

「社長――」

「やっぱさあ、冴木ちゃんみたいに使える子は、今夜ひと晩つきあってほしいワケ。仕事のイロハ教えるから、これからいっしょにやんない？」

サイドウインドウを降ろして社長はいった。断われる雰囲気は、まるでなかった。

「このユンボ、何に使うかは、だいたい想像つくよね」

トレーラーにくっついてきた乗用車から降りた男二人が、ユンボの運転席に乗りこむのを見ながら社長がいった。

「全然」

僕は首をふった。社長はニタッと笑った。

「またまた。賢い冴木ちゃんが気がつかない筈ないでしょう。スーパーとかの駐車場にあるATMぶっ壊すのよ。中は札束ざくざく」

「それって犯罪ですよね」

「そうだよ。君も共犯」

社長は僕の肩に手を回して囁《ささや》いた。

「ま、つかまっても君は十代だから、悪くて少年院てところかな」

「嬉《うれ》しくないですよ」

「でもさ。ラクしてお金儲《もう》けようと思ったら、多少のリスクは覚悟しなきゃ」

「リスクって、二万円ですよ、僕のバイト料」

「それは情報提供料。このあと仕事をすれば、またそのぶんギャラは入るよ」

ユンボのエンジンがかかった。どういう仕組なのか、男たちがとりついてから一分もかかっていない。

声をかけあうこともなく、作業は黙々とそしてテキパキと進んでゆく。トレーラーが建設現場に横付けされると、ユンボが荷台にあがるためのレールがわりの板が二本、別の車の男たちの手で降ろされた。

社長がBMWの窓から手を入れ、ライトを点《つ》けた。ユンボのキャタピラがレールを踏み外さないための照明だ。

ユンボを運転しているのは、黒いキャップに革ジャンを着た細身の男だった。レールをさし渡した二人組は、ナイロンのスポーツウエアをつけたヤの字業界風。

ユンボはカタカタとレールを登り、トレーラーの荷台におさまった。社長がBMWのドアを開けた。

「こっからが本番。さ、乗んな」

「いや……。でも……」

とりあえずうろたえるリュウ君。

「乗れよ」

社長の口調がかわった。

「ここでビビった小僧放りだして仕事いけるわけねえだろう。お前、乗らなかったらこの現場に埋めてくぞ」

やむなく僕は助手席に乗りこんだ。イリヤ・クリヤキンとの手筈《てはず》とは大きく異なるがやむをえない。願わくは、この番狂わせを〝アンクル本部〟が気づいてくれているように。

セダンその一が先導し、そのあとをトレーラー、そしてBMW、セダンその二の順で、車の隊列はその場を離れた。

社長が携帯のイヤフォンマイクに声を送りこむ。

「こちら本社。今日の営業は、蒲田《かまた》のショッピングセンターだ。法定速度を守っていきましょう」

商店街の出口に向け、隊列は進行した。セダンその一が出口にさしかかったとたん、赤いパトライトが閃《ひらめ》いた。覆面《ふくめん》パトカーが通せんぼする。

「ヤバッ」

僕は思わず叫んだ。社長は舌打ちした。急ブレーキを踏み、シフトをバックに入れて、背後をふり返る。商店街の入口にもパトカーが止まっていた。

「何だよ、何だよっ」

社長はつぶやいた。直後に気づいたらしく、僕を見た。

「お前、チクったな⁉」

「何のことですか」

とぼけたが遅かった。社長はジャケットの下からいきなりトカレフをひき抜いた。

「ふざけんな。どうも調子こいてると思ったら、お前、サツの下請けかよ」

下請けとはあまりに哀しい表現。にしても、まさかこのイケメン風がトカレフで武装しているとは思わなかった。

「わかってる、うるせえっ」

社長はイヤフォンマイクに怒鳴ると、トカレフを僕につきつけた。

「いいか、動くなよ。降りようとしたら、ぶちこむぞ」

ばらばらと警官が、BMWやトレーラーをとり囲んだ。社長がサイドウインドウを細めに降ろす。

「お前ら、パトどけろ！　さもないとこのガキの頭、ふっとばす」

車外の警官に向かって叫んだ。安全装置のないトカレフの撃鉄はしっかり起きあがっている。これがよくできたモデルガンでもない限り、ちょっと逃げられそうにない。

警官はあっけにとられたように中をのぞきこんだが、叫び返した。

「ふざけるな。仲間を人質に見せかけようったって、そうはいかんぞ。早く車を降りろ！」

いや、そうじゃなくて、と説明したいリュウ君。

「誰が仲間だ、こんなガキ。だったら試しにぶっ殺してやろうか」

「いや、それはやめましょうよ」

「うるせえ！」

警官たちは顔を見合わせた。前方では、トレーラーの運転手たちがお縄《なわ》になっている。

「もう、他の仲間はつかまってるんだ。悪あがきせずに降りなさい！」

スーツに防弾チョッキを着けた刑事が近づいてきていった。

「いいから、パトどけろっ」

社長はサイドウインドウを大きく降ろすと、いきなり空に向けて引き金をひいた。パン、という乾いた銃声が商店街にこだまし、警官隊がささっと後退した。

「お前、車の運転できるか」

すぐにまた窓を閉め、社長は小声で訊《たず》ねた。

「ちょっとは」

「だったら俺が降りてそっちへ回るから、中で運転席に移れ。逃げようとしやがったら、撃つ。いっとくが俺は、ハワイのシューティングレンジで働いてたことがある。狙った的は外さねえからな」

社長はBMWのキィを引き抜くと、運転席から降り立った。この期《ご》に及んでも、頭は回っているようだ。運転を代われといわれたら、その場でエンジン吹かして逃げようと思っていたが、それも見こしている。

フロントグラスごしに僕に銃口を向けながら、ゆうゆうと社長は助手席に乗りこんだ。キィを僕に渡して命じる。

「よし、エンジンかけろ。バックするんだ、ゆっくりとだぞ」

やむなくいわれた通りにした。BMWが後退するにしたがい、とり囲んだ警官たちも移動した。今は大半がジュラルミン製の盾の陰に隠れている。

通せんぼしたパトカーぎりぎりまで、僕はBMWを下げた。

「無駄な抵抗はやめて降りなさい！」

刑事が叫んでいる。

「誰が止めろっつった。押せ！」

社長は命じた。トカレフの銃口は、僕の横腹に押しつけられている。変にドスンと動かしたら暴発、即あの世いきの状況。

「あの……」

「何だよ」

「それ、ちょっと離して下さい。まちがってバキュン、恐いから」

「別に俺は恐くねえな」

性格を見誤っていたようだ。イケメン社長、妙に腹がすわっている。

「でも僕を撃ったら罪重くなりますよ。社長は少年院ですみそうもないし」

「わかってるよ。けどよ、お前、つかまったトレーラーの連中、見たろ。あれ福建《ふっけん》のマフィアでな、ずっとうちと取引してた連中だ。奴らの上に、別のボスがいて、俺のこともよく知ってる。今度のこれは、どう見ても、俺のミスだ。お前をサツの下請けと知らず、ひっぱりこんだのだからな。つまり俺も責任をとらされるってことだ。奴ら、ヤクザとちがってシビアだからよ。指の一本二本じゃすまねえんだ。わかるだろ。ここで死ぬのも、中国人に殺されるのもいっしょなんだよ」

わかりたくありません。

「ほら、車下げろ」

トカレフで突つかれた。ＢＭＷのリアバンパーが止まっているパトカーの横腹にめりこんだ。

「こらっ、何するっ」

「止めんか、おいっ」

メリメリ、という音をたてながら、ＢＭＷはパトカーを押しのけていった。

「タイヤ撃つぞっ、やめろっ」

「ガキを撃つ！」

窓を降ろし、社長は怒鳴った。

「いいか、このガキは、うちでバイトに雇ってた高校生だ。道案内させただけで、俺らのことは何も知っちゃいない。こいつが死んだら、手前《てめえ》ら警察の責任だからな」

責任という言葉に弱いのは、公務員の常だ。顔を見合わせるが早いか、警官、刑事はささっと銃をひっこめた。

「ようし。俺らはこれから羽田《はねだ》に向かうから、飛行機用意させとけ。燃料満タンで、アメリカでもどこでも飛んでいける奴だ。いいなっ。信号も無視する。事故ったら即座にこのガキはアウトだ」

アメリカまで飛ぶといっても、このご時世だ。ファントムに撃墜されるのがオチだと思うけど。

「馬鹿なことをいうな。逃げられるわけがないぞ」

口々に叫ぶ公務員。だがナススベもなく、BMWがバリケードのパトカーを押しのけるのを見つめている。

そのとき一台のパトカーがするするっと動きだし、少し離れたところで止まった。スピーカーから声が流れだす。

「わかった。空港まで先導する。ついてきなさい」

そんな話は聞いてないとあっけにとられている警官たちがいる。それも当然で、スピーカーから流れでたのは、涼介親父の声だった。

「おい、ちょっと待て――」

パトカーに走りよろうとする警官を見て、僕も腹を決めた。

「つかまってて下さい!」

アクセルを思いきって踏みこむ。社長も銃口をそらし、ドアにつかまった。急加速してバックしたBMWのサイドブレーキを僕は一気にひきあげると、ハンドルを大きく切った。BMWはくるりと一回転し、パトカーの尻《しり》に鼻先を向けて止まった。

「やるな、お前」

社長が驚いたようにいった。パトカーがライトを点滅させ、サイレンを鳴らして発進した。それにつづいて発進する。

パトカーとBMWの二台はぴったりくっついて、天現寺橋の交差点をつっきった。パトカーにはひとりの人影しかない。パトカーはBMWに押されるようにして、みるみるスピードをあげた。

ミラーをのぞくと、遅ればせながら、泡を食った他のパトカーがくっついてくるのが映っていた。だが距離はかなり開いている。

「お巡りの中にも、けっこう決断の早い奴がいるもんだね、冴木クン」

走りだすと少し落ちついたのか、社長は元の口調に戻っていった。

「そうですね」

「これで本当に飛行機が用意してあったら最高なんだがな……」

「え？」

「そんなうまくいくわけないだろ。いいか、次の信号越えたら、急停止しろ。車は右に寄せておいていい」

社長は淡々といった。

「お前のことはわかってるから、いずれ挨拶《あいさつ》にいく。冴木隆クンだったな。学生証のコピーもあるからよ。よし、止まれっ」

いきなり社長は叫び、僕は急ブレーキを踏んだ。止まるが早いか社長は助手席のドアを開けると、中央分離帯を乗りこえた。

前方でも急ブレーキを踏む音が聞こえた。親父がスピンターンさせ、パトカーをこちらに向け、猛スピードで走らせてくる。

外苑西通りの反対車線は、タクシーの空車が流れている。そのうちの一台が、手をふる社長に急停止した。さっと開いた自動ドアに社長は乗りこんだ。

そのときようやく、後続のパトカーがBMWのバックミラーに映りこんだ。

親父のパトカーがBMWの進路を塞《ふさ》ぐように止まった。親父が運転席からとびだしてくる。

「隆！」

「大丈夫」

BMWのドアを開き、僕は答えた。社長の乗ったタクシーは突進してくるパトカー群とすれちがうようにして、都心の方角に呑《の》みこまれていった。

3

「つかまったのは、福建出身の中国人二名に、暴力団の準構が二名だ。この二名は所属する組のシノギがきつくて、アルバイトに中国人と組んだらしい。ひと昔前なら、ヤクザが中国人を下請けに使うことはあっても、その逆はなかった。ご時世だな」

島津さんがいって、首をふった。翌日の午後、広尾サンタテレサアパート二階の「サイキ　インヴェスティゲイション」の事務所だった。親父がロールトップデスクに、僕は床においたクッションの上に、すわっている。

昨夜みっちり油を絞られただけで、それ以上のお咎《とが》めを僕がうけずにすんだのは、一にも二にも、「歩く国家権力」内閣調査室副室長・島津さんのおかげだった。島津さんが古巣の警視庁と話をつけてくれたので、僕は逮捕されずにすんだ。

「中国人は口が固い。仲間のことを喋《しゃべ》れば、故郷の家族に復讐《ふくしゅう》の手がのびるからな。余罪さえ吐かなけりゃ、せいぜい一年かそこらでシャバにでてこられる」

親父がいって僕を見た。

「こいつがガラにもなく、世のため人のためみたいなことを考えるから、この始末だ。反省しろよ」

「あんたにいわれたくないけどね。反省してます。ご迷惑おかけしました、島津さん」

僕はいって頭を下げた。

「いや。まがりなりにも、ATM強盗団の一角を摘発《てきはつ》できたのだから、まるで無駄じゃなかった。三課の話じゃ、つかまえた準構は叩《たた》きかたしだいでは余罪を吐きそうだというし」

親父はペルメルの煙を天井向けて吹きあげた。

「で、例の『社長』ってのは何者なんだ」

「これがまるで記録がない。BMWから採取された指紋も、警視庁のコンピュータに該当する人物データがなかった。準構や中国人たちには鈴木《すずき》と名乗っていたらしいが、偽名だろう」

「見かけに似合わず、けっこう腹もすわってるし、頭もきれました」

僕がいうと、親父が頷《うなず》いた。

「そうだな。判断力はある。あの一瞬じゃなけりゃ、奴が逃げおおせるのは不可能だったろう。タクシーも途中で乗りかえたようだし、かなり仕事のできる奴とみていい。記録がないのは、これまでもうまく立ち回って、警察の手をくぐってきた証拠だ」

「いちおう、所轄には、隆くんの高校とこのアパートをケアするようにはいってある。だがそこまで切れる奴なら、すぐにお礼参りに動くような真似はしないだろう」

僕はため息を吐いた。

「警察の下請けっていわれちゃいましたからね。あれには傷ついた」

「傷ついたのがプライドだけですんだことを感謝しろ。一歩まちがえば、奴のトカレフか、SATのライフルであの世いきだ」

親父がいった。

「はいはい。きのう康子にもたっぷり説教されたのだから」

女の子って不思議だ。ドラマや映画のヒーローには憧《あこが》れるくせに、自分の彼氏が同じことをすると、怒り狂う。もっとも、ヒーローになる気なんて、僕にはまったくなかったのだけれど。

「とにかく残りの高校生活が無事すむよう、桜田門《さくらだもん》にお願いするんだな」

「わかりましたよ」

僕はいって立ちあがった。このあと島津さんは親父と話があるのだろう。気をきかせて姿を消すつもりだったのだ。だが、島津さんがいった。

「待った、隆くん。実は今日ここにきたのは、新しい依頼もあったからだ」

僕は足を止め、島津さんと親父を交互に見た。あいもかわらず、だらしないなりの親父とちがい、島津さんは、メイド・イン・イタリーのスーツをぱりっと着こなしている。広尾サンタテレサアパートの前には、ボディガード兼秘書官と運転手が乗った、黒塗りのセダンを待たせている筈《はず》だ。

「勉強部屋に入っても、どうせそのインターホンで、我々の話を聞くのだろう。だったら同じことじゃないか」

島津さんはにやりと笑った。親父がいった。

「島津、我が家には、こいつをあともう一年、よぶんに高校にいかせる余裕はないんだ。できれば、卒業するまでは、こっちの仕事に巻きこみたくはない」

涙がでるほどありがたいお言葉。

「だがものは考えようだ、冴木。あの鈴木という男は、確かにプロの犯罪者とみていい。すぐにお礼参りにはやってこないだろうが、隆くんのことをつけ狙ってくるのはまちがいない。逃げたときの手口の鮮やかさからみても、意表をついた出方でくるだろう。だったらいっそ、こちらの仕事を手伝ってもらうことで、危険を回避する、という方法もある」

「そりゃ危険を回避しているのじゃない。危険のタネを増やして、お礼参りの危険を目立たなくするだけだろうが」

的を射ている。

「それに仕事の内容によっちゃ、奴とまたでくわす可能性だってあるかもしれん」

「そのときは、警視庁にひき渡せばすむ。まずはその可能性はないと思うが」

島津さんはいった。親父は首を傾け、僕を見た。

「おい、落第生、お前はどうなんだ」

「特典は？」

僕は島津さんに訊《たず》ねた。

「特典？」

僕は咳《せき》ばらいした。

「ええと、これまで我が国の平和と安全の維持に協力したことに対する、誠意というか、感謝の表れ」

「なんだお前、勲章でもほしいのか」

「親父じゃない、島津さんにいってるの」

島津さんはぽかんとしている。

「何のことだい、隆くん」

「こいつは夢を見てるのさ。お前らに協力してきた報酬に、入試免除、学費ただで、東大に入れてもらえるのじゃないかって」

ミもフタもない、親父のセリフ。

「いや、それは……。文部科学省が何というか……」

意表を突かれたように、島津さんはいった。

「と、東大ね……」

「お前の母校だろ」

親父がからかう。

「島津さんを先輩と呼べたら、すごく幸せなんですけど」

この際、条件を詰めるべく、国家権力にすり寄るリュウ君。

「だが、推薦入学なんて制度が東大にあったかな……」

島津さんはしどろもどろになった。

「なけりゃ作るって手もありますよ」

「いや、だからそれは監督官庁がちがうし、そもそも大学には自治権という考え方があって……」

「駄目なのですか」

「難しい、とは思うが……」

「いつもいっているだろ、隆。国家権力なんてこんなものだ。利用できるときだけ、人を利用して、いらなくなればあっさり切り捨てる」

「冴木！」

からかうように親父がいうと、島津さんは真顔になった。

「待った、隆くん。君の受験問題については、何か手がないか、調べてみる」

「本当ですか」

「東大はともかく、それなりの大学を見つけることはできるかもしれない。ただし入っても、卒業にいきつけるかどうかは、保証の限りではないが」

「もちろんです。そこまでご面倒をおかけしようとは思いません」

困ったように、島津さんは顎《あご》の先をかいた。

「まさかこんな交換条件をつきつけられるとは思わなかった」

「一切、俺は関知していない。だからこのことを『サイキ　インヴェスティゲイション』の報酬といっしょにはしないでくれ」

親父がシビアな言葉を投げかけた。

「ちょっと、それはないでしょうが。子供の未来のためにとか、少しは考えないかなあ」

「未来は自分で切り拓《ひら》くものだ。親とかコネで与えられた未来など、すぐいきづまるに決まってる」

他の人がいえば説得力のある言葉なのだろうが、この人の口から聞かされる限り、ぴくりとも心は動かない。

「第一、お前は、大学なんざいかなくたって、充分、世渡りできるだけの知恵と経験があるだろう」

「あのね、今さらそんなこといったって、親として努力不充分のいいわけにはならないの。たとえ知恵と経験が僕にあるとしても、それは金輪際《こんりんざい》、誰かさんのおかげじゃないからね」

親父は首をふった。

「好きにしろ。それより島津、話のつづきを聞こうか」

島津さんは少し気になるように僕を見たが、もってきたアタッシェケースを開いた。

「知っているとは思うが、都内のあちこちで大規模な再開発がおこなわれている。このすぐ近所でも、三ヵ所での工事が終了、もしくは始まったばかりだ」

写真をとりだした。本来なら、ノートパソコンの画面ででも説明したいところだろうが、そうしたハイテク機器には、まったく「サイキ インヴェスティゲイション」は縁がない。僕の勉強部屋では、家庭教師の麻里《まり》さんからもらった、おさがりのデスクトップがホコリをかぶっている。

「これがその一ヵ所。六本木《ろっぽんぎ》の現場だ。これから三年をかけて、高層ビル二棟と公園が作られる予定で、先月、基礎工事が始まった」

島津さんは、空撮写真を含めた、何枚かを親父のロールトップデスクの上に広げた。

「古き良き六本木がどんどん消え、よそとかわらないビル街になっていくわけだ」

親父にとっての「古き良き六本木」なんて、どうせ怪しい行商人や殺し屋、色っぽいけど真心のカケラも持ちあわせないようなお姐《ねえ》さんたちが暗躍していた時代のことだろう。

「路地の暗がりでピストルつきつけたり、ナイトクラブの片隅で合言葉を囁《ささや》く、なんてアナログな思い出話なら聞かないよ」

先回りして僕はいった。島津さんは笑いをかみ殺し、別の写真を示した。

「まさにそうした思い出話がよみがえる、あるものが発見された」

「旧KGBの拷問部屋でもでてきたとか」

「もう少し具体的なものだ」

掘り返された地面の中に、白いものが散らばっている。

「骨だな」

ちらりと見て、親父がつぶやいた。

島津さんが頷《うなず》いた。

「衣服は残っておらず、所持品らしきものも、錆《さ》びついた小さな鍵《かぎ》が発見されただけだった。残っていた毛髪をDNA鑑定にかけたところ、ICPOのデータにヒットした」

「つまり日本人じゃない？」

「そう。国籍は、フランスとも南アフリカともいわれていた。両方のパスポートを使用していたことは判明している。七年前から、消息が不明になっていた」

「何者だ」

親父が訊ねた。

「通称モーリス。『サムソナイト・モーリス』」

「奴か……」

親父はつぶやいた。

「結局、この東京でくたばっていたのか」

島津さんは僕を見た。

「隆くんには説明が必要だろう。『サムソナイト』というのは、隆くんも知っていると思うが、世界的なスーツケースのメーカー名だが、別にそのモーリスという男が、『サムソナイト』の社員だったわけではない。ただ注文があれば、世界中のどこへでも、商品をスーツケースに詰めこんで届けるところから、その渾名《あだな》がついた」

「つまり行商人？」

僕は親父を見た。親父は頷いた。

「武器専門の、な」

「奴《モーリス》が活躍したのは、主にヨーロッパで、アフリカやら東ヨーロッパの反政府組織を相手の商売だった。ソビエト連邦が崩壊してからは、急激に扱う商品の種類が増え、その顧客も、中東やアジアなどのテログループなどに広がっていった。多くの武器ブローカーは、民間軍事会社、つまり傭兵《ようへい》の派遣組織と組むことが多いが、モーリスはちがっていた。組織を頼まず、ひとりでこつこつと仕入れに動き、そのかわり、貴重な一点モノを、とんでもない値段で売りつけていた」

「一点モノ？」

「早い話が、アサルトライフル一万挺《ちょう》とか、戦車百台などというのは、奴の商売のやり方じゃなかった。最新鋭の地対空ミサイルとか、攻撃ヘリ、あるいは生物兵器に使うボツリヌス菌といった代物だ。でどころは、絶対に秘密にしたがり、そこいらの銃器メーカーには作れないような特殊な兵器。ＩＣＰＯだけじゃなく、ＣＩＡやＳＩＳ、モサドも血眼《ちまなこ》だった時期がある。さまざまな国の軍隊や兵器産業に独自のパイプをもっていて、そこから一点モノの商品を秘密裡《り》に仕入れ、秘密裡に売りつけていたのが、『サムソナイト・モーリス』だ」

「やっぱりその類《たぐい》のビジネスマンね」

僕はつぶやいた。「サムソナイト・モーリス」が親父とジッコンの間柄だったとしても驚くにはあたらない。何せ、まっとうでない職業に就いていた時間の方が、そうでない暮らしをしていた時間よりも長い人生を送ってきた人だ。大学教授や一流企業のビジネスマンに知りあいはいなくとも、殺し屋やギャングのボス、諜報《ちょうほう》機関員には、殺しあいをするくらい仲のいいお友だちがたくさんいる。つまり、大学受験を控えた息子には、実に恵まれた家庭環境。

今さら驚きもあきれもしないけど。

島津さんが口を開いた。

「『サムソナイト・モーリス』の消息が最後に確認されたのは、チェチェン共和国の首都グロズヌイだ。グロズヌイには、旧ソビエト連邦から集まってくる武器、兵器の闇市場がある。モーリスはそこである商品を買いつけ、その後行方不明になっていた」

「ある商品て？」

島津さんは首をふった。

「それはわかっていない。ＣＩＡの調査では、モーリスがクライアントの指示にしたがってグロズヌイに現われたことはまちがいないが、そのクライアントが誰で、また何を買いつけようとしていたかも不明だ」

親父が訊《たず》ねた。

「買いつけは失敗に終わったのか」

「それもわかっていない。モーリスが何か特殊な兵器を手に入れ、それをクライアントに渡したあと消されたのか、それとも渡す前に消されたのか、もちろん誰に消されたのかも含めて、すべてが不明だ」

「雲をつかむような話」

僕はいった。

「入管には、当時モーリスが使っていた、フランス、南アフリカ、どちらのパスポートによる名義でも入国記録は残っていない。つまりモーリスは、第三の名義で我が国にやってきていた。それが七年前のことだとすれば、グロズヌイで入手した兵器を、クライアントに引き渡すためであったとも考えられる」

「クライアントが金を惜しんだとか」

僕がいうと、親父が首をふった。

「どんなワルの世界にも、それなりの商道徳という奴はある。たとえばモーリスのような一匹狼は、まずつきあいのなかった人間や組織をクライアントにはしない。支払い能力も不明だし、お前のいうように金を惜しんで裏切られる可能性もあるからだ」

「それって商道徳なの？」

「さらにもうひとつ。武器ブローカーから武器を買いつけるような組織や人間は、それ一度きりというつきあい方はまずしない。小はピストルから大はミサイルに至るまで、武器というのは必ず新機種が開発され、使う使わないにかかわらず、世代交替していくものだ。当然、買う側は、あるていど時間がたてば、再び買い替えを余儀なくされる」

「テレビや冷蔵庫みたいなもの？」

「まあ、そうだ。買い替えの必要性は絶対で、もし買い替えなければ、いずれその組織は消滅を運命づけられる」

「どうして？」

「仮りにこれをひとつの国としよう。もちろん先進国ではない。先進国なら自国内生産、あるいは表の武器市場における調達が可能だからだ。ではこのA国が、闇市場に頼ってまで、武器を調達しなければならないわけは何か？」

親父は答を求めるように僕を見た。

「これってテスト？」

「お前さんがどのていど世界史、政治、経済を学んできたかのな」

僕はため息を吐いた。

「——A国は戦争をしているから。あるいは戦争をしかねない状態にあるから」

「雑な答だが、まあいいだろう。戦争というのは、必ずしも外に向かうものとは限らない。国内が不安定で、反政府勢力と内戦をくり広げている、というものも含まれる。もちろんここでいう反政府勢力もまた、武器ブローカーのクライアントになりうる」

「わかった。戦争をしている以上、使っている武器が古くなったら、新しい武器を使う敵に勝てない。負ければその勢力は、政府側にしろ反政府側にしろ消滅する。消滅しないためには、武器を買い替えつづけるしかない。そして、買い替えつづけるには、つきあいのある武器ブローカーを殺してしまったら、あとがなくなる。信用を失うから、他のブローカーもつきあってくれないだろうし」

「正解だ」

島津さんがいった。

「でも、そういう戦争をしている国というのは、たいてい貧しいよね。武器というのは高いわけでしょ。戦闘機一機で何十億円とか。どこからそんなお金がでてくるの？　戦争をしていたら、産業も育たないから、税金だってとれないだろうし」

「国際社会だ」

親父がいった。

「この世界はいつでも、複雑な枝ののびたロープの綱引きで成り立っている。かつての米ソ対立の時代とちがい、ある局面では同じ側に立つふたつの国が、ある局面では敵対することもある。ただいえることは、バランスはいつも保たれていなければならない。A国の中で内戦が起き、その政府をX国が支持すれば、Y国は反政府勢力を支持する。XとYは、表面上は仲よくやっている。結果、政府、反政府、どちらかが勝つとバランスが崩れるわけで、そうならないためには内戦があるていどつづいてもらわなければ困る。だからXとYは、上辺はA国に対し『仲よくやんなさいよ』といいながら、かげで応援する側に対して資金協力をする」

「直接武器を送らないのは、やはりマズいから？」

「もちろんだ。直接送るとなれば、他の国際社会の批判も浴びるし、さらにいえば、XやYがもつ最新鋭の武器をよこせということにもなりかねない」

「通常、闇市場に流れるのは、最新鋭の武器ではなく、一、二世代前のモデルが中心だ」

島津さんがあとをひきとった。

「最新鋭の武器は必ず先進大国で開発され、その性能は極秘なので、マーケットには流さない。また当然メーカー側も、大国の軍隊の需要に応《こた》える生産で手一杯で、闇市場に流れるような余剰品《よじょうひん》を作る余裕はない。闇市場に流れるのは、最新鋭の武器がいき渡り、不要となった旧世代の武器だ」

「中古車みたいなものだね。金持が新車を買い、いらなくなった車を中古車屋に売る」

「そう。だが車とちがうのは、この世界で新車を買える国はひと握りに過ぎず、あとのすべての国は中古車を買う以外に道はない、という点だ。そしてその中古車でも、去年のモデルと五年、十年前のモデルでは圧倒的に性能がちがい、それによって生き残れる確率もかわってくる」

「相手が十年前のモデルを使うのならこちらも十年前でいいけれど、五年前のモデルになったら、五年前のものに買い替えなけりゃならない」

「そういうことだ」

「だったらいっそお金をかき集めて去年のものを買えばいいのに」

「その通り。そしてそうさせないように調整が働くと、モーリスのようなケースがでる」

　親父がいった。

「わかんないよ」

「先進国はきたない、まずそれを頭に入れておけ」

島津さんが苦笑した。

「自分のところでいらなくなった武器を、ある場合は公然と、ある場合は裏ルートで、武器市場に流す。そして例にあがったA国のような国の、どちらか片方の勢力が、去年のモデルを買いつけようとしたとしよう。去年のモデルは大量にはないから、反対側の勢力が対抗しようにも、買いつけができない。するとバランスが崩れ、戦争は、去年のモデルを買った側の勝利となる可能性がでてくる。そうなったとき、先進国の行商人が動く。バランスを崩さないように、武器ブローカーの商売を邪魔《じゃま》したり、運ばれる途中の去年のモデルを破壊する」

「ダブルオーセブンの世界だ」

「その通り。戦争がつづき、A国の国民が何人死のうとかまっちゃいない。大切なのはバランスを保つことなのだ。なぜならバランスが保たれていてこそ、先進国を先進国たらしめている、世界経済が機能するからだ」

「じゃあ『サムソナイト・モーリス』は、どこかのバランスを崩すかもしれない商売をして、それが理由で先進国のスパイに消されたということ？」

「おおかたの見方はそうだ」

島津さんがいった。

「だったら何も問題はないのじゃない？　七年前に『去年のモデル』だった武器なんて、今じゃポンコツだ」

僕は二人の顔を見た。

「そう考えることもできる。だがモーリスの扱っていた商品の質を考えると、そのモデルが何で、今はどのような状態になっているかを知るのは、我が国の安全上、重大な命題となってくる」

島津さんがいった。その安全上の重大な命題を、高校生に託そうというのも、どうかと思うけど。

「武器は武器ってことね。モーリスがもちこんだ代物が、どこかの駅のコインロッカーでそのまま眠っているかもしれない、と」

「コインロッカーにはないだろうが、破壊もされず行方不明になっている可能性はある。そしてそれが大量破壊兵器であるとしたら、いつ何かの拍子《ひょうし》に――」

「ちょ、ちょっと待って。大量破壊兵器って何？」

僕は親父を見た。

「NBC」

親父がいった。

「何だよ、それ」

「Nは核、Bは生物、Cは化学だ。つまり核爆弾か、細菌兵器、あるいは毒ガス」

「モーリスが細菌兵器を扱ったという記録はある。が、NとCに関しては、今のところない」と島津さん。

「でもさ、それって、簡単には作れないし、作ったとしても、こそっといっこカッパラってこられるという代物じゃないのでしょう」

「そうでもない」

恐しいことを親父はいった。

「生物、化学兵器は、たいした設備がなくても作りだすことが可能だし、量産が難しいといわれている核兵器でも、生産後、行方不明になっているものがいくつもある」

「マジで？」

「残念ながら事実だ。核兵器を所有する、あるいは所有すると見られている国は限られているが、もちろんどの国も、実際に何発の核兵器をもっているかは公表していない。ましてや保管庫の中から行方不明になったものがあるとしても、その事実は決して明かさないだろう。特にソビエト連邦が崩壊したときには、その領土のあちこちに保管されていた核兵器の相当数が何者かによって換金目的でもちだされた、という証言がある」

「そのうちのいっこが、『サムソナイト・モーリス』の、最後の商品だったってこと？」

「あくまでも可能性の話だ。事実そうであったとしても、モーリスを消した人物の手で回収、破壊されているかもしれん」

確かに「鈴木社長」のお礼参りどころの話ではない。この東京のどこかに核爆弾が埋もれていて、何かの弾みでドカンということにでもなったら、僕の進学の希望も、家庭教師の麻里さんといつかベッドインしたいというささやかな夢も、すべてがコッパミジンになってしまうのだ。

「でもふつう、回収か、破壊するよね」

僕はいってみた。

「モーリスを殺したのが行商人なら、だ」

親父がいった。

「その鍵《かぎ》が気になるな。衣服も残っていないような状態で、なぜ鍵だけが骨といっしょにでてきたんだ」

「モーリスが体内に隠しもっていたか、偶然遺体のそばにあったか」

島津さんはいって、アタッシェケースの中からプラスティックの小さな箱をだした。

「鍵そのものはスティール製だった。特殊なものではない。これはその溝《みぞ》を機械で読みとり刻み直したレプリカだ」

箱の中から鍵が現われた。確かに何の変哲もない鍵だった。マンションなどの扉の錠に使うものにしてはやや小さ目だが、ロッカーや小型金庫の鍵にしては大きい。

「現在、錠前会社をあたらせているが、同じものを作ったという回答はない」

「車の鍵、とか」

島津さんは首をふった。

「それもちがう。モーリスが特注で作らせたスーツケースなどの鍵かもしれん。いずれにしてもこれが残っているということは、この鍵の合う何かが、どこかに存在している可能性を示しているのだ」

「それを捜せ、というわけか」

親父がいった。

「そういうことだ。当然の話だが、我々も全力を尽している。しかしあまりに時間が経過しているのと、対象が対象なので、表だって動くわけにはいかないのだ」

「対象が対象とは？」

僕は訊《たず》ねた。

「モーリスの死体が見つかったという情報は、おそらくICPOから世界中に流れることになるだろう。モーリスの最後の商品に興味をもち、あわよくばそれでひと儲《もう》けをたくらむ人間がやってくる可能性がある」

「その商品を見つけだしてまた売ろうとするってこと？」

島津さんは頷《うなず》いた。

「たとえ七年以上前のモデルだとしても、核爆弾なら、今でも巨額の値がつく。この世界には、たとえ百万人の人間が死のうと、自分さえ大儲けできるならまったくかまわないと考える者が少なくはないんだ。残念ながら」

「驚くにはあたらんさ」

親父がいった。

「個人を国にいいかえれば、先進国はすべてそうだ」

「日本も？」

ていた。

　僕は〝否定〟を期待して島津さんを見た。だが島津さんはいった。

「残念ながらその通りだ。誰かを踏みつけにすることによってしか、水面から浮かびあがれない時代。それが今だ。おそらく冴木が現役だった頃より、世界はもっと悪くなっている」

　未来に希望を与えてくれる発言だこと。

「そうとは限らんさ」

　親父がいった。

「昔は、踏みつけにされている奴がいることすら知らない人間がおおぜいいた。誰かを踏みつけにし、それによって豊かさを享受《きょうじゅ》しているのに、気づいていなかった。遠い外国で起こっている収奪や虐殺《ぎゃくさつ》など、自分たちには無関係だと思いこんでいたのだからな。だが衛星放送の出現でそれがかわった。いつだって、どこかに踏みつけにされる奴がいて豊かさが得られるって真理に皆が気づき始めた。問題は、自覚して誰かを踏みつけにしているか、自覚せずに踏みつけにしているかのどちらの罪が重いかってだけで」

「どっちが重いの？」

　僕は訊ねた。親父はにやりと笑った。

「それを知るのが〝勉強〟ってものだろう、受験生」

4

「白骨死体が見つかった建設現場だが、七年前は、バブルまっ盛りの頃に建てられた超高級会員制クラブだった。名前は『港倶楽部《みなとくらぶ》21』。レストラン、バー、プール、カジノまでくっついているという代物で、現金の賭《か》けこそなかったが、勝ったポイントを飲食代やブランド品と交換することができた。作ったのは表向き『NM興産』という不動産開発業者だったが、資金はさまざまなところから流れこんでいた。銀行、政治家、暴力団、右翼団体などだ。バブル崩壊後、馬鹿高い会費を払えない会員が次々とやめていき、急激に経営は悪化した。当然、投資が回収できなくなった出資者との関係も悪化し、八年前の十二月三十一日、年がかわろうという直前に、『NM興産』の社長、浜野卓郎《はまのたくろう》は、広尾の自宅マンションで射殺された。犯人はつかまっていない。『港倶楽部21』はその後三ヵ月で閉鎖され、再開発工事が始まる去年までずっと放置されてきた。地権者が複雑にからまりすぎて、しばらくは誰も手をだせなかったのだ。だが一昨年《おととし》、たてつづけに、右翼団体のボスと暴力団の組長が高齢で死に、再開発が可能になった。したがって、『サムソナイト・モーリス』の死体が埋められたのが、『港倶楽部21』の営業期間中だったか、それとも閉鎖後だったかは、明らかじゃない」

目の前に巨大な鋼鉄の骨組がいくつもそびえ、大型のダンプやトラックが土煙をたてながらいきかっている。

こんな街のまん中で、これほど広いむきだしの地面を見ると、それがあたり前に見えず、むしろ不思議な景色に思える。

僕と親父は、島津さんの公用車の後部席から、その光景を眺めていた。

「死体は『港倶楽部21』の、地下二階、ワイン貯蔵庫があった場所で発見された。調べによると、そこにあったワインは、閉鎖される前の年のクリスマス後、殺された社長の指示ですべて運びだされ、それからは鍵をかけられたままだったという。再開発のための解体工事が始まったとき、解体業者は、ワイン庫の存在を知らず、地下一階にプールがあるだけだと思いこんでいた。ところが地下二階があり、そこに白骨が散乱していたというわけだ」

「じゃあ七年前じゃなく、一昨年殺されたという可能性もあるってこと?」

僕は訊ねた。

「いや、モーリスの足取りがまったくつかめなくなった時期を考えれば、七年前という判断でまちがっていないと思う」

島津さんは答えた。

「『港倶楽部21』の出資者の中に、モーリスとつながる奴はいるのか」

親父が退屈そうに訊ねた。確かにここに作られている億ションや高層ビルと、冴木家とは、何のかかわりも生まれないだろう。

「その線はすべてあたったが、はっきり関係があると確信できる者はいなかった。出資者の中には、倒産した会社や、死亡したり、行方不明となっている者も多い。そういう点では、手がかりらしい手がかりはほとんどない。関係者で、今でも消息がつかめるのは、六本木で水商売をやっている梅本《うめもと》という男だけだ。梅本は、七年前当時、『港倶楽部21』のマネージャーのひとりだった。今はストリップバーとクラブ――踊る方のクラブだ――を経営していて、なかなかの羽振りらしい」

「楽しみだな、隆」

「高校生にそれはないでしょう」

「バーの名前は？」

「『ジョージ・ジョージ』、クラブは『マックス』」

「あ」

僕はつぶやいた。

「知っているのか」

「このところ人気下降中。評判を聞きつけたおじさん、おばさん客が増えてきて」

「梅本の写真は、渡した資料の中にある。『ジョージ・ジョージ』には、外国人ダンサーも多く入っていて、梅本は英語、ロシア語が堪能《たんのう》だということだ」

島津さんがいった。

「関係者の中で、梅本が生き残っていることを考えると、奴が何らかの情報をもっている可能性は高い。といってひと筋縄でいく男じゃない」

親父はアクビを嚙《か》み殺した。

「六本木の交差点で落としてくれ」

止まっていた公用車は動きだした。六本木交差点で止まると、僕と親父は降りたった。

ネオンの光が輝きを増しだす時間帯になっていた。

「二十四時間、連絡を待っている。何かわかったらすぐに知らせてくれ」

島津さんはいって、スモークガラスのウインドウを閉め、走り去った。

親父は片手をパンツのポケットに入れ、片手で顎《あご》をなでた。

「どうも気のりがしない」

「あのさ、これって僕の大学進学がかかっているわけ。だからそういうことといわないでほしいな」

いったが、返事はない。目は交差点の向こうの巨大画面を眺めている。

「もし親父がやらないっていうなら、僕ひとりでもやるからね」

「それも賛成できんな。とりあえず、飯でも食うか」

親父は答え、信号のかわった横断歩道を渡りだした。

「どこでさ」

「昔馴染《むかしなじみ》が定食屋を始めたといってた。そこへいってみよう」

定食屋ね。まあ親父の懐《ふとこ》ろ具合を考えれば、妥当な線だろう。

親父は防衛庁があった方角に少し歩くと、道を折れた。タレントの追っかけが集まるので有名なスタジオの近くにある、比較的新しい雑居ビルの前で足を止めた。

「確か、ここらだ……。あった」

つぶやくと、地下へつづく階段を降りた。

定食屋にしては雰囲気が洒落《しゃれ》ている。入口は小さな石庭に竹林をあしらった造りで、立派な割烹《かっぽう》といった外観だ。

時間が早いせいか、「竹虎《たけとら》」と記された扉をくぐっても、声はかからなかった。だが親父は人けのない店内を気にするようすもなく、長くのびた金属製のカウンターに腰をおろした。

「いらっしゃいま――、あら、涼介さん！」

裏返った胴間声《どうまごえ》に、僕の背中はまっすぐのびた。現われたのは着流しのごついおじさんだった。薄化粧をして、前かけを結ぼうと手をうしろに回している。

「嬉《うれ》しいわ！　きてくれたのね。いつ会えるだろう、いつ会えるだろうと、指折り数えて待っていたんだから」

抱きつかんばかりにして親父に駆けよった。親父は神妙な顔で頷《うなず》いた。

「いや、もっと早くきたかったんだが、なかなかこの近くにくる用がなくてな。ちょうど今日は、息子と通りかかったものだから……」

「息子⁉」

薄化粧のおじさんの目が広がった。

「涼介さんの⁉」

僕をまじまじと見る。控えめな笑みを浮かべるリュウ君。どうか僕のことはお気になさらず、再会をお喜び下さい、なんて。

「かわいいー！」

いきなり頬を両手ではさまれ、唇を奪われた。うっすらのびたヒゲのざらっとした感触に、僕はとびあがった。

「おい、竹虎」

「ごめんなさーい。あたしかわいい男の子見ると、見さかいなく襲っちゃう癖《くせ》があるのよ。大丈夫、涼介さん以上の人はいないのだから、恐がらなくていいわよ」

恐がるも何も、いきなり、キスはないだろう、キスは。正直、あたりかまわずぺっぺしたいのを、僕はけんめいにこらえた。おかげで涙目。

「とりあえず、ビールでも飲ませてくれ。それとも開店前で何もでないのか」

「あら、気がきかないわ、あたしったら。待ってて、涼介さん」

竹虎さんはいって、カウンターの内側のノレンの奥に消えた。

「大丈夫か」

親父が小声で訊《き》いてきた。急いでシャツの袖《そで》で口をぬぐった僕はひと言だけいった。

「殺す」

「ファーストキスだったのか、もしかして」

「男とは、ね」

にらみつけ、答えた。親父はにたりと笑った。

「これできっとうまいもんが食えるぞ」

どこの世界に、息子のファーストキスとひきかえに、タダ飯にありつく父親がいるだろう。情けなくて、泣きたくなった。

だが親父の言葉は本当だった。ビールにつづいて、つきだし、そしてお刺身、碗《わん》ものと、つぎつぎと竹虎さんが厨房《ちゅうぼう》から運んできた和食はどれもびっくりするほどのおいしさだった。極めつけは、土鍋《どなべ》でたいたというご飯で、ひと粒ひと粒が銀色に輝き、おかずなどなくても、何杯もお代わりができる。

すっかり満腹になり、食後のお茶とデザートのメロンを前にしたとき、親父が口を開いた。

「近頃、かわったことはないか」

「かわったこと？『ピラニア』のマユちゃんが玉を抜いたことくらいかしら」

急須《きゅうす》を手に竹虎さんが答える。

「そっち方面じゃない。あっち方面だ」

竹虎さんは、親父より上、五十をいくつか過ぎているように見えた。厨房に他に板前らしい姿がないところを見ると、料理はすべてこの人が作ったらしい。

「ロシア人はお盛んよ。目立たないようにはしてるけど、このところ新しいところが入ってきているみたい」

「新しいところ？」

「そう。ダンサーとかにくっついて、男もくるじゃない。あたし毛深いのは嫌いだから気にしないけど、見ない白人が増えているもの」

「『ジョージ・ジョージ』というバーを知ってるか」

「梅ちゃんのとこでしょう。あそこは通訳いらないから、あたしの仕事はないわ」

竹虎さんは首をふった。そして僕にウインクする。

「これでも、英語、フランス語、ロシア語はペラペラよ」

「お前も習ったらどうだ？　受験勉強になるぞ」

「あら素敵！　ピロウトークまで全部教えちゃうわ」

食べた料理を戻しそうになった。

「冗談よ。梅ちゃんはやり手よ。浮き沈みが激しい中で、がんばってるわ」

「スポンサーはいるのか」

「いるとは思うわよ。『ジョージ・ジョージ』も、もう一軒のクラブも、けっこう大箱だから、もとではかかってる筈《はず》」

「正体を知らないか」

「あたしの勘じゃ、日本人じゃない。もちろん中国でもないわよ。アメリカとかイスラエルとか、その辺。だってあの店、外国人が多すぎるもの。それも貧乏白人ばかりじゃなくて、金持や外タレなんかもよくきてるし。よほどコネがあるのじゃないかしら」

「コネ、ね」

親父はつぶやいた。

「梅ちゃんのとこは、若い衆もけっこう、すばしこいのがそろってる。見てくれだけじゃなくて、頭が切れたり、筋者相手でもびびらないって噂だもの」

六本木の生き字引のようだ。僕にとっては生き地獄。

「梅本というのはいくつくらいの男なんだ」

「あたしよりちょっと下だから、涼介さんくらいかしら。いやだ、年の話なんかさせないでよ」

思いきり、しなを作って竹虎さんは答えた。

「聞いた話じゃ、副社長をやってる弟がいて、社員を厳しく管理しているのだって。梅ちゃんは、その弟を大学やるために水商売入ったって噂なの。それで学校でたら弟さんには、カタギの仕事についてほしかったのだけど、結局、いっしょにやることになったみたい」

「弟というのはいくつだ?」

「さあ。あたしは会ったことないの。クラブの方を任されているらしくて。でも経理とか中心にやっていて、あまり表にはでてこないようよ」

「梅本はどこで言葉を覚えたんだ？」

「わからない。水商売に入る前も、いろんな仕事をしていて、そっちで覚えたみたいよ。ハワイとか、あとウラジオストックにもいたことあるって聞いたし。とにかくメチャ顔が広いのは確か。そういえば、あそこのVIP客にだしてるキャビアは半端じゃない上物なの。お金だけじゃ買えないような極上品よ。一度だけ、ハリウッドからきたスターの通訳でついていって、食べたけど」

「金だけじゃ買えない、キャビアの極上品か」

今、食事が終わったばかりだというのに、親父はうらやましげにつぶやいた。

「何なの、涼介さん。お仕事？」

竹虎さんはいって、じっと親父の目をのぞきこんだ。親父は急いで目をそらし、

「まあ、そんなようなものだ。ご馳走《ちそう》さん、いくらになる？」

と訊《たず》ねた。

「何いってるのよ、あたしが涼介さんからお金とるわけないじゃない。命の恩人で、その上、息子さんの唇までいただいちゃったのだから」

竹虎さんはいって、おおげさなウインクを僕にした。

「でも、お父さんに似てきたわね」

ぎょっとするようなことをいう。

「いつでもいいからまたきてね。息子さんひとりでもいいわよ」

送られて店をでた。

外に立つと僕は訊ねた。

「命の恩人て？」

「大昔の話だ。ドバイで奴《やっこ》さんがモロッコ人の殺し屋に消されそうになったところを助けたことがある」

親父はポケットに両手をつっこんで答えた。言葉だけ聞くとキザだが、親父がいうと、何だかその辺の道ばたでパンクして困ってるおばさんの車のタイヤ交換をしてあげたみたいに響く。

「その頃からおか――男好き？」

「まあな」

「ひょっとして、昔はフカい仲とか」

「俺はストレートだ」

核心に触れてみた。

「で、僕が親父に似てきたというのは？」

親父はとぼけた目で僕を見た。

「さあな。たぶんつまらん噂を真にうけたのだろう。俺が親友の忘れ形見を育てているとか何とか」

「ちがうの？」

親父の目がふと真剣になった。

「知りたいか」

悩んだ。それを見透かしたように親父はいった。

「どうまちがっても、お前が億万長者の遺産相続人だとか、やんごとなき筋の隠し子だなんてことはないから安心しろ」

ため息がでた。親父はそしらぬ顔で煙草をくわえた。

「ま、いずれ嫌でもわかるときがくる。それまでせいぜい青春を謳歌《おうか》するんだな」

探偵をアルバイトにする青春てどうなの。訊《き》き返したい気持をぐっとこらえた。人間、今ある立場を嘆くより、それを少しでもよくする努力がかんじんだ。こんな〝人格者〟に育ったのも、この人のおかげといえばおかげだ。身近に立派な反面教師がいる幸福を、しばしかみしめるリュウ君。

5

六本木交差点で親父と別れた僕は「マックス」に足を運んだ。親父の方はストリップバーへ。このあたり役割分担の不公平を感じなくもない。

時間が早いせいか、踊っているのは、健全な少年少女ばかりだった。だいたいこのテの店は、週刊誌なんかで話題になるとたんに、イモ兄イモ姉ばかりが増える。マスコミにとりあげられる直前が一番とがっているものなのだ。

顔見知りのプッシャー（売人）は何人かいるが、七年前にはまだせいぜいヤンキー中学生だ。ぐるりと一周して、少しようすを見ることにした。店内には外国人の客も多く、白人のダンサーと覚《おぼ》しいお姐《ねえ》さんたちは、他の客の踊りとは関係なく、自らの世界にひたっている。

その中にひときわナマメカしい、ストレートロングの女の子がいた。年はたぶん、十八か九、ジーンズとチューブトップのすきまに見えるヘソにドクロのタトゥーが入っていて、その両側にピアスがふたつ下がっている。

髪は金髪ではなくブラウンで、鼻が高すぎず、身長も百六十センチくらいとコンパクトなところがかわいい。長い髪がフロアにつくぎりぎりまで膝《ひざ》を曲げ、体をくねらせて踊るようすが、一一〇番したいくらいに色っぽかった。

なにげにナンパを試みた。というのも、なぜだかその子の周辺には、誰もいなかったからだ。白人の女の子は他にもいるが、少し離れたところでかたまって踊っていて、その子の周りだけがバリアを張ったように無人なのだ。

そばにいき踊っていると、やがて伏目がちだった彼女の目が僕をとらえた。はっとした。こんなに深い青の瞳《ひとみ》を見るのは初めてだ。水色に近い。

僕の意図に気づいたのか、ふっと彼女は微笑んでみせた。余裕の笑みというか、やれるものならやってみなさいよ、という自信の表れ。そこでリュウ君も百万ドルの笑顔を浮かべる。

とはいえ、この子、日本語喋《しゃべ》れるのだろうか。

とりあえず並んで、しばらく踊っていた。だんだん店も混んできて、自然に二人の距離は詰まっていく。

やがて、ふっと、彼女が力を抜き、僕を見た。僕の胸を指さし、

「グッドダンサー」

と笑いかける。ウインクし、日本語でいった。

「とても、じょうずネ」

僕は微笑み返した。

「そばで君を見たかっただけなんだ。あんまりカッコよかったから」

彼女は驚いたように目をみひらいた。

「ワタシが？」

「そう。最高にセクシーで、最高にアブナそう」

きゃっきゃと笑い声をたてた。そしてふざけて僕をにらんだ。

「そうよ。ワタシは、モストデンジャラス」

「僕の名はリュウ。君は？」

「モニーク」

彼女は答えた。彼女の英語は、独特の訛《なま》りがあった。ロシア人かもしれない。

「何か飲もうよ」

僕は誘った。モニークは頷《うなず》き、僕たちはバーコーナーへと移動した。彼女はミネラルウォーターを、僕はビールを注文した。

モニークはじっと僕を見つめ、

「ハウ・オールド・アー・ユウ」

と訊ねた。

「十八。もうじき十九」

にこっとモニークは笑った。まるで天使の笑み。小さいながらもみごとにとんがった胸をさし、いった。

「セイム」

僕たちは乾杯した。

「この店に何度もきてるけど、会うのは初めてだね」

モニークは指を立てた。

「あなたくるのきっと、アフターミッドナイト。ワタシそのときいない」

「それでか。シンデレラなんだね」

「そう。ワタシはシンデレラ」

モニークはくすっと笑った。僕はお腹のタトゥーを指さした。

「お父さんは彼？」

モニークは再びきゃっきゃと声をたてた。

「ちがう。これ、グランドファーザー。パパはまだ元気よ」

そして自分がロシア人の父親とフランス人の母親のあいだに生まれたことを話してくれた。父親は貿易商で、モスクワとパリ、東京をいったりきたりしているという。彼女はそれぞれの街で暮らそうと思い、今は東京ライフの二年目だそうだ。ロシア語とフランス語はペラペラ、英語と日本語はカタコトだというが、カタコトどうしは意外にコミュニケーションがとれるものなのだ。

この店にきている理由を訊《たず》ねると、パパとオーナーが友人だから、という願ってもない答が返ってきた。

「オーナーは日本人？」

「ノー」

モニークは首をふった。

「ロシアン。日本にはあまりいないネ。モスクワとニースが好き」

ニースといえば確か南フランス、地中海に面したコート・ダジュールの観光都市だ。同じ海でも、ハワイやグアムじゃないあたりが、金持度《かねもちど》の高さをうかがわせる。

「日本にもそんな大金持のロシア人が進出してきているんだ」

「シンシュツ？」

モニークは首を傾げた。だがすぐにつづけた。

「パパの友だち、ロシアンの金持多いネ」

「きっとモニークのパパもお金持なのだろうね」

モニークは首をふった。

「ノー。ワタシのパパは金持じゃないネ。ただのワーカホリック」

寂しそうにいった。

「ママは？」

「離婚して、パリで別の人と結婚した。一年に一度会うだけ」

「僕もママはいないんだ」

なにげなくいった。モニークの目が広がった。

「どうして」

「わからない。物心、えーと、少し大きくなったときには、パパしかいなかった」

「死んだ？　別れた？」

肩をすくめた。それすら知らない人間など、ふつうはいない。この上、パパも実のパパじゃない、なんていおうものなら、クローン人間の疑いをかけられるかもしれない。

話をかえた。

「でもオーナーがいないのに、ここにきてるのはどうして？」

「梅本サン。ここの社長ネ。オーナーのミスターポポフに紹介してもらった。梅本サン、いつ遊びにきてもいいよといってくれた」

ミスターポポフ。かわいいのはきっと名前だけにちがいない。

「どんな人？」

「ロシア語がすごく上手。『ジョージ・ジョージ』にいつもいる。知ってる？　ストリップバー」

「名前だけ」

「ワタシも踊らないかと誘われてる。ヒマだから、いいかな」

そういう問題だろうか。

「パパは怒らない？」

「パパはワタシにノーインタレスト。ビジネスオンリーネ」

世界中どこにでもいるのだ。仕事仕事の親にかまってもらえない子供は。

「でもリュウとトモダチになれたからハッピーネ」

モニークはいって、ぱっと目を輝かせた。

「僕もハッピーさ。ハッピーアンドラッキーって感じかな」

「ケータイの番号、教えて」

僕とモニークは番号を交換しあい、メモリーした。

「これでいつでも会えるネ」

にこっと笑う、モニーク。君はボクの天使さ、と決めたいところをぐっとおさえて、

「いつでも、どこでも、用があったら口笛を吹いて」

海の向こうのシブいおじさんの墓碑銘《ぼひめい》をパクると、またまた大受け。ときに過ぎた美《び》貌《ぼう》は人を孤独にするものらしい。

モニークが不意に僕の腕をつかんだ。

「ほら、あのヒト。梅本サン」

ちょうどそのとき、店の階段を小太りのおじさんが降りてきた。ちょびヒゲを生やし、ダブルのスーツを着こんで、愛敬《あいきょう》がある雰囲気。だがそのうしろにつづく、ニットジャケットの背の高い男を見たとたん、僕の血は凍った。

「社長」だ。「(株)未来開発」の社長、自称鈴木がいっしょに降りてくる。

嘘だろ。こんな偶然てあり？

僕はすばやくモニークのうしろに回った。

「いっしょにいるのは誰？」

「ケンイチ？　ミスター梅本のブラザー。ワタシの最初のジャパニーズフレンド」

くったくなくモニークは答えた。あろうことか、梅本兄弟に手をふる。

「ハーイ、ミスター梅本、ケンイチ」

トイレ、と思ったが遅かった。二人はこちらに目を向け、社長こと梅本弟の顔がかわった。僕に気づいたようだ。

踊っている人波をかきわけ、近づいてくる。プチ非常事態宣言。

「やあ、モニーク」

社長はモニークの肩を抱き寄せた。その瞬間、僕はわかった。モニークの周囲に人がいなかったわけを。彼女は自らの言葉通り、「モストデンジャラス」だった。

「ケンイチ、ニューフレンド紹介するよ。リュウ」

「リュウ君か」

梅本弟は僕の目を見つめ、にやりと笑った。

「カッコイイでしょ、ケンイチ」

今や地獄の天使となったモニークがいう。

「そうだな。どこかで会ったことがあったっけ」

「さあ。よくある顔ですから」

とりあえずいってみる。

「なるほど。他人の空似という奴かもしれない」

口元だけで微笑み、梅本弟は答えた。

「梅本ケンイチさん、ですか」

僕は覚悟を決め、いった。正体はつかんだぞ、と、とりあえず告げておく。

「そうだよ」

「ケンイチ――」

小太りおじさんが声をかけた。店の奥を示す。モニークには微笑んでみせたが、僕のことは無視している。

「あとでいくよ」

　ケンイチはいった。

「この若い人と話がしたい」

　ん、と顔をしかめるお兄さん。それにしても大胆だ。あんな大捕物から一日しかたっていないのに、こうして六本木のクラブに姿を現わすとは。

　ケンイチはモニークのむきだしの肩にそっと手をおいた。

「踊っといで。モニークの踊りが見たいんだ。きっとリュウ君も、お前の踊りを見たがっている」

「さっきまで踊ってたよ。リュウといっしょに」

「俺は見ていない」

　妙にクールな表情で首をふるケンイチ。モニークはちょっと口を尖《とが》らせたが、僕にミネラルウォーターのペットボトルを預け、フロアにすべりでていった。

「さてと……」

　ケンイチは目をモニークに向けたままつぶやいた。

「おもしろい偶然だな」

「本当ですね」

　答えると、ケンイチは僕をふり返った。目を細めている。

「やけに落ちついてるじゃないか。ＰＴＡでも連れてきているのか」

すばやく店内を見回した。そのPTAはたぶん今頃は、白人ストリッパーを鼻先に涎《よだれ》をたらしていることだろう。

僕は無言で肩をすくめた。ケンイチは僕の肩をつかんだ。

「奥まできてもらおうか」

「次の機会に」

ケンイチはにっと笑った。茶髪イケメンの目がひどく冷たい。僕の耳に口を寄せた。

「次は、ない。お前には」

「どうも誤解があるみたいですね。僕が何かいけないことしました？」

「たっぷりな。お前のせいで怒っている奴がたくさんいる。そいつらに引き渡す」

「わかっていて、あんたにのこのこついていくわけがない。さらわれるくらいなら、ここで大騒ぎしますよ。モニークには嫌われちゃうだろうけれど」

目でフロアを示した。ケンイチの顔がこわばった。僕は、ケンイチの細身の体にフィットしたニットジャケットを見やった。今日のところは拳銃《けんじゅう》はもっていなさそうだ。

ふん、とそれに気づいたのか、ケンイチは笑みを浮かべた。

「お前、ただの高校生じゃないな」

「ただの高校生ですよ。だから恐いことというのはやめて下さい」

肩をつかんだケンイチの手に力がこもった。

「お前が何者だか、ゆっくり聞かせてもらおうか、こい」

「あ、あ、」

僕は口を開き、モニークを見た。根っから踊りが好きなのだろう。今はもう無我の境地に入っている。

ケンイチの手から力が抜けた。

その瞬間を逃さず、僕はフロアへと躍りでた。店はどんどん混み合ってきて、温度と湿度が急上昇している。うねるように動く人波の中にまぎれこみ、奥へ奥へと向かった。モニークは僕の動きに気づかない。

虚を突かれたのか、ケンイチが目をかっとみひらくと、僕をにらみつけた。が、ゆっくりと顎《あご》をあげ、左の中指を立てて見せる。そしてくるりと背中を向けた。

もちろんこのまま逃げきれないことはわかっていた。「マックス」の出入口は、通常はひとつしかない。そこで待ち伏せをくらえば、それまでだ。

踊りながら僕は非常口の表示を捜した。ふだん使われていない出口を見つけなければ。だが考えてみれば、このクラブはケンイチの〝職場〟なのだ。隅々まで知りつくされている。ケンイチに仲間がいれば、あらゆる出口は塞《ふさ》がれてしまうだろう。

となれば、あとは救助隊を要請する他ない。

踊りながら僕は携帯電話をつかみだした。「圏外」になっている。忘れていた。「マックス」は地下にあって、携帯がつながらないのだ。あとは店の有線電話だが、ケンイチを残したバーカウンターにあった筈《はず》だ。

「よお」

そのとき、耳もとに息を吹きかけられた。ふりかえると、見覚えのあるプッシャーが立っていた。僕の腰に腕を回してくる。その手にバタフライナイフが握られていた。

「お前のこと、連れてこいってよ」

ナイフの刃先が僕のウエストをすうっとなでる。

「騒ぐなよ、逆らうなよ、刺すからよ」

鼻の頭に大きなピアスをつけたプッシャーは、自分でもキメちゃってるのか、瞳孔《どうこう》が開いた目でささやいた。

「わかったよ」

僕は頷《うなず》いて、そっとプッシャーの手首をつかんだ。

「そこなでるのやめてくれる。性感帯なんだ」

プッシャーはにたっと笑った。バタフライナイフが掌《てのひら》の中に消えた。

「聞きわけいいな、お前。かわいいぜ」

そこにもピアスのはまった舌をつきだし、開いた口の中で激しく震わせた。

僕とプッシャーは踊りの集団の中を抜けだした。

「奥のオフィスだ、こいや」

プッシャーは首を傾けた。

「その前にトイレいっていい？」

「なんだよ、感じちゃったんで、自分でしちゃうのか？　もったいねえ、手伝ってやるよ」

プッシャーは僕の肩をどん、と突いた。それに押されるように僕はトイレの方に歩きだした。ぴったりとプッシャーがついてくる。

「見ててやるよ。やってみな」

男性用トイレの入口をくぐると、プッシャーはひひひっと笑っていった。中には先客が二人ほどいた。僕は個室のひとつに歩みよった。

「おいおい、本当にヌクつもりかよ」

僕は黙って頷いてみせた。プッシャーの笑みが消えた。

「なめてんじゃねえぞ、コラ」

革パンのヒップポケットからバタフライナイフをひき抜いた。二人の先客は、状況やばしと見たのか、しまうモノもしまわず、大急ぎでトイレをでていく。

僕はそれを見届けると、個室のドアを開け、中に体をすべりこませた。

「おい！」

プッシャーがあわててドアを外から引こうとする。その勢いに合わせて、ドアを外に押した。バン、と音をたててプッシャーの顔にドアがぶち当たる。

「痛っ」

悲鳴をあげたプッシャーの腹にストレートを打ちこんだ。前かがみになるところに膝《ひざ》蹴《げ》りをお見舞いする。顎に決まって、プッシャーは仰向《あおむ》けに倒れこんだ。うしろに並んだ小便器のひとつに頭をつっこみ、ガツン、と小気味いい音を響かせ、動かなくなった。落ちているバタフライナイフを拾いあげ、ダストボックスに投げこんだ。プッシャーは白目をむいている。

僕はため息を吐いた。どうもこのところ、世の中を狭《せば》めているような気がしてならない。このプッシャーだって、今までは会えば、目で挨拶《あいさつ》するくらいの仲だったのだ。もっとも、彼の〝お客さん〟になったことは一度もないのだけれど。

薬物に快楽を求めるほど、刺激に乏しい高校生活を送れないのが、目下の僕の悩みなのだ。

もう一度携帯電話をチェックした。やはり「圏外」のままだ。どうやら自力脱出を試みる他、手はないようだ。

トイレをそっと抜けでた。のびているプッシャーを見ても、あまり騒ぎたてる客はいないだろう。ようすからして、クスリをやりすぎたと思われるだけだ。とはいっても、リュウ君に残された時間は、そうはない。

プッシャーが僕を連れてくるのが遅いことに業を煮やしたケンイチが、第二第三の拉《ら》致《ち》要員をさし向けてくるのはまちがいない。

出入口につながる階段の方をうかがった。別のプッシャー二人が妙に仲よく、壁に背中をもたせかけて立っている。どうやら、「マックス」内でのドラッグビジネスをつづける見返りに、ケンイチのにわか子分となったようすだ。

度胸を決めた僕は回れ右をした。店の奥へと進む。「スタッフオンリー」と記されたドアがあるのを知っていた。

そのドアを押し開いた。サウンドが遠のき、コンクリートの打ち放しの通路にでるとカビくさい匂いが鼻を突く。いつのものとも知れない、出前の皿が通路の端におかれていた。

正面以外に出入口があるとすれば、奥のスタッフルームの近くだろうと踏んだのだ。

通路は五、六メートル進んだところで直角に折れ曲がっている。角の細長い天井に「EXIT」の非常灯がとりつけられていた。自分の勘のよさに、僕は思わず微笑んだ。

通路を進み、角を曲がった。とたんに、その先にある部屋のドアが開き、話し声が聞こえた。

「わかってるよ、心配すんなって。あんたを困らすようなビジネスはしないからさ——」

開いたドアには「オフィス」のプレート、中から現われたのはケンイチ。のぞき見える奥のデスクに、小太りおじさんの梅本の姿があった。

鉢合わせした僕に、さすがに驚いたのか、ケンイチは口をつぐんだ。だがすぐ、にやりと笑った。

「自らおでましとはいい心がけだな、リュウ君よ」

「道まちがえたみたいです」

「そういうなよ。ジローはどうした」

「ジローさんて、ピアスの好きな？」

「そうだ」

「おしっこしてます」

ケンイチは眉《まゆ》をひそめた。

「まあいい」

「ケンイチ、誰と話してんだ」

デスクにのせたノートパソコンをいじっている梅本が訊《たず》ねた。

「ちょっとした知り合いだよ」

「ここはスタッフオンリーだ。話すのならフロアにいけ」

パソコンの画面に目を向けたまま、梅本がいった。

「すぐすむ」

ケンイチはいって、ドアをうしろ手で閉じようとした。しかたない。僕は大声でいった。

「梅本さん、梅本さんですよね。昔、『港倶楽部21』にいらした」

梅本の、マウスを動かしていた手が止まった。不審そうに顔をあげるとこちらを見る。

「やっぱりそうだ。『港倶楽部21』でマネージャーをしていらしたでしょう」

ケンイチは驚いたように僕を見つめた。

「お前、なんで――」

「坊や、若いのにずいぶん昔のことを知ってるな」

兄がつぶやいた。

「実は共通のお知り合いがいるんです」

こうなったら、びっくり作戦でここを脱出する他ない。

「知り合い？」

「ええ。通称『サムソナイト・モーリス』」

兄の表情がかわった。

「誰だって？」

訊《き》き返したが、顔から血の気がひいている。

「『サムソナイト・モーリス』。なつかしいな。七年前に僕にヨーロッパ旅行のおみやげをくれるといったきり、会ってないんです」

ガタッと音をたて、兄は立ちあがった。目をまん丸く開き、僕をにらみつけている。

「兄ちゃん――」

あきれたように弟がいった。

「おい、お前のその知り合いに、中に入ってもらえ」

「今日はやめときます。急いでるし、弟さんに誤解されているみたいなんで」

「誤解……」

兄は弟を見た。

「どこで知り合ったんだ？」

「渋谷でやってた仕事だよ。ちょっとバイトにきてもらってたんだ」

弟は口ごもりながら答えた。どうやら、「スキマ産業」のことは、兄ちゃんに秘密にしていたようす。

「そうなんですよ。渋谷でね、僕と同じ高校生からCD買ったり――」

とたんに身ぶり手ぶりで喋《しゃべ》り始めるリュウ君。

「やめろっ」

弟がすごい形相で怒鳴った。

「兄貴には関係ない」

「そうなんですか。じゃ中国のお友だちとATMの――」

弟の手が僕の襟首《えりくび》をつかみ、ひき寄せた。初めて本気で怒った顔を見せた。

「それ以上喋ったら、今この場で殺す」

低い早口でいった。

「じゃ、仲よくしましょうよ」

小声で応じた。

「ふざけるな。お前のせいで俺は会社ひとつ畳んだのだぞ」

「僕は退学になりそうでした」

「なめてんのか――」

「ケンイチ、早く入ってもらえ」

いらいらしたように兄がいった。

「休戦します？」

僕は囁《ささや》いた。弟はくっと唇をかんだ。

「何なんだ、お前。いったい何者だ」

「それを説明するのは、ちょっと大変」

弟は僕をつかんだまま、くるりと体の位置を入れかえた。そして、僕の背中を強く押した。

「とりあえず兄貴と話せ。今日のところは見逃してやる」

6

オフィスの内部に僕が入ると、ケンイチはドアを閉め、背中を預けて腕を組んだ。

「さて、と」

ノートパソコンを閉じた梅本兄は、デスクのかたわらにある、革ばりの応接セットを示した。

「すわってゆっくり話をしようか。そうだ、何か飲まないかね。えーと」

「リュウです」

「リュウ君か。何がいい？」

「ダイエットコークを」

僕が答えると、梅本は、弟のケンイチに顎《あご》をしゃくった。

「お前、もってこい」

「兄貴――」

「いいからいけ」

有無をいわせない口調だった。

ケンイチは舌打ちし、いまいましそうに僕を見やった。よそゆき顔で知らんふりをする。

「なめやがって……」

ケンイチは吐きだすと、オフィスをでていった。

梅本はソファによりかかった。ダブルのジャケットから平べったい小さな箱をとりだす。中から細巻の葉巻をつまみあげると、デュポンのライターで火をつけた。

「高校生か？」

吐きだした煙ごしに僕を見た。僕は頷《うなず》いた。

「都立K高の落ちこぼれです」

嘘をついてもしかたがない。学生証はケンイチにコピーされている。

梅本は葉巻を口もとに運びながら、

「なんで高校生が『港倶楽部21』のことなんか知ってる？」

と訊ねた。

「父親がよくいっていたものですから」

「お父さんが、ほう。名前は？　お父さんの――」

「冴木です。冴木涼介」

梅本は首を傾げた。

「知らないな。あの店は会員制で、私は会員の名をすべて知っていた筈《はず》なんだが……」

「別の名を使っていたかもしれません。何だったら、今、訊きましょうか。モーリスおじさんと仲がよかったのも、その父親なんです」

梅本は無言で僕を見つめた。

やがて訊ねた。

「お父さんの仕事は？」

僕は首をふった。

「それがよくわからないんです。いろんなことに手をだしていて。息子としてはまっとうな仕事をしてほしいのですけど」

と、これは本音。

「今、どこにおられる？」

「この近くだと思います。六本木交差点の近くのお店でご飯を食べて、そのあと飲みにいくといっていましたから」

「それで君はここにきたわけか。自由な家庭環境なのだな」

〝家庭〟というものがあれば、だけど。とりあえず頷いておいた。

「モーリスさんは私も親しくさせていただいていた。お元気なのかな、今」

「ですから、最後に会って七年くらいたってるんです。ずっと音信不通で」

「君は『港倶楽部21』にきたことはあるのかね？」

「いえ」

「じゃあなぜ、私のことをわかった？」

「前に父親から聞いたことがあったんです。『マックス』の社長は、昔、父親がよくいっていた『港倶楽部21』にいた人だって」

メンドくさいことは、この際全部、親父におっかぶせてしまう。

梅本は眉根《まゆね》に皺《しわ》を寄せた。そのとき、オフィスのドアが開いた。ダイエットコークの缶を手にしたケンイチが戻ってきたのだ。いない間に、いけない社長業のことを兄ちゃんにチクられたのではないかと心配でたまらなかったようす。

「ほら」

いって、コークを僕にさしだした。その上着の背骨横が、さっきとはちがい不自然にふくらんでいる。それを兄ちゃんに気づかせないよう、体を斜めに倒しながら手渡した。

嫌な予感。

ケンイチは再びドアに寄りかかった。

「お父さんに連絡がとれるかね」

梅本がいったので、その目が丸くみひらかれた。あわてたようにいう。

「いや、それは——」

「何だ？」

梅本はじろりと弟を見た。

「この子の父親を知ってるのか、お前」

僕は缶コークのタブを押しこみ、まずは喉《のど》を潤《うるお》した。

「知らないよ、けど……」

口ごもるケンイチ。

「とれますよ。そこの電話を貸していただけるなら」

僕はいった。パソコンののっているデスクに、有線電話もおかれている。

梅本はしげしげと弟を見つめた。

「この子をバイトで使っていたといったな。渋谷でどんな仕事をしていたんだ？」

ケンイチは肩をすくめた。

「よくある奴さ。ビラ配りとか、若い子向けの洋服リサイクルとか……」

僕は無言で微笑んでみせた。どうやら学費をだしてもらった兄貴には、てんで頭が上がらないようだ。

「リュウ君は、けっこう優秀でさ、俺の片腕みたいに働いてくれてたのだけど、いきなりばっくれちゃったんだよ。アテにしてただけに、ムカついてさ。それでさっきはちょっと……」

「受験勉強が忙しくなったんで……。ケンイチさんには悪いと思ったのですけど。辞めたいっていったら、シメるって威《おど》されたんです」

「お前そんなことといったのか、若い人に。駄目じゃないか」

ケンイチはふてくされた。

「勉強は、何より一番大切だ。リュウ君がそんなに使える人なら、大学に入ってからまた、バイトにきてもらえばよかったんだ」

「いや……。ちょうど商売が軌道にのり始めたところだったんで」

僕をにらみながらいう。

「まあ、いい。で、今日は息抜きに、うちの店にきてくれたというわけか」

梅本は僕に視線を移した。

「そうです」

「じゃあ、悪いがお父さんに連絡をしてもらえないかな。モーリスさんには私もとてもお世話になった。消息がわかるなら、お父さんからうかがってみたい」

あくまで紳士的な口調で梅本はいった。もちろん中身までもが紳士的とは限らないが。僕は立ちあがると、梅本のデスクに歩みよった。

「これ使わせてもらっていいですか」

「いいとも。『外線』のボタンを押してから、番号を入れてくれ」

ケンイチが鋭い目になって、僕の手元をにらんでいる。「110」を押しはしないかと不安なようす。

僕は親父の携帯電話の番号を押した。つながらないかと思ったが、呼びだし音が鳴り、三度目で親父がでた。

「はい」

「僕だよ。今、『マックス』のオフィスにいて、お父さんの話を、梅本さんとしていたところ。お父さんが、『港倶楽部21』に昔よくいってて、モーリスさんともお友だちだったって話したら、ぜひ会ってみたいって」

「そうか。今そこには、お前と梅本さんの二人だけなのか」

何ヲイイダス、気ハ確カカ、と返してこないあたりは、さすが元行商人。息子のおかれた危機的状況を把握したようす。

「梅本さんの弟さんもいる。偶然なのだけど、前の僕のバイト先の社長さんだった」

ケンイチがすっと息を吸いこんだ。

「渋谷の？」

「そう」

「そいつは本当に偶然だな」

親父はつぶやいた。

「何分くらいでこられる？」

「十分。大丈夫か」

「たぶん」

「わかった。これから向かう」

電話は切れた。僕は梅本を見た。

「十分くらいでくるそうです」

ケンイチがそわそわし始めた。

「兄ちゃん、俺、このあとまだ待ち合わせがあるんだ」

ブルガリの腕時計をのぞいていった。梅本は弟を見やった。

「女か」

「ちがうよ。新しい仕事の件で」

「わかった」

そっけなく梅本は頷《うなず》いた。

「勝手にしろ」

「ケンイチさん、いっちゃうんですか。せっかく、うちの父を紹介しようと思ったのに」

いささか悪ノリのリュウ君。対するケンイチの視線は殺人光線を放っていた。

「今度な」

歯ぎしりせんばかりにいった。

「今度ゆっくり、挨拶《あいさつ》させてもらうよ。お前にも、お父さんにも」

そしてくるりと身をひるがえして、オフィスをでていった。

あとに残された僕と梅本は、無言で見つめあった。

「まともなバイトじゃないだろう」

梅本がいった。

「あいつがこっそり中国人とつるんでいるのを知ってる」

僕は黙っていた。梅本は新たな葉巻を吹かした。

「金が欲しくてしかたがない年頃だ。多少の悪さには目をつぶるつもりだが、やりすぎると人生を棒にふることになる。君も気をつけるのだな」

「はい」

と神妙に頷いて、僕は梅本に訊《たず》ねた。

「ケンイチさんはいくつなんです？」

「二十五で、私とは二十歳ちがう。母親が別だったんだ。私にとっては、弟というより、息子のようなものだ。父親が早くに死んだので、ずっと面倒を見てきた」

「そうだったんですか」

梅本は葉巻を灰皿に押しつけた。

「冴木リュウ君だったな。いろいろおもしろい話をしてくれたが、お父さんがいらして、それがでたらめだったら、少し恐いことになるぞ」

「恐いこと？」

梅本は頷いた。

「私は嘘は好かない。君の目的が何だかわからないし、お父さんがどんな人なのかもわからない。ただ仕事柄、いろんな秘密を知っていて、それを探ろうと近づいてくる人間もいる。そういう連中には厳しく対処することにしているんだ。ビジネスをつづけていく上で一番大切なのは信義だ。それはときには法律よりも重いことがある」

どこかで聞いたような話。

「お父さんがくれば、すべてわかるだろう。私がお父さんに見覚えがあるといいが、な」

僕をじっと見つめ、いった。

それから、時間がゆっくり経過した。梅本は再びパソコンを立ちあげると、僕を無視するように作業をつづけた。十分後、僕が腰を浮かすと、パソコンの画面から目を離さず、

「どこへいくのかね」

と訊ねた。

「あの、父がきても、ここのことがわからないのじゃないかと思って――」

「大丈夫だ。君のお父さんは大人だ。店の人間に私を訪ねてきたといえば、必ず、連絡がくる。君はここにすわっていたまえ」

厳しい口調でいった。

「はい」

僕は腰をおろした。直後に、デスクの電話が鳴った。

「はい」

受話器を耳にあてた梅本は相手の声に耳を傾け、

「わかった。お通ししろ」

と答えた。

「それから、村月《むらつき》を呼んでおけ。オフィスの外で待つようにいうんだ」

受話器をおろした。数分後、ドアがノックされ、黒服に案内されて親父が姿を現わした。

「失礼します」

入ってきた親父を、梅本はしげしげと観察した。親父は緊張したようすもなく、梅本を見返した。

「冴木さん、とおっしゃるそうですな」

「ええ。息子がお世話になっています」

「どこかでお会いしたことがありましたか？」

親父は頷いた。

『港倶楽部21』で。覚えていらっしゃらないかもしれないが、私はコミサーロフ氏とうかがったことがあります。以前、ソビエト大使館にいた」

「確かにコミサーロフ氏は会員でいらしたが……。冴木さんはその頃、どんなお仕事を？」

「いろいろと手がけていました。モーリス氏とは、昔ロンドンで何度かごいっしょしたことがあります」

「ロンドンで？」

梅本の目が細められた。

「当時、彼がアフガニスタンの反政府勢力から依頼をうけていた商品がありましてね。それの輸出手続を手伝ってやったことがあるのです」

「ほう」

梅本はしげしげと親父を見つめた。

「何ですか、それは」

「対空ミサイルですよ。ソビエトの攻撃ヘリに手こずっていた連中から頼まれたものです」

ことなげに親父は答えた。

「コミサーロフ氏にはその件でずいぶん恨まれました。ソビエト赤軍の財産をスクラップにした、とね。とはいえ、ソビエト連邦がああいうことになり、コミサーロフ氏もビジネスの道に進まれた。過去を水に流して、これからはおつきあいしていきましょうということで、『港倶楽部21』に連れていかれたのです」

「なるほど……。お話をうかがっていると、冴木さんは国際的なビジネスに携っていらしたようですな」

いちおう信じたのか、そのふりをしているのか、梅本はいった。

「ですが、今はそちらから手を引かれた……？」

「お恥ずかしい話です」

親父は微笑んで見せた。僕を指さし、いう。

「何年か前に、これの母親が亡くなりまして。ひとりっ子ですし、今後のことを考えると、ずっと外国暮らしにつきあわせるわけにもいかず、そちらの仕事を引退しました。今は息子の教育を中心に、適当に食べていければそれでいい、と……」

嘘をつくにも程がある。イケシャアシャアと、親父はまるで自分が〝教育パパ〟であるかのごとくふるまった。

「そうですか……。それはそれは、ご立派な判断だ」

だが、年の離れた弟の教育のために〝苦労〟した梅本には、この大嘘がツボにはまったようだ。思わず親父の手をとらんばかりに立ちあがる。

「で、モーリスさんとはその後、お会いにはなっていないのですか」

「会っていませんね。彼が日本にくるという連絡があり、再会を楽しみにしていたのですがそれきりで……。もう、何年にもなります」

梅本は親父をじっと見つめていた。

「結局、日本にはこなかったのか、きても仕事が忙しくてすぐに帰ってしまったのか。それとも……」

親父は言葉を濁した。梅本は立ったまま、新たな葉巻に手をのばした。

「それとも？」

デュポンの炎ごしに、先をうながすように親父を見る。

親父は首を傾げた。

「古い友人にも連絡がとれないような事態に巻きこまれたのか」

パチリ、と梅本はライターの蓋《ふた》を閉じた。

「ほう」

「失礼」

親父はいって、チノパンのポケットからペルメルをだし、百円ライターで火をつけた。

「実は、桜田門にも、何人か知り合いがいるのですが、最近、妙な情報が入ってきましてね」

「どんな情報です？」

梅本はふうっと煙を吐いて訊《たず》ねた。

「ちょうど今、『港倶楽部21』の跡地は再開発の最中にある。そこから人骨が発見されて、DNAの鑑定をおこなったところ、ICPOに記録のある外国人のものだったというのです」

梅本の目つきがかわった。

「本当ですか」

「確実とはいえません。あくまでも噂です。私に情報をくれた男は、酒場の話題に適当だと思ったのかもしれない」

島津さんが聞いたら、気を悪くするだろう。

「それでその外国人とは誰なのです？」

「それは教えてくれませんでした」

親父は答えた。

「なるほど。もしかすると、モーリス氏かもしれないというわけですか。だとすれば非常に残念ですな。悲しい話だ」

梅本は淡々といった。

「ですな」

親父も答える。梅本は咳《せき》ばらいした。

「それで……、見つかったのは、骨だけだったのですか。他に、何か、もちもののような品は……？」

「そういえば、友人は妙なことをいっていました――」

わざとらしくいって、親父は眉根《まゆね》を寄せた。

「鍵《かぎ》。確か、鍵らしきものがあった、と」

梅本はゆっくりと息を吸いこんだ。しばらく黙っていたが、口を開いた。

「冴木、涼介さんとおっしゃいましたな」

「ええ」

「もう少しそのことに関する情報を手に入れていただくわけにはいきませんか。もちろん、それについては、謝礼を払わせていただきたい」

親父は考えるふりをした。

「そうですな……。ただ、今ちょうど外資の生保会社から、セキュリティコンサルタントのオファーをうけていまして。それをやるかどうか、考慮中なのです。やるとなると、ひどく忙しそうなので……」

みごとな口からデマカセ。

「決して、ご損をおかけするようなことはいたしません。その骨が果してモーリスさんなのか、もしモーリスさんだとすれば、鍵は今どこにあるのか、を、ぜひお調べになっていただきたい。失礼ですが、それなりの金額はお払いします」

梅本はいった。

親父は天井めがけペルメルの煙を吐くと、梅本を見つめた。

「それなり、とおっしゃると？」

梅本は親父を見返した。

「一本、でいかがです」

「一本？」

「一億です」

親父の目がマジになった。

「それはそれは……」

「決してご損ではない筈《はず》です」

親父は頷《うなず》いた。

「わかりました。努力をしてみましょう。連絡先を教えていただきたい」

梅本は上着から名刺を一枚とりだした。

「こちらに私の携帯番号が入っています。冴木さんは？」

「名刺をもたない身分でしてね。携帯の番号を、お教えします」

親父のいった番号を、梅本はメモした。

「では、ぜひよろしくお願いいたします」

梅本はデスクを回りこみ、右手をさしだした。親父は煙草を左手にもちかえ、その手を握った。二人は顔をつきあわせんばかりにして、互いの目をのぞきこんだ。

「お会いできてよかった」

梅本がいえば、

「こちらこそ。長いおつきあいをしたいものですな」

と、親父が返す。大人って恐しい。

「じゃ、いくぞ」

親父はいって、僕をふり返った。

「はい」

いい子のリュウ君は立ちあがった。

「お見送りはしません。もし当店で遊んでいかれるなら、どうぞゆっくりなさって下さい」

「どうも」

廊下にでた。そこには、二メートルはあろうかという、タキシードを着た大男が立っていた。顎《あご》が異様に大きく、眠たげなその目は、フランケンシュタインの怪物を思わせる。

大男はだが、まるで僕ら親子が目に入らなかったように無視をして、たたずんでいた。

もし話がうまく転がらなければ、親父はきっとこの大男に〝接待〟される羽目になっただろう。

「そうだ」

親父はだが、その大男の前で平然と立ち止まった。短くなり、灰ののびたペルメルをさしていう。

「灰皿はありませんかね」

大男の目だけが動いた。黙って巨大な左手をさしだした。親父は広げられた掌《てのひら》を見た。目で訊ねる。大男は無言で頷いた。

親父がペルメルを手渡すと、大男は握り潰《つぶ》した。軽くもんだだけで、粉末になった吸い殻がぱらぱらとこぼれ落ちた。

「こりゃ、どうも」

僕たちは廊下を抜けていった。フロアにでると、僕はあたりを見回し、親父の耳に口を寄せた。

「桜田門に連絡したの？」

「いや。とりあえずようすを見ようと思ってな。〝社長〟は何というんだ」

「ケンイチ。梅本ケンイチ。お巡りさんがきてなけりゃ、待ち伏せされているかもしれない」

「そりゃ厄介だ」

親父は顎の先をかいた。

「たぶん丸腰じゃないよ」

「ますます厄介だ」

親父がつぶやいたときだった。フロアをはさんで反対側のバーカウンターで、おしぼりを後頭部にあてているプッシャーの姿が目にとびこんできた。トイレで僕がのした、ピアスだらけの男だ。ケンイチがジローと呼んでいた。

僕が気づくと同時にジローも気づいた。おしぼりを投げ捨て、おっかない形相になってこっちへ突進してくる。

「やばっ」

「どうした」

「さっきちょっともめちゃった相手」

「子供の喧嘩《けんか》に親はでんぞ」

「そういう問題じゃないって」

いってる間に、ジローがバタフライナイフを抜いた。さすがに周囲の人間が気づき、あたりがどよめいた。人波が崩れ、僕らとジローの間にぽっかりと空間ができる。

「この野郎。さっきはナメた真似しやがって。刻んでやる」

あたりが静まりかえった。ジローは親父に目を向けた。

「何だ、お前は。マッポか」

親父は首をふった。

「友達は選べといったろう」

「うるせえ！」

ジローはいきなり斬りかかってきた。悲鳴があがり、店内にいた客がいっせいに出口に殺到した。

僕と親父はぱっとふた手に分かれた。ジローのナイフは空を切り、ジローは左手にもう一本のナイフを抜きだした。

「面倒くせえ。お前ら両方とも刻んでやる」

「リュウ！」

鋭い叫び声がして、ジローの前にとびだした人影があった。モニークだ。手にしていたグラスの中身をジローの顔に浴びせかけた。

「モニーク！」

「手前《てめえ》っ」

ジローがナイフをふり回し、きゃっと叫んでモニークがよろけた。僕がとびだしてモニークを抱きとめたそのとき、巨大な影がジローにおおいかぶさった。

さっきの大男だった。ジローの襟首をつかみ、小さな座布団のような掌で平手打ちをみまった。パン、ではなく、ドスン、という音がして、ジローの首がぐい、とねじれた。さらに反対側からもう一発。今度は、バキッという音がして、ジローの目が裏返った。

大男が手を離すと、ジローは壊れた人形のようにくたっと床に崩れた。ぴくりとも動かない。

「大丈夫？　モニーク？」

僕はモニークをのぞきこんだ。モニークは頷き、

「アイム・オーケー」

と答えた。そして心配そうに見おろす大男に、

「サンキュー、ミスタームラッキ」

微笑んだ。大男は無言で頷くと、のびているジローのウエストを片手でつかんだ。そのままぶらさげ、店の奥へと歩き去る。

僕はモニークを立ちあがらせた。

「ありがとう、モニーク。助かったよ」

店はざわめきながらも、落ちつきをとり戻している。

「ノー。リュウが急にいなくなったから、びっくりしたよ。わたし、嫌われたかと思った」

モニークは僕を見返して、いった。僕は首をふった。

「いや、そういうわけじゃなくて……」

モニークの目が親父に移った。

「あ、この人は、僕のオヤジ。マイファーザー」

「ユアファーザー？」

モニークの目が丸くなった。

「そう。えっと、モニーク。この店のオーナーの知り合いの娘さんで、ロシアとフランスのハーフなのだって」

「ボンソワール、ベレ、エ、シェール、モニーク」

親父がいった。モニークが嬉《うれ》しそうに答えた。

「ボンソワール、ムッシュー」

親父はモニークの手をとり、フランス語らしい言葉を囁《ささや》くと、甲に口づけした。モニークはきゃっきゃと身をよじった。

「あのさ」

むっとしたね。息子の窮地を見過しておいて、助けてくれた女の子をナンパするとは、どういう神経をしておるのか。

「いい子だ」

平然と親父はいった。モニークが今度はロシア語らしき言葉で話しかけ、

「ダー」

と、親父は頷《うなず》くと、

「ドヴァ、サパガー、パーラ」

答えた。モニークは笑い転げた。

「何だよ」

てんでおもしろくない。親父はにやついていった。

「父も息子もプレイボーイだといったから、似た者どうしと答えたら、うけた」

「あんたには負ける。彼女、ケンイチと仲がいいんだぜ。さっき、ケンイチに紹介してくれたのも彼女だったし」

「ほう？　だが貸し借りなしだな。お前の危いところを助けてくれた」

「誰かさんが知らんぷりしたからね」

「シトー、パシェーエシ、ト、イ、パジニョーシ」

「は？」

「ロシア語で〝自業自得〟」

つきあっていられない。親父は無言でモニークに片腕をさしだすと、今度はフランス語で何か囁いた。

「ウイ、ウイ」

モニークは笑いながら、親父の腕に自分の腕をからませた。

「息子を救ってくれたお礼に一杯ごちそうしたいといったら、つきあってくれるとさ。いこう」

歩きだした。あきれてあとをついていく僕をふりかえり、親父はいった。

「語学は、日頃の勉強だ」

7

僕と親父、モニークの三人は連れだって「マックス」をでた。今頃になって通報があったのか、二人の制服のお巡りさんが走ってくる。彼らと出入口ですれちがった。

地上にでると、僕はあたりを見回した。ケンイチが銃を片手に待ちうけていておかしくはない。親父とモニークはてんでいい気なようすだ。

そのとき、視界の端で動くものがあった。ふりむくと、運転席の窓を上昇させながらスタートするポルシェだった。渋滞の六本木通りを避け、裏道の方に走りこんでいく。その窓の奥にちらりとケンイチらしき横顔があった。

僕は息を吐いた。お巡りさんがきたので、待ち伏せをあきらめたのかもしれない。

モニークの提案で、僕ら三人は、外国人が多く集まるオープンカフェに向かった。道ばたのテーブルにすわろうとするモニークと親父に首をふり、僕は店の奥のテーブルを指さした。車道から狙撃《そげき》されたらたまらない。

「さっき、店の前のポルシェにケンイチがいたみたい」

僕は小声で親父にいった。親父は表情をかえず、頷いた。

テーブルで向かいあうモニークは、見れば見るほど、かわいらしく、美しかった。可《か》憐《れん》さが美貌《びぼう》に移りかわる直前の輝き、とでもいえばいいのだろうか。きっとあと何年かすれば、それこそ近寄りがたいほどの美女になるだろう。

「そういえばケンイチさんを見かけなかったけれど、どこへいったのかな」

僕がいうと、モニークは首を傾げた。

「リュウがいなくなって少ししたら、外へでてったよ。ビジネストークがあるって」

「仲がいいの？　ケンイチさんとは」

とても気になっていた質問をした。モニークはこっくり頷いた。

「ケンイチは、とても親切だよ。あまり『マックス』にはこないけど、会えば、いつも『モニーク、元気か』って、話しかけてくれる」

「そうなんだ。恋人かと思ったよ」

モニークはころころと笑った。

「ノー。ちがうよ。ケンイチの頭の中はビジネスでいっぱいね。わたしのパパといっしょ」

「お父さんはビジネスマンなのかい」

親父が訊《たず》ねた。

「ミスターポポフと同じ」

「ミスターポポフ？」

「『マックス』の本当のオーナー。ロシア人で、日本にはあまりこないらしい」

「ポポフ――」

親父はつぶやいた。

「今はどこに住んでるの？」

この際ぐっと距離を詰めようと僕が訊ねると、モニークは笑みを浮かべた。

「シークレット」

「シークレット？」

「初めからモニークのこと全部わかったら、つまらないでしょ、リュウ」

「でもシンデレラリバティなんだ」

「そう。ミッドナイトには、モニークはマイホーム」

「マイホームではひとりなの？」

モニークは頷いた。

「パパが日本にいないときはいつもひとり」

「今は？」

「ひとり。パパはモスクワにいるね」

「いつ帰ってくるの？」

モニークは肩をすくめた。

「わからない。いつも急に、電話があって、『明日、帰るよ』って」

「寂しいだろうな」

親父がいった。こういうときだけ参加するなっての。

「ちょっと。でも慣れたよ。トウキョウで、グッドフレンドできたし。今日も二人」

　モニークは目を輝かせた。

「二人？」

　僕と親父を指さした。

「あんたはフレンドのままでいなさいよ」

　僕は親父に釘《くぎ》をさした。

「彼女は、大人の男の愛に飢えているような気がする」

「あのね――」

「リュウとパパは、いつもいっしょに遊ぶの？」

　モニークが訊ねた。

「まさか。今日は特別。梅本さんが彼に会いたいっていったんだ」

「ファーザーに？」

「リョースケと呼びなさい」

「オーケー。リョースケに？」

「そう。私と梅本さんには共通の知りあいがいてね。その話を梅本さんがしようといった」

「誰？」

　モニークは目をみひらいた。

「モニークの知らない人だ。モーリスというんだが」

モニークは首をふった。

「知らない。パパやミスターポポフなら知ってる？」

「さあ。ミスターポポフは次はいつ日本にくるのかな」

親父が訊ねた。

「わからない。でも、パパがいってたよ、前に電話で。今度はミスターポポフといっしょにトウキョウに帰るからって」

「そうなんだ。ミスターポポフが梅本さんにあの『マックス』を任せているのでしょ」

僕はいった。

「そう。ミスターポポフとミスター梅本はオールドフレンドなんだって」

「他に『マックス』にお友だちはいるの？　そういえばさっき村月って人にお礼をいっていたけど」

「ミスタームラツキは、ミスター梅本のボディガード。わたしが友だちなのは、あとはケンイチくらい」

親父が目配せした。あまりいろいろ訊《き》くと警戒されるという意味らしい。

モニークがいった。

「リョースケは仕事、何してるの？　ビジネスマン？」

「アドバイザーのようなものかな。いろいろな人にアドバイスするのが仕事だ」

「アドバイス？」

モニークは目を丸くする。

「そう。仕事でたくさんの国を旅行したからね」

「だからロシア語もオーケーなのね」

親父は頷《うなず》いた。

「残念ながら、この才能をリュウはうけつがなかった」

僕はあきれてにらみつけた。

「大丈夫」

モニークがにこにこして答えた。

「リュウにはわたしが教えてあげる。フレンチとロシアンを」

「やった！」

僕は思わずいった。

「他にも勉強することあるだろう」

親父が小声でいったので、僕はテーブルの下でその足を蹴《け》った。

「モニークは毎晩『マックス』にいるの？」

もしそうだったら、別のデートスポットを捜す必要がある。毎晩、ジローやケンイチに狙われてのデートは、ちと厳しい。

「まさか！『マックス』は、ワンウィークに二回くらい。あとはランゲージスクールいったり、マイホームで勉強してるよ」

「ランゲージスクール？」

そんな必要あるのかと思って訊いたら、

「そう。わたし、ティーチャー、先生ね。ロシア語とフランス語教えてる」

という答が返ってきた。

「学校はどこ？」

「シブヤね。シブヤとロッポンギ、近いから……」

「他の街にはいかないの？」

「あまり知らない。ハラジュクはちょっといったことある」

「じゃ、今度他の街を案内してあげるよ」

「本当？　嬉《うれ》しい！」

モニークの顔が輝いた。

「約束」

小指をさしだす。

「指切り、知ってるの？」

「もちろん。サウザンドニードルス、ユー、ドリンクね」

僕らは指切りげんまんを交した。残念ながら、このノリには親父もついてこれまい。

リュウ君、ワンポイント、ゲット。

親父が咳《せき》ばらいした。腕時計を見ていう。

「そろそろ、おうちに帰った方がいい時間だ」

「オウ！」

モニークは時計を見て、口をおさえた。もうすぐ十一時三十分になる。

立ちあがった。

「リュウ、リョースケ、またネ。バイ！」

テーブルを縫って店の外へと、踊るようにでていく。

「何だよ、せっかく盛りあがったのに。オヤジのヤキモチってみっともないぜ」

僕は口を尖《とが》らせた。

「そうじゃない、いつまでもあの子を弾よけに使うわけにはいかないと思っただけだ」

「弾よけ？」

「見てみろ」

親父はオープンカフェの面した道路を顎《あご》で示した。いつのまにか、「マックス」の店頭から走り去ったのと同じポルシェが止まっている。サイドウインドウから見える車内には誰もいない。

「げ」

「あの子がいる限り、ケンイチとかいったな、奴は手をだしてこないだろう。だが、痺《しび》れをきらしたらどうなるかわからん」

「じゃ親父は最初からモニークを盾にするつもりで店から連れだしたの？」

「半々だな。魅力もあったし」

「あんた最低」

「頭をぶち抜かれるよりましだろう。梅本とああなった以上、警察にケンイチのことを訴えでるわけにはいかない」

それもそうだ。ケンイチがつかまったら、親父の〝嘘〟は、兄の梅本にもばれる。

「でもどうすんのさ」

僕はマルボロライトに火をつけて訊《たず》ねた。異人さんには、このところ喫煙者は嫌われる。モニークの前では禁煙していたのだ。

「梅本はまちがいなく、モーリスの〝商品〟について知っている」

「そりゃいきなり一億だもんね。最初、十万か、せいぜい百万かと思った」

「闇市場では核兵器の原料に過ぎない、高濃度のウランだけで何億という値がつく。完成品だったら、十億、あるいはそれ以上の値段だ。もっているというだけで、他の兵器とは比べものにならない価値があるのが、核兵器なのだ」

親父はいった。

「だが梅本のバックには当然、別の人物がいる」

「ミスターポポフ？」

親父は頷いた。

「名前だけは聞いたことがある。元KGBでロシアマフィアの大物だ。武器だけでなく、石油や麻薬の密売にもかかわっている。こんな形で日本に進出してきていたとはな」

僕は親父の足を蹴った。オープンカフェの入口を三人の男がくぐって入ってきたからだった。まん中がケンイチ、左右に初めて見る男たちだ。

「じっとしてろ」

親父がいった。ケンイチたちはまっすぐ僕と親父のいるテーブルをめざしてくると、空いている椅子に腰をおろした。

「よお。モニークは帰ったようだな」

にやにや笑いながらケンイチはいった。両側の二人は、日本人ではないようだ。ひとりが着ていたナイロン製のスポーツウエアのファスナーをさっと下げ、また上げた。拳《けん》銃《じゅう》の黒いグリップが見えた。

「こいつらは俺のビジネスフレンドでね。この前の件で、仲間がつかまったのをひどく恨んでいる。俺はこいつらにあんたらを引き渡すと約束していた」

ケンイチはくつろいだようすでいった。スポーツウエアを着た男がいった。

「お前たち連れて、ドライブいく。遠いところ。帰ってこられないくらい遠い」

親父は首をふった。

「いいのか。兄ちゃんに叱られるぞ」

「兄貴は関係ねえ！」

身をのりだし、鋭い声でケンイチはいった。

「梅本さんは勘づいてたよ。金が欲しくてしかたがない年頃だから、多少の悪さには目をつぶるけど、やりすぎると人生を棒にふることになるって」

僕はいった。

「お前の人生だよ、今日で終わるのは」

「別に騒いでもいいよ。そしたらここで撃つね。お前たちここで死ぬのがいいか、遠いところで死ぬのがいいか」

スポーツウエアはいった。

「困ったな」

親父がつぶやいた。

「俺はあんたの兄さんと、何億にもなるでかいビジネスの話を進めてるんだ。殺されたら、互いに一円の得にもならん」

中国人二人が顔を見合わせた。ケンイチがいった。

「いいかげんな与太をとばすんじゃねえよ」

「そうかな。もし嘘なら、とっくに俺たちは警察に駆けこんでいておかしくない。ここであんたが現われるのをじっと待っているわけはないだろう」

「そうだよ。お巡りさんはずっとあなたのことを捜しているんだから、鈴木社長」

僕もいった。

「お前らはどうも気にいらない。特にお前だ、何でただの高校生が、兄貴の古い知り合いの名をもちだすんだ」

「俺がそうしろといったからだ。あんたが梅本の弟だったのは、ただの偶然だ」

「偶然だと？　信じられるか」

「待て」

スポーツウエアが手を上げた。アウトロウビジネスなら何でも任せろ、という顔をしている。つまり悪人面《づら》。

「そのビジネスの話、聞かせろ」

「ここでか？」

親父は訊《き》き返した。

「どこがいいってんだ。頭に一発ぶちこまれても誰もこねえような、山の中がいいのか？」

ケンイチがすごんだ。

「そうじゃない。そうじゃないが、ここでするには、あまりにヤバい話だ」

スポーツウエアは顎をしゃくった。

「誰も聞いてない。お前、今喋《しゃべ》るか、今死ぬか」

親父は息を吐いた。

「しかたがない。話したら、殺さないと約束できるのか」

「話を聞いてからだ」

ケンイチがいった。スポーツウエアが首をふった。

「殺さない」

「ちょっと待て。こいつらを信用するのか」

ケンイチが向き直った。今まで無言だったもうひとりがケンイチの肩をつかんだ。

「お前、静かにする」

ケンイチはむっとしたようにその男をにらんだ。

小柄だが分厚い胸板をしていて、いかにも拳法か何かの使い手という感じだった。

「信用するかどうか、決めるの俺たち。お前じゃない」

「こいつらは警察のスパイだ。信用したら、馬鹿をみるのはあんたらの方だぞ」

「スパイならなぜ今、警察がいない？」

「そりゃわからない。だが、信用はできないって」

「お前は、お前の兄さんも信用しないのか」

「兄貴はちがう」

ケンイチは頬をふくらませた。中国人二人は、僕と親父に向き直った。

「話せ」

親父は煙草に火をつけ、いった。

「行方不明になっている、旧ソビエト連邦の兵器が日本に隠されている。モノはわからないが、小型の核爆弾の可能性が高い。売れば最低でも十億円にはなるだろう」

中国人二人の目がまん丸くなった。

「その手がかりを握っているかもしれないのが、この男の兄貴だ」

二人の目がケンイチに移った。

「俺は知らないね」

ケンイチがあわてていった。

「俺の学生時代の話だ」

二人が親父をふりかえった。

「どこにある？」

「それがわかったら苦労しない。ただその兵器を日本にもちこんだ男と、この男の兄貴は知り合いだった」

二人がケンイチをにらんだ。まるでテニスの試合を見ている観客だ。

「何て男だ」

「だから俺は知らないって」

「『サムソナイト・モーリス』だ」

親父がかわりに答えた。

「そのモーリスを捜せばいいのか」

中国人が訊ねた。

「まあ、簡単にいえば、そうなる」

「日本にいるんだな」

相棒が念を押した。

「それはまちがいない」

親父は頷《うなず》いた。

中国人は互いの顔を見つめあった。無言のうちに目で相談し、ケンイチに目を向けた。

「お前の兄さん、その男がどこにいるか知ってる」

「わかんねえよ！　俺には」

「たぶん知らんだろう。七年音信不通だったんだ。だが、モーリスの知り合いの誰かとは、今でもつきあいがある筈《はず》だ」

小柄でがっちりが、ケンイチの腕をつかんだ。

「お前、兄さんからそれを訊け」

「無理だ。兄貴は、裏のビジネスは、俺にも触らせない」

ケンイチはその腕をふりはらった。

「十億だぞ」

親父がいった。

「誰がそんな与太話信じるかよ」

「嘘だったら、こいつら死ぬだけ」

「どのみち殺されることになってたんだ。助かるためについた嘘に決まってる」

「じゃあなぜ我々がのこのこ、お前の兄貴に会いにいくんだ」

ケンイチは詰まった。ケンイチは親父の顔をにらみ、いった。

「あんた、だいたい何者なんだ」

「コンサルタントだ。セキュリティ方面の仕事をしている」

「こいつを俺の会社にもぐりこませたのも、あんたの指図か」

「まさか。あれは単なるバイトだ」

「じゃなんで警察がきた」

「偶然の一致だよ。たまたまあの現場を張りこんでいたみたい」

僕はいった。

「もういい」

中国人がいった。

「そのビジネスの話、おもしろい。お前が兄貴から訊きだせば、俺たちが十億円手に入れる」

「そう簡単にいくわけねえだろ!」

そのところはケンイチ君に賛成。だが中国人は首をふった。

「仲間がつかまって、俺たちがうけた損害、お前にも責任ある。お前、それ返すの義務」

「だからこいつらを――」

中国人は人さし指をケンイチの唇におしあて、黙らせた。

「ピストルの弾もタダじゃない。こいつら殺すのも金かかる。金、だすより儲《もう》ける方がいい」

中国人に賛成。大賛成。

ケンイチは息を吐いた。

「わかったよ。兄貴にうまくとりいって、情報を探ってみる」

中国人二人は頷いた。

「お前、この子供の学校、知っている。嘘だとわかったら、俺たち学校にいく。この子供いなくとも、別の子供、殺す。毎日、ひとりずつ。この子供殺すまで、殺しつづける」

とんでもないことをいいだした。ケンイチはようやく納得したように頷いた。

「それならいいぜ。こいつらが嘘ついてたら、K高校の生徒を皆殺しだ」

僕は首をふった。

「警察、やくざのことたくさん知ってるけど、中国人のこと何も知らない。名前も住んでる場所も知らない。だから防げない」

「嘘じゃないことはすぐにわかる」

親父が息を吐き、いった。さすがに真顔になっている。中国人は携帯電話をとりだした。

「お前の番号、いえ」

親父は教えた。中国人はすぐに登録し、親父の電話を鳴らして、本当の番号かどうかを確認した。中国人の番号は「非通知」になっている。

「俺の名前、コウ、この男はソウ。電話する」

いって、中国人は立ちあがった。ケンイチは僕に顔をつきつけた。

「楽しみだな。お前の学校の生徒がだんだん減っていくのが、よ」

「あんたこそがんばらないと、先に減らされるかもよ」

「お前は必ず殺す。何があっても、いつか必ず、だ」

僕に指をつきつけ、中国人のあとを追った。

三人のうしろ姿が見えなくなると、僕はいった。

「なんか、ものごと複雑にしてない？　オヤジ」

「もとをただせばお前があんな怪しいバイトに手をだしたからだ」

「世の中こんな狭いと思わなかった」

「蛇《じゃ》の道は蛇《へび》っていうだろうが。ワルの世界てのは狭いものなんだ、覚えておけ」

平然と親父は答えた。

8

翌日はとりあえず、ちゃんと学校にいった。いくらなんでもきのうの今日、コウとソウのコンビが威《おど》しを実行に移すとは思わなかったが、もしものことを考えると不安だったのだ。

だが何の事件も起こらず、授業は終了。塾にバイトに、ナンパにと忙しい学友と別れ、僕は学校の門をくぐった。今日は家庭教師の麻里さんがくる日だが、とても勉強に打ちこもうという気分になれない。

それでも「麻呂宇」を経由せず、アパートの二階に戻った。親父はどうやらでかけているようす。モーリスの「鍵《かぎ》」の手がかりを求めて、またぞろ古い知り合いのところにでもいっているのかもしれない。

親父の留守中に麻里さんの授業があるというのは、願ってもないチャンスなのだが、最近の彼女は司法試験の勉強に気合が入っていて、「男断ち」でもしているのか、てんで僕の誘いにはのってこない。

麻里さんがきたのが午後五時で、その時刻になっても親父は帰ってこなかった。二時間みっちりしごかれて、僕と麻里さんは夕食のために「麻呂宇」へと降りていった。麻里さんと圭子ママは、もともと親父をめぐる冷戦関係だったのだが、最近は麻里さんが勉強に忙しいせいもあって休戦状態だ。元レディス暴走族のアタマを張っていた麻里さんは、今や国立大学法学部の四年生なのである。冴木家の周辺には、麻里さんといい康子といい、どうも血の熱い女性が集まりやすい傾向があり、昨夜のモニークのような子と出会うと、ほっと心をいやされたりもするのだ。

「いらっしゃい、涼介さんは？」

さりげない圭子ママのチェックにも、

「仕事みたいですよ」

麻里さんが答える。

「そう、勉強ははかどった？　隆ちゃん」

「もう、スパルタですから」

「よくいうわよ。あたしの生徒で留年したのは、あんただけなのよ」

麻里さんがいう。そのスタイルと美貌《びぼう》はレースクイーンをやっている康子にも負けないものがあるが、今のところ麻里さんは芸能活動にまったく興味がない。どうやら希望は検察官で、世のアクをびしびしと絞めあげるのが目標のようす。

僕はハンバーグステーキとライス、麻里さんはサーモンとイクラのクリームパスタを星野伯爵に注文して、まずはビールで乾杯した。ただし僕は麻里さんの命令でノンアルコールビールだ。司法の番人をめざすとあって、このところ高校生の喫煙と飲酒に、麻里さんはことの外厳しい。長かった髪も、肩までに、ばっさり切ってしまった。

九時になり、麻里さんが帰っても、親父からは何の連絡もなかった。これで十二時を過ぎても帰らないようなら、仕事ではなく麻雀という可能性がでてくる。

麻里さんが帰って三十分後、僕もそろそろひきあげようかと腰をあげたとき、携帯電話が鳴った。

「ハイ、リュウ。きのうは楽しかったネ。何してるの？」

モニークだった。麻里さんが帰ったあとでよかったと微笑むリュウ君。

「何も。晩ご飯食べてのんびりしているところ」

「モニークは、今授業が終わったところよ。お腹がペコペコ」

「ドリンクだけでよければつきあうよ。『マックス』じゃなければ」

といって「麻呂宇」に招待するのは考えものだ。康子と正面衝突する可能性があるし、親父のチャンスを増やしてやることもない。

「残念。あれから帰ったら、パパから電話があったよ。パパ、今日の夜帰ってくる。いっしょにディナー食べる約束したネ」

「そうなんだ。じゃあミスターポポフもいっしょだね」

「イエス、チャイニーズフード、食べにいくよ。パパがそうしたいって」

まさかラーメンとギョウザというわけはないだろう。

「へえ。モニークのパパって、どんなところでご飯食べるの？」

なにげなく探りをいれた。

「えーと、ニシアザブの、『上海ガーデン』。知ってる?」

「わかんない」

モニークはくすくすと笑った。

「わたしもわかんないよ。もう少ししたら、ここにパパとドライバーが迎えにくるね」

「そうなんだ。おいしいものをたくさん食べておいで」

「サンキュー。また電話するよ。リュウもしてね」

「オーケイ」

「リョースケによろしく」

心の中で伝えておきます。

電話を切った僕は104で「上海ガーデン」の番号を調べ、場所を確認するための電話をかけた。父娘のディナーに乱入する気はない。だが、噂のミスターポポフの顔をおがむには、またとないチャンスだからだ。

「麻呂宇」をでると二階から小型のデジカメをとってきて、ホンダにまたがった。

フルフェイスのメットをかぶる。広尾から西麻布は、バイクなら十分とかからない距離だ。渋谷からくるモニークより、まちがいなく先回りできる。

バイクを飛ばし、「上海ガーデン」の入口まで到着した。「上海ガーデン」は、新しいビルの一階から三階までを占めている。西麻布の交差点から一本渋谷寄りの路地を入り、途中坂を登った中腹にあった。

メットは脱がず、僕はリュックにいれてあるロードマップを街灯の下で広げた。そうしていると、バイクメッセンジャーのように見えるからだ。

五分後、ブルーのメルセデスが「上海ガーデン」の前に横づけされた。モニークと白人の男がひとり、メルセデスの後部から降りてくる。あれがモニークのパパなのだろうか。フラッシュを消したデジカメでこっそり盗み撮りする。大柄で銀髪の白人だということしかわからなかった。二人は仲よく店に入った。

二分後、セルシオが「上海ガーデン」の前に止まった。ぎょっとした。ケンイチが運転席にいたからだ。セルシオの後部席から、梅本と、背が高くやせた白人が降り立った。ケンイチは送るだけだったらしく、セルシオはそのまま走り去った。

梅本と白人が「上海ガーデン」の扉をくぐろうとしたときだった。不意に反対側の路地から、目出し帽をかぶった男たち四人が走りでた。手に手に、拳銃《けんじゅう》を握っている。四人はものもいわず、梅本とやせた白人をとり囲んだ。ひとりがいきなり白人を拳銃で殴り倒した。梅本に銃がつきつけられた。

路地から窓のないステップバンが走りでた。スライドドアが中から開かれる。拳銃をつきつけられた梅本がその内側へと押しこめられ、目出し帽の男たちがつづくと、バンは急発進した。

殴られた白人は路上でうずくまり、「上海ガーデン」からようやく異変に気づいた従業員が走りでてきた。

僕は地図をしまい、バイクにまたがった。バイクのときには、携帯電話にイヤフォンマイクをつけることにしている。バイクのエンジンをかけ、バンのあとを追った。片手でハンドルを操りながら、携帯で親父の携帯を呼びだした。

舌打ちした。呼びだし音も鳴らないうちに留守番サービスに切りかわったからだった。

「リュウ。梅本がさらわれた。犯人は四人組でピストルもってる。今、そいつらのバンを追跡中」

とりあえず吹きこんだ。バンは坂をまっすぐ登ると日赤《にっせき》病院通りを左に折れた。コウとソウの二人組がさらわせたのだとすれば、きのうの今日で、いくら何でも動きが早すぎる。ケンイチの探りを待ち切れず、梅本を拷問してでも十億円のお宝をかっぱらう気になってしまったのだろうか。もしそうなら、原因は「サイキ　インヴェスティゲイション」にあるわけで、ちと良心が痛む。

バンは日赤病院通りを南に進むと、明治通りの手前で右に曲がった。広い通りを使わず、裏道、裏道を走るあたり、警視庁自慢の道路監視装置「Nシステム」を回避する、プロの仕事と見た。

だがそのおかげで距離を詰めなくても、尾行はしやすくなった。明治通りの内側をくねくねと走り、やがて並木《なみき》橋の交差点から一気に明治通りをつっきり、山手線の線路をこえて代官山《だいかんやま》にでる。お金持っぽいこの街並をしばらく走ると、今度は右に折れた。超高級住宅地である南平台《なんぺいだい》につきあたる。大使館や、とんでもなく敷地の広い一戸建が並んだ一角だ。

バンがスピードをゆるめた。さすがに距離をおいての尾行でも気づかれないでいるのが難しくなり、僕はヘッドライトを消していた。ふつうの車のライトとちがい、バイクのライトは高い位置にあってしかもひとつ目なので、バックミラーの中で注意を惹《ひ》く。

住宅街を縫《ぬ》う細い路地がぶつかった角に、ひときわ広い豪邸があった。高台のため、一般道からのアプローチは登り坂になっていて、その先にシャッターのおりた門がある。周囲には、高さ三メートルはある塀がはりめぐらされていて、丸めた有刺鉄線と監視カメラがそこここに配置されている。バンがその登り坂にさしかかると、シャッターがあがり始めるのが見えた。僕はそのままバイクを走らせ、バンから死角になる位置で止めた。

バイクを別の家の塀ぎわにたてかけて、歩いて戻った。

豪邸への登り坂の入口まで戻ると、ちょうどバンを呑《の》みこんだシャッターが降りるところだった。門ではなく、シャッターというあたり、よほどセキュリティに気をつかう大金持の家のようだ。門柱というか、シャッターを支える支柱には、表札らしきものは何もない。アプローチを見おろすてっぺんにやはりカメラがしかけられているだけだ。

忍びこむのは簡単ではないし、さらった手口からして玄人《くろうと》だ。ここはひとまず退却するのが賢明だろう。

僕はバイクにまたがると、サンタテレサアパートをめざした。

親父から連絡が返ってきたのは、僕が部屋に入る直前だった。

「無事か」

開口一番、親父はいった。

「ああ。とりあえず、梅本が連れこまれた場所はおさえといた。今、どこ？」

「ちょっと手が離せない場所にいる」

「麻雀だろう。まったく、セガレが一所懸命《いっしょけんめい》働いてるってのに」

僕はぶつぶついった。冷蔵庫から缶ビールをだし、親父のロールトップデスクに腰をおろす。

「とにかく島津に連絡するから場所を教えてやってくれ」

「了解。高くつくよ」

僕は答えて、缶ビールをひと口飲んだ。その瞬間だった。アパートのドアが蹴《け》破られ、目出し帽に防弾チョッキを着けた戦闘服の男たちがなだれこんできた。

「動くな！」

僕は凍りついた。何だ、これ。サバイバルゲームの〝戦場〟のどまん中みたい。

だがどう見ても、戦闘服の男たちが手にしているのは、本物のアサルトライフルのように見えた。プラスティック製のＢＢ弾じゃなく、５・５６ミリの高速弾がとびでる奴だ。

僕は携帯電話と缶ビールを手にしたまま、動けなくなった。

戦闘服の集団は全部で六人いた。動くなと僕に告げた男が片手で指示をだし、二人ひと組の二チームが、さっと僕の部屋と親父のインランの間をチェックする。

「クリア！」

「クリア！」

つまりは、僕しかいないことを確認したわけだ。

「どうした、隆」

異常に気づいたのか、親父が訊《たず》ねた。

「SWATが殴りこんできた――」

「何だと？」

アサルトライフルをかまえた男がゆっくりと近づいてきた。目出し帽の奥の目が、青い――そう気づいた瞬間、首すじにチクリという痛みを僕は感じた。ふりかえると、別の目出し帽が、僕の首からひき抜いた注射器を手に一歩、退くところだった。

不意に体中の骨が溶けた。ぐにゃぐにゃになり、視界までもがぐにゃぐにゃになって、何もかもわからなくなった。

何度も目を覚まし、そのたびにまたすぐ寝てしまった。誰かと長い時間、お喋《しゃべ》りをしていたような気がするし、裸で椅子の上にすわらされている夢も見た。なんだかとてつもなく長い時間眠ったのだが、少しも熟睡ができず、次々と夢を見つづけた、という気分だった。

9

そして本当に目が覚めた。

固い木のベンチの上にいた。ひどく寒くて頭がガンガン痛んだ。

インフルエンザにかかったみたいだ。

まず思ったのはそのことだった。今までに経験した最悪の二日酔いの、そのまた倍、具合が悪い。吐きけもするし、鼻と喉《のど》の奥に、何だか薬品のような嫌な匂いも残っている。

あたりが白っぽかった。横にしていた体を起こし、よりかかった。正面にホームレスらしいおじさんがいて、じっとこっちを見ている。そのおじさんもベンチに腰かけているところから、ここが公園らしいと気がついた。

なぜ、公園なんかにいるんだ。

きのうは飲み会じゃなかった筈《はず》だ。もし飲み会でも、公園のベンチで気を失うほどの大酒なんか僕は飲んだことがない。

寒い。

もう一度ぶるっとしたとき、電車の音が聞こえた。朝だ。朝だから寒いのだ。

じょじょに周りの景色が見えてきた。記憶にある場所だ。

宮下《みやした》公園だった。渋谷の、山手線の線路沿いにある公園だ。

腕時計を見た。六時二十分をさしている。朝の六時二十分。なんでこんな所にいるのだろう。

立ちあがった。頭痛のせいだけじゃなく、体がふらついた。手足の先が妙に痺《しび》れている。本当にひどく飲み過ぎたみたいだ。

待てよ。

酒なんか飲んじゃいなかった。うんと古い記憶によれば、僕はアパートの部屋にいて缶ビールを、ひと口だけ飲んでいた。

そして誰かと電話で話していた。

とにかく家に帰って、熱いシャワーを浴びたかった。

財布を捜した。あった。ヒップポケットからだして中身を確認した。どうやら金も盗まれてはいないようだ。

ふらふらと公園内を歩き、明治通りにでた。道はひどく空《す》いている。通りかかったタクシーに手をあげた。

親父が起きていた。

「隆！」

ドアを開け、入ってきた僕を見て、幽霊でも見たような顔で叫んだ。

「待って」

僕はいってトイレに駆けこんだ。タクシーで揺られるうちにひどく気分が悪くなっていた。胃の中身を全部吐いた。寒けがひどく、体が自分でもおかしいくらいがたがたと震えた。

トイレをでると、バスルームに入った。熱いシャワーをだし、頭からかぶってうずくまった。二十分ほどそうしていると、ようやく体中の血の巡りがまともになってきた。

わずかだが、頭痛もやわらいだような気がする。

「――大丈夫か」

バスルームの外から親父がいった。

「うん。気がついたら宮下公園にいた」

「宮下公園……」

親父はつぶやいた。

シャワーを止め、バスルームをでた。親父がまだそこにいる。

「何だよ」

「腕、見せてみろ」

「腕？」

親父はくわえ煙草で、まっぱだかの僕の両手首をつかんだ。表、裏、としげしげ観察する。下を向いたままいった。

「頭、痛いだろう」

「うん。最初、割れそうだった」

「口の中で変な味しなかったか」

「した」

「やはり、な」

つぶやいて背を向けた。

「何だよ」

「いいから洋服着ろ。無茶しやがる……」

脱衣所をでていった。僕は体をふき、新しい下着に、トレーナーを着けた。今日は学校にでられそうにない。まだ体の芯《しん》が妙に重く、動きが鈍い。酔っぱらっているみたいだ。

事務所兼用のリビングにでていくと、親父はロールトップデスクに足をのせ、難しい顔で、電話をしていた。

「帰ってきた。ああ。怪我はない。だが訊問《じんもん》をうけたようだ。確認はあとにしてくれ」

親父は送話口を手でおおい、

「コーヒー、いれてある」

と顎《あご》で示した。応接セットに、モーニングカップがおかれている。珍しくやさしい。

ソファに腰をおろし、カップを抱えた。熱いコーヒーをすするうちに、霞《かすみ》がかった状態だった頭が少しずつはっきりしてきた。

電話を切った親父が僕の向かいに腰をおろした。

「煙草は？」

「今、いらない」

僕は首をふった。

「何があったか覚えてるか」

「モニークから電話があって、父ちゃんとミスターポポフとご飯を食べるって聞いたんで、その店にいった」

「店の名前は？」

「『上海ガーデン』」

親父は頷《うなず》いた。

「それでデジカメもって、二人の写真を撮りにいった。そうしたら、四人組がでてきて、いっしょだった梅本をさらったんだよ。梅本乗っけたバンを追っかけて、南平台までいった。それから……」

僕は考えた。

「確かここに帰ってきて、あんたと電話で話したんだよね。そのあと――」

思いだしてきた。サバイバルゲームみたいな格好をした連中がいきなり部屋に押しこんできたのだ。そして――。

「僕、何されたんだろう……」

「お前の最後のセリフは、SWATが殴りこんできた、だった」

「そう、そうだよ。アサルトライフルもって迷彩服着た奴らがいきなり、部屋にとびこんできた」

「それで？」

「首に注射をうたれて、気がついたら宮下公園にいたんだ……」

「お前と電話で話したのは、十二時少し前だ。そのあとお前は注射をうたれ、連れだされた」

「それでさっきまで宮下公園に？」

「ちがう」

親父は首をふった。

「左手の肘《ひじ》の内側を見てみろ」

僕は見た。わずかにアザのような跡が残っている。

「お前はどこか別の場所に連れていかれ、持ち物を徹底的に検査された上、自白剤をうたれたんだ。点滴を使ってゆっくり注入し、半覚半睡の状態で訊問をうけた。自分の意志とはかかわりなく、知っていることを喋《しゃべ》らされる薬だ。昔はペントタールてのを使ったが、今はもっといい薬ができている筈だ。それでも頭痛や味が残るのはかわってないようだ」

「待ってよ、それって、僕自身がさらわれたってこと？」

「そうだ。相手が宇宙人だったら、ケツの穴から内臓を抜かれていたかもしれん」

「宇宙人じゃないよ。目は青かったけど」

煙草に火をつけ、

「青？」

と親父は訊《たず》ねた。

「そう。目出し帽の内側の目が青いのが見えた。でも日本語はうまかった」

「梅本をさらった連中と同じか」

「わかんない。でも、梅本をさらった連中は、格好はふつうで、もってたのもピストルだけだったけど、僕をさらったのは、迷彩服に防弾チョッキで、まるでこれから戦争いくような格好してた」

「なるほど」

親父は煙を吐いた。

「ねえ、自白剤ってどういうこと？　どっからでてきたの、その連中」

僕は訊ねた。

「おそらく、お前は尾行された」

親父が答えた。

「どっから？」

「梅本をさらった連中がいった場所だ」

「南平台のすごくでかい屋敷。表札がなくて、そこら中に監視カメラがあった」

「周辺に車が止まってなかったか」

ボクは首をふった。記憶にない。

「でも、そいつらにつかまったのかな」

親父は考えていた。

「そいつらか、また別の連中だ」

「どういうこと？　さらったのは、コウとソウ？」

「たぶんちがう。あの中国人がいくら金が欲しくても、いきなり梅本をさらったら、ケンイチとの間でトラブルになることは見えている。梅本をさらったのは、モーリスの土産《みやげ》を捜している別のグループだろう」

「別のグループ？」

「情報が流れ始めたのさ。モーリスの死体が東京で見つかったという。それでいっせいに動きだした奴らがいる」

「僕をさらって自白剤をうったのもそいつら?」

しばらく考え、親父は答えた。

「微妙だな」

「何だよ、それ」

「お前を訊問にかけたのが、梅本をさらった連中だとすれば、尾行に気づいていたことになる。それならなぜ、その場でお前を始末するか、さらうかしなかった?」

「泳がせて、僕のバックを探ろうとしたとか?」

「じゃあお前を解放したのは? 梅本はまだ解放されていない。現にここをつきとめてる」

僕は答に詰まった。

「たいして情報をもっていなかったから?」

「それはまちがいない。だが行動のパターンがちがう。お前がいったように、装備にも大きな開きがある。梅本をさらった奴らは、モーリスの土産に関する情報が目的で、一昨日の中国人の仲間である可能性も否定できないが、お前をさらったのは、むしろ梅本をさらった奴らの情報を欲しがっている連中だという可能性が高い」

「梅本をさらった奴らの情報……」

「お前がいった南平台の屋敷は、すでにその連中の監視下にあった。そこへのこのこ尾行して現われたお前が何者なのか、その連中は関心をもった。だからここまでお前を尾行した。探偵事務所の看板を見て、刑事じゃないとわかり、今度はお前を雇った依頼人が何者なのかを知りたい。そこでさらって自白剤を注射し、訊問にかけた。そしてお前の依頼人が国家権力であることがわかると、殺すのはまずいと判断して、宮下公園に放りだしたわけだ。少なくとも、ソウとコウといったか、あの中国人たちじゃそこまで大がかりな手は使えない。第一、自白剤なんてまだるこしい方法はとらん筈《はず》だ」

「じゃ、僕はべらべら喋ったおかげで命が助かったってこと？」

「喋ったからといって落ちこむ必要はないぞ。どんなに訓練をうけた行商人でも、時間をかけてその方法でやられたら、最後は口を割る」

親父は僕の目を見ていった。

「別に、へこみはしないけどさ……。そんなに便利な薬があるのなら、なんでまだ拷問とかがあるの？　それともあれは映画の中だけの話？」

「理由はふたつだ。自白剤を使っても、訓練ずみの相手には時間がかかる。お前のようにひと晩ではすまず、三日四日を要する。さらに自白剤をうちつづければ、死んじまう可能性もでてくる。だから必ずしも成果が百パーセント得られるとは限らない。もうひとつは、この世の中には、人間が苦痛を感じるのを見るのが三度の飯より好きだという、正真正銘のサディストがいて、そいつらは相手を死なせないように加減しながらも苦痛の限界まで味わわせるのを楽しみにしている。拷問はそいつらにとって何よりの娯楽というわけで、秘密警察や情報機関は、そういう人間が必ずといっていいぐらい働きたがる職場だ」

「趣味と実益を兼ねてるってわけね」

親父は頷《うなず》いた。

「どこの国のどんな組織だろうと、そういう奴はいる。見つけしだい殺すにこしたことはない」

さりげなくいった。

インターホンが鳴った。島津さんだった。

島津さんは部下を二人連れていた。どちらも地味な感じのおじさんで、どう見ても国家権力の一翼をになっているという印象ではない。だがひとりが、もってきた鞄《かばん》から渋谷区の大きな住宅地図をだし、僕は昨夜尾行していった屋敷の正確な位置を示した。

地図によるとそこは、「高橋」という人の家が建っていることになっている。

部下一号はさっそく携帯電話でどこかに連絡を始めた。

「とにかく隆くんに怪我がなくてよかった。心配なら入院して検査をうける手もあるが?」

島津さんがいったので僕は首をふった。

「大丈夫です。でも島津さんのこととかを喋っちゃったかもしれません」

「それは気にしなくていい。君を解放したところを見ると、相手は極端な暴力主義集団というわけでもないようだ」

極端な暴力主義集団て言葉の響きが恐い。

「情報が一巡したということだろうな」

親父が島津さんを見ていった。

「望むところだったのじゃないのか」

島津さんは無言だった。

「梅本ケンイチはどうしています？」

僕は訊ねた。

「冴木からの話をもとに、麻布署に内偵をさせている。『マックス』と『ジョージ・ジョージ』の書類上の社長は、梅本要一《よういち》。梅本健一の兄だ。兄弟なのにどちらも名前に一がつくのは、母親がちがうからだ。二人は結局両方の母親と離婚した父親に育てられたが、その父親も早い時期に死亡し、要一は健一を育てるためにかなり苦労したようだ。手っとり早く稼ぐために、渡欧してかなり危い仕事をしていたこともあったらしい。健一が例の渋谷の『未来開発』の社長ということで、ひっぱるのはいつでもできるが、今はとりあえず止めてある。隆くんの安全を考慮した判断だ。健一と組んでいる、ソウとコウという二人の中国人に関しては情報がない。逮捕した中国人にぶつけても、反応はないようだ」

「どうせ本名じゃない」

親父はいった。

「健一は兄貴がさらわれた被害届を警察にだしたのか」

島津さんは首をふった。

「だしていない。『上海ガーデン』に、要一をのぞく三人は結局入店せず、その後の足どりは不明だ」

僕はきのう撮影したデジカメを島津さんに渡した。

「ここに、昨夜梅本といっしょにいた外国人二人の写真が写っています。ひとりは『マックス』や『ジョージ・ジョージ』の本当のオーナーで、ポポフというロシア人、もうひとりはその友人です」

モニークもパパといっしょに写っているが、あえて説明はしなかった。

「解析してICPOのデータとつき合わせてみよう。二人が直接今回の件と関係している可能性はあると思うか」

島津さんは親父に訊《たず》ねた。

「何ともいえん。このポポフという男が梅本のスポンサーになった背景にはもしかすると、『港倶楽部21』でおこなわれていたいろいろな非合法取引が関係しているかもしれんし、そこに『サムソナイト・モーリス』がからんでいた可能性もゼロじゃない。俺に対して梅本は、モーリスの情報に一億の謝礼を提示した。その金のでどころが奴の懐ろでないとすれば、ポポフもモーリスの土産を狙っていることになる。あるいは例の鍵《かぎ》に関する、何か断片的な情報を握っていて、俺の提供する情報とあわせれば、土産のありかが判明すると考えているのかもしれん」

親父は答えた。

「ここに写っている二人の人物に関する情報を早急に集めさせよう」

「――副室長」

電話を終えていた部下一号が声をかけた。

「問題の住宅ですが、半年ほど前に所有者が死去したのをきっかけに売却されています。現在の所有者は『ソムテル』という外資系企業だそうです」

「『ソムテル』」

島津さんの顔が険しくなった。

「知っているのか」

親父が訊ねた。

「『ソムテル』は多国籍企業で、アフリカと東南アジア、それに中央アジアにオフィスをかまえている。ICPOとFBIの双方から、テロ支援企業の疑いが強いと目されている貿易商社だ」

「テロ支援企業？」

僕はいった。

「企業の形をとり、実際にビジネスもおこなっているが、それにあわせてテロ活動のための人物や資金を動かしている会社だという意味だ。テロリストグループがかつてのような思想や宗教に基づいた個別の活動をおこなうことが困難になり、ネットワークを構成する動きが強まる中で生まれてきた組織だよ。資金と人脈を相互に補いあって、それぞれの影響力が及ぶ土地にオフィスをかまえ、さらに活動拠点を世界規模でもつことを目的としている。『ソムテル』が所有する建物は、ひとつのテログループに限らず、期間をかえて複数のテログループが使用する。その結果、特定のグループのみが使用するのに比べ、司法機関に存在が発覚する可能性が低くなる」

「会員制のリゾートマンションみたい」

「まさにそれだ。夏と冬では、使っているテロリストがちがい、出入りする人間の顔ぶれもがらりとかわる。周辺住民もまさかテロリストのアジトになっているとは気づかない」

「じゃ、梅本をさらったのはテロリストってこと？」

「その可能性は高い」

「テロリストがなんで？　もしかして狙いはやっぱりモーリスの土産？」

「他に考えられんな」

親父がいった。

「お前を訊問《じんもん》したのがそいつらじゃないことは確かだ。テロリストなら、アジトまで尾行してきた人間を生きては帰さない」

「なんかすごく危い話になってきたような気がするんだけど」

「そうさ。だから俺は気のりがしなかった。高校生が首をつっこむには、かかわっている連中が危険すぎる」

「でも、もしかしてもう遅い？」

「梅本がテロリストに拷問にかけられていれば、俺やお前のことはとうにそいつらに伝わっただろう。情報機関とちがい、テロリストてのは、自白剤なんて手は使わないものだ。だから次にお前がさらわれるときは、かなり痛い目にあうぞ」

「君ら親子に護衛をつける」

島津さんはいった。

「それより南平台を何とかしろ。梅本に死なれたら、唯一の手がかりが消えるぞ」

「SATと機動隊を手配する。とりあえずは、梅本要一誘拐の容疑で屋敷を捜索する」

島津さんは頷《うなず》いた。

「じゃきのう僕を訊問したのは、誰だったんだろう」

親父と島津さんは顔を見合わせた。

「わからん」

島津さんがつぶやいた。

「モーリスの土産を捜しているグループが、新たにふたつある、ということだけがこれではっきりしたわけだ」

「それにコウとソウの中国人グループ、梅本とそのバックで、四チームということ？」

「四チームですめば平和だな」

親父がいった。

「待った、僕らがいるから五チーム目」

あきれたように親父が僕を見た。

「まだやる気なのか、お前」

「だってさ、考えてもみてよ。どのチームにも僕と親父のことは知れ渡っているんだよ。しかもSWATチームには、バックに国家権力がいることまで。そんな状態で手を引いたって、見逃してくれると思う？ それにソウとコウは、僕の高校の生徒を殺すといってる。威《おど》しかもしれないけれど、ここで手を引いても、あらゆる意味で危険の度合はまったく減らないと思うのだけど。だったらいっそモーリスの土産を見つけだして何とかしちゃう方が、安全だとは思わない？」

親父は黙りこんだ。

島津さんが咳《せき》ばらいした。

「私がいうべきではないかもしれんが、隆くんのいうことも一理ある」

「わかった」

親父は頷いた。僕は島津さんに向き直った。

「お願いがあります」

「K高校の警備だね」

僕は頷いた。

「少なくとも、校門のところで誰かが撃たれた、なんてことだけは避けたいんです。コウとソウの正体を、僕もなるべくがんばってつきとめるようにしますから」

「手配する」

「我々の護衛のことだが、調査を続行するとなれば、刑事をつけない方がいい。かえって情報が手に入りにくくなるだけだ」

親父がいった。

「冴木——」

「ただ、下の『麻呂宇』や他の住人たちにだけは危害が及ばないよう、配慮をしてもらいたい」

「僕らがいなくなっちゃえば？」

親父は首をふった。

「それは賢明《けんめい》とはいえん。俺たちの行先を知ろうと、圭子ママを誘拐する奴がでてくるかもしれない」

「そりゃまずいよ」

「アパート周辺に私服を配置する。それならいいだろう」

「そうしてくれ」

「我々は南平台に向かう。何かわかったら連絡をする」

島津さんはいって、でていった。

二人きりになると、親父が僕を見つめ、息を吐いた。

「楽して裏口入学しようなんて考えるから、こうなるんだぞ」

親父に少し賛成。そして僕は反省。

僕がひと眠りした夕方近く、島津さんから連絡が入った。

南平台の邸宅は、警察が踏みこんだときはもうモヌケの殻《から》だったそうだ。近所への訊《き》きこみによれば、今朝早くに、何台もの車が次々とあがったシャッターからでていったという。

梅本の姿もなかった。警察は庭に埋められていないか、今も捜索している。邸宅からは指紋なども見つかっていて、使用していたのがどのテログループなのか、急いで照合に入った。

「梅本が生きているとすれば、弟の健一、あるいはスポンサーのポポフに何らかの連絡を入れている可能性もある。そのあたりを探ってくれないか」

スピーカーにつないだ電話で島津さんはいった。

「わかった。デジカメの分析はまだか」

「パリからの返事待ちだ」

親父の問いに島津さんは答えた。パリにはＩＣＰＯの本部がある。

「中国人からの連絡はあったか」

「まだないが、そろそろだろう。もしてこないようであれば、梅本をさらったのは、中国人ということになる。例の鍵《かぎ》について何かわかったか」

「何もない。何かを知っているとすれば、やはり梅本だろうな」

「すると『ソムテル』の連中が最短距離をいっていることになる」

親父はつぶやいた。そのとき、僕の携帯電話が鳴りだした。非通知着信だった。

「はい」

「俺だ、ケンイチだ。親父をだせ」

ひどく険悪な声だった。僕は送話口を押さえ、親父に目配せした。

「ケンイチ。あんたと話したがっている」

「このまま切らず、待っていろ」

親父は島津さんにいって、携帯をうけとった。僕は電話の裏側に耳をあてた。

「もしもし、冴木です」

「ケンイチだ。兄貴がさらわれた」

「さらわれた？　誰に」

「それがわかれば苦労するか。コウたちから連絡はないか」

「ない。連中がやったのか」

「まさかとは思うがな。さらった連中は、うちのオーナーと会食する店の前で待ち伏せていた。どっかから情報が洩《も》れたんだ。オーナーがお前らに会いたがっている」

「会うのはいいが、いきなりズドンじゃたまらない」

「お前らが兄貴をさらった連中と関係がなければ、手だしはしない。一時間以内に『ジョージ・ジョージ』までこい。ふざけたお前の息子もいっしょにだ」

「あの店は教育上あまり好ましくないのだがな」

「こなけりゃ、もっと好ましくないことが、息子のお友だちに起きるぜ。コウの威しを忘れたわけじゃないだろう」

「わかった。もし連絡があったら、そこにいくといっていいか」

「駄目だ。オーナーはオーナー、コウたちはコウたちだ」

「それは話をややこしくする」

「ややこしくしたのはお前だ。中国人にあんな話さえしなけりゃ、こうはならなかった」

話をしなけりゃ殺すつもりでいたことをすっかり忘れているようす。

「それならそれでかまわないが、こっちもずっと知らん顔はできない。連中から連絡があったらどうすればいい？」

「適当に話を合わせて、俺に知らせろ。兄貴をさらったのが奴らなら、お前には何かいってくる筈《はず》だ」

どんどんややこしくなってくる。

「『ジョージ・ジョージ』で待っている」

ケンイチは電話を切った。

「ポポフに探りを入れるチャンスのようだ」

親父は島津さんとつながった電話にいった。

「どうやらそのようだな。応援は必要か」

親父はちらりと僕を見た。

「いや、今夜のところは、まだ大丈夫だ」


「ジョージ・ジョージ」は、「マックス」から少し離れた場所にある広いビルの一、二階を占めていた。一階の天井が吹き抜けになっていて、一階中央に設けられたステージで踊るダンサーたちを、両方の階から見られるようになっている。

僕と親父が到着するのを、「マックス」にいた大男が待ちかまえていた。確か村月といった筈だ。

楕円形《だえんけい》をしたステージの上では、バタフライだけの白人ダンサーが三人、激しく踊っていた。ロックに合わせてスポットライトが彼女らの輝く体を照らしだしている。だが村月はそれには目もくれず、二階へとあがる階段を登るよう、僕らに手で示した。ひと言も口をきこうとはしない。

ステージを見おろすよう配されたテーブルのひとつに、ケンイチとやせた白人がすわっていた。白人の頭には包帯が巻かれている。「上海ガーデン」の前で殴り倒された男だった。

白人はまっすぐに背筋をのばして椅子に腰かけていた。髪は銀色で、贅肉《ぜいにく》はほとんどなく、まっ青な、瞳《ひとみ》と同じ色のワイシャツに臙脂《えんじ》のネクタイを固く結んでいる。唇が尖《とが》っていて、どう猛な鳥のようだった。

「ミスター冴木」

男はひと言だけ口にして、向かい側にすわった僕と親父をじっと観察した。その視線をうけているうちに、僕はなぜ猛禽類《もうきんるい》のように感じたかがわかった。そのガラス玉じみた目のせいだ。

「日本語で話すの、大丈夫です。私はポポフです」

胸に手をあて、いった。

「ミスターポポフ、頭の怪我はどうされたのですか」

頷《うなず》き、何食わぬ顔で親父は訊《たず》ねた。

「テロリストです。梅本を連れていったテロリストに殴られました」

ポポフは答えた。

「テロリスト？」

「そう。モーリスのこと、私も知っていました。モーリスの最後のクライアントも」

「最後のクライアント」

ポポフは小さく頷いた。

「あの頃、私も『港倶楽部21』にはよくいきました。ですがミスター冴木、あなたの姿を見た記憶はない」

じっと親父を見つめていった。

「大きな店でしたからな。それに当時は私は外国にいることが多かった」

「電話で梅本から聞きました。コミサーロフを知っていたのですか」

「ええ。私がよく顔を合わせたのは、彼が日本勤務になる前ですが」

ポポフは一瞬沈黙した。

「どこですか」

「ロンドン、タシケントでもお会いしたことがある。ウズベキスタンの」

「では彼の正体を知っている？」

「KGBでしょ」

こともなげに親父はいった。ポポフは顎《あご》を引いた。

「なるほど。ミスター冴木、確かにあなたはいろんなビジネスをしていましたね」

「昔の話です。それより、梅本さんをさらったテロリストというのは何者です？」

ポポフは太い葉巻をとりだした。金色のライターでゆっくりと火をつける。ときおり焦《じ》らすように上目づかいで親父を見やった。

ケンイチはさすがにおとなしかった。

濃い煙をぶわり、と吐いた。

「ハバナ産の葉巻とキャビア。このふたつは、冷戦が終わっても価値が下がることがなかった。それに比べれば、ソビエト製の武器はひどく安くなったものですな」

親父がいった。ポポフは大きく頷いた。

「ただし、安くなったお陰で手に入りやすくなり、喜んだ者もたくさんいる」

親父はポポフの目を見つめながらつづけた。

「そう。モーリスの最後のクライアントも、そういうグループでした」

ポポフはいった。

「テロリスト？」

「彼らは自分たちをテロリストだとは思っていなかった。真の愛国者で、祖国を解放するのが自分たちの目的だと信じていた。彼らの敵は、彼らの祖国に干渉しようとする、すべての大国、ソビエトでありアメリカだった。やがて彼らの内部で分裂がおこった。過激な手段を用いて祖国の解放をめざそうというグループと、それに反対するグループに分かれ、悲惨な殺し合いにまで発展した結果、グループ全体は消滅してしまいました」

「何というグループですか」

「日本語に訳せば、『六月の獅子《しし》』という名前です」

「『六月の獅子』……。聞いたことがある。それがモーリスの最後のクライアントだったのですね」

ポポフは頷いた。

『六月の獅子』が消滅したのは、今から六年前です。残ったメンバーは、ロシアやグルジア、アルジェリアなどに散っていった。ただひとつだけ、私には不思議に思っていることがあります」

「何です」

「彼ら『六月の獅子』は、思想こそ立派でしたが、決して資金に恵まれてはいなかった。そんな組織がなぜ、モーリスのような商人のクライアントになれたのか」

「確かにモーリスは大金持しか相手にしませんでした。彼の商売ではツケがきかない」

親父がいうと、ポポフは頷いた。

「その通り。モーリスが受けとったのは、常に現金、それもドルだけでした」

「しかも百万ドル以下のビジネスはしなかった。クライアントが、モーリスに望んだ商品とその値段を、あなたはご存知のようですな」

ポポフは煙を吐きだした。

「知っていますとも。彼がチェチェンのマーケットに出入りできるようになったのは、私の努力のおかげもある」

「つまり、コミサーロフとあなたは昔、同じ職場にいたわけだ」

「会社はちがうが、ミスター冴木、あなたもそうだった。そして今は互いに、ビジネスマンとなっている」

にやりとポポフは笑った。

「動かせるお金の額には、かなりちがいがあるようですが」

ケンキョに親父は認めた。

「お互い理解しあえたようですな、ミスターポポフ。それで、モーリスが、最後のクライアント『六月の獅子』に頼まれた商品とは何だったのです？」

「あなたの意見を、ミスター冴木」

ポポフは葉巻をふった。

「小型の核爆弾。おそらくスーツケースなどに見せかけて持ち歩けるような」

「値段は？」

「一千万ドル以下ということはないでしょうな」

「一千二百万ドル。それがモーリスの提示した金額でした。そして『六月の獅子』はあっさりそれを受けいれ、前金として七百万ドルをモーリスに支払った」

「詳しいですな」

驚いたように親父はいった。

「モーリス本人から聞きました。彼は、クライアントに本当にそれだけの支払い能力があるのかを疑っていた。そこで私に調査を依頼した。前の会社にいたとき、私は個人的にモーリスの役に立ってやっていたのです。そのときの謝礼をもとに、今の私のビジネスがある」

「なるほど。それで、どう思われました」

「私はモーリスに警告しました。『六月の獅子』には、二千二百万ドルなどという大金を用意できるような資金力はない。それどころか、七百万ドルの前金すら怪しいものだ、と。ところが支払いはおこなわれた。奇妙だと思いませんか」

「あなたはKGBにいらしただけじゃない。その後のロシア政府にもコネが？」

ポポフは頷いた。

「古い友人がSVRにいます。KGBにかわった、ロシア対外情報局ですな。そのことは今はいい。問題は『六月の獅子』がどこから七百万ドルもの大金を手に入れ、さらにその後千五百万ドルを支払うつもりだったのかということです」

「待って下さい、ミスターポポフ。今、支払うつもりだったとおっしゃいましたね。つまり、モーリスは前金しか受けとっていない、ということですか」

ポポフは肩をすくめた。

「その通りです。モーリスは七百万ドルしか受けとっておらず、しかし、クライアントのために商品を手に入れた。ところが、残金の千五百万ドルと商品を交換する前に、行方不明になってしまった。この東京でね。その死体が、私たちの愛した『港倶楽部21』の跡から見つかったという。当然、私も無関心ではいられない」

「すると『六月の獅子』に商品は渡っていない？」

「それに対する答がこれです」

ポポフは額に巻いた包帯に触れた。

「昨夜私を襲い、梅本を連れていった連中は、『六月の獅子』の残党だ。彼らは、組織は消滅したものの、モーリスとの契約はまだ有効だと信じている。そのために梅本を連れていき、今、商品がどこにあるのかを知ろうとしているのです」

「しかし梅本さんにその知識はない」

ポポフは頷いた。

「梅本が心配です。モーリスとの契約が今でも有効だと信じる連中は、『六月の獅子』の中でも、かなり過激なグループに属していたでしょうから」

というか、そういう連中に小型の核爆弾が渡ったあとのことの方が、リュウ君としては心配だ。

「しかしなぜ『六月の獅子』の残党は、突然東京に現われたのでしょう。モーリスが行方不明になってから七年もたっているし、その間に彼らの組織も消滅している。どこからか、発見された死体の情報が流れたのだとしても、動きが早すぎはしませんか」

親父はいった。

「ミスター冴木、あなたはやはりプロフェッショナルだ。『六月の獅子』が前々からモーリスとその商品をこの東京で追っていたのでない限り、昨夜の彼らの行動は早すぎる」

ポポフは答えた。

「それだけじゃありません。梅本さんの前歴とモーリスの死体が発見された場所をつなげて考えたとしても、梅本さんひとりをさらったのには、強い理由があった筈《はず》です。つまり、梅本さんは、『六月の獅子』とモーリスとの間に交された契約に、何らかの形でかかわっていた可能性が高いということになる」

親父がいうと、ポポフは感心したように何度も頷《うなず》いた。

僕は咳《せき》ばらいした。

「あの、高校生がこんな話に口をはさむのはいかがなものかと思うのですが――」

「何です」

ポポフは僕を見た。イギリスあたりの寄宿学校のおっかない先生、という感じがしなくもない。まさか魔法は教えてくれないだろうけれど。

『『六月の獅子』が、後金の千五百万ドルを渡したくなくてモーリスさんを殺したということはないのですか。商品だけもらうつもりで――」

「それを計画はしたかもしれないが、実行に移すのはかなり難しい。モーリスもプロだ。残金を受けとる前に品物を奪われるようなドジは決して踏まない」

親父がいった。

「するとモーリスさんは、『六月の獅子』とは別のグループに襲われたってこと?」

「そうなるな。どこからか取引の情報が洩《も》れ、横どりを企《たくら》む連中にやられた。ただ、前にお前に話したように、モーリスのような商売人は、つきあいのない組織とは本来、ビジネスをしないものだ。情報が洩れて敵対組織に消されたり、この話のような横どりにあう危険が高いからだ」

親父はポポフを見た。

「モーリスは仕事に困っていたのでしょうか。七年前の彼がどんな状態だったのか、私にはわからないのですが」

「確かに困ってはいました。中央アジアのムスリムとの関係を、ＣＩＡなどが危険と考え、彼のビジネスを妨害する活動にでていたのです」

ポポフが答えた。

「モーリスはビジネスがやりにくくなったとこぼしていました。『六月の獅子』からのオファーを、それまで取引のない相手であったのにうけたのは、モーリス自身の経済的な理由もあったのだと、私は思います」

「二千二百万ドルのブツを売って、そのモーリスって男はいくら儲《もう》けるつもりだったのですか」

ケンイチが口を開いた。

「約一千万ドルといったところじゃないかな。売り主に一千万、運賃もろもろの諸経費に二百万」

親父がいった。

「すげえ。一回のビジネスで十億かよ」

うっとりしたようにケンイチはつぶやいた。ポポフが冷ややかにいった。

「命を失えば何の意味もない、ケンイチ。シガレットを売って十ドルを稼いでいる人間の方が利口というものだ」

重みのあるお言葉。

「問題は、品物がどこにあるか、ということです、ミスターポポフ。モーリスを殺した連中が奪ったのか。それとも商売人らしく、モーリスは殺されても品物のありかを教えなかったのか」

「それは私にはわからない」

ポポフは答えた。

「では、『六月の獅子』の立場となって考えましょう。彼らは、自分たちに所有権があると信じている品物を、何者かが横どりしたと考えている。その品物は使えばなくなるものだが、七年たった今も使われてはいない。とすれば、それを回収するのが目的でずっと調査をつづけていた。梅本さんをさらったのは、横どりした連中の情報が欲しいからだ。つまり――」

「兄貴がその連中とつながっているっていうのかよ⁉」

ケンイチが鋭い声をだした。

「落ちつきなさい、ケンイチ。ミスター冴木がいっているのは、ひとつの可能性だ」

「取引の情報がどこからか洩れていたことはまちがいない。となれば、『六月の獅子』か、モーリス側のどちらかしかない」

親父がいった。

「だってそのテロリストのグループは分裂したのだろう。だったらそっちかもしれないだろうが」

ケンイチが反論する。

「確かに。ただしそうだとしても、品物は手に入れていない。もし手に入れたのなら、かつての同志たちのことだ。すぐに伝わるだろう。わかるな。あんたの兄貴をさらった連中が最終的に欲しがっているのは、モーリスの商品なのだ」

親父はいって、ポポフを見た。

「梅本さんは、あなたに鍵《かぎ》の話をしましたか？」

「鍵？」

ポポフは眉《まゆ》をひそめた。

「何のことです」

「私の情報提供者によれば、モーリスの遺体と覚《おぼ》しいものの近くで、金属製の鍵が発見されているのです。それを梅本さんに話すと、とても興味を惹《ひ》かれていました」

ポポフの目が細められた。

「私は知らない。ケンイチ――」

ケンイチは首をふった。

「俺はその場にいなかった」

「すると、鍵に関する情報は、梅本さんだけがもつつもりでいたわけだ……」

「どんな鍵なのです？」

ポポフが訊《たず》ねた。

「ありふれた金属製の鍵で、警察も該当する錠を見つけられないようです」

「梅本はなぜ私に話さなかったのだ」

ポポフはケンイチを見た。

「俺にはわからないよ。ポポフさんがきたら話すつもりだったのじゃないかな」

「あるいはあなたを疑っていたか、だ」

親父がいった。

「私を？」

「モーリスと『六月の獅子』以外に、もう一ヵ所、情報が洩れたかもしれない組織がある。あなたが『六月の獅子』について調査を頼んだ相手だ」

ポポフは首をふった。

「それはありえない。私の情報提供者は、決して裏切らない人物だ」

「スパイの世界にそんな人間がいると、本当に思っているのですか」

親父はポポフをじっと見つめた。

「その人物に関しては、私が保証する」

ポポフはきっぱりといった。

「私の妹だ」

ほっと親父は息を吐いた。

「なるほど」

「話を整理しようぜ。兄貴は、『六月の獅子』とかいうテロリストグループにさらわれた。そいつらは、『港倶楽部21』の跡地から死体で見つかったモーリスって男とヤバい取引をすすめていた。だが取引は成立せず、モーリスが売る筈だったブツも行方不明になった。前金だけでぱっくれられた『六月の獅子』は頭にきて、ずっとモーリスを捜していたのだが、ここにきてモーリスの死体が見つかったとわかり、今度はモーリスを殺してブツをかっさらった奴をつかまえようと、兄貴に目をつけた——」

ケンイチがいった。

「だいぶ砕いた解釈だが、その通りだ」

親父がいった。

「ただし、今の話にはでなかったが、もうひとつ、モーリスの商品を追っているグループがある」

ケンイチの表情がこわばった。

「奴らのことは俺が何とかする。ここでもちだすなよ」

「コウたちじゃない。俺がついさっき得た情報では、『六月の獅子』が今朝まで使っていたアジトがつきとめられた。あんたの兄貴がそこへ連れこまれたこともわかっている」

「何だって、それじゃ、すぐに――」

親父は首をふった。

「今朝まで、といった筈《はず》だ。すでに逃げだしたあとだ。問題は、そこを監視していたもうひとつのグループがいたことだ」

「もうひとつのグループ？」

「そうだ。そいつらが何者かわかっていないが、こちらの得た情報では、かなりの装備を備えた特殊部隊のようだ。そのグループの狙いが、モーリスの商品なのか、『六月の獅子』なのかは、今はまだ判明していない」

「ミスター冴木、それは事実か」

ポポフの問いに親父は頷《うなず》いた。

「確かだ」

隣に証人がいるっての。

「何者だろう……」

親父はケンイチを見た。

「中国人に連絡をとれるか」

「あ、ああ」

「彼らと会う」

「ちょっと待てよ。どこまで話すつもりだ」

「ケンイチ、中国人というのは何のことだ？」

ポポフが訊ねた。親父がかわりに答えた。

「別のビジネスでの、彼のパートナーだ。いきちがいがあって、私たち親子に損をさせられたと思っている。そのために、今回の話に一枚加わろうとしているんだ」

ポポフの顔が厳しくなった。

「ケンイチ、梅本はそれを知っているのか」

「知りません。なんでお前、そんなことをオーナーに話すんだよ！」

「これ以上、事態を複雑にしたくないからだ。排除できるものはしておきたい」

ポポフは恐い顔のまま葉巻を吹かし、親父とケンイチを見比べている。

「排除するって、いったいどうする気なんだ。まさか警察にひき渡そうというのじゃないだろうな。そんなことになったら、俺までもっていかれちまう……」

ケンイチは青くなった。

「どうしたものかな。ポポフさんとこうして知りあうことができ、あんたの兄貴が消えちまった今、あんたを大切にする理由は、俺たちになくなった」

冷ややかにいう親父。ケンイチの上をいく悪ラッぷり。

「そんなことといいやがって、ガキの同級生がどうなってもいいのかよ」

「それが問題だからいってる」

「ふざけんな！　お前、最初から俺たち兄弟を外すつもりだったのだろうが」

「ケンイチ、ミスター冴木に協力しろ」

ポポフがいった。ケンイチはうっと詰まった。

「でもオーナー、俺が警察につかまったら、オーナーにも迷惑がかかります」

「その心配はない。ミスター冴木はプロフェッショナルだ」

ポポフはにたりと笑った。無言で頷く親父。

「コウたちを排除さえできれば、俺はそれでいい。大切な息子をさんざん威《おど》したことは忘れてやる」

誰が大切な息子だって。ポポフの笑いは、いざとなったら親父がケンイチを消すと確信している、余裕の笑みと見た。

ケンイチはぐっと頬《ほお》をふくらました。中国人たちを裏切る損得を計算しているようす。

「十億のビジネスだ」

親父がいうと、決心した。

「わかったよ。コウたちの居場所を教える。だけど、警察に渡すのはやめろ」

「誰とも口がきけなくなればいいのだろう」

「殺すってのか」

「方法は俺に任せてもらう」

ケンイチは目をみひらき、親父をまじまじと見つめた。

「お前らいったい……何者なんだよ……」

「ただの行商人とその息子さ」

ケンイチはほっと息を吐いた。僕を横目でにらむ。

「サツのスパイかと思っていたが、とんでもねえワルだな、お前ら」

「息子の学資を稼ぐのも楽じゃなくてね。さっ、どこだ」

「あいつらは、新宿の『黄蘭《こうらん》』てマッサージ屋にふだんはいる。コウが支配人で、ソウが用心棒だ。もちろん表向きだが」

「『黄蘭』だな」

親父は念を押し、場所を訊ねた。新宿区役所通りだった。

ケンイチの説明が終わると、ポポフが確認するようにいった。

「中国人の排除を、すべて君に任せて大丈夫かね、ミスター冴木。もし必要なら、他の日本人スタッフを君に同行させるが」

「大丈夫ですよ、ミスターポポフ。あなたにも、ここにいるケンイチ氏にも、迷惑がかからない方法をとります」

「奴らには上海グループの仲間がいる。甘く見ない方がいいぜ」

ケンイチがいった。

「突然消えてしまえば、仲間にも連絡のとりようがない。ちがうか」

親父はいった。

ポポフが立ちあがり、右手をさしだした。

「有意義な話し合いができた。感謝している、ミスター冴木」

「こちらこそ」

「梅本の状況はわからないが、互いに協力しあえば、我々は望ましい結果にたどりつくことができるだろう」

「私もそれを期待していますよ」

親父はいって、ポポフの手を握った。ケンイチはおもしろくなさそうな顔でそれを見つめている。

「では私はこれで。改めてまた今後について話し合いましょう」

親父と僕はその場をあとにした。

「質問」

「ジョージ・ジョージ」をでると僕はいった。

「何だ」

「ケンイチ、恨んでるよ。このままじゃヤバくない？」

「いずれは全員、ム所行きだ。結束させておくより、不協和音がある方が、利用できる」

非情な答。

「質問その二。コウとソウを、本当に消すつもりなの」

「顔を確認したら、島津に手を回させる。どうせまっとうな方法で入国しちゃいない。とりあえず強制送還させれば片がつく」

「なるほどね」

「じゃ、いくぞ」

「いくぞってどこに？」

「新宿だ。さっさと片づけようぜ」

あきれて親父の顔を見つめた。

「僕もいくわけ？」

「あたり前だ。元はといえば、お前がまいた種だろうが」

厳しい言葉が返ってきた。アルバイト探偵はつらいよ。

10

世の中には、そこにその立場の人間がいるだけで、許されない場所という組み合わせがある。高校教師とブルセラショップ、中学生とラブホテル、おっさんサラリーマンと（踊る方の）クラブ。健全な都立高校生と深夜の新宿区役所通り、というのもそれに近いかもしれない。

なのに奇妙なことだが、ブルセラショップ常連の教師がいたり、ラブホテルをアルバイトの場にする中学生の女の子がいるのが現実だ。

「補導されちゃうかも。そのときはよろしく」

靖国《やすくに》通りの区役所近くで、親父とタクシーから降り立った僕はいった。時刻は午前二時を過ぎている。

「大丈夫だ。これからいくのは、日本人よりネズミの方が多い一画だ。学校の先生などまちがってもいない」

親父は腕時計をのぞいて答えた。「ジョージ・ジョージ」をでたあと、僕と親父は腹ごしらえのために竹虎さんの店に寄っていた。今回は他のお客さんがいたせいか、僕は〝熱い歓迎〟をうけずにすんだ。

「少年係の刑事さんは？」

歩きだした親父のあとを追っかけ、僕は訊《たず》ねた。

「残業手当をもらっても、そんなヤバいところで点数稼ぎをする刑事はいない」

「で、そこに高校生の息子を連れていく、と」

「探偵よりワリのいいバイトが見つかるかもしれんぞ」

僕は首をふった。

区役所通りを奥に進むにしたがって、そこは明らかに空気がかわってくる。ふつうの盛り場にはつきものの、まっとうな酔っぱらいや、ただの水商売お姐《ねえ》さんの姿が少なくなり、まともではない日本人か、まともかもしれないけれど日本語がまともには喋《しゃべ》れない異国の人が多くなるのだ。この場合、異国の人が、中華人民共和国出身だけとは限らない。はるかアフリカ方面や中東、中米からの労働者も含まれている。

「二十一世紀はサービス業の時代だって、世界史の先生がいってたけど、まさにその通りって感じ」

「なぜそう思うんだ？」

「先端職種だからこそ、人手不足を補うために、海外からの労働者をうけいれているのじゃないの？」

「学校の授業もたまには役立つことを教えてるようだ」

親父はいって立ち止まった。赤信号を無視してぞろぞろ横断歩道を渡る集団があった。進路を塞《ふさ》がれたタクシーも、クラクションを鳴らすことなく、渡りきるのを待っている。日本人だが、これは明らかに、ヤのつく団体職員の一行だった。見たところざっと十人。かたまっていないと、彼らでも歩くのが危いと考えているようだ。

「あれもサービス業か」

親父は僕に囁《ささや》いた。

「盛り場に甘く危険な香りを漂わすための、アトラクションメンバー」

「なるほど。ディズニーランドにミッキーマウスがいるのはあたり前だな」

「並んで写真を撮りたいとは思わないけどね」

僕は囁き返した。目の前に、去年やくざ屋さんが射殺された喫茶店がある。同じ世界史の先生によれば、目撃者のいるところで、中国マフィアが公然と日本人やくざに牙《きば》をむいたという点で「歴史的な」事件だったそうだ。その先生の従弟《いとこ》だかはとこが、新宿警察署にいて刑事をやっているらしい。せっかく難しい公務員試験に合格したのに、出世をあきらめた「変り者」だといっていた。もっともその先生もかなりの変り者だから、変り者の一族かもしれない。

やくざ屋さんの一行をやりすごし、僕と親父は職安通りの方向へと進んだ。

「このあたりだな」

親父は立ち止まって、周囲を見渡した。

「ケンイチが前もって知らせてるって可能性はない？」

「それはバランスの問題だ」

「バランス？」

「奴が、中国人とポポフのどちらを恐れているかという」

「中国人だったら？」

「帰れない。あれだ」

親父は通りから少しひっこんだところに建つ、雑居ビルをさした。確かに四階の窓に「中国宮廷マッサージ」というシールが貼られている。

「マッサージうけにきたといっても信じてくれない？」

「マッサージしてくれるさ。鉛玉《なまりだま》で」

親父は答え、すたすた歩いていった。

四階までは階段であがった。吸い殻だらけで、火事にならないのが不思議なくらいだ。暗い色の厚いガラスに「黄蘭」と書かれた扉があった。なんだかとても不健全な感じ。これで待ち伏せされていたら、不健康でもある。

親父は扉を押した。白っぽいカウンターの横に、小さな噴水があって、その上で直径二十センチくらいの石の球が回転していた。カウンターがある受付が見えた。チョロチョロと水の流れる音がしている。カウンターの横に、人気《ひとけ》はない。暗い洞窟《どうくつ》のような通路があった。奥は厚いカーテンで仕切られたマッサージルームのようだ。

「こんばんは」

親父が声をかけた。返事はなかった。

僕は耳をすませた。マッサージ店なら、客の唸《うな》り声やいびき、マッサージ嬢の中国語が聞こえてきそうなものだが、何の声もしない。ただ水の音だけだ。

「お休みなのかな」

僕はいった。それとも全員、別の仕事ではらっているとか。「トカレフもって、都立K高校前で集合」だったりして。

「かきいれどきの筈《はず》なのに」

「詳しいな、お前。中国語の個人レッスンでもうけていたのか、六本木あたりで」

親父もとまどっているのか、顎《あご》の先をぽりぽりかいた。

「いらっしゃい！」

不意に元気のいい声が背後からかけられ、僕と親父はふりかえった。

体にぴったりフィットした黒いパンツに、絹のような白い光沢のあるブラウスを着たお姐さんが立っていた。ブラウスのボタンは大胆に外されていて、みごとな谷間がのぞいている。今どきの日本人にはいないストレートロングの黒い髪に、きりっとした顔立ちの美人。

「ゴメンなさい。今日、女の子、皆休みよ」

見るまでもなく、親父の顔がニヤけるのがわかった。

「そりゃ残念だな。知り合いの知り合いに、すごく腕のいい子がいるって聞いてきたんだが……」

くすっとお姐さんは笑った。

「知り合いの知り合い？」

「そう。ひどい肩こりなら、ここにいけって」

「ふーん」

お姐さんはいって、頭のてっぺんから爪先《つまさき》まで親父を見つめた。

「別にあなたでもいいのだけれど……」

「わたし、できないよ」

お姐さんは首をふった。

「ただ、店番頼まれただけね」

「じゃ、コウさんの知り合いかな？」

「コウさん？　コウさんなら、中国へ帰ったよ」

「いつ？」

「今日ね。家族に病人でた。だから急いで帰った」

親父と僕は顔を見合わせた。

「コウさんの友だちでソウさんて人もいましたよね」

「ソウさんも帰った」

あっさりとお姐さんはいった。

「ソウさんも⁉」

「妹、結婚する。だからお祝いに帰った」

「いつ？」

「今日。コウさんと同じ飛行機で帰ったよ。だから女の子いない」

「あの、あなたは？」

「わたし？　わたし店番」

「そうじゃなくて、名前は？」

ナンパしてどうする。

「ああ、わたしの名前ね。フェイレイ」

「フェイレイ……」

「そう。翡泪《フェイレイ》。よろしくね、サイキさん」

お姐さんはいってにっこり笑った。親父と僕は固まった。

「どうして我々の名を？」

「あなたくること、聞いてたよ。コウさん、ソウさんから。ビジネスの件、わたしが引き継ぐよ」

「ビジネスの件」

まるきりオウムの親父。

「そう。モーリスのことよ」

フェイレイは頷《うなず》いた。

「コウさんから聞いたのかな？」

「もちろん。他の誰から聞くの」

「あの――」

黙っていられなくなり、僕はいった。

「それって引き継いでいるのはビジネスの件だけですか」

フェイレイはにっこり笑って、手をのばした。赤く塗られた爪が僕の頬をなでた。

「あなたのスクールメイトのこと？　わたし、そういうの好きじゃない。暴力に頼る、よくないよ。ちがうやり方がいいね」

「ちがうやり方？」

「あなた、わたしに協力する。北京大学、留学オーケー」

フェイレイは片目をつぶった。

「北京大学？」

「そうか」

親父はつぶやいた。夢から醒《さ》めたような顔になっていた。

「君は国家安全部の人間だな」

フェイレイは首をふった。

「何それ。わたし、知らないよ」

「とぼけなくていい。あの二人をあっさり〝処分〟できるのは、中国政府以外考えられない」

フェイレイの笑みはかわらなかった。それがかえって恐い。

「あなたたち、わたしとビジネスするの、嫌いか」

「そういう問題じゃないと思いますけど」

「あなた、大学いける。あなたお金持になる。悪くないよ。島津さん、いっぱいお金払えないね。それに東大は難しすぎるよ」

そんなことまで知っているのか。フェイレイは笑みを大きくした。

「北京大学嫌なら、上海大学でもいいね。上海いいところよ。ご飯おいしいし、きれいな女の子、たくさんいるね」

「どこまで我々のことを調べたんだ」

「全部よ。あなたのガールフレンド、アパートメントのオーナー。どっちも美人ね。あと、チューターもきれい。法律の勉強してるらしいね」

僕と親父は言葉を失った。フェイレイは、康子のことも、圭子ママも、麻里さんについてまで調べあげたといっているのだ。

都立K高校の襲撃どころじゃない。

「そうそう、あなたたちにいい話あるよ。梅本さん、いるところ、わたし知ってる」

僕と親父は顔を見合わせた。

「これからいくか？」

フェイレイはこともなげに訊《たず》ねた。

「誰が梅本をさらったのか、知っているのか」

親父は訊ねた。

「もちろんよ。あなたたちとわたしとで、梅本さん、連れて帰る。梅本さん、喜んで、わたしたち仲よくなる。どうか。いい話と思わないか」

「三人でテロリストの相手をしろというのか」

「大丈夫。あなたもあなたも、とても強い。わたしも少し強い。だから助けられる」

「島津に連絡すれば――」

いいかけた親父にフェイレイは首をふった。

「日本の警察あてにならないよ。それに『六月の獅子』、毎日、移動するね。あなたの説明聞いて、島津さん、警察集めるのに何時間かかるか。わたしたちなら、すぐいける。大切なこと、『六月の獅子』つかまえることじゃない。梅本さん、助けること。ちがうか」

「確かにそれはそうだ……」

「親父！」

あきれていった僕を親父は見た。

「リュウ、ここは彼女の提案にのるしかないだろう。逆らっても、安全にここをでていける保証はない。それに梅本を助けだせば、俺たちは確実に、奴の協力をとりつけることができる」

「でも相手はテロリストでしょ」

「テロリストといっても、日本にテロをしかけるためにきているわけじゃない。どのみち俺たちに選択の自由はない。そうだろう、フェイレイ」

フェイレイは無言で大きく頷いた。きれいだけど、怒らせるとすごく恐そうだ。

「お前の留学のチャンスも増やせる」

僕はため息を吐いた。こんなことなら、受験勉強をまともにやっていた方がよほど楽だったにちがいない。

「北京大学と上海大学、どっちがかわいい子が多いの？」

フェイレイはにっこりと笑った。

11

店の奥へといったん入ったフェイレイは、黒のレザージャケットを着け、重そうなスポーツバッグを抱えてでてきた。

親父にキィホルダーをさしだす。

「表に車、止めてあるよ。あなたが運転するね」

「わかった」

止まっていたのは、BMWの4WDだった。車体は黒で、窓にもスモークシールを貼りつけてある。

フェイレイが後部席に、僕はハンドルを握った親父の隣に乗った。

「いい車だな」

エンジンをかけ、親父はつぶやいた。

「中国人、日本で外貨たくさん稼いでるよ。中国政府に秘密で送金してるね。だからときどき、税金とる。これもそうよ」

フェイレイが答えた。スポーツバッグのファスナーを開け、その手にはいささか大きすぎる拳銃《けんじゅう》をとりだした。長いサイレンサーがついている。

「まず、携帯電話預かるね」

左手をさしだしていう。ちらりと見て、親父は首をふった。

「ソーコムか。よくそんなもの、手に入れられるな」

「ソーコム？」

僕はフェイレイの掌《てのひら》に、親父と僕の電話をのせて訊ねた。

「世界一音の静かな、殺人拳銃だ。アメリカの特殊部隊用に開発された」

僕は薄気味悪くなってフェイレイのスポーツバッグを見つめた。そんな武器をあっさり手に入れられるのなら、オールドモデルの核爆弾など必要ないような気がする。バッグの中にはまだまださまざまな殺人道具が入っていそうだった。

「どこへいくんだ？」

受けとった携帯電話をバッグに放りこんだフェイレイに、親父は訊ねた。

「池袋《いけぶくろ》」

フェイレイはソーコムをホルスターにしまい、答えた。親父は４ＷＤを発進させた。

「なあ、コウとソウも、あんたの仲間だったのか」

走りだすと、親父はルームミラーをにらんでいった。フェイレイは首をふった。

「ちがう」

「だったらどうして、モーリスの一件がわかった？」

「簡単なこと。コウは上海の仲間に電話した。大きな儲《もう》け話あるから、手伝いにこいといった。中国の電話、よく混線するね。コウの話、すぐ伝わったよ」

「そりゃ混線じゃなくて盗聴だろう。だがなんで中国政府が首をつっこんでくるんだ。核爆弾ならもっているだろうが」

　フェイレイは肩をすくめた。

「いろいろあるよ」

　それで片づけるのもどうかと思うが、親父は何もいわなかった。

「フェイレイさんは、どうして『六月の獅子』のことがわかったんです？」

　僕は訊ねた。

「そこ、左にいって」

　東池袋に入ると、フェイレイが命じ、親父はハンドルを切った。

「『六月の獅子』に、中国人のメンバーいるね。天安門《てんあんもん》事件のときに、反政府運動して、中国から亡命した。そのあと、『六月の獅子』に加わった」

「――おい、リュウ、あまりいろいろ訊《き》かない方がいいと思うぞ」

　親父が低い声でいった。

「なんかそんな気がしてきた」

僕も答えた。フェイレイが何でも話してくれるのは、僕と親父がよそに洩《も》らす心配がないと安心しているからなのかもしれない。もちろん、僕らの人間性を信用して、というわけでは決してなく。

「わたしずっと、そのメンバーを追ってきたよ。日本に潜伏してるという情報あったね」

僕の不安におかまいなく、フェイレイは喋《しゃべ》った。そして親父に命じた。

「はい、そこの角で止まって」

親父はブレーキを踏んだ。

「この右のマンション。四階全部、『六月の獅子』が使っている」

四階建ての古いマンションだ。各階に四部屋しかない、小さな建物だった。

「ここも『ソムテル』の持ちものか」

親父はいった。

「ちがう。ここはもともと、『六月の獅子』の日本にいるメンバーが使っていた。南平台の家は、短期間だけの契約」

フェイレイは答えて、スポーツバッグから畳んだ防弾チョッキをとりだした。一枚を親父に、一枚を僕にさしだす。

「はい、これを着る」

「本気で殴りこむつもりか。もともとのアジトなら、襲撃に備えて武器もおいてある筈《はず》だ、いくら装備があるといっても、三人じゃ無茶だ」

「わたしの調べでは、今ここには三人しかいない。ひとりは梅本さん、あとの二人は、『六月の獅子』の日本人と中国人のメンバー」

フェイレイはいって、バッグからスタンガンをとりだし、親父に手渡した。

「あなたこれを使う」

「そっちはソーコムで、こっちはスタンガンかよ」

親父は口を尖《とが》らせた。

「ねえ」

僕はフェイレイをふり返った。

「南平台の家のことを知っているのなら、あそこを監視していたもうひとつのグループがいたのも知っているよね。あれはフェイレイさんの仲間なの？」

バッグに手をさしこみ、別の武器――サイレンサー付のサブマシンガンをとりだそうとしていたフェイレイの動きが止まった。

「監視？」

「そう。僕はその人たちにさらわれて、自白剤を射たれたんだ」

フェイレイの目が動いた。

「それ知らない」

「安心したよ。日本の国家権力情報は、すべて中国国家安全部に筒抜けになっていると思っていた」

親父がつぶやいた。

フェイレィの手がさっと動いた。サブマシンガンの銃口が親父の後頭部にあてがわれた。これは僕も知っている、サブマシンガンの高級ブランド、H&KのMP5Sだ。

「その話、聞きたいね」

親父が目だけを動かし、僕を見た。

「話してやれ」

僕は話した。梅本が「上海ガーデン」の前からさらわれ、南平台の屋敷に連れこまれるのを見届けて帰ってきたら、SWATチームもどきが部屋になだれこんできていきなり注射をうたれ、気づくと朝だった。

「リュウはさらわれ、訊問《じんもん》されたと俺は見ている。やったのは『六月の獅子』じゃない。『六月の獅子』を監視していた別のグループだ。安全部じゃないのか?」

親父は前を向いたまま、フェイレイに訊《たず》ねた。

フェイレイは息を吐いた。

「わたし、知らない。わたしが追っていたのは、『六月の獅子』の中国人メンバーだけね」

「なんかさ、すごく嫌な感じ。どんどん商売仇《がたき》が増えているような気がするんだけど」

僕はいった。都立K高校襲撃を企てていたコウとソウがいなくなったのは確かにグッドニュースだけど、かわりに中国情報機関がわりこんできて、しかもＳＷＡＴチームとはまた別だという。

「『六月の獅子』は、そんなにあちこちに恨みを買っているの？」

「恨みの問題じゃないな。おそらくはモーリスから買いとろうとした商品の存在を危険視して、『六月の獅子』がそれを使う前に何とかしようと考えているのだろう」

親父がいった。

「つまり、『六月の獅子』は、モーリスから買いそこなった核爆弾を手に入れしだい、どこかで使うつもりで、それを防ごうとしているのがＳＷＡＴチームということ？」

「たぶんな」

「どこなの？　アメリカ？」

「あるいはイギリス、イスラエル、フランス、ドイツ……。先進大国なら、どこでもテロリストに狙われるすねは抱えている。中国だって例外じゃない。安全部が知らないだけで、解放軍が動いている可能性だってある」

フェイレイは厳しい表情を浮かべていた。

「このマンションに『六月の獅子』のメンバーと梅本がいるとして、ＳＷＡＴチームが監視している可能性はあるよね」

「ある。お前の話をもとに想像するなら、そいつらは戦闘部隊だ。つまり情報収集もおこなうが、本来の任務は戦闘なんだ。南平台の屋敷を監視するだけで、襲撃しなかったのは、何らかのタイミングをはかってのことだろう。それが、モーリスの商品を手に入れたときだと考えれば、納得もいくというもんだ」

「じゃ、僕らが梅本をとり返すというのは、SWATチームにとっては、邪魔な動きをすることになるよね」

「確かにな。予測外のそうした干渉を警戒したからこそ、SWATチームはお前をさらって訊問したのだろう」

親父は銃口を無視し、フェイレイをふり返った。

「さて。それでも乗りこむかね」

フェイレイは親父の目を見返した。

「もちろん。わたしの任務は、『六月の獅子』の中国人メンバーの確保と、モーリスの商品がどこにあるかをつきとめること」

「つきとめるだけでいいのか。奪うのではなくて」

フェイレイは肩をすくめた。

「それは誰がもっているかによるよ」

「わかれば苦労しない。しかたない。リュウ、いくか」

親父は運転席のドアを開けた。フェイレイは一瞬あっけにとられたが、あわてて後部席のドアを開いた。口の開いたスポーツバッグを肩にかけ、中でH&Kを握っている。

「本気かよ!?」

僕も助手席から降りた。

「本気だ。梅本をとり返さない限り、商品がどこにあるかをつきとめることはできん。ただし――」

親父はフェイレイをふり返った。

「ドンパチはぎりぎりまでなしだ。これまでのところ、『六月の獅子』は、モーリスと交した契約をきちんと履行《りこう》させようとしているだけで、まだ実際のテロ活動は何もおこなっちゃいない。ここで俺とあんたがでかたをあやまれば、日本と中国が、連中のテロの対象に確実に加えられることになる。いいな」

フェイレイはじっと親父を見つめ、

「わかった」

と頷《うなず》いた。

「よし。リュウ、防弾チョッキを着て、少しさがった場所にいろ。本当はここにおいていきたいのだが、そいつはフェイレイが許さないだろう」

「許さない。あなたが裏切ったときのためにリュウは連れていく」

左の太股《ふともも》に縛りつけたソーコムのホルスターを左手で叩《たた》き、フェイレイは答えた。どうやら右でも左でも、銃は扱えるようす。

「裏切らないでね、父ちゃん」

僕はいった。

マンションにエレベータはなかった。階段を先頭に立って登った親父は、三階と四階のあいだの踊り場に立つと、フェイレイに囁《ささや》いた。

「どの部屋にいるのかはわかっているのか」

「たぶん『四〇四』」

フェイレイが囁き返した。

三人は四階にあがった。「四〇四」は、階段をあがって左手の、つきあたりの部屋だった。親父はフェイレイから受けとったスタンガンをヒップポケットにつっこんだ。

「四〇四」の扉の前に立つと、さがっているように僕らに合図をした。

「どうするつもり？」

「宅配便だっていってみる」

囁いた僕に、親父は小声でいった。

「マジかよ。午前三時だぜ」

親父は僕をうしろへ押しやり、インターホンのボタンを押した。

フェイレイがバッグを足もとにおき、H&Kをつかみだした。僕はあわててさがった。

相手の返事を待たず、親父はドアごしに怒鳴った。

「もしもし！　入国管理局の者です。難民認定法違反容疑で、家宅捜索をおこないます。ここを開けなさいっ」

返事はない。

「開けなければ、合鍵《あいかぎ》を使って入ります。ただちに開けなさい！」

フェイレイの表情が険しくなった。H＆Kを腰だめにし、いつどこから弾が飛んできても撃ち返せるよう、かまえている。

ガチャッという音がした。「四〇四」のドアロックが外されたようだ。

「開けますよ！」

親父はいってドアを開けた。スポーツウエア姿の日本人が立っていた。

「何いってんだ、こんな夜中に！　ここは日本人の俺しか住んでねえぞっ」

眼鏡をかけた三十代後半の男だった。

「部屋まちがえてんじゃ——」

いいかけ廊下を見やった男の目がフェイレイに気づいて丸くなった。親父がさっとスタンガンをつかみだし、男の首すじに当てた。バチバチッという音がして、男の体から力が抜けた。

倒れこんでくるのをうけとめ、親父はフェイレイに合図を送った。フェイレイがバッグから手錠とガムテープをとりだし、親父に手渡した。

親父は男の腕を背中に回し、手錠をはめた。そしてガムテープを口もとと瞼《まぶた》の上に貼りつける。その間にフェイレイが室内にあがりこんだ。

「待て、フェイレイ」

親父が止めたがとりあわなかった。H&Kをかまえ、玄関の奥の廊下を進んだ。

廊下の正面は、格子ガラスの扉だった。そこが開き、拳銃《けんじゅう》を手にした男がでてきた。

フェイレイと鉢合わせになった。

12

「撃つな！」

親父が叫んだ。フェイレイがさっとH&Kを男の頭に向けるのと、男が銃をもった右手をのばすのが同時だった。僕は思わずしゃがみこんだ。

だが銃声は起きなかった。銃を向けあった二人は一瞬後、顔に笑みを浮かべていた。

「フェイレイ！」

「チャン！」

チャンと呼ばれた男は、白いワイシャツ姿だった。手にしていた拳銃を下におろし、首をふると中国語を喋《しゃべ》った。もう少しで撃つところだったぞ、とか何とかいったようだ。

フェイレイが短く答え、くすくすと笑った。男はあきれたような表情でぼそっと答えた。どう見ても仲の良いお友だち、という感じ。

フェイレイが中国語の質問を男に浴びせた。中にウメモトという単語が混じっている。

男は首を倒し、自分がでてきた格子ガラスの扉の奥を示した。それから親父と僕に目を向けた。フェイレイに何ごとか訊《たず》ねる。

親父がいった。

「どうせ日本語はわかるのだろうから、自己紹介させてもらう。俺は私立探偵の冴木涼介、こっちは倅《せがれ》でアシスタントの隆。あんたは中国安全部のエージェントで、『六月の獅子』にもぐりこんだスパイと見たが、どうだ」

男の表情がぐっと険しくなった。

「そんな話はどうでもいいね。梅本さん、早く連れて帰る」

フェイレイがいった。親父はちらりと僕を見やって肩をすくめた。

「そうだな。梅本は奥にいるのか」

「フェイレイ！」

男が鋭い声をだし、立ち塞《ふさ》がった。フェイレイが中国語で返した。仲良しでも、立場はフェイレイの方が上、という関係のようだ。

男はぐっと顎《あご》の下の筋肉をふくらませた。見た目はどこにでもいそうな、三十七、八のおっさんだが、開いたシャツの胸もとや袖《そで》からのぞく二の腕には、かなりごつい筋肉がついておる。拳法か何かの達人で、素手で人を殺す術に長《た》けていたとしても、驚くにはあたらないという感じだ。

だが男はしぶしぶ、道を開けた。フェイレイと親父、少し遅れて僕は男の前を通り、格子ガラスの扉をくぐった。

リビングと覚しい部屋の中央に梅本がいた。木でできた椅子に両手両脚を縛りつけられ、首から上をすっぽりと布袋でおおわれ、イヤプロテクターをその上にはめられている。それでも梅本だとわかったのは、西麻布でさらわれたときと同じ黒のスーツを着ていたからだ。ただしネクタイは外され、ワイシャツの前は大きくはだけられている。色白の胸には、煙草の焦げ跡らしい丸い火傷《やけど》がいくつもあった。まだつけられて時間がたっていない。

「いい年して根性焼きか、つらいね」

親父はつぶやいた。

パチン、という音がして、フェイレイが開いたスイッチナイフをかざした。ナイフの刃を梅本の縛《いまし》めにあてがい、スパッと切り離す。

親父が布袋とイヤプロテクターを外した。梅本は目を閉じていたが、驚いたように開いて、パチパチさせた。

「──冴木さん！」

「どうも。お迎えにあがりましたよ」

親父は気のない口調でいった。梅本はフェイレイと僕をふり仰いだ。

「こりゃ、いったい……」

「詳しい話はあとにしましょう。さっさとここをでた方がいい」

親父は梅本の腕をとって立たせた。梅本は頷《うなず》いたものの、不思議そうにフェイレイとチャンを見ている。

「わたし、サイキさんの友だちでフェイレイといいます」

フェイレイがにっこり笑っていった。梅本はチャンを見た。どうやらずっと目隠しをされていて、チャンが「六月の獅子」のメンバーだったとは気づいていないようだ。

親父も説明を避け、玄関に向かった。倒れている男に梅本は足を止めた。

「これは……」

「大丈夫。ちょっと眠らせてあるだけです」

親父は肩をすくめ、僕らはぞろぞろと部屋をでていった。

マンションの外にでた親父は、手をあげてタクシーを呼び止めた。フェイレイにいう。

「そっちはそっちで積もる話があるだろう。俺と隆は、梅本さんを病院に連れていく」

フェイレイは一瞬険しい顔になったが領いた。

「いいよ、オーケイ。でも、『サイキ　インヴェスティゲイション』にわたしが協力したこと、忘れないように」

「わかってる。どうせこちらのことはお見通しだろう。あらためて連絡をくれ」

フェイレイは僕を見て微笑んだ。

「上海、美人が多いね。きっと気にいるよ」

13

「病院は大丈夫だ。オフィスにいきたい」

タクシーに乗りこんだ梅本がいった。

「本当に？　化膿《かのう》とかするとヤバいと思うんですけど」

僕はいった。

「平気だ。もっとひどい拷問にあったこともある。運転手さん、六本木へ頼む」

梅本はいった。僕は親父を見た。親父は無言で頷いた。

梅本はふっと息を吐いて、シートに背中を埋めた。やはり胸の傷が痛むのか、目を閉じ眉《まゆ》をしかめている。

「煙草、ありますか」

やがていった。親父が一本とりだし、火をつけてやった。

「ポポフさんに会いましたよ。その場にケンイチさんもいて、あの場所のことは、ケンイチさんの知り合いの中国人がつきとめてくれたんです」

梅本は煙とともに大きく息を吐きだした。

「奴の妙な連中とのつきあいも、それなりに役立ったというわけか……」

「とにかくあなたを見つけなければ、ビジネスの話をこれ以上先に進めるわけにはいかないという点で、ポポフさんとは意見が一致したんです」

梅本は目を開け、親父を見た。

「冴木さん、今夜のことは感謝しますよ。あなたと知りあえてよかった」

僕と親父は梅本を「マックス」のオフィスへと連れていった。梅本は村月というあの大男を呼んで火傷の治療をさせ、それから間もなく、ケンイチがオフィスにとびこんできた。

「兄貴！　よかった、無事で……」

梅本はバーからとりよせたウォッカのストレートを二杯ほどあおって、葉巻に火をつけたところだった。

「冴木さんに礼をいえ。俺を助けだしてくれた」

ケンイチは驚いたように、僕と親父に目を向けた。親父がいった。

「もとはといえば、あんたの中国の友人のおかげだ」

「コウとソウが……？」

「彼らは国に帰った。かわりに彼らのビジネスをひきついだ人間が、お兄さんの監禁先をつきとめていた」

「どういうことだ？」

「いずれわかる。とりあえず、お兄さんを『六月の獅子』から助けだせたのはよかった」

ケンイチは納得できないという顔をしている。当然だろう。

「『六月の獅子』というのは?」

梅本が訊ねた。

「兄貴をさらっていった連中だ。正確には残党というべきだけど。テロリストグループの名前で、六年前に消滅したとミスターポポフがいってたよ。残党は、ロシア、グルジアなんかに散らばったそうだ」

梅本はケンイチを見た。

「それは確かか」

「確かです。西麻布で拉致《らち》されたあなたが最初に連れこまれた家も、それから今夜監禁されていた東池袋のマンションも『六月の獅子』が使用しているアジトだということが判明しています」

親父がいった。梅本は目を細めた。

「もしそうならば、七年前、モーリスに取引を申しこんだのは、あの連中ではない」

「えっ」

僕と親父、ケンイチは同時に声をあげていた。

「――どういうことです?」

「私をさらった連中の顔を、私は一度も見ていない。気がついたら、すっぽりと布の袋をかぶせられ、縛られていた。連中の目的は訊問《じんもん》だった。七年前、モーリスと取引をおこなった人間についての情報を知りたがっていた」

「そりゃ変だ。ミスターポポフは、モーリスの最後のクライアントが『六月の獅子』だったと、俺にいった。ミスターポポフは頼まれて、『六月の獅子』に関する情報を集め、それをモーリスに渡したといったんだ」

ケンイチがいった。

「私も同じことを聞きました。ポポフさんの話では、だが商品は『六月の獅子』の手に渡らなかった。横どりした者がいる、ということでね。それで怒った『六月の獅子』の残党が、モーリスの最後の商品をこの日本で捜している、そう我々は考えていた」

親父がいうと、梅本は首をふった。

「いや、ちがう。私をさらったのが本当に『六月の獅子』ならば、七年前、モーリスに取引を申しこんだのは、『六月の獅子』ではない。『六月の獅子』を騙《かた》った別のグループだ」

「そんな……。いったい誰が何のために、そんなことをするんだよ」

ケンイチがつぶやいた。

「理由ははっきりしている。身許《みもと》を隠して、核爆弾を入手する必要があった連中だ。それをどこかで使っても、テロリストグループ『六月の獅子』による犯行だと偽装することができる」

親父がいった。

「何かそれって、すごくややこしくない？」

僕は親父の顔を見た。

「七年前にモーリスと取引をしたのが『六月の獅子』の偽者なら、どうして本物がでてきて梅本さんをさらうワケ？」

親父は梅本に目を向けた。

「連中は、モーリスの商品が何で、どこにあるかということには、あまり興味がないようだった。知りたがったのは、ただひたすら、モーリスの依頼人に関する情報だった。もし自分たちが依頼人なら、わざわざそんなことを私に訊問する必要はないだろう」

「その通りだ」

親父はつぶやいた。

「自分たちのことがどれだけ知られているか不安で、それを訊《き》いたとは思わない？」

僕はいった。

「それが不安なら、わざわざ梅本さんをさらって拷問する手間をかける必要はない。殺せばすむことだ。それに七年間、『六月の獅子』を追っている者はいなかった。今さら、あちこちで問題を起こすこともないだろう」

「でも分裂したとポポフさんはいったよね」

「たとえ分裂したとしても、かつての仲間のことだ。梅本さんの口を通じなくとも、モーリスと取引をしたのが、『六月の獅子』のメンバーだったかどうかは知る方法がある。

つまり、取引したのは、偽者だったということだ」

「頭がこんがらがりそう」

親父は頷《うなず》いた。

「もう、じき夜明けだ。今夜のところはここで解散し、明日また、情報を交換することにしましょう」

「それがいい。私も少し眠りたい……」

梅本がいった。

「で、兄貴をさらった奴らはどうなったんだ？　息の根は止めたのか」

ケンイチが親父に詰めよった。親父は首をふった。

「殺す、というのは、プロの世界ではたいていの場合、最後の手段なのだ。殺せば恨みを残す。野球でたとえれば、デッド・ボールのようなものだ。体すれすれに投げることと、実際にぶつけるのでは、まるで話がちがう。今日、我々が誰かを殺せば、未来のいつか、我々のまるで知らない奴が、我々を殺しに現われるだろう。そんなことを望む人間がいるか？」

「じゃあ、ほっといたのかよ。兄貴をさらってこんな怪我を負わせた奴らを――」

「だが彼らもお兄さんを殺さなかった。そうだろう？」

「気に喰《く》わねえ。自分だけがプロみたいなツラをしやがって」

「ケンイチ」

梅本が吐息とともにいった。

「冴木さんは恩人だ。失礼なことをいうな」

「だって兄貴――」

「あんたが考えるプロと、私の考えるプロはちがう。我々は犯罪者ではないんだ」

「だったら何だっていうんだ」

「ビジネスマンだ」


翌日は当然の結果として、学校をサボることになった。まあ二日つづけての病欠は、多感な高校生にはありがちなことだ。

昼頃、先に起きた僕が「麻呂宇」でランチを食べていると、島津さんが現われた。

「冴木は？」

「まだ寝てる。今日のランチ、いけるよ。島津さんも食べる？」

僕は食後の一服に火をつけ、いった。島津さんは苦笑して、星野さんに、ランチをひとつ追加、といった。

今日の島津さんはお供つきじゃない。でもきのうから「麻呂宇」の前には、覆面パトカーがずっと止まっている。

「今朝、冴木から連絡をもらった。きのうはいろいろ大変だったそうだね」

「朝がた寝ないでごそごそやってたのは、それだったんだ。上海大学への留学を勧められました。上海は美人が多いって」

「確かに。だが中国語は難しいよ。特に発音が大変だ。世界で最も美しい響きの言葉だといわれているが」

「ちょっと不安」

島津さんはにこりと笑ったが、すぐ真顔になっていった。

「安全部は『六月の獅子』にエージェントを潜りこませていたようだな」

「安全部のスパイが潜りこんでいるのは、『六月の獅子』だけじゃないみたい」

島津さんは無言で僕を見た。

「きのう会ったお姐《ねえ》さんは、島津さんの名前を知ってたし、東大は難しいって、何もってないのに、僕に忠告してくれた。ここのことも、圭子ママも、家庭教師の麻里さんや康子のことまで知ってた」

島津さんの顔がこわばった。

「つまり、我々の情報が筒抜けだと？」

僕は頷いた。

追加分のランチが運ばれてきた。だが島津さんはすっかり食欲を失ったようだ。目もくれようとしない。

「お姐さんの名前はフェイレイ、『六月の獅子』に潜りこんでいた仲間はチャン。中国も、モーリスの最後の商品には、興味津々《しんしん》て感じ。もしかしてメイド・イン・チャイナだったりして」

「その可能性はあるな」

声がふってきた。親父だった。

「きたねえ！　また人のトレーナー、勝手に着てる」

「商売繁盛で洗濯してる暇がないんだ。大目に見ろ」

僕は息を吐いた。冴木家では、洗濯は各自がやることになっている。僕は週に一度、きちんとやっているが、親父のサイクルはかなりいい加減だ。結果、親父は僕のTシャツやトレーナーを勝手に着ることが多い。さすがにトランクスだけはないが。

「ロシア製じゃない、ということか」

島津さんは眉《まゆ》をひそめた。親父は僕の隣にすわると、手をつけられてなかった島津さんのランチを横どりした。

「もらうぞ。今になって中国のエージェントがのこのこでてくるのは妙だ。それにチャンは、かなり前から『六月の獅子』に潜入していた可能性が高い。その目的が盗まれた〝商品〟の回収だったとしても、俺は驚かないね」

「待ってよ。フェイレイがいった、天安門事件のときに亡命して『六月の獅子』に加わった中国人メンバーというのは、チャンのことじゃないの？」

「偽装だ。『六月の獅子』に潜りこむための、チャンの作り話をフェイレイは俺たちに話したに過ぎない。チャンは『六月の獅子』内での任務を果した。だから安全部は、チャンを回収するためにフェイレイをさし向けたんだ。チャンがふつうに脱走したのでは、『六月の獅子』にもスパイだったのがばれる。そこで俺たちを使い、梅本を救出にきた人間がチャンを連れ去ったかのように思わせたわけだ」

「すごい手間暇《てまひま》」

「チャンがスパイだったとわかれば、『六月の獅子』はこれまでにチャンに知られた情報をすべて改変するだろう。メンバーの住所や偽名なども含めてな。それを防ぐ、あるいは少しでも遅らせるために、フェイレイは俺たちを利用したんだ。もし、モーリスの商品に関する情報をさらに安全部が必要としていなかったら、あの場で俺たち二人は消されてたかもしれん」

「むごい話」

「情報が人命にまさるのが行商人の世界だ」

親父はうまそうにランチを食べながらいった。まったく、どんな神経をしているのか。

「問題はなぜ、チャンの回収をはかったかで、おそらくそれが梅本の昨夜の話とつながる」

「モーリスの最後の取引相手が『六月の獅子』ではなかった、という件か」

島津さんがいい、親父は頷いた。

「しかしモーリスもプロだ。依頼人が触れこみ通りの人物かどうか、当然ウラをとった筈《はず》だ」

「俺もそう思う。その結果、ポポフへの問い合わせにもつながったわけだ。ポポフは元KGBで、今のSVRともつながっている。奴がロシアと日本の両方で手広く事業をおこなえるのも、当然、政府機関内部にバックアップしてくれる人間がいるからだ」

「マフィアじゃなくて？」

「ロシアでは、マフィアと政府機関はときとして同義語だ。官僚でマフィアの幹部を兼任している人間を捜すのにたいして苦労はいらん」

親父は答えた。

「ポポフはどっちなの？」

「元官僚でマフィアの幹部、だろうな」

「それがモーリスの商品に興味をもつ理由は？」

「決まっている。金だ」

「中国安全部の目的は金ではない。となると、モーリスの商品が解放軍から盗みだされたものである可能性が高くなる、ということか」

島津さんの問いに、

「そうだ」

親父はいった。

「じゃ、コウとソウは？　やっぱり消されちゃったの？」

「安全部は、盗みだされた商品が『六月の獅子』に渡ったものだと考え、その行方をつきとめようと、チャンを『六月の獅子』に潜りこませていた。だがいっこうにそれらしい情報が入らずに、あせっていた筈だ。そこへ、大陸との国際電話の盗聴記録から、モーリスの商品のことらしい会話がでてきた。さらに『六月の獅子』が梅本をさらい、拷問にかけた。そのいきさつによって、『六月の獅子』がモーリスの取引相手でなかったことを知ったわけだ。コウとソウはおそらく、安全部に逮捕され、強制的に送還されたのだろう。殺すほど知り過ぎたわけじゃない」

「僕らとちがって？」

親父は頷《うなず》いた。

「俺たちとちがって」

「では『六月の獅子』が梅本を拉致《らち》した理由は何だったんだ」

島津さんが訊《たず》ねた。

「自分たちを騙《かた》った偽者の正体をつきとめたかったのだろうな。東池袋のマンションにいた男は逮捕したのか」

「逃げた。だが遺留指紋から正体は割れた。元左翼過激派の熊沢《くまざわ》という男だ。目立った犯歴はなく、手配もされていない」

「使い走りだろう。それでもパクれば何か吐くかもしれん」

親父はランチを食べ終え、僕のマルボロライトを一本くすねて火をつけた。

「ＳＷＡＴもどきはどうなの？　やっぱり中国安全部？」

「そう考えるのが妥当だが、フェイレイが知らなかったのが気になるな」

「やっぱりまだ別グループがいるんだ」

僕は息を吐いた。

「梅本は何かを知っている。奴の口をこじ開けられれば、モーリスの商品のありかも、それを追っかけている正体不明の連中の正体も割れるかもしれん」

そのとき僕の携帯が鳴った。

「失礼」

僕はいって耳にあてた。モニークからだった。

「ハイ、リュウ！　学校は楽しい？」

陽気な声が流れこんできた。

「今日は休んじゃったんだ」

「どうして。シック？」

「ちがう。寝坊しちゃって。ああ、えーと、ウエイク・アップ・トゥ・レイト――」

モニークはくすくす笑った。

「駄目ね。きのう遅くまで遊んでいたんでしょう」

「だったらいいけど。バイトだったんだ」

「そう、なの。今日もバイト？」

僕は親父と島津さんを見た。

「いや……。今日は、たぶん休み」

「だったらワタシと遊べる？」

「オフコース」

「よかった。五時に待ち合わせ、オーケイ？」

「オーケイ」

「あとでまた電話するよ。シー・ユー・レイター」

電話は切れた。僕はこっちを見ている親父に、余裕の笑みを浮かべていった。

「モニーク！」

親父は首をふり、島津さんに訊ねた。

「リュウの撮った写真に対する回答はきたか？」

「少女と写っていた白人に関しては、何のデータもなかった。ＩＣＰＯに資料はない」

僕はほっとしていた。モニークのパパまで行商人だのマフィアだなんてことになったら、つらい恋になってしまう。

「わかった。せいぜい楽しんでこい。俺は梅本と会ってくる。いずれフェイレイからも接触があるだろう」

「それはそっちに任せるよ。年齢からいっても、父ちゃんはフェイレイとの方がつりあうでしょ」

「ソーコムを使うような女とのデートなんて楽しくないね」

「じゃ、仕事だと思って割り切れば」

「とにかく、ここの警備はゆるめるな」

親父は島津さんにいった。

「圭子ママたちを人質にとられて、安全部の捨てゴマにされたのじゃたまらんからな」

「わかった。それに情報統制を強化する」

島津さんは頷いた。

14

五時少し前にモニークから電話が入り、僕たちは六本木ヒルズで待ち合わせた。二人でウインドウショッピングをして、麻布十番へと抜ける坂を手をつないで下った。

モニークはかなり短いミニスカートにカットソウというファッションだった。はっきりいって、目立ちまくりで、リュウ君としては鼻が高かったね。

「そういえばパパと食べたチャイニーズフードはどうだった？」

「それが駄目だった」

僕が訊ねると、悲しそうにモニークはいった。

「どうして？」

「よくはわからないのだけど、ミスターポポフが怪我をして、パパは危いからって、せっかく入ったチャイニーズレストランをすぐでてきちゃったの」

「そうなんだ。まだパパは日本にいるの？」

モニークは首をふった。

「今はヨーロッパにいってる。パリで仕事があるって。結局、パパといっしょにいられたのはあの日だけだった」

寂しそうな表情に、思わず僕は握った手に力をこめた。

「オーケイ、じゃあ今日は僕とチャイニーズフードを食べよう」

「ホント!?」

モニークの目が輝いた。

「もちろん。豪華なレストランには連れていけないけれど、安くてもおいしいお店があるから」

麻布十番の裏通りにある、小さな中華料理屋さんを僕は思い浮かべていった。小籠包《ショウロンポウ》とフカヒレ入りスープが絶品で、しかもリーズナブルなのだ。初デートということで、財布には少し多めのお金が入っている。

「嬉《うれ》しい！」

モニークはいきなり、僕の顔をひきよせると頰に唇を押しつけてきた。

「アイ・ラブ・ユー。リュウ」

「ミー・トゥー」

横文字だとけっこう恥ずかしい言葉がいえてしまう。

モニークを中華料理屋さんに連れていき、僕らは二階の奥まったテーブルで向かいあった。

「あれから『マックス』にはいった？」

モニークが訊ね、一瞬どう答えたものか迷ったものの、僕は頷いた。

「ちょっとだけ。オヤジが梅本さんと仕事の話をするのについていった」

「ケンイチには会った？」

「そのときに、うん。モニークは？」

首をふった。

「ケンイチ、忙しいみたいネ。メール送っても返事こないよ。もしかすると、ちょっとヤキモチかも」

「ヤキモチ？」

モニークはにこっと笑った。

「リュウとのこと。わたし、ケンイチのこと、グッドフレンドだと思ってた。でも、リュウとわたしが会うの、ケンイチ、嫌みたいネ」

「モニークはどうなの？」

モニークは首を動かし、くりくりとした瞳《ひとみ》を輝かせた。

「リュウといるの、一番楽しいよ。今はグッドフレンドだけど、リュウとなら、もっといい関係になれるかも」

皆さーん、聞きましたぁ。冴木隆、果報者です、はい。

「アイ・シンク・ソウ・トゥ」

僕はいって、モニークの手をとった。モニークが笑みを含んだ瞳で僕を見つめ返してくる。

正直、このあとの長い夜をどんな展開にもちこむべきか、僕の頭脳はフル回転したね。食事の次は都会の喧騒《けんそう》をあとに、バイクでかっ飛び、どこか静かなところで二人きり。グッドフレンド以上の仲になるべく、ベッドの上でさらにお話がしたいな。

「あらっ、奇遇ね。こんなところで会うなんて！」

そのとき背後から女の声がかけられた。ふりかえった僕は笑いが凍りつくのを感じた。

フェイレイとチャンがいた。二人とも落ちついたスーツ姿だ。

「フェイレイ、さん……」

フェイレイはにっこり笑って、僕の肩に手をおいた。

「きのうの今日で、まさか会えると思わなかったわ」

「僕も、です」

「この店はよくくるの？」

「ええ、まあ」

「そう」

フェイレイの笑みが大きくなった。

「あたしの叔父《おじ》さんがオーナーなのよ」

そういうのってアリなわけ。

「叔父さん、ですか……」

「そう」

「それってつまり、中国安全――」

「シーッ」

フェイレイが僕の唇を指でおさえた。

「それよりこの美人を紹介してちょうだい」

嫌とはいいづらい雰囲気。チャンは無言で僕を見ている。

僕は咳《せき》ばらいした。

「えー、モニーク。こちら、僕の親父の知り合いで、フェイレイ、それからフェイレイの友だちのチャン」

「初めまして」

フェイレイがモニークの手を握った。

「初めまして、フェイレイ、ミスターチャン。モニークです」

「リュウとはどこで知り合ったの？」

いきなりフェイレイは核心を突いた。

『マックス』よ。パパの友だちが経営しているクラブなの」

チャンがフェイレイに目配せし、フェイレイも小さく頷《うなず》いた。天国と地獄は、なぜかいつも背中合わせ。モニークはもちろんそんな状況には気づかず、にこにこと微笑んでいる。

「リュウのパパのリョースケとはもう会った、モニーク」

フェイレイが訊《たず》ねた。モニークは頷いた。

「とてもおもしろい。いい人」

「わたしもグッドフレンドなの。でも忙しすぎるのが玉にキズね」

「タマにキズ？」

意味のわからなかったらしいモニークはくりくりと瞳を動かした。

「そう。リョースケはわたしたちを前から『マックス』に連れていってくれるって約束していたのに、仕事が忙しいって、なかなかそれを果たせずにいるのよ。どう、モニーク、今夜これから、わたしとチャンを『マックス』に連れていってくれない？」

モニークの目が僕を見た。

「あー、えーと、やっぱり親父抜きはまずいでしょう。親父はフェイレイさんのことをけっこう気にいっていたみたいだから、僕が勝手に遊びにいったのがわかったら、叱られちゃいます」

「だったらリョースケにも連絡して、きてもらえば」

「いや、今日はちょっと忙しいと思います……」

「チャンがこのあいだのお礼をしたいといってるの。リョースケにいろいろお世話になったから」

冷ややかに僕を見つめるチャン。

「チャンさんには『マックス』はおもしろくないと思いますよ。うるさいし、子供ばかりで」

「俺はリョースケに会えればいい」

「だったらなおさら、今日じゃない方が……、親父、忙しいと思うので」

「リュウ、リョースケに電話してみたら」

モニークがいった。するとフェイレイが笑みを浮かべた。

「いいわ。わたしが電話する。リョースケの番号、わかっているから」

肩から吊《つ》るした大きなショルダーバッグを開いた。もしかして今夜もあのソーコムピストルをバッグの中に入れているのだろうか。

フェイレイがとりだした携帯電話のボタンを押し耳にあてると、僕はモニークを見た。

「今夜は二人でゆっくり話ができると思ったのに」

モニークは無言で肩をすくめた。でも目は笑っている。

「あらつながらないわ。せっかくだから、食事が終わったらまたかけてみましょう。あなたたちの邪魔はしない。デザートがでるまでは、二人きりにしてあげる」

いって、フェイレイは立ちあがった。フェイレイとチャンは食事を終えていたのだ。

「わたしたちは、奥で叔父さんと話をしているわ。あなたたちの食事が終わったら戻ってくる。じゃ、あとでね」

「シー・ユー」

モニークがいった。フェイレイとチャンはその言葉通り、店の奥にある事務室へと消えていった。

すっかり食欲のなくなった僕はため息を吐いた。この店が中国安全部の隠れみのだったなんて、思いもよらなかった。味がいいのに料金が安くて、お客さんにスーツ姿の中国人が多くはあったけど。

「リュウ、なんだか悲しそうだヨ」

モニークがいった。

「大丈夫。ちょっと計画が狂っただけさ」

いったはものの、モニークを事件に巻きこむことだけは避けたい。「マックス」にいったら、何とかモニークをひき離す方法を考えなければならない。

料理が運ばれてきた。注文していない北京ダックだ。

「これ、頼んでないのだけれど」

いうと、エプロンをつけたウェイトレスがにっこり笑った。

「お店のマスターからサービス。いっぱい食べて下さい」

モニークの目が輝いた。

「わたしこれ大好き」

地獄にも小さな幸せがある。

デザートの杏仁豆腐《あんにんどうふ》とともに、フェイレイが戻ってきた。

「ミスターチャンは？」

モニークが訊《き》くと首をふる。

「チャンは仕事が入っちゃったの。今夜はわたしだけ楽しむことにするわ」

僕はテーブルの上においた携帯をとりあげた。親父にかける。

つながった。

「どうした、モニークがやっぱり大人の男じゃなけりゃつまらんといったか？」

僕とわかって、親父はいった。

「あなたのパートナーもなぜかここにいるの。中国料理を食べに十番にきたら、ばったり会っちゃって」

「何？」

僕はフェイレイに電話を渡した。

「ハイ！　リョースケ。偶然ね。リュウとガールフレンドのモニークが、わたしの叔父さんのレストランにいたよ」

にこにことフェイレイが告げ、僕とモニークにウインクした。

「びっくりしているよ、リョースケ」

電話に向き直った。

「これからわたしたち、『マックス』に遊びにいくね。リョースケもこないか」

親父の返事を聞き、僕に携帯を返す。

「リュウと話したいって」

僕は耳にあてた。

「デート中もバイトのことを忘れないとは、見上げた奴だ」

「そんなわけないでしょ。フェイレイさんをエスコートしにこっちまできてくれるとありがたいのだけど」

僕はいった。

「それでお前はモニークとバイバイか。ムシがよすぎるな」

「あのね、フェイレイさんと会ったのは偶然なの。まさかこの中国料理屋が――」

いいかけ、僕はやめた。他にもお客さんがいるし、それがフェイレイの同僚でないとは限らない。中華人民共和国の国家秘密をばらしたカドで、中国料理の〝食材〟にされるのはごめんだ。

「お前がいるのは、――だろう」

親父は店の名をいった。

「そうだけど？」

「そこが安全部の連絡所だってのは、行商人のあいだじゃ常識だ。おおかたフカヒレと小籠包《ショウロンポウ》に目がくらんだのだろうが」

「だったらもっと早く教えてよ」

「息子のデートコースに親が口をだすのもどうかと思ってな。まさか、きのうの今日、お前がのこのこそこへいくとも思っていなかった」

僕は息を吐いた。

「で、フェイレイさんをエスコートしにきてくれるの、くれないの？」

「三十分でそっちにいく」

僕はほっとした。

「よかった」

「モニークは大丈夫なのか」

「リョースケに会えるって、きっと喜ぶよ」

僕はいやみをいった。親父はわざとらしく、息を吐いた。

「もてる男はつらい。お前も早く、俺並みになってくれ」

電話を切ってきっちり三十分後に、親父は現われた。それまで、フェイレイとモニーク、僕はあたりさわりのない会話をして過した。フェイレイは、フランス語とロシア語も堪能《たんのう》で、モニークを驚かせた。どこで覚えたの、とモニークに訊かれ、パリに留学していた頃、ロシア人外交官とつきあっていたのよ、と答えたのには笑わされたけど。

親父は珍しくスーツにネクタイ姿で、まるでフェイレイのいでたちを前もって知っていたかのようだ。喜んだのはモニークだ。

「リョースケ、スクエアなファッションも似合うのね。とても素敵だヨ！」

「そんな服があるなら、人のトレーナー着るなよ」

　ますます僕はおもしろくない。

「ナイスね、リョースケ。わたしのために合わせてくれたみたい」

　フェイレイも微笑んだ。

「きのうのお礼を伝える機会を待ってたんだ。いこうか」

　僕ら四人は中国料理店をでた。店の裏の駐車場には、フェイレイのＢＭＷが止められていた。これを先に見つけていたら、フカヒレと小籠包なんてだいそれた望みは抱かず、ラーメンとギョウザで手を打ったのにと、後悔するリュウ君。

「くる途中で、梅本にも電話をしておいた。『マックス』であんたを待っているそうだ」

　助手席にすわった親父がいった。僕はモニークに囁《ささや》いた。

「皆んなビジネスの話があるみたいだから、僕たちは踊っていよう」

　こっくり頷《うなず》く、モニーク。頃合いをみて脱出をはかろうと僕は決めた。まだまだ夜は長い。

　車を止め、四人で「マックス」に入っていくと、ケンイチが待ちかまえていた。今夜はとことん、ツキがない。

「モニーク、久しぶりじゃないか。どうしたんだい、今日は」

モニークの肩を抱く、そのなれなれしい仕草《しぐさ》にも心おだやかではいられない。

「ケンイチさん、彼女がコウさんとソウさんの友だちでフェイレイ。お兄さんのところへきのう、案内してくれた人です」

さっと間に入って、僕はいってやった。驚いたようにケンイチは眉《まゆ》を吊《つ》りあげた。

「あんたが――」

「そうよ。コウとソウは、田舎に帰った。ビジネスの件はわたしがひきつぐことになったからよろしくね」

クールにいう、フェイレイ。

「驚いたな。あんたみたいな美人が、コウたちの友だちにいたなんて」

フェイレイが煙草をとりだすと、ライターの火をさしだしてケンイチはいった。フェイレイはにこりともせず、煙草に火をつけた。

「わたしの方が、彼らよりビジネスに関してはシビアだから、覚えておいて」

ケンイチはにやにや笑っている。フェイレイのおっかなさを知らないのだから、無理もない。

「これはこれは。だったらこんな怪しい連中じゃなくて、さっさと俺のところに挨拶《あいさつ》にくればよかったのに」

「怪しい連中って、僕のことですか」

ケンイチはじろりと僕を見た。

「そうだよ。兄貴が何といおうと、俺はお前らのことを信用しちゃいない」

「踊ろうか、モニーク」

僕は肩をすくめ、モニークにいった。

「モニークの相手は俺がする。奥のオフィスで兄貴が待っている。早くいけ」

ケンイチはいった。モニークは寂しげに僕を見た。

「リュウもビジネスなの？」

「いいや。僕は関係ない。モニークといっしょにいられるよ」

「あのな――」

いいかけたケンイチにフェイレイが告げた。

「わたしもあなたと話がある。コウたちとあなたが組んでいたビジネスの件で」

「ビジネス？　何の――？」

「ここでいうと、あなた困る。コウたち、中国の空港からまっすぐ警察にいったね。当分、日本に戻ってこられないよ」

小声でフェイレイがいった。ケンイチの目が広がった。

「何で、そんな――」

「わたし、中国の警察に友だちいる。あなた協力しないと、中国の警察から日本の警察に連絡いくね。コウたちのビジネスパートナー、あなただと」

ケンイチの顔が青ざめた。フェイレイは僕をふりかえり、ウインクした。

「リュウ、モニークと踊りなさい」

僕は無言で頷き、モニークの手をとった。少しだけ、中国安全部に親近感を抱いたね。

モニークは無言で僕についてくると、踊り始めた。向かいあって踊る僕たちに小さく頷いて、親父はフェイレイやケンイチと、店の奥へと進んでいった。

ケンイチはこれで、フェイレイに完全に頭をおさえられてしまった。弟思いの梅本は、ケンイチを刑務所送りにしないためにも、中国安全部に協力せざるをえないだろう。

ひとしきり踊ると、僕とモニークは、バーカウンターで飲みものを頼んだ。話し合いはまだつづいているようだ。

「リュウ、まだここにいなくちゃいけない？」

ミネラルウォーターを飲んでいたモニークが訊《たず》ねた。

「いいや。僕はもう自由さ」

「だったら、もっと静かなところへいきたい」

モニークが囁いた。きた、きた、きました。願ってもないお言葉。

「いいとも。ひと足先にここをでようか」

僕は囁き返した。モニークはこっくりと頷いた。

「マックス」をでた僕らは、手をつなぎ、六本木の路上を歩きだした。今さら、バーや喫茶店、というのも間抜けだ。といっていきなり、広尾サンタテレサアパートというのも大胆すぎる。

思案したあげく僕は、ヒルズの近くに止めておいたバイクの後部席にモニークを乗せた。やはりここはデートの定番、海でしょう。

お台場《だいば》までなら、バイクで三十分とかからない距離だ。

予備のヘルメットをモニークに渡し、僕はバイクを発進させた。モニークは思いきりよく、ミニスカートのまま、うしろにまたがり、僕の腰に両手を回してくる。

お台場の海浜公園に着くと、海面に映る夜景を楽しみながら散歩した。何といってもデートのメッカ、夜のお台場の海べには、互いのことと燃える下半身にしか興味がいかない男と女しかいない。かくいうリュウ君もそのひとり。

護岸《ごがん》の手すりにもたれて、まずはキス。さすがパリ育ち、舌の使い方、歯と唇の使い方、ハイテクニックをもっている。負けじとがんばるリュウ君に、モニークの息づかいも荒くなる。

でもここでがっつくのは禁物と、僕は自分をイマシメた。渋谷あたりの、ひと山いくらのおねえちゃんたちとは別なのだ。勝負を焦《あせ》れば、日本の男の子のセックスは貧乏人根性丸出しだと思われかねない。向こうが我慢できなくなるまで、ひたすら耐えるべし。

頃合いを見はからって体を離し、手をつないで、海辺の散策をつづける。

「トウキョウはどう？」

訊ねた僕に、モニークははにかんだような笑みを見せる。

「とっても好きよ」

「他の街に比べたら？　たとえばパリとか」

「トウキョウが一番何でもある。ただ……」

「ただ？」

「ありすぎて、つまらないと思うときもあるネ。この街はビジネスばかり。遊びも全部、ビジネス。皆んなお洒落《しゃれ》だけど、どこか同じ。ビジネスの匂いがする。マガジンの記事見て、同じブランド買って、それでオーケー、みたいな」

「お金がないとできないお洒落ってこと？」

モニークは頷いた。

「お金持が一番偉い国。だから、お金を稼ぐ話ばかりしている。ケンイチみたいな人、多い」

僕は息を吐いた。

「きっと皆んな心配なんだよ」

「心配？　何が」

モニークが身を寄せてきた。

「東京にいて、一番惨めなのは、貧乏なこと。自分は今貧乏じゃなくても、いつかはなるかもしれない。それが心配なんだ」

「お金持になれば、貧乏にならないから？　でもお金持になるのも難しいョ」

「難しい。だからお金持になれなくとも、せめて、今ぐらいでいたい。お金持を目指すことでようやく、それがかなうんだ」

僕は腕を斜めに掲げた。

「たとえば皆で急な登り坂に立っている。そこに留《とど》まっていたくとも、じっとしているとすべり落ちてしまう。だから上へ上へ、よじ登ろうと努力することで、何とかそこに留まっていられるんだ。すべり落ちるのを恐がっている人は多いと思う」

「リュウもそうなの？」

僕は首をふった。

「あんまりそういうことは考えない。親父がけっこういい加減で、それでも何となくこまできちゃったからさ」

そうだろうか。いいカッコしようとしていないか。もうひとりの僕がいっていた。バイト料のかわりに、東大や上海大学なんていっているのも、よじ登ろうとしているからじゃないのか。

「うーん、でもやっぱり、ちょっとは思うかも」

モニークは頷《うなず》いた。

「モニークは？」

「トウキョウは楽しいけど、ずっといると疲れるネ。何かしなきゃいけない、何かしなきゃいけないって、皆が思ってるから。ときどき息が苦しくなる。『マックス』にいてもそう。ただ何となくいる人は少なくて、踊らなきゃ、話さなきゃ、ファッショナブルでカッコよくいなきゃって、思ってる人が多すぎる」

僕は海面に映る観覧車の光を見ていた。

「心配なの？　その人たちも」

「たぶん。きのうより明日の方がいいって思えないから、今日に一所懸命《いっしょけんめい》なんだ」

「日本はいい国よ」

モニークはきっぱりいった。

「シャイだけど、エチケットを守る人も多い。自分だけよければいいって考える人が、ほかの国はもっと多い」

「そうかな」

「でも夢がないネ。特にワタシくらいの人、皆んなリアリスト」

「そうかもしれない」

「ワタシがリュウを好きなのは、リアリストじゃないから」

「リアリストじゃない？」

モニークは頷いた。

「リュウはいつも何か捜してる。でもそれはお金とかじゃない」

僕は少し驚いた。そんなことをいわれたのは初めてだった。

「何を捜してるの、僕は」

モニークは笑みを浮かべたまま、首をふった。

「ワタシにはわからないよ。ときどきリュウの目は、何かを捜してる。その目が好き。初めて『マックス』で会ったときもそう思った。誰か捜してるのかナって」

ずっとキミを捜していたんだよっていいたいけど、それはやりすぎ。僕はただ無言で頷いた。

「ワタシは、いろんな街でいろんな人を見て、その経験が役に立つような仕事をいつかしたい」

「いつか？」

「いつか。三十歳になってからでも、四十歳になってからでもいいヨ。まだまだいろいろなものを見たいから」

「日本人はそんな風には考えない。一年でも早く、一日でも早く、成功したいと思ってる人ばかりだ」

「それがきっと日本人のいいところ。でもリュウは日本人らしくないね。そうだったら」

「僕は――」

いいかけ、僕は黙った。

僕は何になりたいのだろう。

ビジネスマン？　朝、六時だか七時に起きて、ネクタイを締め、電車に乗る自分が想像できない。

「僕は何になりたいのか、わからない」

今の僕は、落ちこぼれの高校生で、アルバイトの探偵だ。そんな自分が嫌いじゃない。でもこれをいったい、いつまでつづけられるのだろう。

学校を卒業して、親父と二人で探偵事務所。ぞっとする。でも、本当はそんなに悪くないかも。

探偵の仕事が嫌いじゃない。気がついたら、他の仕事をしている自分が想像できない。

「モニーク、実は――」

僕はいいかけた。そのときだった。海浜公園の外れまできていた僕らを、何者かがとり囲んでいた。

のぞきや、カツアゲ目的のチンピラなんかじゃなかった。目出し帽に戦闘服を着けた連中だ。サンタテレサアパートに押し入ってきた、SWATもどきだった。

「モニーク・アレクサンドラ」

くぐもった声で、目出し帽のひとりがいった。日本人じゃない。

モニークがはっと目をみひらいた。目出し帽が何ごとかをつづけた。フランス語のようだった。

我々ときてもらう――そんなことをいったようだ。

「リュウ！」

「モニーク！」

目出し帽がモニークの腕をつかんだ。

「よせっ」

いいかけ、モニークに走りよろうとしたとき、バチッという音がして首すじに熱い痛みが走り、僕の膝《ひざ》は砕けた。モニークが悲鳴をあげた。

気づくと地面に倒れていた。目は開いているし、意識もあるのに、指一本動かすことができない。

視界の隅に、二人のSWATもどきに両腕をとられ、ひきずられていくモニークの姿があった。

目出し帽が僕のかたわらにかがんだ。額に手袋をはめた右手をあてがった。まるで熱をはかろうとするみたいに。

それから僕の耳に口を寄せ、低い声でいった。日本語だった。

「ポポフに伝えろ。モニークの父親を、日本に呼び戻せ。我々はビジネスの話をする用意がある」

我々って誰だよ——そう訊《き》き返したいのに舌が動かない。目出し帽は左手にスタンガンをもっていた。

「私の名はニコル。そういえば、わかる」

ニコル——、目出し帽の奥の目が青いことに僕は気づいた。

ニコルはさっと立ちあがった。海浜公園の外れは植えこみで、その向こうは駐車場だ。公園にいるのはカップルばかりで、誰もこの騒ぎには気づいてくれない。

植えこみの方角へ歩いていくニコルを僕は見送った。少しだが、首が動かせ、やがて手が動き、のろのろと僕は立ちあがった。

大声をだして追っかけても無駄なのはわかっていた。相手はプロなのだ。

それでも植えこみをつっきり、駐車場までいった。

スモークシールを張りめぐらせたワゴン車が一台、駐車場のゲートをくぐってでていくところだった。

モニーク、声にだそうとして、喉《のど》が詰まった。咳《せ》きこみ、僕は思わず膝をついた。

モニークを巻きこんでしまった。それだけはすまい、と思っていたのに――。

15

「モニークをさらわれただと⁉　いったい何をぼけっとしてたんだ。だから、お前は信用できないってんだよ！」

ケンイチが怒鳴りつけた。くやしいが、何もいい返せない。

「マックス」の奥にあるオフィスだった。携帯で親父を呼びだし、起きたことを告げると、すぐにこい、といわれたのだ。

オフィスには、親父と梅本、それにフェイレイとケンイチがいた。

「つけられていた、ということか」

親父の言葉に僕は頷《うなず》いた。

「どこからかはわからない。でもたぶん、ここからだと思う」

「何だよ、俺たちにも責任があるっていうのか」

ケンイチが僕をにらみつけた。

「そうはいってません。でもあの目出し帽の連中は、南平台の『六月の獅子』のアジトを監視していたのと同じ奴らだと思うんです」

「フェイレイ」

親父はフェイレイを見た。

「そっちに心当たりはないのか」

フェイレイは首をふった。

「ないわ。チャンも知らなかったくらいよ」

「だが、モニークをさらって、いったい何になるというのだ」

梅本はつぶやき、葉巻をくわえた。

「ニコルと名乗った目出し帽の男は、ポポフさんの知り合いのようでした。ポポフさんに訊けば、何かわかるかもしれない」

僕はいった。

梅本はちらりと腕時計をのぞいた。もうすぐ午前零時だ。

「ミスターポポフは、日本にまだおられるのでしょう」

親父が訊《たず》ねると、梅本は頷いた。

「いることはいるが、今は東京を離れている。明日の午後、帰ってくる予定だ」

「連絡はとれますか」

「もちろん」

「東京に戻られしだい、ミスターポポフと話したい。ニコルという男について、心当たりがあるようなら、彼に関する情報を、知り合いを通じて桜田門に流します」

親父がいうと、ケンイチがあわてた。

「待てよ！　サツは関係ないだろう」

「モニークは、今回の件に関しては部外者だ。助けなければ」

「だから、そのニコルって奴のいう通りにしてやればいいのじゃないのか。プロはめったに人殺しはしねえっていったのは、そっちだろう」

「問題は、そのニコルという男と、彼の仲間の特殊部隊の目的が何なのかってことよ」

フェイレイがいった。

「決まってるだろう。モーリスの土産じゃないのか」

「もしそうなら、なぜ『六月の獅子』のアジトを知っていて、襲撃しなかったの。モーリスの土産は『六月の獅子』がもっていると、多くの人間が信じていたのに」

「もっていないことを知っていたからだろう」

親父がいった。梅本に目を向ける。

「梅本さん、あなたは、モーリスの土産に関して、知られていない情報を何かおもちの筈《はず》だ。どうです」

梅本は無言で親父を見つめた。葉巻を吹かしている。

「――確かに、私とモーリスは親しかった。だがそれは、あくまで従業員と客の関係でしかない」

親父は首をふった。

「それは通らない。あなたとモーリスをつなぐ関係の中に、ミスターポポフがいて、あなたとミスターポポフは、今やビジネスパートナーだ。より深い何かが、あなた方三人のあいだになければ、今のこの状況は生まれなかった」

梅本は黙っていた。

「私の考えをいいましょうか」

親父はいった。梅本は目だけを動かした。

「モーリスは引退するつもりだった。七年前のあの取引を最後に、ね。そのために、いくつかの博打《ばくち》をうたなければならず、それもあって日本を、取引の舞台に選んだ」

「それで？」

梅本は葉巻の先を灰皿にこすりつけた。

「モーリスの博打には、協力者が必要だった。パートナーに選ばれたのが、あなただ。もしかすると、ミスターポポフも加わっていたのかもしれない」

「どんな博打だというのかね」

親父は首をふった。

「まだそれはわかりません。ただ取引の相手とされた『六月の獅子』は偽者で、モーリスはそれを知っていたのではないかという気が、私にはする」

「待ってよ。モーリスはそれじゃ、偽者とわかっていて、取引に応じ、あげくに命を奪われたというの」

フェイレイがいった。

「取引は成立しなかった。モーリスの土産が、偽の『六月の獅子』に渡っていたら、それは必ず、何らかの形で、使われた筈だ」

「馬鹿いえ、それが核兵器なら、そんな簡単に使えるわけないだろう。何万人て人間がくたばるのだぜ」

ケンイチがいった。親父はケンイチを見た。

「使う、というのは、爆発させるだけではない。存在しているということそのものが、取引の材料になる場合もある」

「だったら最初から、そんなものは存在していなかったのじゃないのか。モーリスが最後の取引に、核兵器を売買したって話そのものが与太ってことで」

「それはちがうわ」

フェイレイがいった。

全員がフェイレイを見た。

「実際に売買がおこなわれたかどうかはとにかく、モーリスは核兵器を入手した」

「どこで」

親父が訊ねた。

「チェチェンのブラックマーケットよ。問題の核兵器は中国国内からもちだされた」

「メイド・イン・チャイナってことか」

フェイレイは首をふった。

「旧ソビエト製。なぜ旧ソビエト製の小型核兵器が中国にあったかはいえない。冷戦時代、それもソビエトと中国の関係があまりうまくいっていなかった頃、ソビエト製の小型核兵器が秘《ひそ》かに中国にもちこまれた。それは解放軍の管理下におかれていたのだけれど、文化大革命の混乱にまぎれ、行方不明になってしまった。十年前、中国共産党政府は、雲南省《うんなんしょう》南部のある街で、大々的な摘発《てきはつ》をおこなった。その街は、ラオス、ミャンマーとの国境地帯にあり、黄金の三角地帯で作られた阿片《あへん》、ヘロインを中国国内に流入させる、重要な拠点だった。街そのものが阿片ビジネスによって成立し、警察の取締では歯が立たないほど、武装化が進んでいた。各戸に拳銃《けんじゅう》や軽機関銃がおかれ、地下室を射撃場に改造している家も少なくなかった。共産党政府は事態を重くみて、警察の支援に人民解放軍を展開させ、三日間にわたる銃撃戦の末、ようやくこの街を制圧し、おびただしい数の武器弾薬、トン単位の阿片を押収し、千人以上を逮捕した。押収した武器の中には、西側製の高性能ライフルやロケット砲、装甲車なども含まれていたが、その中に中身のない木箱があり、強い残留放射能が検出された」

ケンイチはぽかんと口を開けている。

「その中身はどうなったの」

僕が訊ねた。

「木箱の中身について、知っている者は少なかった。ただひと月ほど前、ミャンマーの麻薬組織の紹介でやってきたロシア語を喋《しゃべ》る白人の一団が、街の幹部と話をつけ、木箱の中身をもち去っていたことが判明した。木箱の由来についても、その幹部が知っていたようだが、銃撃戦で死亡してしまい、詳しい事情はわからずじまいになった。解放軍と政府は、急きょ所有核兵器と核物質の保管状況に関する点検、調査をおこなった。結果、行方不明になっている核兵器や核物質はなかった。ただひとつ、今から三十年以上前にソビエトから持ちこまれた、小型核兵器をのぞけば――」

「追跡調査をおこなったのだろう」

親父がいった。フェイレイは頷《うなず》いた。

「調査の結果、問題の木箱の中身は、ベトナムを出港した船に積みこまれていた。船は南シナ海からインド洋をわたり、アフリカのソマリアに向かう貨物船だった。さらに調査をつづけると、今度は別の船に積みかえられ、紅海《こうかい》をのぼってスエズ運河を抜け、リビアに運びこまれていた。リビアで飛行機に積みかえられ、空路、アフガニスタンへ、アフガニスタンから、チェチェンへと運ばれていった。そしてチェチェンから先の動きはまるでつかめていない」

「そこへ『六月の獅子』とモーリスの取引の情報が入り、中国安全部はエージェントを『六月の獅子』に潜りこませたというわけだな」

「中国安全部？」

　ケンイチがフェイレイを見た。

「簡単にいえば中国のＣＩＡだ」

　親父がいうと、ケンイチの目が丸くなった。

「あんた、スパイなのか。じゃ、コウとソウは――」

「スパイがスパイと認めるわけないだろう。馬鹿なことを訊《き》くな」

　梅本がいった。そしてフェイレイに訊ねた。

「話を聞いていると、中国政府がここまでモーリスの問題に関心をもつ理由がもうひとつわからない。一時は中国国内にあったとはいえ、もともとはソビエト製の兵器なのだ。中国が責任を感じる必要もないと思うが」

「あたしは中国政府のスポークスウーマンじゃないから、それには答えられないわ」

「俺がかわりに説明しよう」

親父がいった。

「アメリカの同時中枢テロ以来、いうまでもなく、世界各地でテロとテロ組織に対する監視の目は厳しくなっている。テロを根絶するためには、資金源を断つ、あるいはさまざまな武器の流通を止める、というのが重要な課題だ。今のような時代にあって、世界規模で移動する、人やモノを監視するのは当事国家の協力なくしては不可能だ。結果、流通の責任という問題が発生してくる。たとえばの話、中東のどこかから、テロに使われる武器が日本を経由してアメリカにもちこまれたとしよう。その結果、テロが起こった。もちろん、最大の責任はテロ組織にある。が、次にアメリカが責任を追及するとなると、武器をスルーさせた日本になる。つまり監視をきちんとおこなわなかった結果、日本はテロの〝輸出〟に加担したということになるのだ。今後、テロの取締に関しては、そういう思考が導入される。そうなると、これまでさまざまな国際テロ問題に関して、無関係でいられた中国もそれではすまなくなる。万一、モーリスの土産がどこかで爆発し、その運搬《うんぱん》ルートが追跡調査されれば――もちろん、ものがものだけに徹底した調査がおこなわれるだろうが――、中国にも責任追及の矛先が及ぶのは必至だ。外交政策上、むろんそれはマズい。そのことが原因で、何らかの制裁の対象にならないとも限らない。くりかえすが、ものがものだけに、テロに使われた場合、被害はとてつもないものになる可能性が高い」

「それだけじゃないわ」

フェイレイがいった。

「モーリスが行方不明になって七年がたつ。その間、モーリスの土産が、ずっとひとつところにおかれていたとしたら、よほどいい保管状態でない限り、周辺の建物や人間を放射能で汚染しつづけている。もしこの六本木のどこかに、核爆弾が埋められているとわかって、リュウ、踊りにくる勇気ある？」

「おいおい、冗談じゃないぜ。そんなに物騒なのかよ。何かの弾みでドカンときたら、どうするんだ」

　ケンイチがいった。

「従来、核兵器というのは、起爆装置を作動させない限り、決して爆発しないように設計されている。たとえ大きな衝撃をうけたり、炎の中に放りこまれても、それが原因では爆発しない。放射能汚染に関していえば、鉛でシールドされたケースに入れられ、コンクリート製の建物の内部におかれている限り、周辺を被曝《ひばく》させる可能性は低い」

　親父がいった。

「じゃ、地震があったら？　あるいは別の爆弾の直撃をうけたら？」

　僕が訊《たず》ねた。

「兵器本体が破壊された場合、爆発は起こらないが、放射性物質はまき散らされる。その結果はもちろん、ひどく深刻だ。一時に人は死なないが、場合によっては何百、何千という人間が、被曝による癌《がん》を発症するだろう」

「兄貴よう、そんなヤバい代物がどこにあるか、知ってるのか」

ケンイチは梅本をふりかえった。梅本は無言だった。

「どうなんだよ」

「知っていたら、とっくにどうにかしている」

やがて梅本は答えた。

「あなたがモーリスの協力者であったことは事実なのですね」

親父が念を押した。梅本は親父を見た。

「確かにモーリスと私は友人だった。モーリスが引退したがっていたのも事実だ。そこへ大きな取引の話が舞いこみ、モーリスはそれで大金をつかめば引退できると考えた」

「だからこれまで取引のなかった『六月の獅子』を相手にしたのね」

フェイレイがいった。

「問題は、それがテロに使用された場合、まちがいなく、全世界規模での追及がおこなわれるということだった。モーリスが核兵器を手配したとわかれば、被害国は当然、モーリスに対する責任の追及もおこなうだろう。たとえ裁判の場にひきだされなくとも、処刑を免れることはできない。そこでモーリスは、何とか追及をかわす方法はないかと思案した」

「どうやって？」

「ひとつは、取引終了後、相手を売ることだ。商売上の信頼は失うが、取引相手が摘発され、売った核兵器が回収されれば、被害は未然に防げる。もちろん、裏切ったのがモーリスとわからないようにしなければならない。取引相手の報復をうけるからだ」

「ふたつ目は？」

フェイレイが梅本の目を見つめて訊ねた。

「商品に細工をする。つまり、核兵器は売るが、爆発しないように、起爆装置をいじってしまう。高度な技術を要するが、そうしておけば、やはり被害はでない」

「欠陥品を売ったというクレームは？」

「自分は与《あずか》り知らぬことだといってつっぱねる。ただこれは却下になった筈《はず》だ。取引相手も安い買物をするわけではない。ちゃんと作動するかどうかを確かめられる専門家を用意しているだろうからな」

「みっつ目はあったのですか」

親父が訊ねた。

「取引のあと、モーリスそのものの存在を消し去る。完全に足跡を消し、モーリスという人間の追及をできなくする。そうすればたとえテロが実行されても、モーリスが被害国の追及をうけることはない」

「一番簡単そうで、一番難しい方法ね」

フェイレイがいった。

「たとえどんな整形手術をうけようと、ＤＮＡがどこかに把握されている限り、一生逃げつづけなければならないわ」

親父が頷《うなず》いた。

「で、結局、どれを選んだの？」

梅本は首をふった。

「私にはわからずじまいだった。確かに取引はおこなわれる筈だった。その場所として
モーリスは東京を指定し、相手である『六月の獅子』――そのときはそう信じていた―

―と、落ち合う筈だった。商品がどこにあったのかはわからない。日本国内にもちこま
れたのか、それとも通関手続のゆるい第三国におかれ、取引成立後移動させるつもりだ
ったのか、一切は不明だ」

「具体的にはどんな状況だったのです？」

親父が煙草に火をつけた。

「モーリスは、港区内にあるホテルに泊まっていた。用事がない限り、『港倶楽部21』

にやってきて、カードをしたり、酒を飲んだりして、暇《ひま》を潰《つぶ》していた――」

「モーリスを『港倶楽部21』に紹介したのは？」

「ポポフだ。ポポフは在日ソビエト大使館にいたので、いろいろなコネをもっていた。

ロシア政府の仕事をやめてからは、そのコネを使って、日本とロシアをつなぐビジネス
を始めたのだ。モーリスが東京を取引場所に選んだのも、ポポフがいたからだ」

「すると東京を指定したのは、モーリスの側だったのね」

フェイレイの言葉に梅本は頷いた。

「そうだ。日本や他の国の公安機関に監視されていないと明らかになるまで、モーリスは取引相手との接触を避けていた。東京は、それには打ってつけの街だった。やがて安全が確認されるとモーリスは、接触を開始した。そしてその直後、行方不明になったのだ」

「行方不明？」

「ある日、ホテルからタクシーに乗り、六本木の路上で降りた。『港倶楽部21』とは少し離れた場所だった。洋書をおいている本屋の近くで、モーリスはそこで買物をするつもりだったのかもしれない。時刻は夕方の五時。それきり、モーリスはどこにも現われなかった。ホテルの部屋にも戻らず、『港倶楽部21』を訪れることもなかった」

「しかし遺体は『港倶楽部21』の跡地から見つかった」

親父がいうと、梅本は首をふった。

「私にはわからない。その日私は休みで、『港倶楽部21』には出勤していなかった。だが出勤していた従業員に訊《き》いても、モーリスはこなかったといっている」

「あなたはモーリスに対し、どんなサポートをすることになっていたの？」

フェイレイが訊ねた。

「取引終了後、モーリスはしばらく日本国内にいる予定だった。ただしホテル暮らしはやめ、外国人向のアパートに移動することになっていた。私がその手配をした。だが結局、そのアパートは使われなかった」

「なぜモーリスの遺体が『港倶楽部21』にあったのか、心あたりはないのですか」

親父が訊ねた。

「私にわかる筈がない」

梅本が答えると、親父はじっと見つめた。

『港倶楽部』の経営母体は『NM興産』でしたね。社長が射殺された――」

梅本は動じるようすもなく、親父の視線を受けとめた。

「確かに『NM興産』だ。社長の浜野さんは、いろんな社会にパイプがあり、そのおかげで当初は莫大《ばくだい》な開業資金を集めた。始めた当時は、さまざまな業界の大物たちがやってきたものだ。ポポフも確か最初は、国会議員に連れられてやってきた筈だ」

「ポポフの紹介で、モーリスがそういう会員と〝お近づき〟になることはなかったのですか」

「なかったとはいえない。だがモーリスがきていたのは短期間だし、もちろん自分の正体を隠していた」

「ギャンブルか何かのトラブルを会員と起こしていたとか」

「私にはそこまではわからない。あなたも知っていると思うが、年の暮れに浜野社長が殺され、『港倶楽部』は間をおかずに閉鎖された」

「確か三ヵ月は営業をつづけた筈です」

梅本は首を傾げた。

「そうだったかな。あるいはそうだったかもしれない。あのときは、出資者のさまざまな圧力のせいで、店を閉めようにも閉められない状態がつづいていたのだ」

「モーリスの失踪《しっそう》と社長が殺された件は関係ないのかな」

ケンイチが兄に訊ねた。

「関係ない。浜野社長が殺されたのは、出資金の回収を巡ってのトラブルが原因だ」

「でも犯人はつかまっていませんね」

親父がいった。梅本は親父を見た。

「見つかっては困る大物たちが多いからだろう。かつて『NM興産』には、さまざまな種類の金が流れこんでいた。『港倶楽部21』の会員権は、政治家や大物官僚にも配られていたんだ。格安で譲られた会員権を転売すれば、そういう連中は何千万という利益を手にできた」

「古き良き時代の話ですな、バブルという」

親父がいうと、梅本は頷いた。

「あの頃は、検察も警察も、そういう金の流れにはゆるかった。摘発が厳しくなったのは、バブルが弾《はじ》けてからだ」

「あの、そういう昔話をしている場合じゃないと思うのですけれど」

僕はいった。

「モニークを助けなきゃ」

「相手はプロだ。モニークは取引の材料にすぎない。傷つける必要もない。あわてるな」

親父がいい、僕はむっとした。

「あのさ、僕みたいな男の子だったらいいよ。でもモニークは女の子なんだ。それにあんなにかわいい。連中の中にもケダモノみたいな奴がいるかもしれない」

「ポポフと連絡がつかなければ始まらない。それにしても、連中はなぜモニークの父親と会いたがったのだろう。梅本さん、心当たりはありませんか」

親父は梅本を見つめた。梅本は首をふった。

「私にはわからない。モニークの父親を私に紹介したのはポポフだ」

「何者なのです？」

「貿易商だ。ロシア人で、パリのオフィスを中心に仕事をしている。いつも世界各地を旅していて、ひとところにとどまるということがない」

「ニコルは、モニーク・アレクサンドラと呼んでいました」

「アレクサンドラは母方の姓だ。あの子の両親は離婚している。母親はずっとパリにいるが、別の男性と再婚したのだ」

「だから日本に？」

梅本は頷いた。

「ニコルの目的がモーリスの土産なら、モニークをさらうのは妙だ。モニークをさらったとしても、ポポフ氏や梅本さんに圧力はかけられない。それとも、モニークの父親はモーリスとつながりのある人物で、土産のありかを知っている可能性があるのだろうか」

親父がいった。

「それについては私からは何ともいえん。ポポフの方がモニークの父親とは親しいのだ」

「モニークのお父さんは、日本ではどんなビジネスをしているの？」

フェイレイが訊《たず》ねた。

「フランスやベルギー製の宝飾器を輸出している。もともとモニークの母親が、そうした宝飾器のデザイナーなのだ」

「話を戻そう」

親父がいった。

「七年前、モーリスが行方不明になったのには、ふた通りの理由が考えられる。ひとつは誰かがさらったというもの。もうひとつは自発的に姿を消した」

「でもモーリスは殺されていた。さらわれたと考えるのが妥当じゃないの」

フェイレイがいった。

「とも限らない。さらわれて殺されたのなら、七年間も死体が見つからなかったのは奇妙だ。もちろん発見が遅れたのは偶然であった可能性もあるが、さらった側の目的が単に殺すだけであれば、もっと早く死体が見つかってもおかしくない」

「するとさっきミスターウメモトがいった、存在そのものを消すのが目的だったというの？　でももしそうするなら、取引が成立して報酬をすべてうけとってからじゃないの」

「確かにそうだ。だが何らかの理由で、それができなくなったとしたら？」

親父がいった。

「どんな理由？」

「売りものを失くした」

「そんな馬鹿な！」

ケンイチがいった。

「十億も二十億もするような代物を失くす馬鹿がいるかよ」

「だがそれはもって歩ける種類のものではない。安全な場所、放射能が洩《も》れないよう封印された状態で保管されていなければならなかったんだ。当然、見張りはつけていたろうが、その見張りが裏切ったり、殺されて、商品を奪われたら？　時間があれば別の品を用意できるというものではない」

「前金を返せばいいだろう」

「誰に？」

「誰って、それは——」

いいかけ、ケンイチは口ごもった。親父はつづけた。

「『六月の獅子』を名乗り、モーリスに接触してきた集団、だがそれは偽物だった。前金は確かに支払われたが、商品を失って連絡をとろうと試み、モーリスは、取引相手が自称するようなグループでなかったことに気づく。相手が嘘をついて取引をもちかけてきたとわかれば、モーリスのような商売の男がとる行動はひとつだ」

「取引をご破算にして地下に潜る」

フェイレイがいった。親父は頷《うなず》いた。

「取引相手が自らの正体を偽る場合、その目的は何にあるか」

「金を払う気がない」

ケンイチがいった。

「まず考えられるのはそれだ。前金だけで品物を受けとり、あとはしらばくれる。だがモーリスも素人でない以上、そう簡単にはひっかからない。すると別の目的が自称『六月の獅子』にはあったことになる」

「何だよ」

親父はフェイレイを見た。

「わかるかい」

「モーリス本人を目的とした罠《わな》。モーリスを捕えるための囮《おとり》捜査」

「そうだ」

「誰がそんなことをする？」

ケンイチが訊ねた。

「わからん、CIA、モサド、MI6、テロリストに武器を供給する死の商人を捕えようという計画だったのかもしれない」

「じゃモーリスの土産を奪ったのもそいつらなのかよ」

「あるいは」

「だったら全部、存在してないってことじゃないの。核爆弾は回収され、逮捕を恐れたモーリスは逃げだした挙句、殺された」

僕はいった。

「とっくに回収され、どこかで解体されているってことでしょう、それなら」

それならそれで、すごくほっとする話だ。

親父は梅本を見た。

「どうです？」

「なぜ私に訊《き》く？　わかるわけがないだろう」

梅本は親父を見返した。親父は首をふった。

「モーリスを殺したのが何者かはさておき、もし七年前のある日、六本木でタクシーを降りた彼がこつ然と姿を消したのが本人の意志であるなら、必ずそれをサポートした日本人が必要だった筈《はず》です。言葉も喋《しゃべ》れず、土地勘もない国で、行方不明を演出するのは容易ではないからだ。そう思いませんか、梅本さん」

フェイレイがあっという顔をした。くやしいが、僕も感心した。親父のいう通りだ。モーリスの失踪《しっそう》が、当初は自らの意志なら、それを手伝った日本人がいる。そしてそれはこれまでの話の流れからいって、梅本以外には考えられない。

梅本は無言で新たな葉巻をとりだした。

「つけ加えるなら、ニコルと名乗った男とそのグループが、たぶん七年前、モーリスを罠にかけようとした組織の者でしょう。つまりモーリスを消したのは彼らではないのです。もしニコルたちがモーリスを消し、モーリスの商品を奪ったのなら、今さらのこのことでてくる必要はなかった」

「みごとだ」

梅本はいって葉巻に火をつけた。濃い煙を口の端から吐きだす。

「冴木さん、あなたのようなきれる人を、なぜ日本の政府は解雇したのか、不思議だ」

ケンイチが目をむいた。

「何だって!?」

「ポポフが教えてくれました。彼のデータバンクはまだ生きているのです。冴木さんは、かつてトップエージェントだった」

「やっぱりサツの犬かよ」

ケンイチが吐きだした。

「昔話に興味はありませんね。それにつけ加えれば、私は解雇されたわけではない。自分から辞めたのですよ」

親父が冷ややかに告げた。梅本は葉巻を吹かした。その目が僕に向けられた。

「そうでしたな。同僚の死の責任をとった、一説にはあなたが手にかけたのではないかという疑いもあった」

「その話はよしましょう」

だが梅本は無視した。

「そしてその息子をひきとり、あなたが育てることになった――」

「やめようといった筈です」

親父は語気を強めた。梅本は僕を見つめ、にやりと笑った。

「知っていたかね」

僕は首をふった。本当の父子じゃないとはわかっていた。だが僕の本当の父親の死が、親父に責任のあるものだったというのは初耳だ。

「いろいろと話し合う材料が提供できたかな？」

「ていうか」

僕はいった。あまり好きじゃない言葉だが、これ以上この場面でぴったりくる言葉を思いつかなかった。

「自分が生まれてくるところを子供は選べませんからね。そんなことを今さらあれこれいっても始まらない。それより、未来の方が大事じゃないですか」

こわばっていた親父の顔がゆるんだ。目を丸くしていたフェイレイの口元にも笑みが浮かんだ。

「で、どうなんですか、梅本さん。モーリスの失踪を手伝ったのは、あなたなのですか」

ここに及んで梅本が親父の昔話をもちだしたのは、追及をさけるためのコソクな手段だというのは僕にもお見通しだ。

梅本の顔が険しくなった。

「どうやらあなたの負けよ、ミスターウメモト。本当のことを話してもらいましょうか」

フェイレイもいった。

梅本は息を吐いた。

「しかたがない。隆くんに一本とられました。あなたの推理通りだ。モーリスは自発的に失踪した。それを手伝ったのが私だ」

「じゃ、消したのは？」

フェイレイが訊《たず》ねた。梅本は首をふった。

「わからない。用意した隠れ家にモーリスはいる筈だった。だが半年後姿を消し、それきり連絡がとれなくなった。今回、死体が見つかるまで、ね」

「真実ですか」

梅本は頷いた。

「嘘はついていない。なぜ彼の死体が、閉鎖されていた『港倶楽部21』の中にあったのか、私には皆目《かいもく》、見当もつかない」

「商品はどうなったの？」

フェイレイが訊ねた。

「それも冴木さんの推理通りだ。モーリスは、私も知らない、日本のどこかに小型核爆弾を保管していた。そしてそれが盗みだされたのだ。盗んだのは、モーリスの助手をしていた中国系アメリカ人のフォンという男だ。フォンは、モーリスのかわりに、隠した核爆弾を見張っていたのだ。だが突然連絡がとれなくなり、隠し場所にいくと、フォンも爆弾も消えていた。あわてたモーリスは、取引を延期しようと、『六月の獅子』のメンバーに連絡を試みた。だが教えられていた連絡先にうまくつながらず、ポポフから得た資料で独自に『六月の獅子』にコンタクトをとったところ、接触してきた男が、『六月の獅子』には実在していないメンバーだとわかったのだ。そこで危険を感じたモーリスは姿を消すことにした。それがことの真相だ」

「結局ふりだしじゃないか。爆弾の行方もわかってない」

ケンイチが息を吐いた。親父が訊ねた。

「取引をもちかけてきた、偽の『六月の獅子』のメンバーの名は？」

梅本は目をあげた。

「それもあんたの推理通りだ。ニコルだよ。偽の『六月の獅子』は、モーリスに、ニコルと名乗った」

しばらく誰も口をきかなかった。やがて親父がいった。

「どうやらだいぶ問題が整理されたようだ。答は遠いにせよ」

「教えて」

フェイレイが吐息《といき》とともにいった。

「こっちはこんがらがってきた」

「ニコルとその仲間の目的は、七年前、モーリスから受けとれなかった核爆弾を回収することだ。彼らは正体を偽わったものの、前金をモーリスに払いこんでいる。そして核爆弾が実際にこの日本にもちこまれたことも知っている。もともとの彼らの目的が何であったかはわからない。モーリスの逮捕か、核爆弾の入手か、その両方か。いずれにしても、そのミッションは失敗した。それから七年を経て、モーリスの死体が見つかり、再び任務がニコルらに下った。今回はモーリスが死んでいることから、核爆弾の入手一本に絞られていると見ていいだろう。ところで――」

親父は梅本を見た。

「喋りづめで少し喉《のど》が渇きましたな。生ビールを一杯ごちそうしていただけるとありがたい」

梅本が内線電話をとった。やがて村月という、あのごついおじさんが、全員に生ビールのグラスを届けに現われた。

「ニコルがモニークをさらったのはなぜ？」

喉をうるおした僕は訊ねた。

「おそらく、ポポフ、あるいは我々には理由は不明だが、モニークの父親が、爆弾の所在地を知っていると考えたからだろう」

「モニークのパパがフォンということはないですよね」

僕は梅本を見た。

「父親は白人だ。ただしモニークの本当の父親ではないが」

「ええっ」

僕は声をあげた。梅本はいった。

「モニークは、母親であるアレクサンドラの連れ子なのだ。私も詳しくは知らないが、アレクサンドラが最初に結婚した南アフリカ人との間に生まれたのが、モニークだったようだ。その後アレクサンドラは離婚し、五年前今のモニークの〝父親〟と再婚した。だが二人の仲はうまくいかず、アレクサンドラはパリでベルギー人と暮らすようになった。その結果、モニークは〝継父〟にひきとられたというわけだ」

「父親の名は？」

親父が訊ねた。

「ロドノフ。コンスタンチン・ロドノフだ」

「じゃロドノフとモニークは血がつながっていないのですね」

梅本は頷《うなず》いた。

「しかしロドノフは、モニークを我が子のようにかわいがっている」

「なんか怪しいな、それ。別に目的があるんじゃねえの」

ケンイチがいった。正直それは僕も同感だった。たとえ戸籍上の〝親子〟(今はどうかわからないけど)であっても、あんな美少女といっしょにいれば、いけない関係を結びたくなるかもしれない。

「そうかもしれないと思うことはある」

梅本は認めた。

「形式上は親子だが、モニークはロドノフの愛人なのかもしれん」

「それって、モニークがかわいそうすぎるよ」

僕は思わずいった。パパはワーカホリックだといったときの、ふと寂しげなモニークの表情を覚えている。

その上、こんな争いに巻きこまれて。僕の騎士道精神がめらめらと燃えあがった。

「モニークを助けなきゃ」

僕はきっぱりといった。梅本を見ていった。

「今夜中にミスターポポフに連絡をする方法はないのですか」

「携帯電話に伝言を残せば、もしかすれば連絡があるかもしれない」

「お願いします」

梅本は親父をちらりと見やり、デスクの電話に手をのばした。

「しかし、もしそうならモニークもいいタマだよな。あの若さで囲われ者とはな」

ケンイチがいった。

「そんないい方はないでしょう。モニークには選択の余地がなかったのかもしれない」

「だって母親に捨てられても、実の父がいるだろうが」

「その父親が死んでいたら？　彼女は他にいくところがなかった。生きていくためにやむをえず、ロドノフの愛人になったのかもしれない」

「そんなの、どうにだってなるだろうが。結局は自分が楽をしたい、遊びたいから、オヤジにぶら下がっただけじゃないの」

ケンイチは笑いとばした。

「いくらでもいるぜ、そんな女は。日本にも」

「そういうのとモニークをいっしょにするな」

「やけにアツいじゃないか。もしかして惚《ほ》れたか？　惚れてみたらモニークがパパ、パパもちだってんで、頭にきてるのじゃねえのか。八ツ当たりはやめろや」

僕は唇をかんだ。くやしいが、ケンイチのいうことは半分当たっている。

僕だってモニークを清らかな「聖少女」だと思っていたわけじゃない。それなりに経験を積んでいることは、キスひとつとってみてもわかる。

だが恋愛経験が豊富なことと、お金目当てで男に〝囲われる〟のとは、まるでちがう。モニークを、そんな計算高い子だとは思いたくなかった。

「隆」

親父が低い声でいった。

「そうアツくなるな。それに、ニコルという男が、モニークをフルネームで呼んだのも気になる。俺たちにはわからんつながりがモニークには、ポポフや爆弾を奪ったフォンとのあいだにあるのかもしれん」

僕は息を吐き、小さく頷いた。

梅本が受話器を戻した。

「伝言は残しておいたが、かかってくるかどうかはわからん。明日の昼にはまちがいなく連絡がつく」

親父はフェイレイに目を向けた。

「とりあえず今日のところは何も手が打てないということだ」

フェイレイが頷く。

「ひとつ訊《き》きたい。この、中国からきたお嬢さんにだが」

梅本が咳《せき》ばらいをしていった。

「何？」

フェイレイが向き直った。

「あなたの情報が、私を誘拐犯人から助けだす材料になった。そのことは感謝している。しかも今我々は、情報を互いに交換しあい、七年前フォンが奪った、モーリスの土産を発見するために力を合わせている」

「そうね」

梅本はデスクの上で両手の指を組み合わせた。

「問題は、実際にモーリスの土産を我々が発見できたときのことだ。中国政府はそれをどうしたいと考えているのかな」

「もちろん中国にもち帰る。大昔はともかく、現在は中華人民共和国に所有権があるものよ。再び武器マーケットに流れるような危険は冒せない」

親父を見やる。

「中国は核保有国だから、管理保存、あるいは廃棄《はいき》に関してもノウハウをもっている。日本にはちょっと荷が重いのじゃない？」

「俺は日本政府の代理人じゃないから、その質問には答えられない」

「まあ、中国政府が所有権を主張するのはよいとしましょう。ただしここは中国ではない。発見にあたっては、我々ここにいる全員の協力が不可欠だ。それに対する中国政府の謝礼はどうなりますか？」

「勲章でも欲しいの？」

顔色ひとつかえず、フェイレイは訊き返した。梅本は笑いとばした。

「勲章か、それも悪くない。だができればもっと現実的な謝礼を用意していただきたい」

「いくら欲しいの？」

「一千万ドル」

「馬鹿いわないで」

「そうですか？　中国から流出した核爆弾が、この日本国内で爆発したり、今度こそテロリストの手に渡るようなことになったら、中国政府が対外的に失うものの大きさは、一千万ドルどころではないと思います」

「威《おど》す気？」

フェイレイの手がなにげなく、ショルダーバッグにかかった。

「威しているのではありません。あくまでも現実的な問題だ。この件にはポポフ氏もかかわっている。ご存知のように彼はビジネスマンだ。必要なら、核爆弾を買いとりたいという相手を見つけてくることもできる」

フェイレイは親父を見た。

「リョースケはどう思うの」

親父は肩をすくめた。

「中国政府が買いとるのが、八方丸くおさまる道だろうな」

「一千万ドルなんてお金は払えないわ。北京にそんなことを伝えたら、関係者を皆殺しにしてでも経費を節減しろといわれるでしょうね。それでもいい？」

いいわけがない。

「冗談じゃないぞ。手伝うだけ手伝わせておいて、ノーギャラはないだろう」

ケンイチが詰めよった。フェイレイの手がバッグの中にすっと入った。

「よせ」

梅本が短くいって、ケンイチを止めた。

「いくらだったら、中国政府は用意できる？」

フェイレイに訊《たず》ねた。

「即答はできないけれど、せいぜいその百分の一、十万ドルくらいかしら」

梅本は首をふった。

「とうてい呑《の》めない条件だ、お嬢さん」

「だったら残りは日本政府に払ってもらったら？」

親父も首をふった。

「そんな話をもっていったら、我々全員、一網打尽《いちもうだじん》だ。桜田門を動かせば、日本政府の出費は、我々の刑務所費用だけですむ。あとは残された手がかりで、こつこつモーリスの土産を捜すだろう」

「交渉決裂ね」

フェイレイは梅本を見つめた。

「五百万ドル」

梅本はいった。

フェイレイはにべもなく答えた。

「無理」

「とりあえず北京に伝えてみてくれ。いくらあなたが優秀でも、ひとりで捜しだせると
は思わないだろう」

「リョースケがいる」

フェイレイは親父をふりかえった。親父は息を吐いた。

「悪いが俺だって、家賃やこいつの学費を払わなければならない。ギャラは高ければ高
いほどありがたいね」

フェイレイは目を細めた。

島津さんが聞いたらどう思うだろう。たぶん全員、刑務所いきだ。

「――わかったわ。訊くだけ訊いてみる」

梅本は微笑んだ。

「ありがたい」

フェイレイは冷たい目でその場の全員を見回した。

「じゃ、わたしはこれで失礼するわ。もうここに用はなさそうだから」

「外にいる村月が、あなたを出口まで案内する」

フェイレイは小さく頷《うなず》いた。

「また連絡をちょうだい。抜け駆けは駄目よ。経費節減の話が再燃するわ」

オフィスをでていった。

「兄貴、五百万なんて、絶対とれないぞ。いいのか、あんな女に交渉を任せて」

フェイレイがいなくなったとたん、ケンイチがかみついた。

「結局威されて、十万ドルで泣き寝入りすることになったらどうするんだよ」

「あせるな。まだ我々はブツを手に入れたわけではないんだ」

梅本はいい、じっと親父に視線を注いだ。

「それより、冴木さんに確認しておきたい。あんたは今本当に、日本政府とは関係がないのか」

「私が現役のエージェントだったら、悴《せがれ》をこんな場に連れてくると思いますか」

「もともと父性愛のカケラもない人間なら、養子を危険な任務につかせることもあるだろう」

身もフタもないことを梅本はいった。まあ、これまでの我が家の状況を考えると、当たらずといえども遠くない。

さすがに親父は苦笑いを浮かべた。

「そうだ。このガキは、俺の会社に潜りこんで、探りを入れてやがった。もしサツの犬だとわかっていたら、ソッコウ殺していたぜ」

「お前のアルバイトのことは知らん。だが、息子さんもただの高校生ではないようだ」

ただの高校生ですって。あるいはそれを夢見る、バイト探偵。

「完全に私は日本政府から独立をしている。仕事を請け負うことがないとはいわないが、それは適正なギャランティとひきかえだ」

親父がいった。梅本は親父を見つめていたが、やがて頷いた。

「それならばけっこう。こちら側の人間と見ることにしよう」

ケンイチを見た。

「もし中国政府が、我々の申しでた金額を払わない場合は、ポポフに爆弾の処分を任せる。彼はチェチェンにもコネクションがある。向こうのマーケットでオークションにかければ、最低でも一千万ドルにはなるだろう」

「あの女はどうするんだ」

ケンイチが訊ねた。

「ポポフの友人に任せる。ロシアからは、腕の立つ人間が何人も、日本国内にきている。日本海側の都市や北海道に」

「ポポフ氏は、そういう連中に会いにいっていたというわけですか。必要になる前に、集めておこうという算段で」

親父がいった。

「まあ、そんなところだ。フェイレイの口を塞《ふさ》げば、中国政府も動きがとれない。まさか核爆弾の話を表沙汰《おもてざた》にして日本政府にねじこむわけにもいかないだろう」

梅本は頷いた。親父は首をふった。

「あなたもワルですな」

「お互いさまだ。家賃や学費が欲しいといったのは、冴木さんだろう」

「かわいいものですよ。隆、いくぞ」

親父は告げた。梅本は葉巻をもちあげた。

「ポポフと連絡がつきしだい、知らせる。動けるようにしておいてくれ」

「わかった」

僕と親父はオフィスをでた。待機していた村月が、「マックス」の出口まで案内する。

六本木の路上に立つと、僕はいった。

「一千万ドルのうちいくらもらえるか、交渉しておかなくていいの」

「いくらももらえんさ」

親父はいって、首をふった。

「一千万ドルで売れるとわかっているものを、中国政府に五百万ドルでどうだと値引きする梅本の真意を考えてみろ。奴に必要なのは、爆弾を手に入れるまでの、俺やフェイレイの協力だ。手に入れたとたん、俺たち全員が消されるのは目に見えている」

僕はため息を吐いた。

「悪い人って、どこまでも悪い人なのね」

「そういう奴しか生き残れない世界なんだ」

親父は平然と答えた。つまりそういうアンタも、と訊《き》きたいのを僕はこらえた。

世界史の先生がいっていた言葉を思いだしたからだ。

「歴史は、生きのびた人間によって作られる」

死んだいい人より、生きてる悪い人にならなきゃいかんという教えだ。

16

さすがに翌日は僕も学校へでかけた。モニークの身は心配だが、ポポフと連絡がつかない以上、どうすることもできない。あのSWATもどきを相手に、親父とふたりで殴りこんだところで勝ち目がない。親父がつきあってくれたら、の話だけど。

学校帰り、「麻呂宇」に寄った。島津さんのつけてくれた護衛のおかげで、「麻呂宇」は平穏に営業をつづけている。もちろん圭子ママや星野伯爵は、そのことを知らない。

「お帰りなさい、隆ちゃん」

カウンターでいつも通り、近所の女子大の学生とお喋《しゃべ》りに余念がないママ。

「ただいま。親父は？」

「ちょっと前、でかけていったわよ。島津さんといっしょだったみたい」

「島津さんが迎えにきたの?」

僕はいって携帯電話をひっぱりだした。親父の携帯にかけてみる。国家権力が何か新しい情報を見つけてきたのかもしれない。

だが留守番電話サービスにつながっただけだった。

星野伯爵のたててくれたウインナコーヒーをたしなみながら、僕は煙草に火をつけた。どうも親父の動きがいつもとちがう。腰が引けていると感じるのは、なぜだろうか。

もちろん親父は国家権力べったりの人間ではない。昨夜梅本にいったように、依頼を受けることはあるが、それはギャラとひきかえで、常に島津さんに気に入られるような結果をめざしているわけではない。

だが今回は特に、あまりやる気がないように、僕には見えてしかたがないのだ。

そもそも依頼の段階で、親父は乗り気じゃなかった。僕がとびついたのでやむなくつきあったという印象だ。

加えて、モニークがさらわれた件に関しても、妙にクールすぎる。血のつながらない親子だが、女の子に弱いという点で、僕らはぴったり一致する。モニークを、親父もえらく気に入っていたことを考えると、昨夜のクールさはどうも納得がいかない。

もしかすると、今回の件にかかわる人間たちについて、親父は僕の知らない、何か特別な情報を握っているのではないだろうか。それが親父の、腰の引けぶりにつながっているとしたら。

遅寝早起きでぼんやりとしていた頭を叱咤《しった》し、けんめいに僕は考えた。

特別な情報って、いったい何だ。何に関するものだ。可能性を検討する。

その一は、モーリスの土産に関すること。

小型核爆弾なんて最初から存在しなかった――あり得ない。フェイレイの話が、実在を裏づけている。

爆弾は存在し、この東京で確かに行方不明になったのだ。行方不明になっていなければ、どこかでテロに使われたり、回収されて大騒ぎになっている。

その二、関係者に関すること。

問題をややこしくしているのは、当事者だったモーリスが行方不明になり、その後死体で発見されたという点だ。最初の行方不明は、モーリス自らの意志によるものらしいことは、梅本の話でわかった。では、死体になった理由は何なのか。

殺されたからに決まっている。すると誰が何のために殺したか、だ。

誰、は、おそらく核爆弾が欲しかった人物。何のため、は、わからない。

拷問しすぎて殺してしまったというのはどうだろう。

だがそれもあまり上等な仮説ではないような気がする。核爆弾を追っかけるなどというのは、犯罪者の中でもかなりのプロの仕事だ。コウやソウのように、金になりさえすれば何でも飛びつくという連中もいるかもしれないが、電話を傍受《ぼうじゅ》され、簡単に排除されたことを考えても、そういう手合い《セミプロ》が入りこむ余地の少ないビジネスだ。

プロが情報を得るために拷問するのはいい。だがその結果、対象を死なせてしまうなどという間抜けを果してやるものだろうか。

生かさず殺さず、半死半生にして、欲しい情報が出てくるまで絞るというのが、プロのやり口だ。あるいはニコルが僕に用いたような、自白剤を使う、という手もある。

爆弾のありかを、モーリスとフォンの二人しか知らないのであれば、モーリスを殺してしまうのは、愚《ぐ》の骨頂《こっちょう》だ。

すると殺された動機の二、につきあたる。

きのうもでた仮説だが、殺したのはフォンで、目的は爆弾をひとり占めすることだった——だがこれも問題がある。

もしその通り、フォンがモーリスを殺したならば、爆弾は売られていなければおかしい。フォンは爆弾を売った代金を手に入れたかったのだろうから、モーリスを殺した時点でさっさと手放した筈《はず》だ。

にもかかわらず、売られた爆弾が使われた形跡がないというのは、矛盾する話だ。

つまり爆弾は売られていない。今もどこかに隠されている。

それに対する答は、二つ。

一、フォンはモーリスにだまされていた。爆弾の保管をモーリスに任されていると信じ、モーリスを殺してみたら、預かっていたのは本物の爆弾ではなかった。

二、モーリスを殺したのはフォンではなく、フォンもすでに殺されている。そう考えるのは、フォンが生きのびていれば、やはり爆弾が何らかの形で処分されたにちがいないからだ。それがないというのは、フォンも生きてはいないことを証明している。

モーリスが〝行方不明〟になれば、関係者が捜すのはまちがいなくフォンだ。だがそのフォンも見つかっていないとなると、殺されたと考えるべきだろう。

ではいったい、二人を誰が殺したのだ。

殺すだけで、爆弾をいらないと考えた人物がいたのか。

それはあり得ない。爆弾が不要なら、モーリスとフォンを殺す動機がない。悪い武器商人をこらしめるのが目的という、正義の味方がたとえ七年前の東京にいたとしても、その後、核爆弾を放置したとあっては、正義の味方失格だ。

わからなくなってきた。

今のところ、梅本とニコルが、〝秘密〟の中心部の最も近くにいる。だがこの二人は、爆弾のありかを知らない。

こうなったら視点をかえてみよう。

ニコルはモニークをさらった。その目的はポポフを通じて、モニークの父親、コンスタンチン・ロドノフと〝ビジネスの交渉〟をすることにある。

つまりロドノフが、爆弾に関する情報を握っているという確信がニコルにはあるのだ。

ロドノフ、モニークの父親。ロシア人。

その瞬間、僕は閃《ひらめ》いた。

「そうか！」

「麻呂宇」にいた人々が、驚いたように僕をふりかえった。

「すみません。ずっとわからなかった問題が解けたもので」

「感心。ここで宿題やってるなんて。涼介さんに教えてあげたら喜ぶわ」

圭子ママが微笑んで、女子大生差し入れのケーキをひとつ皿にのせた。

「これ、ごほうびよ」

星野伯爵が運んでくる。

「いただきます！」

洋梨のタルトだった。それをひと口で頬ばり、僕は立ちあがった。

「ちょっとでかけてきます」

「隆ちゃん、宿題はもういいの？」

「提出にいってきます」

「麻呂宇」をでて、誰に連絡するかを考えた。親父にはまだつながらない。となると、もうひとつの国家権力、フェイレイが妥当な線だ。

フェイレイの携帯電話の番号は聞いている。呼びだした。

「――」

いきなり、男の中国語が応《こた》え、僕はびっくりした。

「もしもし、冴木といいますが、これはフェイレイさんの携帯じゃありませんか」

「フェイレイの携帯だ。俺はチャン」

男がいった。

「チャンさん、冴木隆です」

「覚えている。フェイレイは今、手が離せない。伝言があるなら聞こう」

「電話じゃちょっと。いつなら話せます？」

「じゃ、俺が迎えにいこう。あとでフェイレイと会うことになっている。例の麻布十番の店の前まできてくれ」

「わかりました」

僕の〝答〟を確かめられるのは、日本、中国、いずれにしても国家権力に近い筋だけだ。今のところ、この問題に関し、「サイキ　インヴェスティゲイション」は、中国とは敵対関係にない。フェイレイに協力を要請しても、国際マサツにはつながらないだろう。

僕はバイクで十番に向かった。中国料理店の前で待つこと五分。フェイレイのＢＭＷのハンドルを握ったチャンが現われた。

「フェイレイさんは？」

「大使館で本国と連絡をとっている。あとでピックアップする手筈《てはず》だ」

チャンはきのうと同じようなスーツ姿だった。

「だったらちょうどいい。本国の方からＩＣＰＯに照会をしてもらえませんか」

とりあえずＢＭＷの助手席に乗り、僕はいった。

「何を？」

「モーリスのＤＮＡ鑑定についてです。六本木の再開発現場で発見された白骨ですが、モーリスではなかったかもしれない」

チャンは眉《まゆ》をひそめた。

「どういうことだ？」

「モーリスにはフォンという、中国系のアシスタントがいた。フォンのＤＮＡをモーリスのＤＮＡと誤って、ＩＣＰＯが登録していた可能性があります」

「それは何者かがＩＣＰＯのデータを改ざんしたということか」

僕は頷《うなず》いた。

「本当はモーリスは生きていて、別の人間に化けていた。その偽装を完全にするため、ＩＣＰＯのデータを改ざんしておいたのです。フォンの死体が見つかれば、ＤＮＡ鑑定でモーリスということになり、自分の行方を追う者はいなくなる」

チャンは落ちついていた。

「何のためにそんなことをする？」

「取引を中止するためです。偽の『六月の獅子』と取引をさせられていたことに気づいたモーリスは身の危険を感じ、自分の存在を消すことにした。そのためには死んだと思わせるのが一番簡単だ」

「七年もかかって？」

「おそらくそれは計算外で、比較的早い段階で死体は見つかる筈だった。とはいえ、フォンは東洋系だから、骨になるまでくらいは待つ必要があった。それが『港倶楽部21』の債権者問題のごたごたで七年にものびてしまった。その結果、今頃になってモーリスが発見されることになった」

チャンは考えていた。

「ICPOのデータの改ざんなど、簡単にはできない」

「内部に協力者がいたんです。もともと危険な商売の人間です。いざというときに備え、自分を〝抹消《まっしょう》〟するための手段として、職員を買収しておいたのかもしれない」

「なるほどね。その可能性はあるな」

チャンは頷いた。そしてBMWのハンドブレーキをリリースした。いきなり走り始める。

「どこへいくんです？」

「大使館だ。今の話をフェイレイにする。電話でできる話じゃないだろう」

「バイクをおきっぱなしです」

「大丈夫だ。今、店の人間にいって預からせる」

チャンは携帯電話をとりだした。ボタンを押し、耳にあてると中国語でまくしたてる。

電話をしまったチャンに僕は訊《たず》ねた。

「大使館て、簡単に入れるのですか」

「俺がいっしょなら平気だ。それにこれからいくのは別館だ。俺やフェイレイのような立場の人間が公然と大使館の本館に出入りするわけにはいかないからな」

「だとしたら、尚《なお》さらまずくありません？　僕みたいな人間がいっちゃ」

「その心配はない。秘密を守れないのなら、死んでもらうだけだからだ」

いってチャンは上着の中からソーコムピストルを引き抜くと、僕に向けた。

「おとなしくすわっていろ」

「そんなもの向けないで下さい。大丈夫です。秘密は守りますから」

「そいつはどうかな」

いって、チャンはハンドルを切った。ＢＭＷは中国大使館のある六本木方面とは反対、五反田《ごたんだ》方向に走っている。

「別館てどこにあるんです」

「白金《しろかね》だ」

「いいところですね」

チャンは鼻を鳴らした。それが白金に対するチャンの感想と見た。

「そういや、携帯電話をもっていたな」

天現寺にでると、チャンはいった。

「ええ」

「よこしてもらおう。電源が入っているのはまずいんでね」

僕はとりだした。

「切りますよ」

ソーコムの銃口が五センチ近づいた。

「よこすんだ」

妙だった。

僕はチャンを見つめた。

「早く。撃ってとりあげてもいいんだぞ」

「何かまちがっているような気がするんですけど……」

「別にお前はまちがっちゃいない」

チャンは平然といった。僕の電話をとりあげる。

「それどころか、実にいい頭をしている。モーリスは死んじゃいない。ＩＣＰＯに登録されていたのは、フォンのＤＮＡだ」

「あの、こんなこと訊《き》いていいかどうかわからないのですけど、チャンさんはどうしてそれを知っているんです？」

「俺がそれをやったからさ。中国安全部からの出向で、当時俺は、パリのインターポール本部にいた」

「なるほど」

とりあえず僕は頷いた。何だかひどく嫌な展開になってきた。

「天安門事件のとき、俺は安全部のスパイとして学生の中に潜りこんでいた。その後、身分がばれそうになったんで、パリのインターポールに出向させられたのさ」

チャンは親切に教えてくれた。

「でもなぜ、DNAのすりかえをやったのです？」

「買収されたからさ。アメリカに留学していた学生時代に、俺はフォンと知り合った。奴がモーリスのビジネスを手伝うようになってからもときどき情報交換をしていた。そいつに頼まれ、渡されたDNAのデータをインターポールのメインコンピュータに登録されたものとさしかえた」

「待って下さい。フォンは自分が身代わりにされることを知っていたのですか」

「いや。奴は、俺に渡したDNAが自分のものだとは知らなかった。モーリスにはめられたのさ。モーリスは全く別のロシア人のDNAだといって、こっそり採取していたフォンのDNAをフォンにもたせたんだ。髪の一本もあれば、DNAはとれるからな」

「それをチャンさんも知っていた？」

「いや。そのときは俺も知らなかった。あとからモーリスに教えられた」

「つまり、モーリスに会ったことがあるのですね」

「あるよ。パリでしょっちゅう会っていた。フォンを通じて知りあってからは」

「じゃああなたを買収したのは、フォンではなくてモーリスだった？」

「もちろん奴の金だ。モーリスは別の名でフランスに拠点をもっていたからな」

「でもなぜモーリスは、すりかえたＤＮＡがフォンのものであることを、わざわざあなたに教えたのです」

「俺の弟が当時、東京にいた。留学していたんだ。弟は、俺の指示で、モーリスの失踪《しっそう》の手助けをした。その後新宿でやくざに刺されて死んでしまったが」

気分が悪くなってきた。チャンはひとつひとつの情報について細かな解説を加えすぎている。もちろんただ喋《しゃべ》りたいから喋っているという可能性もあるが、どんなに話しても僕が他に洩《も》らす心配がないと確信しているという可能性の方がはるかに高い。

「あの……」

僕は咳《せき》ばらいした。だが僕にものをいわせず、チャンは言葉をつづけた。

「お前はフェイレイにいって、ＩＣＰＯのＤＮＡデータが改ざんされた可能性がないか調べさせるつもりだったのだろう。詳しく調べられれば、ばれることになる。そしてフェイレイは、俺が当時インターポールに出向していたのを知っている。あいつは勘がいい。だからお前をこうしてドライブに連れだしたというわけだ」

「ドライブはもういいです。その辺で降ろしてくれたら帰ります」

チャンは口元だけで笑った。

「悪いがそいつはできないな」

「でも買収の事実を隠すためだけに僕を殺すんですか」

「すぐに殺すわけじゃない。モニークをニコルがさらったとき、お前も連れていってくれたら手間が省けたのだがな」

「ニコルを知っているのですか」

「おいおい、ニコルがなぜ、ロドノフに会わせろとお前にことづけたと思う？　ロドノフの正体がモーリスだってのを教えたのは俺なのだぜ」

僕は目を閉じた。

当然だった。ニコルがロドノフの正体を知らなければ、モニークをさらう理由がない。

「ニコルとはもともとつながっていたのですか」

「いいや。俺の方から接触して情報を与えた。『六月の獅子』にもぐりこんでいた俺は、七年前にその名をかたった連中の正体をつきとめた。それがニコルたちだ。奴らは〝モーリスの死体〟が見つかったと知って、日本に大挙してやってきた。そこで俺は奴らに取引をもちかけた。七年前に手に入れそこなったものをとり返すチャンスだとな」

思いだした。麻布十番の中華料理屋でフェイレイとばったり会ったとき、そのあと「マックス」にいっしょにいく筈《はず》だったチャンが姿を消していた。その間にニコルたちに連絡をとり、僕らのあとを尾《つ》けていたのだ。

「ニコルの正体は何者です？」

「自分で訊けよ。ただし今度は自白剤ですませてはもらえないだろうがな」

いってチャンはいやらしい笑みを浮かべた。

17

チャンの運転するBMWが乗りいれたのは、白金にある古いマンションの地下駐車場だった。そこにはまっ白なスーツを着た白人の二人組がいて、BMWから降ろされた僕を両わきからはさみ、エレベータで最上階まで連れていった。

目出し帽も戦闘服も着ていないが、その二人がSWATもどきのメンバーであることは、身のこなしでわかった。

マンションの最上階は、斜めの壁全面に色ガラスが張られたペントハウスだった。そこでニコルが、もうひとりの白人の部下とともに待っていた。

「ここにくるのは二度目だが、たぶんお前は覚えていないな」

ニコルも純白のスーツを着けている。まるで花婿《はなむこ》の集団だ。

「日本語がうまいんですね」

「宣教師で二年ほどいたことがある。腐った国だと思ったが、今もかわっていない」

ニコルはいった。金髪でハンサムなのだが、妙に中性的な雰囲気がある。

「モニークはどこです。無事でしょうね」

僕はニコルを見つめた。

「お前が心配するようなことは何もない。モニークは傷ひとつない。我々は『聖人《セイント》』だからな」

「『聖人《セイント》』？」

「今にわかる」

チャンが口を開いた。

「こいつは俺がモーリスに頼まれてパリでやった工作に気がついた。すばしこいだけのガキじゃないようだ。フェイレイにそれを確かめられちゃまずいんでね。そっちで処分してもらいたい」

ニコルは頷《うなず》いた。感情のこもらない目で僕を見返した。

「リュウといったな。殉教者《じゅんきょうしゃ》になってみるか？」

「殉教者？」

「キリストの教えにしたがい、それを広めるために命を捧《ささ》げるのが、我々『聖人《セイント》』の使命だ」

「いや、僕はたぶん仏教徒なので」

「下らない。仏教を下らないといっているわけではない。そういうお前たち日本人の精神性が下らないといっているんだ。一月一日を神社で祝い、ミサにもいかずクリスマスを祝い、死ねばブッダに祈る。こんな国民は他にはない。お前たちはクラゲだ。宗教という背骨をもっていない。だからあっちへこっちへ、ふらふらと漂うことしかできない。

金の匂いにつられてな」

「すごく当たっていると思います。でもその議論に加わるには、ちょっと人生経験も知識も、僕には足りないと思いますよ」

「はっきり教えてやろう。モーリスから買った小型核は、キリストの教えを拒むイスラムに使うつもりだった。だがこの情けない腐りきった日本を見るうちに、こここそが神の罰を与えるにふさわしい土地ではないかという気がしてきた。下らないブランド品欲しさに体を売る女子学生、年寄りに暴行を働いて金を奪う若者、礼儀も思いやりももちあわせないサラリーマン、宗教心もなければ愛国心もない。ただその場限りの楽しみしか頭の中にない国民だ。しかも中国や他の国々から、その腐った金欲しさに集まってくる犯罪者までいる。この国で覚えた害悪を、自国にもち帰って広げるつもりなのだ」

「いや、それはちょっと――」

「ちがうというのか」

「外国からくる犯罪者には、日本人も困らされていると思うんですけど」

「そうじゃない。この国が悪徳の地だからこそ、悪人が吸いよせられるのだ。悪徳の地が滅びれば、垂れ流される害悪も止まるだろう。神よ、願わくは、今私が口にしている悪徳の言葉を話す者が、この地上からひとり残らず消え去らんことを」

とんでもないことをいいだした。日本人の皆殺しをニコルは願っている。

だがこれ以上反論すれば、〝腐った〟日本人の一号として処刑される羽目になりそうだった。

「じゃあ俺はこれで消える」

チャンがいった。

「もうこいつは生きてここからだすなよ」

ニコルは頷いた。

「ロドノフとの取引が終わるまでは生かしておくが、それがすんだら始末する」

僕を見て微笑んだ。

「大丈夫だ。今度は痛くない注射をしてやる」

それは痛くないだろう。痛みとは無縁になるのだから。

「用心しろ。お前たちのことを、日本の警察も中国安全部も追っている。『聖人《セイント》』だという正体がばれれば、ここも時間の問題だ」

「大丈夫だ。我々は、軍や警察の精鋭部隊に混じって訓練を重ねてきた。結束は固く、情報が洩れる心配はない。もし『聖人《セイント》』という名がどこかに伝わるとすれば、チャン、それはお前の口からでしかない」

チャンは首をふった。

「俺の口は固い」

でていった。白スーツが玄関の外まで送っていく。

ニコルは僕を見た。

「あの男にも、宗教心や愛国心はカケラもない。あるのは拝金主義だけだ」

「でも日本人じゃありません。そういう人間はどこにでもいるのじゃありませんか」

「もちろん、アメリカにもいる。だが日本が最も多い」

そういう理屈なのね。僕はがっかりして、返す言葉を失った。

「モニークと会いたいか」

それを見ていたニコルが訊《たず》ねた。

「会わせてくれるのですか」

「お前たちが悪徳を重ねないというのなら会わせよう。裁きの炎に包まれるその日まで、お前たちは純潔でいなければならない」

「何日くらい我慢すればいいのですか」

「モーリスとの七年ぶりの取引を終えしだい、裁きの炎を点火する。それまでのほんの何日かだ」

ニコルはいった。

「モーリスが本当に小型核を渡すと思うのですか」

「モニークはモーリスの本当の娘なのだ。モーリスは正体を隠すために、アレクサンドラと二度結婚した。アレクサンドラの最初の夫がモーリスだった」

僕の口が勝手に開いた。

「じゃ、モニークはそれを知っているのですか？」

「モーリスとアレクサンドラの最初の破局は、モニークが生まれた直後だった。だからモニークにはモーリスの記憶はない。あの子がモーリスを父親と意識したのは、母親の再婚した相手、ロドノフとしてだ。モーリスもアレクサンドラも、秘密を守るため、真実を告げなかった」

「なぜそんなことを僕に話すんです？　モニークに伝わってもいいのですか」

「お前の判断に任せよう。離婚は罪悪だ。だが最初の妻のもとに戻ったモーリスを、我々は評価している。結局、アレクサンドラの好色な血のせいで、それは長つづきしなかったが。おそらくモニークにもその血が流れている。あの子は生きていても、害悪を垂れ流すだろう。ヘソのタトゥーがそれを表している」

僕は首をふった。実の父親を「義理の」父親だと信じて、それでも慕っていたモニークがかわいそうだった。本当の父親だとわかれば、どれほど喜ぶだろう。

だが真実を知れば、父親が武器商人であったことも知ってしまう。そして父親の売った武器で殺される羽目になるのだ。

「これを着ろ」

ニコルは手下がもってきた服を投げた。まっ白なTシャツに白いパンツで、これで首から笛を下げれば体育の先生だ。

だがニコルとその手下の目は真剣だった。僕は着ていた服を脱ぎ、それに着替えた。煙草やライターも含め、もっているものはすべてとりあげられる。「聖人」の集団は、どうせ、煙草も酒もやらないのだろう。たぶんセックスも。

着替えが終わると、僕はペントハウスから連れだされた。エレベータでひとつ下の階に移動する。

外から鍵《かぎ》をかけられた部屋に入れられた。

そこはふつうの一LDKだが、窓をすべて板で塞《ふさ》がれている。建物の古さから見て、どうやら近々、再開発のためにとり壊されることになっているマンションのようだ。ニコルたちは、短期間の契約で、マンション全体を借り上げ、アジトにしたてたとみた。

一LDKの奥の部屋は六畳ほどの和室だった。そこに、ぼんやりとすわりこんだモニークがいた。モニークも僕と同じような〝体操服〟姿だ。ただズボンは大きすぎるのか、裾《すそ》を折り返している。

モニークは入ってきた僕を、最初一味のメンバーと思ったのか、ちらりとしか見なかった。だが視線を足もとに戻しかけ、もう一度見直した。その目が広がった。

「リュウ！」

「モニーク！」

モニークは僕に抱きついてきた。

「どうして⁉　リュウ」

「説明すると長いけれど、僕も取引の材料にされるみたい」

「トリヒキ？」

モニークは首を傾げた。

「ここのリーダー、ニコルは、君のパパがもっているものが欲しいんだ。そのために君をさらい、僕がそれに気づいたんで、僕もここに連れてこられた」

モニークは瞬《まばた》きした。

「わからないよ、リュウ。それ、どういうこと」

僕は困った。真実をすべて告げれば、親子の秘密をばらすことにもなるし、彼女がただのワーカホリックと信じる父親の正体も告げなければばならない。

「えーと」

だが覚悟を決めた。かばってばかりいたのでは、これからどんな目にあうかわからないモニークに、その理由が理解できないだろう。今ですら、なぜ自分がこんなところに閉じこめられているか、ひどく混乱しているにちがいないのだ。

モニークだってまったくの子供じゃない。

「モニーク、君のお父さんの本当の名前はモーリスというんだ……」

僕は話し始めた。この部屋のどこかには必ず盗聴器がしかけられている。もしかすると監視カメラだってあるかもしれない。今頃ニコルは、驚愕《きょうがく》の表情で僕の話に耳を傾けるモニークの姿を、にやにや笑いながら眺めているような気がした。

僕の話が終わると、モニークはつぶやいた。

「パパが本当のパパだったなんて……」

「ニコルがいっているだけだから、もしかしたら嘘かもしれない。でも、そうなら、ただの連れ子の君のために、お父さんが取引に応じるとは思えない」

「ツレコ？」

「ええと、お母さんの子で、お父さんは別の人って意味」

モニークは頷《うなず》いた。

「確かにパパは、本当の子供みたいに、わたしを大切にしてくれたよ」

いけない関係があったかもしれないと疑った自分がひどく恥ずかしかった。僕は黙って頷き返した。

「それで、ニコルが欲しがっているパパのものは何なの？」

それを僕は〝あるもの〟としか話していなかった。

「武器の一種だと思う」

「ブキ？」

「ええと、ウエポン」

モニークの目が広がった。

「何のウエポン？」

「たぶん、ニュークリアウエポン」

「嘘」

モニークは掌《てのひら》で口をおおった。

「そんなものをパパがもっているの？」

「この東京のどこかに隠している。パパのアシスタントだった人の死体を皆、パパだと思って、それはもうどこかへいってしまったと考えていた。でもパパが生きている以上、それが隠されているとわかった。ニコルは君とひきかえに、パパからとりあげようとしているんだ」

モニークは僕の目を見つめた。

「なぜパパがそんなものをもっているの？」

「君のパパは、そういうものを売る、ビジネスマンだった」

モニークの顔がショックに歪《ゆが》んだ。

「そんな……」

「もちろんニコルがまちがっている可能性もあるんだ。君のパパは、本当にただのビジネスマンかもしれない」

モニークは首をふり、うつむいた。大粒の涙が頰を伝った。

「ううん。たぶん本当。わたしにはわかる。パパのビジネスパートナーは、いつも恐い人たちだった。ロシアでもフランスでも、ピストルをもったボディガードをいっぱい連れているような人たちだった。パパは、ＶＩＰだからだっていってたけど、わたしはちがうと思っていた」

僕は何もいえなかった。

「パパは『人の死』を売ってお金儲《もう》けをしているのね。それを知らないでわたしは、いろんな国で楽しく暮らしていた……」

「パパは自分の仕事に君を巻きこみたくなかったんだ。それで君をわざと、パリや東京においていたんだよ」

モニークは無理に笑みをこしらえた。

「ありがとう、リュウ。パパのことをかばってくれて」

「そんなことはないさ。僕だって父親にはひどい目に遭わされているんだ」

「リョースケに？　なぜ？」

こうなったら全部話してしまおう。ニコルに聞かれているかもしれないがかまわない。

「僕の父親はスパイだった。エージェントだ。それをやめて今、私立探偵をしている。わかるかい、プライヴェート・アイさ。僕はいつもその仕事を手伝わされて、撃たれたり、殴られたり、こうしてさらわれているんだ。君を危険にさらしたくなくて、外国で暮らさせているパパの方が、よっぽど偉いよ」

「待って。じゃありュウは、ビジネスとしてわたしと知りあったの」

いけない。さらに誤解のタネを作ってしまった。

「ち、ちがうよ。あのとき僕が『マックス』にいったのは、親父のお伴ではあったけれど――」

「でもリュウは、ケンイチのことも知ってた。わたしのパパとミスター梅本が友だちなのを知っていて、話しかけてきたの」

やばい。かなりまずい展開だ。

「ちがうって。考えてごらん。あのとき僕は君のことを何も知らなかったんだよ。踊りながら話しかけたじゃないか」

「でも、わたしのパパが、ミスター梅本やミスターポポフの友だちとわからなかったら、わたしと仲よくした？」

僕は言葉に詰まった。

「リョースケもそう。あなたたちは、わたしじゃなくて、パパや梅本のことを知りたかった」

「そういう気持もあった、確かに。でも、モニーク、僕は本当に――」

モニークは激しく首をふった。濡《ぬ》れた瞳《ひとみ》から再び涙がこぼれ落ちた。

「聞きたくない。リュウ、あなたもニコルといっしょよ。パパのもっているウエポンが欲しくて、わたしと仲よくしただけ」

「ちがうって」

「あっちへいって。顔も見たくない。話もしたくない」

「モニーク！」

モニークは両手で耳をおおった。そして立ちあがると、僕を見おろした。

「わたしがあっちにいくよ。もう日本語喋《しゃべ》らないから、話しかけないで」

「モニーク、頼むから――」

とりつくしまもなかった。涙を流しながらモニークはいってしまった。リビングとの境のドアが閉まった。

僕は息を吐いた。失敗だった。やはり話すべきじゃなかった。

閉じたドアの向こうから、かすかにすすり泣くモニークの声が聞こえた。いてもたってもいられない。だがこんなときに何と話しかけようと、モニークが心を開いてくれるとは思えなかった。

天井を見上げた。ニコルに対する怒りがこみあげた。

畳の上に大の字になってひっくりかえった。きっとカメラやマイクは、天井のどこかにある。

「きっとおもしろがっていたのだろうね。あんな子を傷つけてまで、何が『神の教え』だよ。あんたたちの神様は、自分を信じない人間には何をしてもいいと教えているのかい。そんな神様なんて、ファック・ユーだね」

中指を立ててやった。

少しすると、玄関のドアが開く音がした。二人の〝花婿〟を連れたニコルが和室の入口に立った。おっかない顔をしている。

「神を冒瀆《ぼうとく》する言葉は許さない」

ニコルが告げると、花婿たちが襲いかかってきた。ひとりが僕を抱えおこし、うしろから羽交い締めにした。やにわにパンチが僕の腹につき刺さった。腹筋を固めたが、それでもずっしりくる重い拳《こぶし》だった。

二発喰《く》らい、僕が息を吐くのを待ってさらに二発。息が止まり、膝《ひざ》が砕けた。うしろにいた花婿が手を離すと、僕は畳の上に崩れ、咳《せ》きこんだ。

「あやまちは常にお前の側にある。それを神の責任にするなど、もってのほかだ。今度、神を冒瀆するようなことをいったら、その舌を切りとってやる」

ニコルはいって、立ち去っていった。荒々しく和室のドアが閉まった。

くやしくて情けなかった。ニコルの部下にいいように小突き回され、何の仕返しもできない。しかもモニークには誤解されたままだ。

僕は畳に顔を伏せた。くやしいのと痛いので涙がにじんでいたからだった。

18

それから一時間か二時間がたった頃、和室のドアが開いた。窓がすっかりおおわれているので、日が暮れたかどうかもわからない。

モニークの白い手が、コンビニの袋をそっと畳の上におき、またドアの向こうに消えた。中身はサンドイッチと缶コーヒーだった。

ようやく痛みがおさまり、僕はモニークが最初そうしていたように、壁にもたれかかってぼんやりしていた。

頭の中では、どうやったら脱出できるか、そればかりを考えている。

梅本とポポフのあいだでは、さすがにもう連絡がついているだろう。ポポフからロドノフのもとにも知らせがいっているかもしれない。

僕がさらわれたことを、親父はもう気づいただろうか。「麻呂宇」をでてから三時間以上がたち、その間連絡がつかないわけだから気づいていておかしくはない。

だがさらったのがチャンで、ニコルのもとにいるとは、さすがに思わないだろう。

ニコルはニコルで、僕をいざというときの取引の材料にするためには、それを教えるような真似はしない筈《はず》だ。モニークは小型核爆弾を手に入れるため、僕は日本の警察からの追及をかわすために、使われる。

すでに一度僕をさらって自白剤を射ったニコルは、親父の背後に日本の国家権力があることを知っている。

問題はポポフと梅本のでかただった。ロドノフと連絡がとれれば、なぜモニークがさらわれたのかという問題につきあたらないわけがない。

待てよ。

ポポフは、モーリスとも知り合いだったといった。モーリスはロドノフに化けるにあたって、当然それなりの変装はしたろう。整形手術だってうけたかもしれない。だが、古い知り合いでKGBのエージェントでもあったポポフの目までごまかすことができたのだろうか。

それは難しいのではないか。何年会っていなかろうと、整形手術をうけていようと、ポポフはロドノフに会えば、それがモーリスだと気づいたにちがいない。

すると、ポポフはモーリスが生きていたのを知っていたことになる。知った上で、ロドノフとしてつきあっていたのだ。

梅本はどうだろうか。

梅本に関しては答は微妙だ。だがもし知っていたら、親父にいっしょに小型核爆弾を捜そうともちかけはしなかったろう。

爆弾のありかは、ロドノフ＝モーリスに訊《き》けばすむ。

ではポポフはなぜそれをしなかったのか。

ポポフはそれほど金に困ってもおらず、あえて扱いの難しい核爆弾に手をだす気はなかった——。

いや、それも変だ。もしそうなら、親父と梅本の話にのってくるわけがない。現に、今回の仕事のため、必要な人材を確保しようと、動き回っているのはポポフだ。

それではやはり知らなかったのか。ロドノフ＝モーリスという事実を。

わからなくなってきた。ポポフは決してただのお人好《よ》しじゃない。元KGBで、ロシアマフィアともつながりのある、危険な人物だ。そんな人間が、大金にかわる核兵器のありかを知っている者がすぐ近くにいるとわかりながら、見すごしてきたのも変だ。何か、まだ僕や親父にも見えていない事情があるにちがいない。

それが何なのか、もしかするとニコルは知っているのだろうか。

僕は天井をにらんだ。古い蛍光灯がぶらさがり、部屋の中を照らしだしている。

脱出のチャンスは、モニークと小型核爆弾を交換する取引のときまでやってこないのか。ニコルの言葉では、僕もモニークも、解放する気はなさそうだ。

というか、たとえ解放しても、入手した爆弾を、この東京で爆発させる気でいるのだ。そんなことになったら、解放されても意味はない。

ニコルが「聖人《セイント》」という、狂信的な宗教テロリスト集団のメンバーであることは、僕にもわかってきた。

かつて「六月の獅子」を騙《かた》り、モーリスから核爆弾を買いとろうとしたのも、ニコルたちなのだ。

おそらく、そのままニコルは爆弾をイスラム世界のどこかで爆発させ、混乱と内紛をひきおこそうとしていたのだろう。

それに失敗し、「七年目の正直」で、今度は日本をターゲットにしている。宣教師時代、よほど嫌な目にあったにちがいない。その恨みをはらそうというわけだ。

僕はぞっとした。今までは、核爆弾がどこにあるのかということばかりを考えてきたが、もしロドノフがニコルとの取引に応じて爆弾をひき渡したらとんでもないことになる。

この東京で核爆弾が破裂したら、何万、いや何十、何百万という人が命を落とす。

それがありえないとは断言できないのだ。

何とかモニークを連れて、ここを脱出しなければ。

親父や島津さんに連絡をとる方法はないのか。

僕はいてもたってもいられなくなってきた。

監視されていてもかまわない。立ちあがって、窓ぎわにいった。

窓をおおっているのはベニヤ板だった。それを壁に釘《くぎ》で打ちつけてある。打ちつけた部分は別の板ぎれをはさんで補強していた。

乱暴だが、そういう作業に慣れている人間の仕事だとわかった。素手ではとうていはがせそうにない。

ベニヤに思いきり体当たりをすれば、反対側の窓ガラスを割ることはできるかもしれない。ただ問題は、そうしても、割れたガラスが周囲の住人の注意を惹《ひ》くかどうかわからないという点だった。

ガラスを割り、大声をたてれば、あるていどは伝わる可能性がある。ただ、そんなに叫びつづける時間は与えられないだろう。ベニヤに体当たりを始めた時点で、花婿軍団がやってくるのは見えている。

僕はその場を離れた。和室をでて、リビングにいく。リビングには、膝《ひざ》をかかえたモニークがいた。ぼんやり足もとを見つめている。

はっとしたように顔をあげたが、何もいわない。その頬に涙の跡を見つけ、僕は胸が痛くなった。殴られた腹より、よっぽど痛む。

なんでこんなに純粋な子が、核爆弾をめぐる取引の材料なんかにされなければならないのか。

モニークは無言で顔を伏せた。そのかたわらには、さっき彼女がそっと差し入れたのと同じ缶コーヒーとサンドイッチがある。どちらも手をつけたようすはなかった。

僕は唇をかんだ。彼女の父親であるモーリスにも腹が立った。

今は何をいってもしかたがない。悲しいけれど、誤解をとくより、脱出が先だ。僕は黙って、リビングの窓ぎわに歩みよった。

そこも和室と同じで、ベニヤ板が打ちつけられていた。窓の大きさは和室より、サッシ一枚分大きい感じだ。体当たりするなら、こちらの方が効果的だろう。

つづいて玄関に向かった。

玄関の手前に扉があり、開くと、トイレ、バスルームとつながった洗面所だった。バスルームの窓は廊下に面していて、ワイヤー入りのすりガラスだ。

これを叩《たた》き割ったら、廊下にでられるだろうか。

僕はしばらくそれを見つめて考えていた。窓の大きさは五十センチ四方で、斜めに手前側に倒れるしかけだ。

僕は無理だけど、モニークなら何とか抜けられるかもしれない。

問題はバスルームや洗面所に、カメラやマイクがしかけられているかどうかだ。

それを確かめる方法はひとつしかない。

「お前らの神様はクソだ！」

バスルームの中に立ち、いってやった。

「ついでにあんたたちもクソだ。昔、東京でもてなかった腹いせをしたいだけなんだろう。案外、ニコルは変態だったりして」

洗面所をでて、リビングに戻った。ずっとバスルームにこもっていたら、怪しまれる可能性がある。

しばらく待ったが、僕を痛めつける花婿軍団は現われなかった。

「――どうしたの」

不意にモニークがいった。僕はびっくりしてモニークを見た。モニークは心配そうに僕を見あげている。

「何でもない。ちょっとお腹が痛くなっただけ。殴られたから」

モニークは目をみひらいた。

「リュウ――」

「大丈夫」

僕の胸はもっと痛くなった。傷つけてしまった上に嘘をついて、モニークを心配させている。やっと話しかけてくれたというのに。

モニークは無言で頷《うなず》き、再び足もとに目を向けた。

僕はいったん和室に戻ることにした。

とにかくモニークひとりでも脱出させれば、取引をぶち壊すことができる。核爆弾がニコルの手に渡るのだけは防がなければならない。

問題は、モニークを脱出させるタイミングだった。今のところ、廊下やマンションの駐車場で見張りを見てはいないが、出入口には人を配置している筈《はず》だ。

たとえバスルームから廊下にでて、エレベータや非常階段で一階に降りたとしても、そこで見張りにつかまってしまえばおしまいだ。

それにモニークを逃したことを知れば、ニコルは怒り狂って僕を殺すかもしれない。それもごめんだ。

バスルームからモニークを逃すのは、最終手段ということになりそうだった。

考えていると、玄関の扉が開く音がした。ニコルが花婿二人をしたがえて入ってきた。

僕はどきりとした。やはりさっきの「クソ発言」は聞こえていたのだろうか。

だがそうではなかった。ニコルは僕のいる和室には目もくれず、モニークの前に立って英語でいった。

「モニーク、お前のパパに聞かせるメッセージを吹きこんでもらいたい。この文章の通りに読むんだ」

メモ用紙と、マイクロレコーダーをもっている。

モニークは無言でメモをうけとった。

「これを聞けば、お前のパパはきっとお前を迎えにきてくれる」

「あなたたちはそれでかわりに何を得るの？　核兵器？」

ニコルは笑みを浮かべた。

「お前には関係がない。大丈夫だ、お前もお前のパパも、それで傷つく心配はない」

モニークは息を吐いた。

「嫌よ。リュウから話を聞いた。人殺しの道具の取引の材料になんてされたくない」

ニコルは僕をふりかえった。

花婿二人が動いた。和室に入ってくると、僕をひきずりだした。

「協力してくれないのなら、この少年を痛めつける。もう二度と歩けないくらい」

パンチがきた。軽いフックだったが、わき腹に入って、僕は思わず呻《うめ》いた。

「この調子で殴りつづければ、この少年の内臓はミンチになる」

「やめて！」

モニークが叫んだ。

「なぜ、リュウを傷つけるの。いじめるならわたしをいじめればいい」

ニコルは笑みを大きくした。

「お前をいじめるわけにはいかないんだ。パパを怒らせたくないのでね」

「パパと連絡がとれたの⁉」

ニコルは頷いた。

「一時間後に、国際電話がかかってくることになっている。ここではないがな。そこでお前の声を聞かせるつもりだ。たぶん、パパは大急ぎで日本にやってくるだろう」

ポポフが連絡を仲介したようだ。

モニークはニコルを見つめた。

「早くパパのもとに帰りたいだろう。こんな腐《くさ》った国にいてもいいことは何もない」

「わたしはこの国の人が好きよ」

いって、モニークは僕を見た。両目に涙がたまっていた。

「リュウのことだって、嫌いになれない」

「だったらなおのこと、それを読むんだ」

「モニーク――」

いいかけた僕の頰に両側から指がくいこんだ。花婿のひとりが大きな手でワシづかみしたのだ。

「冒瀆《ぼうとく》者は黙っていろ」

ニコルが日本語でいった。

「わかった」

モニークはメモに目を落とした。ニコルはレコーダーをつきだした。

「よけいなことはいっさいいうな。その文章だけ、読むんだ」

「お父さん」

モニークは英語でいった。

「わたしは元気です。今、いっしょにいる人たちは、お父さんが七年前に取引を中断した相手です。その人たちは取引の再開を願っています。お父さんが七年前に約束した品物を届けなければ、わたしは殺されます。お願いです。品物を渡して下さい。モニーク」

ニコルはレコーダーを止めた。

「上できだ。これを聞けば、お前のパパは大急ぎで日本にやってくるだろう。そして約束を守りさえすれば、お前は自由になる」

「リュウは？　リュウもいっしょに自由にしてくれるの」

ニコルは頷いた。

「考えておこう」

花婿に顎《あご》をしゃくった。僕は自由になった。ニコルは日本語で告げた。

「おそらく明日中には、お前のパパは日本にやってくる。早ければ、明後日にはお前はここをでていける筈だ。それまではおとなしくしていろ。姦淫《かんいん》は許さない。この部屋は監視しているからな。すればお前たち二人は、ただちに地獄におちる」

三人はでていった。玄関の扉が閉まり、外からガチャリという音がした。

僕は玄関にとんでいった。チェーンロックがとり外され、シリンダー錠を回転させるつまみが抜かれている。外からしか錠前を動かせない仕組だ。

「リュウ、何をしてるの」

今がチャンスだった。監視カメラがあるとしても、見ているのはニコルではない人物で、日本語がわからない可能性があるし、うまくすれば誰も見ていないかもしれない。

「モニーク、こっちへ」

僕は彼女を手招きし、洗面所にひっぱりこんだ。

「何をするの」

モニークは目をみひらき、いった。

「カンインじゃないよ。もちろん意味なんてわからないと思うけど。それより、バスルームの窓を見て」

僕は指さした。

「いよいよ危くなったら、僕があのガラスを破る。そうしたら、君はトイレにいくふりをしてあそこから逃げるんだ」

「えっ」

「黙って聞いて。この建物の出入口にはきっと見張りがいる。だから一度地下まで降りて、駐車場から外に出るんだ。見つからないように」

「そんなこと……」

「もちろん今すぐやるわけじゃない。だけどそのときがきたら合図するから」

「リュウは逃げないの」

「もしあそこからでられるようならいっしょに逃げる」

モニークは僕の腕をつかんだ。

「いっしょじゃなけりゃ駄目」

とりあえず僕は頷いた。

「それから親父にここのことを知らせてほしいんだ」

「どうすればいいの。わたしの携帯はない」

周囲を見回した。電話番号をメモできるものなどない。

いっこあった。洗面所の流し台に固形セッケンがおかれている。まだ新しい。

それを手にとり、爪で番号を刻んだ。

「この番号だ」

「リョースケがでるのね」

モニークは見つめ、口の中で番号をつぶやいた。ロシア語だった。それを白ズボンのポケットにしまった。

「でも、リュウもいっしょよ」

「戻ろう。ずっとここにいたら怪しまれる」

僕はモニークの体を押しやった。

リビングに戻ると、モニークは僕を見つめた。

「リュウ。さっきはひどいことをいってごめんなさい。考えたら、悪いのは全部、わたしのパパよ」

「そうかもしれないし、そうじゃないかもしれない。でもモニークは何も悪くない。それだけはまちがいない」

モニークは唇をかみ、首をふった。

「わたしはわからない。今まで自由に生きてきたから、それがまちがっていたのかもしれない」

「そんなことはない」

僕はモニークの手を握った。手を握るくらいなら姦淫じゃない。

「他の人に嫌な思いさえさせなければ、誰だって自由に生きる権利はある。ニコルのように、自分の信じる神様を、世界のすべてに押しつけようとする方がまちがっている」

モニークは頷《うなず》いた。

「僕は初めてモニークを見たとき、びっくりした。君がすごく輝いていたから。幸せそうで、とてもきれいだった」

「リュウ――」

「まさか君が、今度のことに関係しているなんて、最初はまるで思わなかったんだ。それだけは信じてほしい。君を傷つけるなんて、これっぽっちも考えていなかった」

モニークは小さく頷いた。僕は唾《つば》を飲み、いった。

「モニークのことは大好きなんだ。本当だ」

「嬉《うれ》しい」

モニークは両腕で僕をひきよせた。

「それ以上は駄目」

今にもキスしようとするので、僕は急いでいった。なんてことだ。最高のシチュエーションなのに。

「なぜ？」

モニークは悲しそうに僕の目をのぞきこんだ。

「この部屋にはカメラやマイクがあって、僕と君が仲よくすると、あのニコルがヤキモチを焼く」

くすっとモニークは笑った。

「まるでケンイチみたい」

「本当にそうだね。だけどケンイチのヤキモチよりニコルのヤキモチの方が恐いよ」

モニークは頷いた。僕たちはリビングの床に腰をおろした。

「パパは日本にやってくると思う？」

モニークは缶コーヒーを手にとり、栓《せん》を開けていった。僕はモニークを見返し、頷いた。

「きっとくる。モニークのパパは、モニークのことをすごく大事にしている」

「どうしてそんなことがわかるの？　リュウはパパに会ったことがあるの」

モニークは不思議そうに訊《たず》ねた。

「会ったことはないよ。でも君のパパは、一度ママと別れて、またいっしょになった。名前も、たぶん顔もかえていたけど。つまりそれだけモニークのそばにいたかったんだ」

モニークは小さく首をふった。

「わたしは、パパが本当のパパだなんて、考えたこともなかったよ。本当のパパとは、小さなときに別れて、ほとんど何も思い出がないから」

「それはいくつくらいのとき？」

「一歳くらい。別れたのはママのせいだったって聞いた。ママはパパの仕事が嫌いで、それで別れたの。でもどんな仕事だったのか、ママは教えてくれなかった。リュウやニコルの話を聞いてわかったよ。ママは人殺しの道具を売るパパが嫌だったのだと思う」

「でもまた、パパといっしょになったんだよね」

僕は、モーリスとポポフの関係をめぐる〝謎〟を少しでも解きたくて、モニークにいった。

「それはわたしは知らなかったから。まったく新しい、ママの恋人だと思っていた。でも、パパは本当のパパのようにわたしに優しくしてくれた。初めて会った日、パパはわたしに、『今日からは私のことを本当のパパだと思いなさい』って、いったの。そのときパパは泣いていた。なぜ泣くのかわからなかったけど、今はわかる」

僕は頷き、そっとモニークの手を握った。モニークは小さく握り返してきた。

「それはいつのこと?」

「五年前。パパはそれまで、仕事が忙しくて誰とも結婚したことがなかったって、わたしにいったわ。ママはそばにいたけど黙ってた。でもパパは確かに、わたしに昔の自分のことを話してくれたことはない。そのくせ、わたしの小さなときのことを知っていて、びっくりした。ママから聞いたっていっていたけれど」

子煩悩《こぼんのう》の武器商人を想像するのは難しかった。だがどんな人間にも家族はいる。そして職業と家族関係はまるで別のものだ。

家族を大事にするマフィアの話を、映画では何度も僕は見ている。

「モニークのパパは事情があって、七年前に姿をくらました。そしてしばらくたってから、君のところに戻ってきたのだろう。でも離れている間もずっと、モニークのことを心配していたんだよ」

「でも、なぜなの? なぜ、戻ってきたの」

「それは僕もわからない。ママのこともすごく好きで、忘れられなかったのかもしれないし」

モニークは宙を見つめた。

「そういえば……パパは大きな怪我をしたことがあるっていってた」

「怪我？」

モニークは頷いた。

「パパと初めて会った頃、パパのことをいろいろ訊《き》いたの。そうしたらパパは、わたしの質問にこう答えたわ。『すまない、モニーク。パパはひどい事故にあったせいで、自分でも忘れてしまったことがたくさんあるんだ』」

「事故で忘れた？」

モニークは宙を見つめたまま頷いた。

「そのときは、いろいろ訊いちゃいけないって意味なのかと思った。でもあとでママも同じことをいったの。パパは二年前に怪我をして、長い間入院していた。そのときに、怪我をする前のことを忘れてしまったのよって。でも変よね。それが本当なら、わたしのことだってママのことだって、忘れてしまっている筈《はず》よ」

僕は考えた。

「一部分だけ忘れてしまったのかな」

「そんなことあるの？」

「人は、ひどいショックをうけるようなできごとがあると、その前後のことを忘れてしまうというのを聞いたことはある。一種の記憶喪失なのだろうけど」

「キオクソーシツ？」

「えっと、だから忘れてしまうこと。自分の名前や、どこで生まれて育ったとか、家族のことも、ショックで忘れてしまうんだ。ただモニークのパパの場合は、そういうのではなくて、ある一定の時間のあいだに起こったことだけを忘れてしまったのかもしれない」

「それがパパとママがいっしょになる二年前なのね」

僕は気づいた。モニークとパパが会ったのが五年前、その二年前ということは、モーリスが東京で行方不明になった、七年前と時期が一致する。

モーリスは、一時的な記憶喪失におちいっていたのだろうか。

それは今までの人生すべてを忘れるようなものではなかったが、東京での取引をはさんだ何日間、あるいは何ヵ月間かの記憶を失ってしまうものだったのかもしれない。

モーリスが姿を消し、その後さっぱりと行方がつかめなくなったのも、それなら説明できる。

七年前、何かがモーリスの身に起こった。当時モーリスは、自分が偽の「六月の獅子」との取引に巻きこまれたのを知り、強い危機感をもっていた。姿を消すために、すりかえたDNAデータを使うことを計画し、実際、アシスタントのフォンと入れかわった。だがその後で、何か予想外のできごとが起こり、怪我を負った。その結果、東京で自分がしていたことをすっかり忘れてしまったのではないだろうか。

だがもしそうなら、ニコルたちにあっさりつかまらなかったのはなぜだ。記憶を失えば、当然、自分の危機的状況に対する自覚もなくす。そうなれば、取引を続行したいニコルたちにつかまらないでいられる筈はない。

「パパはそのとき、ミスターポポフに助けられたんだっていっていた。怪我をしているパパのことを入院させて、治療がうけられるようにしてくれたのは、ミスターポポフだって……」

それだ。モーリスはポポフにかくまわれていたのだ。だからニコルたちにつかまらなかった。

何のためにポポフがかくまったかといえば、理由はひとつしかない。モーリスがどこかに隠した核爆弾だ。

にもかかわらず、それから五年たった今も、ポポフは核爆弾の行方を捜している。

つまり――。

僕は思わず声をだしていた。

「そんな……」

「どうしたの」

モニークがびっくりしたように僕を見た。僕はあわてて首をふった。

「いや、別に……大丈夫。何でもない」

モーリスは核爆弾の隠し場所を忘れてしまったのだ。それで、ポポフは今も捜している。

よくテレビドラマで、記憶喪失になった患者に医師が、「無理に思いだそうとしてはいけません。いずれ何かのきっかけで思いだすことがあります」と、いっている。患者はそういうとき、たいてい、ひどい頭痛が、などといって頭をかきむしったりするものだ。

あれが真実なら、ポポフもモーリスに無理に思いださせるのをあきらめ、時期がくるのを待っている、というわけだ。

モーリスを助け、面倒をみていた理由も、それで納得がいく。モーリスを「ビジネス・パートナー」としてそばにおいていれば、いつか記憶をとり戻したときは、核爆弾を手に入れられるように働きかけられる。

親父の出現は予想外だったが、「使える」と踏んだのだろう。モーリスの記憶の回復を待たなくとも、もしかしたら核爆弾を発見できるかもしれないと考えたのだ。

そこでモーリス＝ロドノフという事実を親父には隠し、何喰《く》わぬ顔で、手を組むことにした。

つじつまはいろいろ合ってくる。問題は梅本までもがそれらを知っていたかどうかだが、ふだんポポフは日本にいないのだから、誰か情報を収集しつづける人間が必要になる。おそらく梅本も知っていたのだろう。

ケンイチはもちろん知らなかったにちがいない。

ポポフと梅本は、モーリスが記憶をとり戻すのを待っていた。「港倶楽部21」の跡地たろう。

「モーリスの死体」が見つかったのは、記憶をとり戻させる大きな材料になると思ったろう。

で「モーリスの死体」が見つかったことで、さまざまな連中が動きだすきっかけになった。七年の間、封印されていた記憶がよみがえるかもしれないと思ったポポフと梅本、モーリスが生きているとわかり、もう一度核爆弾を入手しようと考えたニコルと「聖人《セイント》」、そして七年前に組織名を騙《かた》られて以来、その〝犯人〟を追っていた「六月の獅子」の生き残り、さらには中国情報機関や、内部の裏切り者であるチャンまでもがうごめきだしたというわけだ。

すべてはモーリスが失われた記憶をとり戻せるかどうかにかかっているのだ。

考えがそこにいたって、霧が晴れたようにすっきりした気分になると同時に、僕はどきっとした。

モーリスは、まだ思いだしていない。そしてニコルはモーリスの〝記憶喪失〟を知らない。つまり、モニークを人質にした取引は、決して成立しない。

成立を願っていたわけではない。成立してしまったら、この東京でキノコ雲があがる。しかし成立しなかったら、逆上したニコルは、モニークと僕を殺すだろう。

「まずい」

僕はつぶやいた。ニコルとモーリスが国際電話で話し、モーリスが真実を告げたとしても、ニコルは決してそれを信じない。おそらく、モーリスが時間稼ぎをしているのだと思いこんで、モーリスを追いこむ方法をとるだろう。すぐには殺さないにせよ、モニークの泣き叫ぶ声を聞かせるとか、そういう手を使うにちがいないのだ。

ぼやぼやしている場合ではなかった。最終手段を早くもとらなければならなくなってしまった。

「どうしたの、リュウ」

「またお腹が痛くなってきた」

「えっ」

「大丈夫。じっとしていれば治ると思うから。そっちの部屋で少し横になるよ」

僕は答えて、和室に入った。和室にいったのは、コンビニの袋に入った缶コーヒーをとるためだ。

中身入りの缶はそれなりの重さがある。浴室の窓ガラスを割る道具にしようと、喉《のど》が渇いても我慢していたのだ。

「リュウ……」

不安げにのぞいたモニークに、僕は壁によりかかり、首をふった。

「平気。ちょっとの間だけ、こうして横になっているから」

モニークは本当に心配していた。でもこれを芝居だと教えるわけにはいかない。今はとりあえず、心の中でゴメンネをして、僕は胃をおさえて歯をくいしばってみせた。

モニークは僕の横にきて、ぺたんと腰を落とした。

「どうしよう。ドクターを呼んでくれないかしら」

「そんなにやさしい連中じゃないよ。少し横になっていれば治るって」

僕は演技をつづけた。缶コーヒーは手に握っている。

「飲む？　それ」

モニークが訊《たず》ね、僕は首をふった。

「いや、あとで。トイレにいってくる」

立ちあがった。どこからか僕らを写している監視カメラを意識し、お腹をおさえて体を折りながら歩く。

「待ってて。もしどうしても苦しくなったら呼ぶから」

僕がいうと、モニークは目をみひらいたまま頷《うなず》いた。

腹にあてた手の中の缶コーヒーはスティール缶で、けっこう固く、重さもある。

洗面所に入り、扉を閉めた。浴室の窓ガラスに歩みよった。

窓は内側に倒れるが、最大で二十センチくらいの巾《はば》しか動かない。そこから出入りするのはとうてい無理だ。

僕はＴシャツを脱ぎ、ガラスにかぶせた。少しでも砕ける音が響かないようにするためだ。

それから缶コーヒーを叩《たた》きつけた。思ったほど大きな音はせずにガラスは砕けた。だが中のワイヤーが意外に頑丈《がんじょう》だった。とりあえず先にガラスを割ることにして、缶コーヒーを叩きつけつづけた。

ときおりTシャツをめくりあげ、破片をとり外す。ワイヤーも何度か叩きつけているうちにちぎれる部分があらわれた。

十分もかからないうちに、ガラスはすべて砕けた。切れたワイヤーにつながった破片は、窓枠からぶら下がっているが、何とかモニークが脱けだせるていどの穴を開けることはできた。

廊下に見張りはいなかった。すっとんでくる気配のないことがそれを証明している。細かな破片をとりのぞき、一歩さがってようすを見た。モニークはこれで大丈夫だ。

だが僕は——。

残念ながら無理だ。いくら僕がスリムな今どきの高校生だって、この窓枠を抜けて、廊下にでることはできない。

唇をかんだ。しかたがない。まずモニークを逃がし、別の脱出法を捜すのだ。

「——モニーク」

洗面所のドアを開け、モニークを呼んだ。モニークが不安げな表情でやってくる。

「リュウ、お腹、まだ痛い？」

僕は人さし指を唇にあてた。モニークの腕をつかみ、洗面所にひっぱりこむ。

「モニーク、ここから外にでるんだ。そしてさっきいった通り、駐車場から逃げて、僕の親父に知らせてほしい」

　モニークは驚いたように穴の開いた窓枠と、風呂場《ふろば》の床に散らばった破片を見た。

「リュウは？　いっしょじゃないの？」

　僕は首をふった。

「残念だけど、僕はこの窓からじゃでられない。モニークだけでも逃げろ」

「でも――」

　いいかけたモニークの肩をつかみ、その唇を唇で塞《ふさ》いだ。唇を離すと、モニークは僕を抱きしめた。

「君が逃げなけりゃ、僕も助からない。お願いだ」

　耳もとでいった。

「――わかった」

　モニークは頷いた。

「リュウのためにがんばる」

　僕は頷き返した。

「でも絶対つかまらないように注意して。さっきのセッケンはある？」

　モニークは白ズボンの上からポケットをおさえた。

「わたし、足、速いよ。追っかけられたら、走って逃げるね」

「そう。で、どこかお店を見つけたら、すぐ飛びこんで、助けて、というんだ。ポリスでもかまわない」

「わかった」

僕はモニークの腰を抱いた。中腰でもちあげると、簡単にモニークの頭は窓枠をくぐり抜けた。

「誰もいない？」

「大丈夫、誰もいない」

首だけを動かして左右を見たモニークは答えた。

「よしっ、さっ」

僕はモニークの肩をおしだした。少しひっかかったが、身をよじると、あっさり抜けた。モニークは体をくの字に折って両手を下に向け、窓枠から上半身を垂らしている。モニークの両足首をつかみ、僕は立ちあがった。まっすぐそろえた足を窓からだすと成功だった。モニークは廊下にでていた。

立ちあがったモニークに訊ねた。

「ドアに鍵《かぎ》がささってない？」

モニークは玄関のドアを見やり、首をふった。

「ないよ」

そこまで甘くはなかった。やはり僕は閉じこめられたままだ。

「じゃ、いくんだ。急いで。エレベータは使っちゃ駄目だよ」

僕は爪先立《つまさき》ちして、窓枠の内側から告げた。廊下に立つモニークは泣きそうな顔で僕を見返した。

廊下には、ほこりで白くよごれたガラスがはまっている。その向こうは暗くなっていた。

「リュウ……」

僕は頷いてみせた。

モニークは走りだした。見える限り、その背を、窓枠から見つめた。一度立ちどまりふりかえったモニークに、掌《てのひら》でいけいけ、と合図を送った。

モニークは非常階段を降りていった。

僕はほっとため息をついた。だがいつまでもこうしてはいられない。監視カメラに誰も映らなければ怪しまれるだけだ。

僕は風呂場の床から、いざというときに備え、大きめのガラスの破片を拾うとポケットにしまった。

リビングに戻る。壁ぎわにすわりこんで、缶コーヒーの栓を開いた。一気に半分ほど流しこんだ。ぬるくなっていたが、味は上々だった。

「ごめんね、ずっとトイレを独占しちゃって。ゆっくりしていていいからね」

マイクに聞こえるよう、わざといった。

あとはどれだけ時間を稼げるかだ。カメラに映るのがいつまでも僕だけであることに、花婿軍団が気づくまでの勝負だ。

五分、いやせめて十分は時間を稼がなければならない。

もしモニークがいないと気づかれたら、僕はすぐに殺されてしまうだろうか。

いや、そんなことはない筈《はず》だ。花婿軍団は、統率《とうそつ》はとれているが、そのぶん頭はあまり使わないと見た。つまり、ニコルが戻ってくるまでは、勝手に僕を処刑したりしないだろう。

モニークさえつかまらなければ、救出の目は充分にある。

僕は缶コーヒーを手に、室内をうろつき回ることにした。

「そうなんだよ」

ときどき、会話を交しているふりをする。

「嫌になっちゃうよね」

「君のパパしだいさ」

本当は僕のパパしだいだけど、と思いながら。

「だから、日本史より世界史の方が大変なんだ」

意味不明。でもこの際だから、好き勝手いうことにする。

「トーダイはさ、学部によってはオーケーだと思う。ワセダ、ケーオー？　楽勝でしょう」

いってみたかったんだ、これを。

「でも場合によっちゃ、ハーバードかケンブリッジって手もあるよね。UCLA？　いやあ、カリフォルニアは僕には合いすぎちゃって、きっと勉強どころじゃないな。ははは」

ベランダのサッシをおおったベニヤ板によりかかった。中央あたりは、わずかにたわむ。思いきり体をぶつければ、向こう側のガラスを割ることができそうだ。

「問題はさ、国家権力が僕を欲しがっているってことなんだよね。大学なんかいかないで、早くお国のために働いてほしいっていうんだ。どう思う？　今さら親子二代で公務員ていうのもね。もっとも親父は、年金の受給資格すらとらないうちにやめちゃったのだけど……」

和室に入った。こっちのベニヤの方が頑丈だった。

「もちろん学歴がすべてってわけじゃない。実際の話、それこそ公務員でも志望しない限り、トーダイがどうしたって感じだし。キャリアとかにはなりたいと思わないよね。学校の先生の親戚《しんせき》で、せっかくキャリアになったのに、落ちこぼれちゃったおじさんが新宿警察にいるらしいんだ。要領悪いよね。もっとも、要領いい奴が、すいすい渡っていける世の中なんてどうかと思うけど——」

不意に玄関のドアが開いた。ふりかえると、ニコルが立っていた。花婿二人を従え、僕を見つめている。ずいぶん早いお帰りだ。

「モニークのパパとは話せたの」

「モニークはどこだ？」

リビングに入ってきたニコルは訊ねた。

「トイレ」

花婿のひとりが洗面所の方角に体の向きをかえたので、

「あ、あ」

と僕はいった。

「女の子のトイレをのぞくのは、いくらなんでも失礼でしょう。彼女、ショックでお腹を壊しちゃったみたいなんだよね」

「腹が痛いといっていたのは、お前だろう」

僕は肩をすくめた。

「あれだけ殴られたら。今でも痛いよ」

「モーリスは、明日の昼には東京に着く」

ニコルはいった。

「じゃあ、モニークを解放してくれるわけ？」

ニコルは首をふった。

「そうはいかない。七年で東京の地形がかわり、隠しておいた爆弾が見つかるかどうか、自信がないと奴はいった。時間稼ぎをする気かもしれん。爆弾が手に入るまでは、モニークとお前は解放しない」

「どのみち、僕らも爆弾で殺す気なんだろう」

ニコルはにやりと笑った。

「お前にはもっと早く死んでもらうことにする。モーリスによぶんな話をされちゃ困るんだ」

ニコルは花婿をふりかえり、英語で命じた。

「トイレを見てこい。ノックすればいい」

僕はなにげなくポケットに手をつっこんだ。ガラスの破片を握りしめる。素手よりはマシだ。

叫び声がした。花婿が戻ってきて、ニコルを呼ぶ。

僕は玄関を見た。ドアの前には別の花婿が、とおせんぼをするように腕を組んで立ちはだかっている。

のぞきにいった洗面所からニコルがとびだしてきた。血相をかえている。

「モニークを逃がしたな⁉」

「待った！　大事な話があるんだ。モーリスと会っても爆弾は手に入らない」

「シャラップ！　モニークはいつ逃げた」

ニコルが上着の内側から拳銃《けんじゅう》をひき抜いた。グロックだった。そして花婿たちに、周辺を急いで捜せ、と命じた。

玄関にいた花婿が外に駆けだした。別の階にいる「聖人《セイント》」の仲間を呼びにいったようだ。花婿ファッションから、SWATファッションに早がわりというわけだ。

ニコルは僕の額にグロックの狙いをつけた。

「今すぐ、モニークがいつ逃げたか答えろ。さもないと射殺する」

引き金に指がかかっていた。

「十分前。モーリスは記憶喪失だ」

口の中が一気に干上がった。

「何？」

ニコルが訊《き》き返した。

「七年前、モーリスは記憶喪失になったんだ。そこまで調べなかったの？　だから爆弾をどこに隠したか、忘れている」

グロックの銃口がわずかにそれた。

「本当か」

「じゃなけりゃ、いつまでも爆弾を売らないでいた説明がつかない」

ニコルはわずかに息を吸いこんだ。

「モーリスをいくら威《おど》しても、記憶が戻らない限り、爆弾は手に入らない。モーリスは娘が心配だから、日本にくるだけだ」

ニコルは無言で僕を見つめていた。

「もちろん、あんたにはそんなことをいわなかったろうけれど。いったらモニークを殺されるから」

ニコルは銃口を下げた。

「ルーカス！」

トイレをのぞきにいった花婿が進みでた。

「この建物から避難する」

「イエス！　サー」

ルーカスは、さっき僕の頬をワシづかみにした白人の大男だった。ニコルは大またで和室からでていった。

僕はほっと息を吐いた。

「ルーカス！」

玄関のドアを開き、ニコルが呼んだ。僕に詰めよっていたルーカスがふりかえった。

「私は先にここをでる。ここはチームアルファに任せて、お前はその少年とハウスBにこい！」

「イエス！　サー」

ドアを開けたまま、ニコルは足早に去った。

ルーカスは、身長が百九十センチ近く、体重は百キロ近い大男だった。こんな大男に合う白装束《しろしょうぞく》を、日本で見つけられたのだろうか。

「カモン、ボーイ」

ルーカスは唸《うな》るようにいった。

「ノー。アイ・ドント・ライク・ユー」

ルーカスはにやりと笑った。冗談が通じるみたいだ。

「アイ・ライク・ユー」

嬉《うれ》しくない。

丸太のような腕がのびてきた。僕はポケットからとりだしたガラスの破片でその手に切りつけた。

「ファック！」

ルーカスが叫び声をあげた。とっさにそのかたわらをくぐって、外へ駆けだした。ルーカスが追ってくる。

玄関のドアを閉めた。ルーカスがドアに体当たりし、古いマンション全体が揺れるような衝撃があった。

僕は階段めがけ走った。このチャンスを逃したら、まちがいなくニコルに殺される。

非常階段にさしかかると、上の階から降りてくる足音がした。ふり仰いだ。武装したSWATもどきの一団だった。

「ユー！」

先頭の男と目が合い、そいつが叫んだ。だがその目が動いた。ドンドン、という大きな響きが、僕らの閉じこめられていた部屋の扉の反対側でしたからだった。

僕は階段を走り降りた。こうなったら地下に回っても意味がない。

閉じこめられていた部屋は五階だった。階段を猛スピードで走り降り、一階のロビーにでた。ちょうど建物の前から、ニコルの乗りこんだワゴンが発進するところだった。

僕は玄関に向け、細長いロビーを走った。

かたわらを走り抜けたとき、エレベータが開いた。ルーカスとSWATもどきがなだれでてくる。ルーカスの顔は怒りでまっ赤だった。

「ファック・ユー！」

ルーカスの怒鳴り声がして、正面のガラス扉が砕け散った。僕は思わず立ち止まった。

ルーカスが銃を手にして、僕を狙っていた。

ルーカスの手にあるのは、H&Kのサブマシンガンだった。SWATもどきから借りうけたらしい。握った右手から、血が滴《したた》っている。

「戻ってこい」

ルーカスは僕に狙いをすえたままいった。僕の目の前にあった、マンションのガラス扉は粉々に砕けていた。僕を足止めしようと、ルーカスが乱射したのだ。

「今すぐだ！」

ルーカスは目を細め、命じた。僕は唇をかんだ。散らばったガラス片の先に、自由がある。ちらりとふりかえると、人けはないが、白金の住宅地が見えていた。

「さもなきゃ、お前はここで死ぬんだ」

ルーカスがいった。僕はルーカスの方を向いたまま、じりじりと後退した。ルーカスが首をふった。その指がトリガーにかかった。

パン！ という銃声がして、僕は首をすくめた。だが撃たれたのは僕ではなかった。ルーカスががくんと首をふり、その額に赤い穴が開いているのが見えた。直後、

「跳べ！ リュウ！」

叫び声がした。

僕は砕けたガラス扉に向かってジャンプした。銃声がした。両手を前につきだし、顎《あご》をひきつけた体勢でガラス扉に開いた穴をくぐり抜ける。玄関の階段が迫ってきた。とっさに体を丸めた。両手と肩に衝撃を感じ、何かが降りそそいだ。勢いのついた僕の体は階段を転がり落ちた。背中と腰を打ち、息が止まった。そのまま前転をつづけ、階段の下まで一気に落ちる。

「痛《い》ってえ……」

思わず呻《うめ》き声が洩《も》れた。立とうとするといきなり制服の大男たちが走りよってきた。またSWATもどきだ。だが体に力が入らない。結局、つかまってしまうのか。

そう思ったが、ようすがおかしかった。走りよってきたSWATもどきたちは、防弾チョッキをかぶせた、ジュラルミン製の盾をもっていて、それで僕の周囲を囲んだのだ。別のSWATもどき二人が盾の陰で僕の体を抱え、走りだす。

あっというまに僕はマンションの玄関前から十メートルほど離れた車の陰に連れこま

れた。

「催涙弾《さいるいだん》、撃て！」

号令がかかった。シュポッという音がして、マンションのガラス扉の内側に筒型のものが撃ちこまれた。白煙を吹きだしている。

「大丈夫か、リュウ君」

声にふりかえると、島津さんがいた。防弾チョッキを着けている。

「島津さん！」

僕はいって、マンションをふりかえった。マンションのロビーは催涙ガスが充満していた。

誰かがいきなり僕の顔に何かをかぶせようとする。ふりむくと、ガスマスクを着けた、見覚えのある顔がいた。親父だった。ガスマスクを僕にかぶせようとしているのだ。猛烈に喉《のど》にしみる匂いが漂ってきて、僕はあわててマスクをかぶった。

「怪我はないか」

くぐもった声で親父は訊《たず》ねた。

「何とか。どこにも穴、開いてない？」

「見たところ、血はでてない。だがガラスの破片をかぶっているから、髪や洋服にさわるな――」

頷《うなず》いたとき、銃声がして、僕は身をすくめた。親父はしゃがんだままジャケットの上に着ていた防弾チョッキを脱いだ。

「着て、体を低くしていろ」

僕は防弾チョッキに腕を通した。

そこは、装甲バスと覆面パトカーで作られた安全地帯だった。周囲に銃をかまえたSWATもどき、じゃなくて本物のSWATがいる。日本ではSATとかいう筈《はず》だ。

ハンドスピーカをもったSATの隊員が叫んだ。

「銃を捨て、でてきなさい。抵抗する場合は射殺する」

「英語じゃなきゃ駄目。中にいるのは、外国人だから」

僕は叫んだ。

島津さんが体を低くしたまま、そのSATの隊員に走りより、ハンドスピーカをうけとった。英語で同じ通告をした。

僕は地面に手をつき、盾となっている車の陰から向こうをのぞいた。

マンションのロビーはガスで満たされていた。そこに強力なライトが浴びせられ、人影が動き回っている。激しく咳《せ》きこむ声もした。

やがて両手をあげた人影が、ガシャガシャとガラス片を踏みながら、ロビーから現われた。SWATもどきたちだ。

「何だ、あいつら……。どこかの軍隊か」

SATのおじさんがあきれたようにつぶやいた。かまえているのは、さっきルーカスが僕に向けたのと同じ、H&Kのサブマシンガンだった。

「特殊部隊同様の訓練をうけている。完全に武装解除するまで油断するな」

島津さんがいった。

マンションをでてきた男たちは、次々と外の地面に腹ばいになり、頭のうしろで両手を組むよう、命じられた。

最後のひとりがでてくるのを待って、マスクを着けたSATの隊員がロビー内に突入した。やがて、島津さんが手にした無線機から、

「一階、クリア」

「エレベータ内、クリア」

という声が流れでた。隊員はじょじょに上にあがっていき、最上階の六階まで、誰も残っていないことが確認された。

その頃は、ガスもすっかり抜けていた。僕はガスマスクを外し、ほっと息を吐いた。助かったのだ。

19

白金のマンションで捕まった「聖人《セイント》」のメンバーは、全部で六名だった。あと死者が一名。僕を撃とうとして射殺されたルーカスだ。ルーカスを撃ったのは、SATの狙撃《そげき》

隊員ではなく、島津さんであることを、僕はあとから知らされた。

島津さんは、責任は全部自分がとる、といって、隊員から狙撃用ライフルを借りたのだという。

逮捕された「聖人《セイント》」のメンバーは、警視庁に移送され取調をうけることになった。僕はその場から病院に連れていかれ、診察されたのち、警視庁へ。

「モニークは？」

僕は〝事情聴取〟のため入った警視庁の会議室で、島津さんに訊ねた。親父と、他の刑事さんも何人か同席している。

親父と島津さんは顔を見合わせた。

「姿を消した」

親父が答えた。

「えっ」

「モニークは脱出後、近くのコンビニエンスストアから俺の携帯に連絡をしてきた。状況を聞いたのち、店員にかわってもらい、場所を訊《き》いて島津に知らせた。あのマンションに複数の外国人が出入りしていることは、周辺で噂になっていて、すぐ建物は特定できたんだ。ただモニークは、そのコンビニで待っている筈だったが、俺が着いたときにはいなくなっていた。店員の携帯を借りて、別のところに電話をしたことがわかっている。その番号は、梅本の携帯だった。モニークは梅本に救いを求め、どこかで梅本と落ち合うことにしたようだ」

「梅本と弟のケンイチの所在が、現在わからなくなっている。梅本は、村月という秘書といっしょに『マックス』の事務所をでていったきりだ」

島津さんがいったので、僕はつぶやいた。

「モニークは父親を止める気なんだ。核爆弾がニコルの手に渡るのを防ぐために」

「ニコルが避難した『ハウスB』というのがどこにあるのか、逮捕した『聖人《セイント》』のメンバーに対する取調がおこなわれていますが、具体的な場所を知っていたのは、どうやら死亡したルーカスだけだったようです。ルーカスは、『聖人《セイント》』の中で、ニコルの右腕的役割を果していたとの情報があります。現在、公安部を通して、FBIに、『聖人《セイント》』に関する資料を要求しています」

同席していた刑事さんのひとりがいった。

「モニークの父親と核爆弾のあいだにどんな関係があるんだ」

親父が僕を見やった。

「聞いてびっくりだと思うけど、ロドノフの本名はモーリス、しかもモニークの本当の父親なんだ」

さすがの親父も目を丸くした。

「何だと――」

「それは本当か、リュウ君」

島津さんもいった。僕は頷いた。

「ニコルから聞きました。七年前、『六月の獅子』を騙《かた》ってモーリスから核爆弾を買いつけようとしたのがニコルでした。ところが偽者だとわかったモーリスはヤバいとみて逃げだした。モーリスはそんな緊急事態に備えて、ICPOに登録された自分のDNAとアシスタントのフォンのDNAをすり替えさせておいたんです。そうだ！　フェイレイさんに連絡をとらなけりゃ」

「フェイレイに？　何のためだ」

親父が訊いた。

「すり替えたのは、中国安全部のチャン。あいつは当時ICPOに出向していて、買収されたんです。しかも今はニコルにも買収されていて、そのすり替え工作のことを教えました。だからニコルはモニークを誘拐したんです。取引の材料に使えるから」

「待ってくれ、リュウ君。『港倶楽部21』の跡地で見つかった死体がモーリスのものでなかったのなら、なぜ奴は七年間も行方をくらませていたんだ。問題の核爆弾を処分もせずに」

島津さんが訊ねた。親父が携帯電話をとりだし、耳にあてながら僕にいった。

「答えろ、リュウ」

「モーリスは記憶喪失におちいっているんです。ただしそれは部分的なもので、自分自身やモニークについてなどは、忘れていないようなんです。モーリスが忘れたのはずばり、この日本のどこかに隠した核爆弾のありかです」

「何だって――」

島津さんはぽかんと口を開いた。

「モニークかニコルがそういったのかね」

「いえ。モニークと話していてわかったんです。モーリスのお母さんで、モーリスの妻だったアレクサンドラも、モニークにそういったそうです。事故にあって、記憶を失くしている、と。モーリスは今、日本に向かっていて、明日の昼には、東京に着きます。ニコルが呼び寄せたんです。モニークと核爆弾をひきかえようと」

「モニークは脱出した。取引に応じる必要はない」

「でもそれはまだモーリスには伝わっていないでしょう。モーリスは娘をとり返そうと、ニコルに嘘をついたようです。隠し場所を忘れたのではなくて、東京の地形がかわってしまって、見つけられるかどうか、自信がない、と」

「東京にあるのか⁉」

島津さんと刑事さんたちが異口同音に叫んだ。

「フェイレイ、俺だ、冴木だ。今すぐ話がしたい」

親父が電話に告げた。

「この伝言を聞いたら、いつでもいい。俺に連絡をくれ。ただし、チャンには気をつけろ。意味はわかる筈《はず》だ」

親父はいって、電話を切った。

「留守電だった」

「もしかすると、フェイレイは殺されているかもしれない」

僕はいった。

「中国に知らせてもいいが、CIAとちがって、安全部は、日本の内調を敵視している。まともに受けとめるかどうか」

島津さんはつぶやいた。

「とりあえず、待とう」

親父がいった。

「リュウ、モーリスは結局、最初のカミさんと再婚したということか」

「そう。ロドノフと名前をかえてね。〝失踪《しっそう》〟してからのモーリスの面倒をみたのはポポフだよ。ポポフは、モーリスが記憶喪失になって、爆弾の隠し場所を忘れてしまったと知り、思いだすのを待つことにしたみたい。今回の事件は、いいきっかけになると考えて、兵隊を集めているようだし」

「ポポフの目的も核爆弾というわけか」

島津さんが訊《たず》ねた。

「売ればでかい金になる。七年くらい面倒をみたって、釣りがくるだろう。ニコルの目的は何なんだ」

「もとは中東のどこかで使うつもりだったらしいのだけど、今は日本人憎しの一念にこりかたまってる。核爆弾を手に入れたら、東京で爆発させてやるとすごんでいた」

「何？」

「東京壊滅」

「えらいことだ……」

刑事さんがつぶやいた。

「大丈夫だ。ニコルは核爆弾を入手できない。理由はふたつ。ひとつは、モニークがすでにニコルのもとを脱出していること。ふたつ目は、モーリス自身が爆弾のありかを知らないことだ。リュウの説を信じるなら」

親父がいった。僕は頷《うなず》いたが、いった。

「でも、ニコルは、モーリスが何時の便で東京にくるかわかっている。もしニコルがモーリスをインターセプトして、がっつんがっつん拷問にかけ、その弾みでモーリスが思いだしちゃったりなんかしたら――」

「すぐ空港に人を配置しろ。モーリスの人台と一致する入国者を全員、チェックだ。それにFBIから『聖人《セイント》』のデータが届きしだい残っているメンバーの写真を空港警察に配備させろ」

島津さんが刑事さんに命じた。

「マンションから車がでていくのを、俺たちは確認していた。だが乗っているのが白人と運転手だけだったので、あえて泳がせることにした。お前の救出が先だった」

いった親父に、僕は訊ねた。

「尾行もつけなかったの？」

「もしつけて勘づかれたら、お前を殺される危険があった。島津は、お前のために奴を見逃したんだ」

僕は首をふった。

「そうか。ごめんなさい、島津さん」

「いや、君が命がけで情報を集めてくれたおかげで、我々はモーリスと爆弾を押さえることができるかもしれない」

島津さんはいってくれた。

「問題は、ポポフと梅本の動きだ。今頃は、モニークから状況を聞いている。奴らも核爆弾を入手しようと動く筈だ」

親父は僕を見つめた。

「モーリスは、東京にきて、隠し場所を思いだせるだろうか」

「わからないよ」

僕は答えた。

「そんなの、モーリスじゃなけりゃわからないに決まってる」

「それもそうだ。だが警察がモーリスを押さえたとしよう。奴は、思いだしても、思いだしたというかな」

「いうわけない。いえば当然爆弾はとられちゃうし、下手すりゃ自分は刑務所いきだもの」

「だよな」

親父は島津さんを見た。

「何を考えてるんだ、冴木」

島津さんは眉《まゆ》をひそめた。

「最初にお前がたてた計画と似たようなことだ」

「最初の計画って？」

僕は島津さんを見た。島津さんは黙った。

「そうだろ？　お前はモーリスの〝遺産〟が東京に実在するとは本当は思っていなかった。狙いは、〝遺産〟目あてに集まってくる、有象無象《うぞうむぞう》だったのじゃないか」

「気づいていたか」

「それってどういうこと？」

僕は訊ねた。親父がいった。

「俺がかわりに解説してやろう。モーリスは七年前に行方をくらまし、その後消息が不明になった。商売を考えれば、当然死んだものだと誰もが思う。だが死体すら見つからない以上、当時モーリスが所持していた筈の核爆弾も発見するのは難しい。まあ、核爆弾なんてのは、入手するのは困難にせよ、この世界にはまだいくつもある。消えたモーリスと核爆弾のことを、裏の世界の人間は忘れかけていた――」

「そこから先は、私が話す」

島津さんが口を開いた。僕は首を回した。

「『港倶楽部21』の跡地から見つかった人骨がDNA鑑定の結果、ICPOに登録されていたモーリスのものと一致した。そこで我々はある作戦を立てた」

「我々？」

「この作戦にはCIAの日本駐在員も加わっている。多発するテロへの対策の一環として、テロリストへの武器供給を断つという課題がある。資金や人員をもっていても、戦闘に使う武器がなければ、テロは容易ではない。彼らに武器を提供するのは、モーリスのような死の商人たちだ。兵器メーカーとテロリストのあいだに立ち、売り先を偽ってメーカーから購入した武器を売りつける。悪質な連中は、それがテロに使用されるとわかっていて、銃や爆薬を仲買いするのだ」

「モーリスのように？」

島津さんは頷いた。親父がいった。

「そういう奴らは当然、各国の警察や情報機関に目をつけられている。だから巧妙に地下に潜り、麻薬シンジケートやテロネットワークと結託《けったく》して、容易には姿を現わさん。だがそんな連中でも、あるとわかれば、目の色をかえて欲しがる代物がある」

「核爆弾ね」

親父は頷いた。

「モーリスの死体が見つかったと公になれば、核爆弾もどこかにある筈だということになり、そういう奴らはいっせいに動きだす。CIAからの通告をうけた各国の司法機関は、空港や港に網を張り、これまで地下に潜って気配を消していた死の商人どもをつかまえるというわけだ」

「スペインとイタリア、ブラジルとアルゼンチンで、これまでに四人の大物武器商人が逮捕された。彼らは全員、第三国経由で、日本に向かおうとしていた。また我々は、成《なり》田《た》でも、二名をすでに逮捕した。モーリスの遺骨と鍵《かぎ》の発見が広まり、武器商人が地下から這《は》いだす材料になったわけだ」

「つまり、罠《わな》？」

「彼ら武器商人にとっては」

「じゃ、全部嘘だったの？」

「いや。『港倶楽部21』で、モーリスのDNAと一致する人骨が発見されたのは事実だ。ただし鍵はこちらが用意した材料だ。核爆弾が実在し、東京に隠されていると信じさせるための――」

「俺はそんなことだろうと思っていた。狙いは核爆弾そのものじゃなく、そいつを欲しがって集まってくる、武器商人どもだとな」

親父はいった。

「だから最初から乗り気じゃなかったのさ。こいつはただのお先棒だと気づいたからだ。なのにお前は、裏口入学のチャンスだと思い、つっ走った。俺としちゃ、お前のそのやる気に水をさすわけにもいかず、つきあったってわけだ」

大人ってズルい。

「それってひどくない？」

「すまなかった、隆くん」

島津さんはいった。

「我々は、核爆弾は実在しないものと考えていたのだ。七年ものあいだ、見つからなければ、誰でもそう思う。モーリスが生きていたら当然売却したろうし、殺されたのなら殺した人間の手に渡った筈《はず》だ。だがこの七年間、そういう情報はなかった。情報がなければ、実在しないと考える」

『ネッシー』みたいなものだ。ネス湖に怪獣がいるらしいと思っていても、目撃情報が何年もなければ、人はその存在を忘れる。だが、見たという奴が現われれば、またどっと集まってくるのさ」

「ところがフェイレイさんが現われて、状況がかわった？」

「その通りだ。核爆弾がロシアから中国に渡り、その後行方がわからなくなった本物であると知って、我々もスタンスをかえざるをえなくなった。だがそれでも、この日本に存在するとは、思ってもみなかった。隆くんの話を聞いて、考えを改めざるをえないようだ……」

ヒョウタンから駒、嘘からでたマコトって奴。

「怪物見たぞっ、いるぞ、いるぞって騒いでたら、本当に怪物が現われたってわけ？」

「まさにそうだ。自衛隊に協力を要請して、放射能検知装置を都内で走らせる」

「待てよ。それで簡単に見つかればいいが、もし見つからなかったらどうする？」

親父が訊《たず》ねた。

「モーリスを空港で押さえれば――」

「記憶喪失でか？」

島津さんは口をつぐんだ。

「記憶喪失てのは、厄介な代物だ。自分の名前やら仕事まで、何もかも忘れちまう場合もあれば、今回のモーリスのようにある部分だけをすっぽり忘れちまう、ということもある。えらく都合がいいようだが、俺の経験では、実際にこの、一部の記憶だけが抜け落ちてしまうというケースの方が多い」

「そうなの？」

疑いのマナザシの僕。

「ああ。たとえばひどい事故や犯罪に巻きこまれると、人間はその瞬間のことを忘れちまう。あとから思いだそうとしても、思いだせなかったりする。それは、心の中にある一種の安全装置が働いているんだという医者もいる」

　怪しいけど、説得力はある。

「モーリスもそのケースだと？」

　島津さんがいった。

「アシスタントのフォンが死んでいる。モーリスが殺したのかもしれんが、別の可能性もないとはいえない。七年前、フォンが死んだ、そのときその場所で、何かが起こり、モーリスは記憶喪失におちいった。あるいはフォンに反撃され、負傷したのがきっかけだったのかもしれん」

「怪我をして入院をしていたのは確かみたい」

　と僕。

「問題は、こうした一部の記憶喪失の場合、失われていた記憶が戻ったかどうかは、本人がそう認めない限りは、確かめようがないという点だ。名前やら何やらを全部忘れてしまっている奴に記憶が戻れば、テストをすることで回復を確かめられる。だが、ある一部分だけとなると、テストも難しい」

「確かにそうだ。モーリスの身柄を押さえても、奴が思いだせないといいはる限り、爆弾は回収できない」

「これがアメリカなら、司法取引という手もあるが、日本ではそれも使えない」

「だったら――」

島津さんはいいかけ、親父の考えに気づいたように顔をこわばらせた。

「駄目だ、その手は使えない。危険すぎる」

「どのみちないものだと信じていたのだろ。やってみればいいだろう」

「無茶をいうな。もしモーリスの確保に失敗して、ニコルが核爆弾を入手したらどうなる？　東京は壊滅するのだぞ」

「何をいっているわけ？」

僕はいった。親父は僕をふりかえった。

「簡単なことだ。モーリスをわざと泳がせ、ポポフと合流させるか、ニコルの手に落とす。いずれにしても警察につかまるよりは、爆弾の隠し場所を思いだしやすくなる。そして爆弾の回収に向かったところを押さえる」

「それってやっぱり、無茶な気がする」

島津さんでなくともそう思う。

「ニコルの手にさえ渡らなければ、この東京で爆発を起こされる心配はない。ポポフは、モーリスが爆弾の隠し場所を思いだししだい、それを国外にもちだそうとするだろう」

親父はいった。

「ポポフについては情報が集まっている。元ＫＧＢで、今はモスクワに本社をおく貿易会社の社長をしている。だがそれは表向きの顔で、裏では麻薬や軍の横流し物資の売買をおこなっている疑いがもたれている。ＫＧＢ時代のコネで、ロシア政府、特に内務省に太いパイプをもっているとのことだ」

島津さんが厳しい表情でいった。

「つまりはマフィアだろう。奴は、爆弾の回収に備えて、兵隊を確保しに東京を離れていた。北海道や日本海側の都市には、ロシアマフィアがかなり入りこんでいる。そいつらをかき集めて戻ってくる筈だ。おそらくその中には、核兵器の扱いに慣れた、元軍人も混じっているのだろう」

親父がいうと、島津さんは首をふった。

「だったら尚《なお》さら駄目だ。ロシアマフィアに核爆弾を渡すことなどできない」

「CIAの許可がでないか」

親父はからかうようにいった。

「冴木!」

「島津、武器商人の一網打尽《いちもうだじん》とやらで、CIAの下請けをやらされるのは、俺もしかたがないと思う。あの連中とうまくやっていかなけりゃ、片目片耳を塞《ふさ》がれちまうからな。だが、核爆弾が隠されているのは、この日本なんだ。考えてもみろ。爆弾がもちだされ、アメリカを対象にしたテロに使用されるくらいなら、ずっとこの日本に埋めておくことをCIAは選ぶだろう。だがその核爆弾は、こうしている間も放射能をまき散らし、そして地震か何かがあれば、ドカンとこないとも限らないんだ。アメリカのいう通りに動いていたら、そうなりかねないぞ。第一、今の日本の法律じゃ、フォンの殺害でも実証できない限り、モーリスを刑務所にぶちこむのは不可能だ。奴が知らぬ存ぜぬ、思いださないで通したら、空港で身柄を押さえても、結局は釈放せざるをえない。どうする？　モーリスが思いだした爆弾の在りかをポポフに教えたら、いつどこで爆弾を奴の手下が回収したとしても、お前たちにはつきとめようがない」

「わかっている。わかっているが、それはやはり危険すぎる」

親父は島津さんと見つめあった。二人とも無言だ。

やがて親父がいった。

「そうか。そういうことなら、もう俺たち親子の出番はない。モーリスを空港でひっかけるのも、ニコルやポポフの居場所を炙《あぶ》りだすのも、警察の仕事だからな。帰ろう、リュウ」

僕は親父と島津さんの顔を見比べた。親父は平然としているが、島津さんは何か重く固い塊《かたまり》でも呑《の》みこんだような表情を浮かべている。

「わかったよ、父ちゃん。島津さん、助けてくれてありがとうございました。もし島津さんがルーカスを撃たなけりゃ、僕はきっと殺されていました」

立ちあがり、僕はぺこりと頭を下げた。

「東大への推薦入学の件は忘れて下さってけっこうです」

「隆くん……」

いって、島津さんは咳《せき》ばらいした。

「麻呂宇」の警備は、人員を増やすよう手配した。逃走したニコルが報復に現われないとも限らない」

「奴がもし核爆弾を入手したら、そんな心配も無用だ。東京ごと『麻呂宇』を灰にできるのだからな」

「全力を挙げて、ニコルの行方を追う」

島津さんはいって、僕を見た。

「隆くん、あのときもし私がルーカスを撃たなければ、冴木が撃っていたろう。射撃の腕は、私より冴木の方が上だ。ただ、今は民間人の冴木にライフルを貸すわけにいかなかっただけで」

僕は黙って頷《うなず》いた。親父がいった。

「島津、最近のお前は、どんどん役人くさくなってきているぞ。このままじゃ、うちがお前の下請けを断わる日も近い」

「――そうかもしれん」

島津さんは低い声でいった。

「だが、今はそうする他ないんだ。政治家が今までは考えもしなかった『危機管理』をうるさくいうようになり、省庁の権益だけしか頭にない奴らが、やたら永田町《ながたちょう》に恩を売ろうとしている。こっちの進言も、そいつらのおべんちゃらも、政治家の耳には同じような言葉にしか聞こえない」

親父はふん、と笑った。

「昔からだろ。テロリストの情報なんかより、対立候補のスキャンダルをもらった方が喜ぶような連中なんだ」

役人は役人で、つらい商売なのね。

20

広尾サンタテレサアパートに、僕と親父が戻ったのは、もう午前零時を回った時刻だった。

シャワーを交互に浴びた僕と親父は、リビングで向かいあい、缶ビールを手にした。

「とりあえず、おそなえものにされずによかったな、ニコルの神さまの」

親父はいって缶ビールを掲げ、僕らは乾杯した。

「でもなぜ、モニークは消えたのだろう」

僕はビールをひと口飲み、息を吐いた。

ロドノフが、本当の父親だと僕から知らされたのが、その理由ではないかという気はしている。

「モニークはショックをうけていたか」

親父の問いに僕は頷いた。

「ショックと嬉《うれ》しいのと両方で、複雑な気持だったと思うよ。実の父親が生きていたという喜び、だけどそれが死の商人で核爆弾を売り物にしていたというショック」

「モニークが自分の意思で姿を消したのだとすれば、実の父親とわかったロドノフに一日でも早く会いたいからだろうな。それにニコルの手が迫っていると知らせたかった」

親父はげっぷをし、いった。

「ロドノフはどうして、自分が実の父親、モーリスであると黙っていたのかな」

僕はつぶやいた。

「ニコルを始め、核爆弾をあきらめていない連中がいることを知っていた。しかもその隠し場所を自分は忘れている。モニークの口から自分の正体が他人に伝わるのを恐れたのだろうな。もし〝留学先〟の日本や他の外国でモニークがさらわれ、身代金がわりに核爆弾を要求されても、奴にはどうすることもできん」

「じゃあ武器商人の足は洗ったということ?」

「きのう今日、始められる商売じゃない。コネも必要だ。モーリスであった頃のコネを使えば、生きているとバレてしまう。足を洗っていたと考えるべきだろう」

「でもモニークは、ロドノフがガラの悪い連中とつきあっていたといったよ」

「武器以外でも、経験をいかした商売が奴にはできる。ドラッグや人身売買だってあるんだ」

「やっぱり、尊敬できる父ちゃんとはいかないわけね」

親父はちょっと間をおいた。

「ビジネスの中身と家族思いは別だ。仕事では、何十人という人間を平然と死に追いやりながら、娘の結婚式では身も世もなく泣いた男を俺は見たことがある」

「当然といえば当然かもね。裏切りと人殺しばかりの商売をしていたら、信用できるのは家族だけって気分にもなるよ」

「お前も大人になってきたな」

「進路に悩み、家族も信用できないとあっちゃ、大人になる他ないでしょう」

親父はにやりと笑った。

「俺の教育方針はまちがってなかったってことだ」

「島津さんの本当の狙いがわからず、父ちゃんを巻きこんだのはあやまるよ。でも依頼のとき、なぜそうといってくれなかったの」

「お前があまりに乗り気だったからな。それにCIAに恩を売りたい国家権力としちゃ、千載一遇《せんざいいちぐう》のチャンスだった。島津をがっかりさせるのもかわいそうだと思った」

「意外に家族思い、友だち思いじゃん」

僕はからかうようにいった。

「俺より島津の方が人情家だ。お前と連絡がつかなくなり、さらわれたらしいとなったとき、奴はまっ青になった。今回の件もそうだ。失敗したときのリスクを考えると、奴はいつも慎重になりすぎる。俺は逆だった。だからやめて正解だったともいえるが」

「腕ききは父ちゃんの方だけど、やり口が非情だってこと？」

親父は煙草の煙を吹き上げた。

「人情家じゃつとまらんのが行商人の世界だ。だがあまりに非情だと、いずれ自分自身が嫌になる。信義を売りものにして、裏切りで儲《もう》けるというのが、真実の姿だ。儲けてばかりいる奴は、いつか殺される。他人か、自分に」

暗く、遠い目をしていった。

「じゃ、父ちゃんはやめて正解だったってことね」

「俺は今の生活が気にいっている。不良息子との二人三脚も悪かない。とはいえ、お前がどこか海外に留学するということになっても、泣く気はないがな。そうしたら、きれいなおねえちゃんとのんびり暮らすこともできる」

「理想を追って、トシだけ喰《く》っていくって生き方もあるよね」

缶ビールの空き缶が飛んできた。それをよけたとき、親父の携帯が鳴った。

画面を見た親父がいった。

「フェイレイだ――、もしもし、冴木だ」

親父は耳にあてた。

「どこにいる？　わかった。今からいく」

デスクから足をおろした。

「『マックス』にいるそうだ。いこう。バイクに乗せろ」

「あの、飲酒運転なんですけど」

「ビールひと缶で酔っぱらうような息子に育てた覚えはないぞ」

家族思いって発言、撤回。

「マックス」に着くと、僕と親父はダンスフロアに降りていった。当然ながら、ケンイチや村月の姿はない。思わず僕は、踊っている集団の中にモニークを捜していた。もちろんいる筈《はず》はない。

フェイレイは、ジーンズにスウェードのシャツというファッションで細長いテーブルにすわっていた。ナンパにいいよる兄ちゃんたちを、しっしと、手で追いはらっている。

「チャンはどうした？」

親父はいって、僕と二人でフェイレイをはさむように腰をおろした。

「連絡がつかなくなってる。白金の方で大きな事件があったみたいだけど、関係あるの？」

フェイレイは交互に僕と親父を見た。

「七年前、『六月の獅子』をかたってモーリスから核爆弾を入手しようとした連中の正体がわかった。『聖人《セイント》』という、キリスト教過激派のテロリストグループだ」

親父がいった。

「聞いたことある」

フェイレイは頷《うなず》き、ジントニックのグラスからひと口飲んだ。

「白スーツが好きな集団でしょ」

「チャンはそいつらに買収されていた」

フェイレイの顔が無表情になった。

「モニークを『聖人《セイント》』に誘拐させたのはチャンだ。その上チャンは、あることに気づいたリュウもさらって、『聖人《セイント》』の人質にさせた」

「あること？」

フェイレイは僕を見た。

「ICPOに保管されていた、モーリスのDNAは、アシスタントのフォンのものでした。モーリスに買収された当時のICPOの人間が、DNAのサンプルをすり替えたんです」

「チャンは以前、パリのICPO本部に出向していたことがあるわ」

「正解」

僕は頷いた。

「それを知らず、DNAがすり替えられた可能性があると、僕はチャンにいってしまったんです。ピストルをつきつけられ、白金までドライブする羽目になりました」

「あいつはあたしのソーコムとBMWを盗んだのよ。生かしておかない」

さらりといって、フェイレイはジントニックをもうひと口飲んだ。ライムの切れ端が刺さった、きれいなグラスだ。

「もともとチャンは、金に転ぶ体質だったのだろうな。昔はモーリス、今はニコルに買収されている。それがバレるのを恐れて、リュウを消そうとした」

「じゃ、本当のモーリスはどこにいるの？」

「びっくり、その二」

　僕はいった。

「モニークの父親、ロドノフがモーリスだ。モーリスは実の娘と暮らしたくて、離婚した女房と、ロドノフの偽名で再婚した」

　親父がいった。

「核爆弾はどこなの。結局、モーリスは七年前にどこかに売っていたということ？」

「びっくり、その三」

「モーリスは記憶喪失におちいっているらしい。七年前に何があったかまるで覚えておらず、その結果、爆弾をどこに隠したか、忘れてしまったんだ」

　フェイレイの口があんぐりと開いた。そのとき、ヒット曲がかかり、店内の客がいっせいにダンスフロアに移動した。

「ロドノフの正体がモーリスであるとチャンに知らされたニコルは、モニークを誘拐し、爆弾取引の材料にしようとした。モーリスはニコルからの連絡をうけ、今、東京に向かっている」

「じゃあ隠し場所を思いだしたわけ？」

「そいつはモーリスにしか答えられない」

フェイレイは唇をかんだ。しばらく考えていたが、口を開いた。

「モニークはどこ？」

「行方不明だ。リュウの機転で、『聖人《セイント》』の白金のアジトから脱出したが、直後、姿をくらました。梅本やポポフと行動を共にしているかもしれん」

「モニークは、ロドノフが実の父親であることをずっと知らされずにいたんです。モーリスとはほんの小さな頃に別れ、ほとんど記憶がなかった」

僕はいった。

「ニコルはつかまったの？」

「逃げている。モーリスが何時の便で成田に着くのか、知っているのはニコルだけだ。警察は、空港を監視下においた」

親父が答えた。

「ニコル、ポポフ、両方が、モーリスを警察より先につかまえようとしている」

「日本の警察は、モーリスを逮捕できる？」

「とりあえず、偽名をつかっていれば、旅券法違反でひっかけるだろう。だが否認されれば、爆弾のありかまで吐かすことはできん」

「だったら早い者勝ちね」

いったとき、フェイレイがさっと顔を上げた。正面をにらむ。

「よお、この野郎、久しぶりじゃねえか」

声が降ってきた。ピアス大好きのプッシャー、ジローがテーブルの向こう側に立ちはだかっていた。今日は用心棒の村月がいないので、入ることができたようだ。

「ナンパに用はないわ、あっちへいって」

フェイレイがいうと、ジローは目を丸くしてフェイレイを見た。

「何だ、ババア。こっちもお前になんか用はねえ。用があるのは——」

「ババア？」

フェイレイの目が吊《つ》り上がった。次の瞬間、テーブルの下から、フェイレイの足がジローの股間《こかん》を蹴《け》りあげた。ジローの革パンツの中心部にみごとに爪先《つまさき》がつき刺さる。

呻《うめ》き声をあげ、ジローが膝《ひざ》をついた。そのときだった。不意にテーブルにおかれたジントニックのグラスが砕け、僕らの背後にあった金属製のオブジェがビキン、という音をたてた。ふりかえると、黒い小さな穴が開き、周囲がめりこんでいる。

「危い！　撃たれているぞ」

親父が叫び、僕らは床に伏せた。音もなく、他のグラスや灰皿が砕け、木でできたテーブルの表面が爆《は》ぜた。

周囲にいる数人の客だけは、何ごとかというように見ているが、他は誰も気づいていない。皆、踊りに夢中だ。

「ソーコムよ」

フェイレイが床に伏せて囁《ささや》いた。まったく銃声がしなかったのは、そのせいだ。

「チャンか！　どこにいる？」

僕らは店内を見回した。ライトが明滅し、ひんぱんに色がかわるので、視界がひどく悪い。

再び銃弾が音もなく飛来し、オブジェがベキッと折れた。

「てめえ！」

叫び声をあげ、ジローが立ちあがった。顔をまっ赤にして、バタフライナイフをふりかざしている。

「ぶっ殺す」

僕にとびかかろうとした。伏せたまま、フェイレイがさっと足でその膝をなぎはらった。ジローは仰向《あおむ》けに倒れこんだ。

「ここにいたのじゃ危いわ。脱出しましょ」

ジローを無視して、フェイレイはいった。

「だが、今下手に動くと、他の客を巻き添えにする。チャンを捜すんだ」

親父が答え、首をあげた。そのすぐかたわらの床に銃弾が刺さった。カーペットがいきなり破片をとび散らせた。

僕はぞっとした。こんなに音のしない銃で撃たれるのは初めてだ。人ごみとサウンド、照明のせいで、狙撃者《そげき》がどこにいるのか、まったく見当がつかない。

「チャンはあたしたちの口を塞《ふさ》ぐ気なんだわ。あたしが死ねば、北京に裏切りが伝わる心配がない」

「ふざけやがって、このババア！　まずお前から刻んでやるっ」

再び起きあがったジローが金切り声をあげ、フェイレイに切りかかった。親父がその手首をつかみ、もつれあって床に転がった。さすがに周囲の女性客が悲鳴をあげた。

二人はぐるぐると回転し、ジローが上になった。親父に馬乗りになり、ナイフをふり上げた。

ビシッという音とともに、その額から血沫《ちしぶ》きがあがった。ジローの目が裏返った。銃弾が頭に命中したのだ。

「あそこだっ」

親父が死体の下じきになりながら、斜め上を指さした。

奥の壁ぎわに、照明用のテラスがあり、色つきのライトが並んでいる。その向こう側に黒っぽい人影があった。

親父にまたがったままのジローの体がびくん、と揺れた。銃弾がまた刺さったのだ。だが即死しているので、もう声もださない。

フェイレイが動く気配があり、僕の耳元でいきなり、三連射の激しい銃声が起こった。テラスに並んでいたライトが砕け散り、人影が身をひるがえした。バッグから抜きだした銃で、フェイレイが撃ち返したのだった。

今度こそ、店中で悲鳴があがった。どっと人波が出入口に殺到する。

チャンは、照明用テラスの裏側のカーテンの奥に姿を隠していた。親父がジローの死体を押しのけて、立ちあがった。ジローの血を上半身に浴びている。

「親父、大丈夫かよ」

「ああ。わざと奴を撃たせるようにもっていった。それでようやく見つけたんだ」

「あたしたちもここから逃げましょう」

フェイレイが拳銃《けんじゅう》をバッグにしまいながらいった。

「三ショットバーストのH&Kか。よく、そんなものをもち歩いているな」

親父があきれたようにいった。

「ソーコムをチャンにとられたからよ。VP70の改造型なの。さっ、いきましょう」

こともなげにフェイレイは答えた。

「あんたの銃の趣味が俺は恐いね」

僕らは出口に殺到し、押しあいへしあいする群衆を尻目《しりめ》に、店の奥へと向かった。梅本がふだんいたオフィスの先にも確か出入口があった筈《はず》だ。

「ちょっと待った」

そのオフィスの前にさしかかったときに、親父がいった。人けはない。

「またとないチャンスだ。ちょいとのぞいていこう」

オフィスのドアノブをつかんで回す。鍵《かぎ》がかかっていた。

「どいて」

フェイレイがドアの前にかがんだ。ショルダーバッグの中からリップグロスのチューブをとりだし、逆さにしてキャップを外すと、ピッキング用のキットが現われた。それを鍵穴にさしこむ。

ものの数秒でロックが解けた。

「さすが現役だ。いい腕をしてる」

僕らは梅本のオフィスに入りこんだ。デスクの上に梅本のノートパソコンがおかれていた。

「こいつをいただいていくとしよう。残念ながら俺たちじゃ調べられん」

「待ってよ。そっちがもっていったんじゃ、情報はこっちに入ってこないわ」

「ここに寄ろうといったのは俺だぜ」

「鍵を開けてあげたのは誰よ」

親父とフェイレイはにらみあった。まるでオモチャをとりあう子供。

「だったらとりあえずもっていって、安全な場所で見てみたら？」

僕はいった。二人は僕をふりかえった。

「あたしがもつわね」

フェイレイがいって、パソコンをバッグにつっこんだ。

「いきましょ」

僕ら三人はオフィスをでた。親父、僕、フェイレイの順で廊下を進む。非常用の出入口がその先の狭い階段の上にあった。

外の地上に立つと、パトカーのサイレンが建物の反対側から聞こえてきた。麻布署は目と鼻の先だ。

「どこにいくの」

「安心してこいつを開ける場所だな」

「竹虎さんのところは？」

「いい案だ」

パトカー以外にも、自転車や全力疾走で駆けつけてくるお巡りさんたちをやりすごし、僕らは竹虎さんの店に向かった。

「あら、いらっしゃあい」

入った瞬間、フェイレイがかたまった。

「ここは何？」

「見ての通り、ジャパニーズレストランさ。竹虎、奥は空いているか」

「お座敷？　空いてるわよ。そっちがいいの？」

「頼む。しばらくこなくていい」

「どうぞ」

店の奥についたてで仕切られた小さな座敷があり、客はいない。僕らはそこにあがった。店は竹虎さんだけだった。

親父が障子を閉めるのを待って、フェイレイが盗んできたパソコンをとりだした。電源を入れ、キィボードに触れる。

「ロックがかかってる。パスワードを入力しないと開かないわ」

「『マックス』」

「ちがう」

「ちがう」

「『ジョージ・ジョージ』」

「『港倶楽部21』」

「当たり」

親父は得意げに僕を見た。

「過去にこだわる奴は、いつかその過去に足もとをすくわれるという、いい例だ」

僕は肩をすくめた。

フェイレイはキィボードを叩《たた》き、画面をスクロールさせて、目を走らせている。

「何かあるか」

「人名ファイルを捜してるの。関係者の住所がないかと思って。あったわ。これよ」

僕と親父はのぞきこんだ。モニークの自宅住所が載っている。

「ポポフはあるか」

画面がスクロールした。

「これね。モスクワとパリの住所がある」

「他は？」

「これは何？　新潟県と北海道の住所がある。ポポフの日本側代理人事務所になっているわ」

親父が携帯電話をひっぱりだした。島津さんを呼びだす。

「島津、今からいう住所を調べてくれ。新潟県新潟市と、北海道稚内《わっかない》市だ――」

親父はコンピュータの画面に表示された住所を読みあげた。

「そうだ、頼む」

電話を切った。

「他には何かないか。別荘とか、いざというときの隠れ家にしそうな住所は」

フェイレイを見やっていった。

「今、やってる」

フェイレイはいって、キィボードの上で指を走らせた。

「ひとつある。ここは？　神奈川県三浦《みうら》市」

親父はのぞきこんだ。

「そこはマリーナとリゾートマンションがある施設だ」

「マリーナ。ヨットとかクルーザーをおく？」

僕は訊《たず》ねた。親父は頷《うなず》いた。

「クルーザーがあれば、いざというときの移動手段になる。さらに見つかっちゃヤバいものを隠しておくこともできる。バブルの頃土地成金が買い漁《あさ》ったクルーザーが一時、馬鹿みたいな値で売りだされたことがある。その手を一隻、梅本を通じてポポフが入手したのかもしれん」

「ここが一番の候補地ね」

フェイレイは腕時計を見た。

「今から車でどれくらいかかる？」

「この時間なら、一時間半くらいだろう」

「じゃ、いきましょ」

フェイレイはパソコンを閉じた。

「待てよ。そこが隠れ家なら、急いでいかなくとも、梅本たちは動かない。それにいるとしたら、連中だけじゃない」

「誰がいるの」

「ポポフは『聖人《セイント》』に対抗するため、助っ人を集めた筈だ」

親父の携帯が鳴った。ちらっと見て、

「島津だ」

といい、親父は耳にあてた。

「冴木だ。わかったのか」

島津さんの声が、横にいる僕の耳にも聞こえてきた。

「そのふたつの住所は、どちらも表向きはカタギの企業だが、実際は、指定広域暴力団、海輪会《うみわ》の現地事務所だ。海輪会は、ロシアからの密漁海産物をシノギにしているとの情報がある」

「密漁海産物？」

「禁止海域で獲《と》ったウニやカニなどだ。それを正規漁獲品と偽って輸入しているんだ。間にロシアマフィアが入っている疑いがある」

「なるほどね」

「海輪会の本部はもともと北関東だ。従来のシノギがきつくなり、ロシアマフィアと組んだというのが、組織対策四課の人間の話だ。もちろん、取引しているのは、ウニやカニだけじゃない。ロシア人のホステスやロシア製の銃器も扱っている」

「このふたつの住所がでてきたのは、梅本が使っていたパソコンだ。ポポフの日本側代理人となっていた」

「驚くにはあたらないな。たぶん、ロシア漁船団と海輪会との仲立ちをポポフがやっているのだろう。他に何か目ぼしい情報はあったか」

親父がそれに答えようとしたとき、

「いらっしゃいませ」

という竹虎さんの声が聞こえた。直後、ドシンという何か重いものが倒れる響きと、ガラスの砕ける音が障子の向こうからした。

親父がさっと障子戸をふりかえった。

「あとでまた連絡する」

小声でいって、親父は電話を切った。

「テーブルを立てて隠れろ」

親父が囁《ささや》いた。僕と親父は無言で座敷にあった重い木の座卓を起こし、障子と向かいあわせて、裏に入った。

障子の向こうで、わずかだが足音がした。竹虎さんの声はもう聞こえない。

座卓の厚みは二十センチほどもあって、よく磨きこまれている。僕らはその陰で息を殺した。

不意に障子にぷすぷすと穴が開き、座卓に銃弾がめりこんだ。十発近い弾丸が障子ごしに座敷の中に撃ちこまれる。

「チャンだわ！　なぜここがわかったの」

フェイレイがいって、バッグからＶＰ70を引き抜いた。直後、障子を蹴《け》倒し、チャンが座敷に躍りこんできた。

「それっ」

親父がいい、僕らは座卓をチャンめがけて押し倒した。チャンは目の前に立ちはだかった座卓に気づくと一瞬目を丸くした。自分に倒れかかってくる座卓を止めようと、左手をつきだす。だが座卓には、僕らが力をあわせてようやく、たてに起こせたほどの重さがある。片手では支えきれず、銃を握った右手も使って、やっと受けとめることができた。

両手が塞《ふさ》がったチャンにフェイレイがＶＰ70を向けた。

「――！」

フェイレイが中国語で叫び、ＶＰ70の引き金をひいた。チャンの胸に血沫《ちしぶ》きとともに三つの穴が開いた。

チャンの腕から力が抜けた。座卓の下敷きになるように、ゆっくりと仰向《あおむ》けに倒れこむ。大きな音をたて、死体と座卓が座敷の外の床で重なった。

座卓の下から、チャンの両手と両足の先だけがのぞき、やがてゆっくりと血が流れだす。

「裏切り者にはいいザマよ」

フェイレイが吐きだした。親父が座敷をでて、竹虎さんを呼んだ。

「竹虎」

返事はなかった。

カウンターに歩みより、一瞬目を閉じる親父が見えた。

「竹虎さん——」

僕は親父に近づき、息を呑《の》んだ。

カウンターの内側の狭い通路に竹虎さんが倒れていた。頭を撃ち抜かれて死んでいる。

「何てこった、くそ」

親父が吐きだし、フェイレイをふりかえった。

「フェイレイ、もちものを調べてみろ」

怪訝《けげん》そうな顔で見返したフェイレイは、バッグの中身を座敷にぶちまけ、唇をかんだ。五ミリ四方のプラスティック板から短いコードがつきでた発信器が転げでたからだった。

「お前さんのいく先を、そいつでチャンはつきとめていたんだ。竹虎を巻き添えにしちまった……」

「——ごめんなさい」

固い声でフェイレイがいった。

「あなたの友だちだったのね」

親父は息を吐いた。

「長居は無用だ。島津にあとを任せて、ここはずらかろう」

21

広尾サンタテレサアパートの部屋に戻ってきてからも、親父は言葉少なだった。

「奴には身寄りがいなかった。それがせめてもの救いだ」

苦い顔でつぶやいた。

「リョースケ、今回の件では、中国安全部は大きな借りを作ったわ。内部の裏切り者に気づけなかった」

フェイレイがいった。

夜明け前、島津さんがやってきた。さすがにひどく疲れた顔をしている。

「六本木は片づいたか」

「ああ。暴力団どうしの抗争ということにした。あの割烹《かっぽう》のマスターは、冴木の古い知り合いだったな」

「そうだ。司法解剖が終わったら知らせてくれ。葬式は俺がだす」

島津さんは頷《うなず》いた。

「フェイレイ」

親父がうながした。フェイレイはバッグから梅本のノートパソコンをとりだした。

「分析させよう」

島津さんがうけとり、いった。

「ポポフや梅本がロシアマフィアと組んでマネーロンダリングをやっていたのを立証する材料が見つかる筈《はず》だ」

親父がいった。

「三浦の件は？」

僕は訊《たず》ねた。

「三浦？」

島津さんが僕を見た。

「それに入っていた住所のひとつだ。マリーナにリゾートマンションが付属した施設だ。梅本たちが隠れ家にしている可能性がある」

「調べさせよう」

「待て」

親父が止めた。

「ニコルの行方はつきとめたのか」

島津さんは首をふった。

「白金でつかまえた連中を取調べているが、口が固い。ハウスBがどこなのか、吐かせるのは難しいようだ」

「もし三浦に人をやって、梅本やポポフをおさえられても、モーリスをニコルに奪われたら、事態は悪化するだけだ。ポポフらを泳がせる方が、モーリスには辿《たど》りつきやすくなる」

親父がいうと、島津さんは考えこんだ。

「考えてもみろ。一番危険なのは、核爆弾をニコルが手にいれた場合だ。ポポフや梅本が入手しても、奴らが考えるのは、金に換えることだけだ」

親父はいって、フェイレイを見た。

「中国政府はどうする？　もし核爆弾が見つかったら、日本政府に返還を要求するのか」

フェイレイは首をふった。

「まさか。中国政府は公的な立場では、すべての関係を否定する。もし核爆弾を見つけたら、それを爆発不能にして、あとは日本政府に任せよ、というのが、あたしに与えられている命令よ」

「空港周辺はすでに固めさせてある。ロドノフ名義の旅券所有者はもちろん、人相、風体が一致する来日外国人はすべてチェックする。同時に、ニコルがモーリスを拉致《らち》しようと試みるケースにも備え、SATを待機させている」

島津さんはいった。

「ニコルはアジトが警察に制圧されたことを知っている。のこのこ空港に姿を現わしはしないだろう。一方のモーリスは、娘のモニークがニコルのもとを脱出したことを、まだ知らない可能性もある。飛行中の旅客機には連絡がとれないからな。入国後、どちらが早くモーリスに接触するかで、モーリスの動きはかわってくる」

　親父がいった。

「ポポフたちの方が有利じゃない？　モーリスは入国したらすぐ、梅本やポポフに連絡をとるだろうから」

　僕がいうと、親父は首をふった。

「そうともいいきれん。モーリスがどの飛行機に乗って、何時に日本に到着するかを知っているのはニコルだけだ。ニコルがモーリスに、日本の〝協力者〟との一切の接触を禁じていたら、モーリスは耳を塞いでいるのと同じ状態だ」

「そんなことあるのかな」

「娘の命がかかっていれば、わからんぞ」

「でも、リュウの言葉通り、モーリスが記憶喪失で爆弾の隠し場所を覚えていないとすれば、単独でニコルの指示にしたがうのはとても危険だわ。たとえ禁じられていても、ポポフたちに連絡をとるのじゃない？」

　フェイレイがいった。

「とにかく、警察が空港でモーリスをおさえられなかった場合、ポポフらを拘束《こうそく》したら、モーリスとの糸が切れてしまう」

　親父は島津さんを見た。

「今はまだ、ポポフらを泳がせておくべきだ。それに梅本ケンイチを除けば、あとの人間を拘束する材料を警察はもっていないだろう」

島津さんは息を吐いた。

「わかった。監視だけつけて、三浦はさわらないでおく。だがポポフらがモーリスと秘《ひそ》かに連絡をとっていたらどうする」

親父は僕を見た。

「そのために俺たちがいる。リュウはモニークを脱出させたヒーローだ。リュウが三浦にいっても、邪険にはできんさ」

「まだ隆くんを使う気なのか⁉」

島津さんがあきれたようにいった。

「モーリスが爆弾の在りかを思いだしていた場合を考えてみろ。いっしょにいなければ確かめようがないんだ」

「そのことと隆くんにどんな関係がある」

「娘の命の恩人だ。リュウの話を聞いていると、モーリスはけっこう子煩悩《こぼんのう》のようだ。それは使える材料だ」

「あの、当人の意思の確認がないのですけれど……」

僕はいった。

「嫌か」

親父は僕を見た。

「嫌じゃないけど、娘のボーイフレンドって、たいてい父親に嫌われるものじゃない？」

「娘がいないからわからん」

とほほ。

「あたしの父親は、昔、ボーイフレンドを夕食に招待して、毒殺しようとしたことがあるわ。母親が気づいて止めたけど」

フェイレイがいったので、全員が驚いた。

「フェイレイさんのお父さんていったい……」

「別に。ふつうの公務員よ」

フェイレイは肩をすくめた。

「やるのか、やらないのか」

親父が僕を見た。

「わかったよ、やりますよ」

僕はいった。

「始めたのは僕ですから。最後までやらせていただきます」

「よし。俺とフェイレイは近くにいて、バックアップする」

「いっしょじゃないの？」

「ポポフが兵隊を集めているとしたら、いっしょじゃない方が何かと動きやすい。全員が兵隊におさえこまれたらアウトだろう」

フェイレイが目を丸くして、僕らを見比べた。

「あなたたち、本当の親子なの?」

「それは訊《き》かないで」

僕はいった。

翌日の昼、快晴の下、バイクで僕は三浦に向かった。少し離れて、親父とフェイレイの乗った車がついてくる。フェイレイのBMWは、六本木の路上に止められているのを、警察が発見した。キィはチャンの死体から押収されたのを、島津さんが返したのだった。パソコンにあった住所のリゾートマンションは、油壺《あぶらつぼ》と諸磯《もろいそ》のちょうど中間にあった。

「ミウラリゾートアンドヨットクラブ」という、長ったらしい名前がついている。

衣笠《きぬがさ》で横浜横須賀《よこすか》道路を降り、林の交差点まで直進すると、そこから南下した。このあたりは、女の子をうしろに乗っけて、わりと通ったルート。

立派な門構えの施設は、十階建のリゾートマンション二棟と、そのふたつにはさまれる形で海につきでたマリーナがある。

開いているゲートをバイクでくぐり、僕はマリーナの前でバイクを止めた。海に向かって、二本の堤防がつきで、その左右両側に、ヨットやクルーザーが係留されている。

カフェテラスは南ヨーロッパ風で、優雅でお金持風の雰囲気がめいっぱい漂っていた。

だが、そのムードをすべてぶち壊す集団が、カフェテラスのオープンスペースに陣どっている。黒っぽいダブルのスーツを着た四人組で、携帯電話を手に、あたりにこわもての視線を投げかけていた。

そのうちのひとりが、さっきから僕を注目している。そりゃ、バイクにまたがった高校生というのは、マリーナに似つかわしくないだろうけど、あんたらにいわれたくないって感じでしょ。

僕はやくざ屋さんの視線を無視してメットを脱ぎ、カフェテラスに歩みよった。ふたつの目がやっつの目にかわり、鋭さもぐっと増す。

わざとやくざ屋さんたちの隣のテーブルに腰をおろす。オープンスペースは、彼ら以外誰もすわっていない。当然の話だけど。

歩みよってきたウェイターにソーダ水をオーダーし、僕は煙草をくわえた。ポケットを叩《たた》き、こっちをにらんでいるやくざ屋さん一号にいった。

「あの、火、ありますか」

一号はちょっとびっくりしたような顔をして、

「ああ」

といって、デュポンのライターをさしだした。この海っぱたでは使うのに苦労しそうだ。

「すみません」

煙草に火をつけ、大きく煙を吐いた。

「どっからきたんだ」

一号が訊《たず》ねた。

「東京です」

「あれに乗ってか」

「ええ。授業ばっくれて。やっぱ海はいいっすね」

「知り合いがいるのか、ここに」

一号の横でクリームソーダをつついていた二号が訊ねた。

「います。すごくかわいい子なんです。ロシアとフランスのハーフで、モニーク」

ガタッという音をたて、四人がいっせいに立ちあがった。ソーダ水を届けにきたウェイターがかたまった。

「何者だ、お前」

一号が唸《うな》った。

「しがないアルバイト探偵です」

「あんだとお？」

ソーダ水をうけとり、ひと口吸いこんだ。メロン味が飲みたかったのだが、残念、チェリー味だ。

四人は僕をとり囲んだ。

「なめたこといってると、殺すぞ、小僧」

黙っていた三号が低くいった。すごいしゃがれ声だ。

「梅本さんかポポフさんに伝えてくれませんか。リュウがきたって」

僕はいって、あたりを見回した。さっきまで見えていた、フェイレイのＢＭＷの姿がない。もしかすると、見捨てられたか。でもいくら女好きの親父でも、フェイレイを口説く気にはならないと思う。

たぶん。

「もう一回、名前、いえ」

携帯電話を耳にあてた二号がいった。

「リュウです。冴木リュウ」

僕に背を向け、二号は話し始めた。

やがて、奥の方のリゾートマンションから、ケンイチとモニークが現われた。ケンイチはカーゴパンツにタンクトップ、モニークはショートパンツとＴシャツといういでたちだ。

「リュウ！」

モニークは僕を認めると、マリーナを全速力で駆けてきた。ポニーテイルがかわいく揺れている。

立ちあがった僕の首にモニークはしがみついた。

「会いたかったよ、リュウ！」

唇に唇を押しつけてくる。

少し離れたところにケンイチが立ち、腕を組んで、サングラスの奥からおもしろくなさそうに見つめている。

やくざ屋グループはあっけにとられたように見ていたが、やがて腰をおろし、本来の仕事に戻った。

「よくここがわかったな」

モニークが僕から離れると、歩みよってきたケンイチがいった。

「偶然ですよ。海が見たいなと思ってバイクを走らせてきたら、寂しそうにあそこから海を眺めているモニークが見えた」

僕はマンションを指さした。モニークは目を丸くした。

「嘘っ」

「ふざけたこといってんじゃねえぞ。お前がここを知ってる以上、当然、サツも知ってるんだろ」

「さあ。親父は今、入院してます」

「えっ、リョースケが？　どうして」

モニークが訊ねた。

「きのう『マックス』で撃ち合いがあったのを知ってますか」

「もちろんだ。その件でもサツは俺たちを捜してる」

「プッシャーのジローさんが撃たれて死にました。親父も流れ弾をくらった。もっともカスリ傷ですけど」

ジローの返り血を浴びた親父の姿を、ケンイチの知り合いが誰か見ているかもしれない。

「殺《や》ったのは誰だ」

「中国人です。そいつも、六本木の別の場所で殺されました」

これは嘘じゃない。

「で、おまえは何しにきたんだ」

「もちろん、お金儲《もう》けのつづき。怪我に倒れた親父にかわって」

ケンイチはまるで信じていない目だ。僕はモニークに向きなおった。

「パパには会えたの？」

「まだ。連絡がつかないみたい」

モニークは悲しげに首をふった。

「モニーク、よけいなことをこいつに喋《しゃべ》るな」

ケンイチがいったので、モニークはくってかかった。

「どうして!?　リュウはわたしを助けてくれたんだよ。パパが本当のパパだってことを教えてくれたのもリュウだし」

ケンイチは苦い顔で僕をにらんだ。

「俺たちときてもらおうか」

「もちろん。そのためにきたのですから」

「嬉《うれ》しい！　またリュウといっしょ」

モニークがとび跳ねた。

「突然いなくなるから心配したよ」

僕はモニークと手をつないでいった。

「ゴメンナサイ。ミスターポポフがそうしなさいといったの。それがパパのためだって」

「こい」

ケンイチが先に立って歩き始めた。

僕が連れていかれたのは、マンションの十階、最上階のワンフロアを占める、豪華な部屋だった。

そこにポポフと梅本、村月、それに銀髪の無表情な白人がいた。

「リュウくん。ミスター冴木はどうしました」

ポポフが僕を迎えるといった。

「入院してます」

「入院？」

「きのう、うちの店であった撃ち合いに巻きこまれたのだそうです」

　ケンイチがいった。

「怪我はひどいのか」

　梅本が訊ねた。

「いいえ。カスリ傷です」

「プッシャーのジローが死んだそうだよ。殺ったのは中国人で」

　ケンイチの言葉に梅本は首をふった。

「あんなクズはどうでもいい。なぜ、うちの店にいった？」

　僕に訊《たず》ねた。

「皆さんの行方がわからなくなっちゃったからですよ。親父は、自分が入院しているあいだにビジネスが進行しちゃうんじゃないかって、やきもきしているんです。で、かわりに僕がきました」

　ポポフが僕をじっと見つめた。

「どうしてここがわかりましたか」

「パソコンです。騒ぎが起きている間に、オフィスにあったパソコンをのぞきました」

　梅本の顔が険しくなった。

「オフィスには鍵《かぎ》がかかっていた筈《はず》だ」

「開いてました」

「そんな筈はない――」

「もういいです」

ポポフが止めた。かたわらにすわる、銀髪の白人を示し、いった。

「彼は私のビジネス上の友人でアレクセイ。今回の件で、私を手助けしてくれることになった」

「よろしく」

僕はぺこりと頭を下げた。だがアレクセイはそれを無視した。日本語がわからないのか、日本人が嫌いなのか、それとも僕を気にいらないのか、ただ瞬《まばた》きもせず、冷ややかに見つめ返しただけだ。

「我々はロドノフと連絡をとろうと試みている。いや、モーリスというべきかな、今は。よく、ロドノフの正体に気づいたものだ」

ポポフがいった。僕は肩をすくめた。

「中国国家公務員の裏切り者が教えてくれました」

「チャンか」

ポポフは目をみひらいた。

「知っていたのですか」

「もちろんだ。パリにいたときチャンは、モーリスのために働いていた。ICPOには、武器マーケットの情報が集まるからな。奴は日本にいたのか」

「『六月の獅子』の残党に潜入していたんです。日本にきていた――」

僕は答え、気づいた。そういえばチャンは、「マックス」にフェイレイがいくとき、同行しなかった。ポポフや梅本と会うのを避けたかったのだ。

「すると昨夜、うちの店で暴れて殺された中国人ていうのは――」

ケンイチが訊ねた。

「チャンです、もちろん。撃ったのはフェイレイさんですけど」

「フェイレイはどうした」

梅本が僕を見つめた。

「さあ。いろいろとあるのじゃないですか。日本国内で派手にやったわけですから」

梅本の目は疑わしげだった。

「チャンはニコルに買収されていたんです。だからロドノフがモニークの本当のお父さんだってことを、ニコルは知っていた。僕がモーリスが生きているかもしれないって気づいたので、チャンは僕をさらって、ニコルのところへ連れていったんです」

「君の口を塞《ふさ》ぐつもりで？」

ポポフの問いに頷《うなず》いた。ポポフは、アレクセイと紹介した、無愛想な白人の方をちらりと見た。

「ミスターリュウ、そこで何があったのか、我々はモニークから聞いた。君のとった行動はたいへん勇敢で、友人のモーリスにかわって礼をいいたいと思う」

僕に目を戻していう。

「それはどうも」

「だが問題は、モーリスと、逃げているニコルだ。モニークの話では、ニコルは東京で爆弾を破裂させるつもりだというが、本当かね」

「ええ。でも、モニークのパパは記憶喪失なのでしょう。それともモーリスさんの記憶は戻ったのですか」

ポポフは梅本と目を合わせた。ポポフが息を吐いた。

「我々にもそれはわからないのだ。モーリスの記憶は日ましに戻ってきている。したがって爆弾の在りかさえ思いだせば、我々はそれを回収したいと思っているのだ」

「回収して、もちろん売るんですよね」

僕はいった。すぐには誰も答えなかった。梅本がケンイチに目配《めくば》せした。

「モニーク、ちょっと外にでようか」

ケンイチがいった。

「嫌。パパの話をしているのに、わたしだけでていくのなんて嫌よ」

モニークが首をふった。

「モニーク、これは純粋にビジネスの話なんだ。私は、君のパパの記憶に賭《か》けて、これまで何十万ドルという金を投資してきた」

ポポフがいった。

「それを人殺しの武器を売ったお金で回収するの？」

モニークは今にも泣きだしそうだ。

「モニーク。我々が作ったわけじゃない。核爆弾は確かに人殺しの道具だが、売買するだけなら絵や彫刻とかわりないんだ」

梅本がいった。すごい屁理屈《へりくつ》だった。モニークは涙目になって僕を見た。

「リュウ、あなたやリョースケも、パパの爆弾でお金儲《もう》けをするの」

つらい質問だった。だが本当のことを答えられるわけがない。

「もちろんさ。こいつもこいつの親父も、あとから割りこんできて、少しでも分け前にありつこうとしている。さもなきゃ、サツのスパイだ」

ケンイチが意地の悪い口調でいった。

モニークは立ちあがった。

「海を見てくる」

とだけいって、部屋の出口に向かった。ポポフがかたわらの白人を見た。

「アレクセイ……」

「ダー」

アレクセイは答えて立ちあがり、モニークのあとを追った。

「アレクセイは、『スペッナズ』にいた。知っているかね」

ポポフは僕に訊ねた。

「ええ。特殊部隊ですよね」

「そうだ。しかも核爆弾の扱い方も知っている。今回の仕事のために契約を結び、アドバイザーとなってもらうことにした」

「モーリスはいつ日本に着くんです？」

「今日の夜には着く筈だ。連絡はとれていないが、日本に入国すれば必ず彼の方から連絡をしてくると考えている」

「もしそれをニコルに禁じられていたら？　モーリスはまだモニークがニコルにさらわれたままだと思っているかもしれない」

僕はいった。

誰も答えなかった。やがて梅本が訊ねた。

「警察は空港を張っているのか」

「もちろん。ニコルがモーリスをつかまえるのを何としても食い止めなきゃ」

僕は答えた。

「つまり我々が空港にいっても、警察に妨害をうけるわけだな」

「警察が追っているのはニコルとモーリスです。皆さんじゃない」

今のところ、だけど。僕はその場の人間を見回していった。

「そいつは信用できねえな。お前がその気になりゃ、俺をサツに売ることはできる」

ケンイチが吐きだした。

「別に彼が何かをしなくても、充分警察はお前を逮捕できる。無分別な行動の報いだ」

冷ややかに梅本はいった。そして僕を見た。

「モーリスの爆弾が手に入ったら、我々兄弟は日本を離れる予定だ」

「モーリスがニコルにつかまるのを、どう防ぐつもりなのですか」

「それをこれから話し合うところだ。ただ我々がうかつに動けない以上、モーリスを迎えにいくのは別の人間ということになる」

「下にいたやくざ屋さんたち？」

「当初は彼らに頼むつもりだった。だが警察が張りこんでいるとなると、彼らもまたマークされる」

「じゃ、誰が？」

ポポフと梅本が顔を見合わせた。

「君だ、ミスターリュウ」

「えっ」

「そりゃ駄目だ」

ケンイチがいった。

「こいつはサツのスパイかもしれないんだぜ。こいつにモーリスを迎えにいかせたら、サツに渡すようなものだ」

「彼が警察のスパイでないことを証明するいい機会だ。それに、彼ひとりでいかせるわけではない。アレクセイをつける」

ポポフがケンイチを見た。

げげっ。

「あの、アレクセイさんは日本語は？」

「英語なら、少し喋《しゃべ》れる」

「もし空港に、ニコルかその手下がきていたら、僕がいたのじゃすぐバレますよ」

「それもアレクセイが何とかする」

そういう問題だろうか。

「でもニコルは、モーリスが何時の便でくるか知っています。それを待ち伏せて先回りされたら……」

「確かに君の心配も理解できる。だがモーリスもプロだ。簡単につかまるようなヘマはせず、必ず我々に連絡をしてくる筈《はず》だ」

自信ありげにポポフはいった。

「でも、僕とアレクセイさんの二人じゃ、モーリスには迎えだとわからないかも……」

「モニークもいっしょだ」

「ええっ」

またもびっくり。だが次の瞬間、僕はポポフの狙いが読めた。

ポポフとモーリスの間には、完全な信頼関係は存在していないのだ。ポポフはモーリスを疑っている。もしかすると爆弾の隠し場所を覚えているのに、「思いだせない」といい張っているのではないか、と。

そう考えると、モニークがずっと、日本で、梅本やポポフの庇護《ひご》下にあったことの理由も説明がつく。

つまりモニークは、モーリスに爆弾を独り占めさせないための「人質」だったのだ。それがためにモーリスは、ずっと思いだせないふりをしていた可能性があり、ポポフたちはそうではないかと疑いつづけてきた。

化かしあいだったわけだ。

そしてお互いの芝居に幕をおろすきっかけとなったのが、「港倶楽部21」の跡地で見つかった死体だ。

冴《さ》えてる、リュウ君。と思ったのもつかのま、それはつまり、核爆弾がいつでも回収可能な状況だということに気づいて、僕はどきっとした。

もしモーリスが本当に記憶喪失のままだとしたら、ニコルの手におちても、爆弾を奪われる不安は半分ですんだ。だが実は記憶が戻っていたとなると、百パーセント爆弾はニコルのものになる。

それは防がなけりゃならない。絶対に。

「今夜、君とモニークは、アレクセイといっしょに成田にいってもらう。そしてモーリスを連れ帰ってくるのだ。もし警察の邪魔をうけるようなことがあれば、アレクセイは君に対し容赦《ようしゃ》はしない。ニコルの襲撃については、私の友人たちが空港にいき、対処してくれる筈だ」

ポポフはいった。

「彼らは警察の注目をあびるだろうが、君らとは別行動をとるので障害にはならない」

海輪会が対「聖人《セイント》」、僕が対警察、というわけだ。警察には僕が人質になり、モーリスにはモニークが人質になる。

居場所がかわっただけで、結局人質となる運命は避けられないみたい。

僕は息を吐いた。もしかして、「飛んで火に入る夏の虫」って、僕のこと？

22

アレクセイの運転するメルセデスで、僕らが「ミウラリゾートアンドヨットクラブ」を出発したのは、それから二時間後のことだった。

僕とモニークはスモークシールをべったり貼られた後部席にすわっている。メルセデスにはカーナビゲーションシステムがとりつけられており、その英語案内にしたがってアレクセイはハンドルを切っていた。

ダークスーツを着こんだアレクセイはまるでショーファー（運転手）で、僕とモニークのカップルは、お金持のシジョというところだが、あんまり嬉《うれ》しくはない。

メルセデスは横浜横須賀道路から首都高速、さらにアクアラインを渡って千葉に入った。

どうやらポポフたちは、モーリスが乗ってくる便のおよその見当をつけているようだ。それに合わせて、僕らを成田に送りこんだと見た。

僕らの車のうしろを、さらに二台のメルセデスがついてくる。こちらには、海輪会の一行が八人乗りこんでいた。カフェテラスにいた四人の他にもあと四人が、マンションの別部屋で待機していたのだ。

だが彼らにしてもアレクセイにしても、衣服の上から見る限りは、武器をもっているようすはない。

それもそうだろう。銃や刃物をもちこむのが空港ほどうるさいところはないのだ。

その条件はニコルたちにもあてはまる。おそらくは、「聖人《セイント》」側は、空港をでてからが勝負だと考えているのだろう。便名がわかっている以上、警察に顔のバレていない「聖人《セイント》」のメンバーがモーリスにぴったりとくっついてくる筈だ。

ただ「聖人《セイント》」にしたところで、入国直後にモーリスが警察に身柄をおさえられたらそれまでだ。

僕は内心秘《ひそ》かにそうなるのを願っていた。モーリスが入国審査にひっかかり、空港のロビーにでてさえこなければ、無駄足にはなるものの、すべてが丸く収まる。アレクセイも、国際空港のどまん中で、モーリスを渡さなければ、この若いカップルを殴り（絞め、かな）殺す、と叫ぶことはしない筈だ。

およそ三時間ほどで、僕らは無事、成田空港の到着ロビーに入ることができた。途中の検問も、難なくクリア。

親父とフェイレイがどんな動きをしているのか、この時点では僕にはまるでわからない。まさか今頃、海に落ちる夕陽を前に、フェイレイの肩を抱き寄せ、なんて状況にないことだけは願う他ない。

到着ロビーには思ったほどの人出はなかった。大量の警官が動員されているという印象もない。

もっともひと目でそれとわかる制服警官を島津さんが動かす筈もなく、完全武装のSATも、どれかの扉の内側で待機しているにちがいなかった。

到着ロビーに入ると、アレクセイは僕らに待ち合わせ用の長椅子にすわるよう身ぶりで指示し、携帯電話をとりだした。

ボタンを押し、ロシア語で話しかけた。

「何ていってるの？」

僕は無口になっているモニークに訊《たず》ねた。

「今、空港に入った。異状はない。私服警官らしい奴らが何人か目につくって」

モニークは元気のない声で答えた。僕と目を合わそうとしないのがつらい。

「元気をだして。お父さんに会えるのだから」

モニークは無言で僕を見た。

「君の恐れているようなことには決してならない。僕はそのためにきたのだから」

僕はいった。

「そうなの、リュウ？　本当に信じていいの？」

すがるような目だった。ここまでいって、ウンといわなかったらリュウ君、オトコじゃない。僕はぐっと下腹に力をいれて頷《うなず》いた。

「うん。僕を信じて」

会話だけ聞いていれば、かなり熱いカップル。でも本当は、東京都民の命がかかった、とんでもない内容。

アレクセイは携帯電話をしまい、僕らから少し離れて腰をおろした。片目で僕らを、片目で到着客がでてくる税関のゲートを見ている。ときおり両目で、到着便の時刻を確認する。

僕らが逃げだすとは、まったく考えていないような、落ちついたそぶりだ。もっとも、モーリスを発見する前に逃げだす理由もない。

僕も空港内を見回した。出迎えにきているのは、日本人よりむしろ外国人の方が多い。日本に出稼ぎにきているアジア系の人たちが断トツで、あとは白人やちょっと国籍の見当のつかない人たち。さすがにひと目で「聖人《セイント》」とわかるような、白装束の花婿軍団はいない。

本当に今夜、モーリスはやってくるのだろうか。やってくるとすれば、ロドノフでもモーリスでもなく、第三の別人として変装して現われない限り、入国審査でまちがいなくひっかかる。

じりじりと時間がすぎた。新しい便が到着してしばらくすると、ゲートからカーゴを押した入国者がぞろぞろと吐きだされ、叫び声や笑い、抱擁《ほうよう》などがあって、人の波が動く。彼らが空港をでていくのと入れかわりに、新しい出迎えの人々がロビーにやってくる。

その中でずっと動かずにいる僕らは、嫌でも目立つ存在だった。

煙草が吸いたくなってきた。

僕はアレクセイの目をとらえ、建物の出入口にある灰皿をさして、煙草を吸う真似をした。アレクセイが首をふった。

息を吐き、再び目を空港内に戻した。出入口の扉が開き、車椅子に乗せられた白人の年寄りが入ってくる。押しているのは、神父の服を着た、これも白人だ。車椅子の老人も同じ格好で、まっ白な眉《まゆ》をして、長く白い顎《あご》ヒゲを垂らしている。

ゲートに目をやった。新しい便が到着したことがわかった。制服を着た、飛行機のクルーたちがでてきたからだ。クルーや客室アテンダントは、一般の乗客よりも早めに通関を終えてでてくる。それから少し遅れて一般客がどっと吐きだされるといった具合だ。

「リュウ」

モニークが小さな声でいった。

「何、モニーク」

「パパよ」

僕はさっとゲートを見た。でっぷりと太った金髪で白人のおばさんが大量のスーツケースの載ったカーゴを押してでてきたところだった。

「どこに」

「あの女の人」

「えっ」

僕は思わずいった。おばさんにつづいて、中年のカップルや家族連れなどが続々とゲートをでてきて、到着ロビーはにぎやかになった。

「どうしよう」

モニークは低い声でいって、アレクセイを見た。アレクセイは気づいていた。さりげなく立ちあがると、ゆっくりとおばさんに歩みよった。

僕は空港内を見渡した。島津さんや親父の姿を捜した。どこかにいる筈《はず》だ。いなくても必ず見ている。

おばさんにかわって、アレクセイがカーゴを押した。

そのときだった。

「何じゃ、わりゃあ！」

怒鳴り声が空港内に響き渡った。

「とぼけたことほざいてっと、いてまうぞ、コラア！」

「やれるもんならやってみろ！　このクソガキが」

五十メートルほど離れたところで、ひと目でやくざとわかる男二人がにらみあってい
た。どちらも見覚えがある。ひとりはライターを僕に貸してくれた一号で、もうひとり
はクリームソーダを飲んでいた二号だった。

「このガキがっ、殺すっ」

「おおっ、上等じゃ、やってみんかい！」

二人の周りにあと四人いて、やめろやめろ、とか、やっちまえ、ほら、とか口々に叫
び、何ごとかと立ち止まる人々には、

「おら、見せもんじゃねえ、あっちいけっ」

とすごんでいる。

一気に建物内があわただしくなった。警備員がまず走りだした。無線を口にあて、連
絡をとっている者がいる。

「やれよ、ほらっ」

「何を、この野郎！」

ドスン、という音がした。かたわらにあったゴミ箱をひとりが蹴《け》ったのだ。

「やめろって」

「やかましい！　こいつだけは許せねえんだよ」

お客様、と警備員が止めに入った。

「お前は関係ねえ、ひっこんでろ」

別のやくざが立ち塞《ふさ》がる。そのうちに一号と二号がとっ組みあいを始め、悲鳴があがった。騒然となる。

ピリリリリ、と笛が鳴った。駆けつけた制服警官が吹いたのだ。と、どこにいたのかと思うくらいの制服警官がロビー内のあちこちからどっと駆けつけた。

「何すんじゃ、わりゃあ！」

「やめろ、やめろ！」

「やかましい、ぶっ殺すっ」

あっというまに警官とやくざのグループがつかみあいになった。

「ユー」

声をかけられ、はっとふりむいた。カーゴを僕に押すよう、かたわらに立ったアレクセイが身ぶりで指示した。モニークは、おばさんに抱きついている。

その間も、手前《てめえ》殺す、とか、やれるもんならやってみろ、ポリ公が何ぼのもんじゃという叫び声に、警官の怒鳴り声が混じり、到着ロビーは大騒ぎがつづいていた。

アレクセイがいけ、と首を動かした。しかたなく僕はカーゴを押し、出入口に向かった。うしろにモニークとおばさんが、最後をアレクセイが歩いてくる。

扉をくぐった。バスの発着通路があり、その向こうがタクシー乗場で、駐車場は左にまっすぐ進んだ方角だ。

陽動作戦だったのだ。海輪会のやくざたちは、わざと喧嘩《けんか》騒ぎを起こし、張りこみの警官たちの目をひきつける。その間に、女装したモーリスを空港から脱出させるというわけだ。

僕らは建物と並行する通路を進んだ。あとを追ってくる者はいない。警察もすっかり喧嘩騒ぎに目を奪われている。

入管も、まさかモーリスが女装して入国してくるとは思わなかったのだろう。

それにしてもモーリスの女装は完璧《かんぺき》だった。ひらひらのワンピースの下はでっぷりとした体で、厚くファンデーションを塗った頬は、ぱんぱんにふくらんでいる。指にはいくつも指輪がはまり、いかにもお金持の太ったおばさんといった印象だ。

通路を進み、駐車場の中に入った。止めてあったメルセデスの前までいくと、おばさんが僕の肩を叩《たた》いた。ロシア語でモニークに何かいう。

モニークが通訳した。

「スーツケースは、一番上のひとつだけを積んで、あとは全部ここにおいていっていいって」

おばさんが頷《うなず》いて僕を見た。右手を不意にさしだした。口から含み綿を吐きだし、いった。

「サンキュー、サンキュー、ベリイマッチ」

僕の手を握った。男の声だった。

「ミスター・モーリス？」

おばさんは頷いた。

「ハリィ・アップ」

メルセデスのトランクを開けたアレクセイが冷ややかにいった。僕はいわれたスーツケースをカーゴからおろし、トランクに積みこんだ。

「――モーリス」

声がかけられた。

メルセデスの前に車椅子があった。あのヒゲの神父と付き添いがいた。

「乗る車がちがうのじゃないか、モーリス」

ヒゲの神父が英語でいった。声が若々しい。僕ははっとした。聞き覚えがある。

運転席に乗りこもうとしていたアレクセイがとびだした。モーリスは立ちすくんでいる。

老神父はゆっくりと僕を見た。

「お前、生きていたのか。ルーカスは任務に失敗したのだな」

「ニコル……」

アレクセイは何もいわず、ニコルにつかみかかった。ドン、という音がした。アレクセイは体をこわばらせ、自分の胸を見おろした。ジャケットに黒い穴が開いている。車椅子にすわったままのニコルの手に小型の拳銃《けんじゅう》が握られていた。グロックの新しいモデルだ。

アレクセイがすとんと駐車場の床に膝《ひざ》をつき、そのまま倒れこんだ。

モーリスが頭の金髪をむしりとり、モニークを抱きよせた。

「こちらにきてもらおう。お前とモニークの二人だ」

キキッという音がして、止まっていた車の中から、ボルボのワゴンが発進した。通路をやってきて、ニコルたちのかたわらで止まる。運転席には、これもやはり神父の格好をした男がいた。

「乗れ」

ニコルは命じた。

「ノー」

モーリスが首をふった。ニコルは立ちあがり、銃をつかんだままの右手をのばした。モニークに向ける。

「乗るか、今ここでモニークが死ぬかだ」

「やめろ」

僕はいった。ニコルの手が動き、僕はぱっと身を伏せた。グロックが火を噴き、メルセデスのドアミラーが砕け散った。

「お前はここで死ぬ。早く乗れ、モーリス」

ボルボの扉が開いた。手にH&Kのサブマシンガンを握った神父が降り立った。こちらに銃口を向ける。

それが火を噴いた。僕はぱっと地面に伏せた。メルセデスが瞬くまに穴だらけになった。ウインドウが砕け、タイヤがバーストする。モニークが悲鳴をあげた。

ニコルの車椅子を押していた神父がモニークをつかまえた。嫌がるモニークをボルボにひきずっていく。

「モニーク！」

追いかけたモーリスをニコルが撃った。モニークがひときわ大きな悲鳴をあげた。モーリスが倒れこんだ。

カツラを脱ぎ、首から下を女装したモーリスは、右足の甲を撃ち抜かれ、苦痛の呻《うめ》きをあげた。

ニコルがぐいと首を傾けた。モニークをボルボに押しこんだ神父と運転手の神父が、両側からモーリスを抱えおこした。

「よし、そこまでだ」

声がかかって、全員が動きを止めた。

親父が駐車場の通路に立っていた。スラックスのポケットに両手をつっこみ、火のついていない煙草を口にくわえている。

「コスプレも、血が流れるほどやっちゃ洒落《しゃれ》にならないぜ、ニコル」

「誰だ、お前」

グロックの銃口をさっと向けて、ニコルがいった。

「あんたと同じ、〝ファーザー〟さ。ただし、意味はちがうがな」

モーリスを抱えていた神父が、さっと吊《つ》るしていたH&Kを腰だめにして親父を狙った。とたんに、三連バーストの銃声がして崩れ落ちる。

「ドロップ・ザ・ガン」

フェイレイの声が駐車場にひびき渡った。

通路の反対側、親父と向かいあうようにフェイレイは立っていた。チャンを仕止めた拳銃を両手でかまえている。

「親父」

ようやく僕はメルセデスの陰から立ちあがり、いった。

「冒瀆《ぼうとく》者の父親か」

ニコルはいってヒゲをむしりとった。するとそれまで隠れていたペンダントのようなものが露《あら》わになった。

親父の顔色がかわった。

「伏せろ！　リュウ！」

ニコルがペンダントを握りしめた。突然、駐車場のあちこちで火柱があがった。駐車場全体が激しく揺れる。

親父が体を投げだし、かたわらに止められていた4WDの車体の下にとびこんだ。僕もメルセデスの下に隠れた。

轟音《ごうおん》とともに、何台もの車がいっせいに爆発したのだった。ニコルがモーリスを押しこみ、ボルボを発進させた。

追おうとした親父の前に、崩れた天井からコンクリートのかたまりが落下してきた。メルセデスが大きく弾んだ。やはり屋根に破片が落ちてきたからだった。

「フェイレイ！　車をっ」

親父が叫んだ。僕はメルセデスの下を這《は》いでて、フェイレイのいた方角をふりかえった。火の海だった。爆発した車の火が他の車にも燃え広がり、次々と連鎖爆発が起きている。

サイレンが聞こえた。駐車場に装甲バスとパトカーが走りこんできたのだった。だが爆発で火だるまになった車が隊列の前方に吹きとんできて、急ブレーキを踏む。追突の音が響いた。

「駄目だ、親父。フェイレイさんが――」

親父は唇をかんだ。火の海の中に横たわるフェイレイが見えた。

「逃げるぞっ、リュウ」

一次爆発につづいて、次々と車が連鎖爆発を起こし、駐車場はまっ黒な煙と炎で埋めつくされている。

僕と親父は、通路を出口まで走った。腹に響く轟音とともに、足もとが揺れる。

駐車場の出口まで達した瞬間、とてつもない大音響とともに、一階の天井が崩れ落ちた。僕と親父は転がるように逃げのびた。

23

「あの火災で、警官十数名が重軽傷を負った。ボルボは、空港から四キロ離れた成田市内で見つかった。中に神父の服が二着と、女ものの洋服が残されていた」

島津さんがいった。空港に近いホテルのスイートルームに僕と親父はいた。〝国家権力〟が、急きょ用意した避難所だった。

「三浦のマリーナはどうした？」

「もぬけの殻だ。空港で騒いだ海輪会の組員は逮捕したが、ポポフと梅本兄弟には逃げられた。だがあんな奴らはどうでもいい！」

珍しく島津さんが大声をあげた。

「問題はニコルとモーリスだ」

「最悪の状況って奴か」

親父がすわっていたソファから立ちあがり、スイートルーム備え付けの冷蔵庫から缶ビールをとりだした。

「飲むか、リュウ」

僕は力なく首をふった。

「ビールなんて飲める気分じゃないよ」

「国家権力が奢《おご》ってくれる最後のビールかもしれんぞ。下手をすりゃ、何日もしないうちに、東京はガレキの山だ」

「警視庁に非常警戒態勢をとるよう指示した。自衛隊にも協力を要請して、放射能検知機を搭載《とうさい》したパトカーを走らせている」

「マスコミ対応は」

プシュ、と缶ビールの栓を開け、親父は訊《たず》ねた。

「発表なんてできるわけがないだろう。大パニックが起きる。何としても未然に核爆弾を回収するんだ」

島津さんはいって、冷蔵庫のかたわらにあるミニバーに歩みよった。並んでいる洋酒のミニチュアボトルからジャックダニエルを選ぶとキャップを外し、グラスに注いだ。ストレートでぐいと飲み干す。

「おやおや」

親父が目を丸くした。僕も同感だった。こんなに動転している島津さんを見るのは初めてだ。もっともその理由は理解できるけど。

「こうなったらモーリスの記憶が戻らないのを祈るばかりだ」

島津さんがつぶやいた。

「それは期待できないみたい」

僕がいうと、島津さんは恐い顔でふりかえった。

「どういうことだ、リュウ君」

「モーリスとポポフは、完全な信頼関係にあったとはいえないようなんです。ポポフはモーリスの面倒をみていたけど、それが核爆弾を入手するためだってことにモーリスは気づいていた。だから記憶が戻ったモーリスがこっそり爆弾ごと消えてしまわないように、ポポフは梅本を使ってモニークを監視下においていたんです」

「つまり人質か」

親父がいった。

「そう。モーリスの記憶が戻っているのかいないのか、ポポフは自信がないようだった。だから今回の件で逆に確かめるチャンスだと思っていたみたい。鳴りもの入りで連れてきたアレクセイはあっさり殺されちゃったけど……」

「そのアレクセイというロシア人だが、駐車場の火災現場から死体が発見されていない」

島津さんがいったので、僕はあっけにとられた。

「嘘でしょ。僕見ましたよ。ニコルに撃たれて倒れるのを」

「その話は冴木からも聞いた。だが死体が見つかっていないのだ」

島津さんはくり返した。

「フェイレイは？」

親父が訊ねた。

「残念だがこちらは見つかった。落ちてきた天井のコンクリートの下敷きになり、焼かれたんだ。だが苦しむ暇はなかったろう。首の骨が折れていたそうだ」

親父は首をふった。

「ちょいときついがいい女だったのに。中国安全部には痛手だな」

「北京には連絡をした。チャンのこともあるからな。だがそんな人物は知らない、という回答が返ってきた」

「東京で爆発した核爆弾が元はともかく、中国から流出したものだということになれば、国際的な大問題だ。北京はすべてほっかむりをして、知らぬ存ぜぬを決めこむ他ないだろう」

親父は肩をすくめた。

「これで中国はあてにならないことがはっきりしたな」

「アメリカ大使館はさっき、最低限の人員を残して、関係者とその家族を、横浜や大阪に移動させる決定を下した」

島津さんがむっつりといった。

「現在、非常事態宣言をすべきかどうか、内閣の危機管理委員会が招集されている」

「爆弾のサイズと被害の程度は」

「まだ不明だ。だがモーリスひとりが国内にもちこめるサイズだとしたら、使用されているウラン235の重量は、最大で一キロといったところだろう。一キロのウラン235を使った核爆弾のエネルギーは、TNT火薬にして二十キロトン、つまり二万トン分に相当する。爆心地から半径一キロ以内にある建物はほぼ全壊。爆風は半径二キロを超えた地点でも秒速五十メートルを超える。どこでいつ爆発するかにもよるが、即死者だけで十万人単位、放射能被曝《ひばく》や火傷《やけど》などによる被害者を含めれば、百万人が死亡する」

島津さんは歯のすきまから言葉を押しだした。

「まだすぐに爆発すると決まったわけじゃない。モーリスは、七年もの間、誰にも見つからない場所に爆弾を隠していた。コインロッカーに預けていたわけじゃないんだ。たとえ隠し場所を思いだしているとしても、そうは簡単に回収できるところじゃない筈《はず》だ。回収し、機能に異常がないことを確認した上で、起爆装置を作動させるのにはそれなりの時間がかかる。そう焦りなさんな」

親父はいった。

「どれくらいの余裕があると思うんだ？」

島津さんが親父を見つめた。

「通常で四十八時間。だがモーリスはニコルに足を撃たれ、怪我をしている。それを考えれば六十時間というところだろう」

「六十時間……」

島津さんは呻《うめ》くようにいった。親父は僕を見た。

「モニークは無傷なんだな」

僕は頷《うなず》いた。

「モーリスに爆弾の隠し場所を吐かせるには、モニークへの脅迫しかない。ニコルは、二人の解放とひきかえに、爆弾を手に入れようとするだろう。最悪、モニークだけでも解放することをモーリスは求める筈だ。そうなったらモニークからの連絡が期待できる」

「だがそれは爆発の直前だ」

「それでも突然ドカンとくるよりはマシだ。ちがうか」

島津さんは息を吐き、目を閉じた。

「他に手はないのか」

「モーリスの過去の足どりを徹底的に洗う。いっていない場所に爆弾を隠すことはできん。人に頼める作業でもないしな」

「それはやらせている。だが七年も前のことだし、当時の状況を知っている者を捜す方が難しい。梅本以外の『港倶楽部21』の従業員だった人間を、警察に捜させているところだ」

「梅本たちはどうしちゃったのだろう。逃げちゃったのかな」

僕がいうと、親父は首をふった。

「七年も待ったんだ。そう簡単にあきらめるわけがない。おそらくこちらと同じことを考えている筈だ」

「同じこと？」

「爆弾を隠していそうな場所に先回りして張りこむんだ。そこにニコルとモーリスが現われればビンゴ、だ。横どりを狙うだろう」

「アレクセイはどうしたのかな」

「爆発と火災にまぎれて逃げだしたのだろう。元スペツナズなら、それくらいの芸当はやってのける」

「でもニコルにあっさり撃たれたときには、何だいコイツって、思ったよ」

親父は煙草をくわえ、火をつけようとしていた。その手が止まった。

「そうか」

とつぶやいた。

「何だ」

島津さんが訊《き》いた。

「なあに」

と、僕。

「ポポフとモーリスが完全な信頼関係にはなかったとお前はいったな。モニークは、モーリスに裏切られないための人質だと」

「うん」

「わざとかもしれん」

「わざと？」

「ポポフたちは意図的にモーリスをニコルに渡したというのか」

島津さんの問いに親父は頷いた。

「アレクセイはそのために使われた。あっさり撃たれて、モーリスとモニークを渡したのは、爆弾のありかまで案内させるのが目的だ」

「どうやって？」

「発信器か」

僕が訊くのと島津さんがいうのが同時だった。

「そうだ。モニークの洋服かもちものに小型の発信器をとりつけておいて、その電波を追跡する。そうすりゃ、手をよごすことなく、爆弾の隠し場所まで辿《たど》りつくことができる」

「ポポフと梅本兄弟もただちに手配する」

島津さんがいって、携帯電話をとりだした。連絡が終わると、親父がいった。

「コンピュータの分析はどうなった」

「やらせている。何か情報があるかもしれんな」

「しまった」

僕はいった。

「コンピュータをのぞき見したことを梅本に教えちゃったよ」

「すると中に入っている住所に、連中が寄りつくことはないな」

島津さんが舌打ちした。

「手がかりにならん」

「兄貴は自分とポポフの情報をコンピュータに入れ、管理していた。それが警察に押さえられたとなれば、確かに使えなくなる。ポポフはもともと日本にいないから、アジトとなるような場所をそうは確保できない。海輪会がらみも、警察に押さえられるだろう。となると残るはひとりだけだ」

親父がいった。

「ケンイチ？」

僕は訊《たず》ねた。親父は頷いた。

「ケンイチが兄貴に隠れてやっていたインチキ会社は何といった？」

「株式会社　未来開発」

「それだ。摘発された宇田川町以外にも奴は事務所をもっていたか」

「わからない。赤坂や新橋でまいていたビラの連絡先は携帯電話になっていたから」

親父は島津さんを見た。

「ケンイチは兄貴に内緒で、高校生を使ったヤミ口座やヤミ携帯の売買と万引CDの故買に手を染めていた。そのときの施設が、まだ他にも残っている筈だ。『株式会社　未来開発』の名で、リュウが警察に知らせた部屋以外にもオフィスが借りられていたかどうか調べてみろ」

島津さんは頷いて再び電話を手にした。親父が僕にいった。

「『未来開発』への捜査は、梅本兄弟がこの件にからんでいるとわかった時点でストップしている。となると、宇田川町以外のアジトがバレずにすんだとケンイチが思いこんでいる可能性は高い。梅本兄弟とポポフが身を隠すとすりゃそういうところしかないんだ。お前の〝危いバイト〟も無駄じゃなかったかもしれんぞ」

僕は立ちあがった。冷蔵庫からビールをとりだす。

フェイレイが死に、北京大学か上海大学への留学の夢は消えた。でも今はそれどころじゃない。核爆弾を捜しだし、ニコルが都内で爆発させるのをくいとめなければならないのだ。

少し前までは、何とか大学推薦入学のコネを作ろうとがんばっていたのに、それが今では百万人の人命が奪われるかどうかの瀬戸際に立つなんて。

いったいどこでこうなってしまったのだろう。それを考えると飲まずにはいられない気分だったのだ。

ドカンときたら、東大だってきれいさっぱり消えてしまうかもしれない。

「警視庁が、広尾の事件のあと、宇田川町を捜査している。事務所にガサ入れをかけ、いろいろ押収したが、捜査は中断になった。だがそのときの資料は残っている」

島津さんがいった。

「宇田川町以外のオフィスは？」

親父が訊ねた。

「他にオフィスを借りていたのか」

島津さんが訊ねた。相手の返事に耳を傾け、いった。

「赤坂のレジデンシャルホテルにもうひと部屋あったようだ」

「そこにガサはかけたのか」

島津さんは首をふった。

「触っていないそうだ」

「そこだ」

親父がいった。

五分後、僕は飲みかけのビールを手に、高速をサイレン鳴らしてつっ走る、パトカーの後部席にいた。

24

そのビルは、乃木坂《のぎざか》から外堀《そとぼり》通りにでる道の途中を一本入った路地にあった。

「月極《ぎ》めで部屋を貸しだす、ホテル形式のマンションだ。調べさせたところ、事件のあとも『未来開発』名義の部屋は解約されず、家賃の振込は継続されている」

島津さんがいった。

都内に入った僕らは、白黒のパトカーから覆面パトカーに乗りかえていた。今は、レジデンシャルホテルの斜め向かいに止まっている。

「お前、ビールの空き缶、どうした」

思いだしたように親父が訊ねた。

「さっきのパトカーにおいてきた」

「あれは千葉県警の高速機動隊の車だ。スピード違反を取締るのが仕事なんだぞ。そこにビールの空き缶が転がってちゃ、マズいのじゃないか」

親父があきれたようにいった。

「非常事態でしょ。かたいことといわないの」

「『未来開発』が借りているのは、八階にある、八〇三号室だ。十四畳ほどのワンルームだ」

島津さんが聞こえなかったようにいった。

「どうする？　また三浦のパターンでいく？　こんちはって」

僕がいうと親父は首をふった。

「今度は、奴らにお前という人質はいらない。あっさり殺されるだろう」

「じゃ、やめた」

「赤坂署に確認させたところ、今日の夕方、四、五人が八〇三に入るのを、フロントの人間が見たそうだ。おそらくポポフや梅本兄弟は八〇三にいる。踏みこめば、発信器に関する情報が得られるかもしれん」

島津さんの言葉にも親父は首をふった。

「そいつもあまり賢くない選択だ。奴らがシラを切ったら、ケンイチ以外には拘束する理由がない。兄貴の梅本はともかく、ポポフは元ＫＧＢのタフな男だ。半端な威《おど》しじゃ屈さんだろう」

「じゃあどうしろというんだ。奴らが動くのを待てというのか。その間にニコルが核爆弾を手に入れたらどうする？　モニークを監禁し、ニコルとモーリスの二人だけで爆弾の回収に動いたら、あそこにいる連中も我々も蚊帳《かや》の外だぞ」

「落ちつけよ。ポポフたちだってぼやぼやしていれば足もとで核がドカンといきかねないことは承知しているんだ。今は態勢を整えている最中で、必ず近いうちに動きだす」

珍しくいらだっている島津さんをなだめるように親父はいった。

そのときレジデンシャルホテルの前にタクシーが止まり、乗客が降り立った。

「親父！」

僕は思わずいった。革のジャケットにジーンズを着けた銀髪の白人だった。アレクセイだ。

「やはりな」

親父はつぶやいた。アレクセイはわき目もふらず、レジデンシャルホテルに入っていった。

「防弾ベストを着けていたのだろうが、タフな奴だ。ふつうあの至近距離で九ミリをくらったら、貫通はしなくとも衝撃でアバラの一本くらいは折れるところだ」

「さすが元スペッツナズ」

僕はつぶやいた。時計を見る。午後十時を過ぎていた。

「アレクセイが合流したとなると、思ったより早く、ニコルのところに案内してくれるかもしれんぞ」

「尾行の手配はしてある。このホテル周辺には、面パト六台と徒歩の私服二十人が待機していて、SATの出動も要請した」

「ニコルはモーリスの傷のてあてをする必要がある。途中それをしたとしても、都内にはもう入っている頃だ。当然、連中のもっている受信器はモニークにつけた発信器の電波を受信する」

「それが壊れちゃうってことはないよね」

僕はいった。

「失敗は許されない作戦だ。予備も含めて最低二個は、モニークにつけているだろうな」

僕はモニークの服装を思いだした。小さなウエストバッグを着け、ジーンズにTシャツ、カジュアルジャケットというでたちだった。見たことのない服装だったから、三浦で用意されたものなのだろう。ポポフはそれに発信器をしこんだというわけだ。

助手席にすわっている島津さんの膝《ひざ》の上で信号音が鳴った。もっているノートパソコンがメールを受信したようだ。島津さんが画面を起こした。

「現在の時点で判明している、七年前のモーリスの立ち回り先だ。警視庁の捜査本部からメールで届いた」

僕と親父は頭を並べてのぞきこんだ。

ホテル、外国人向高級アパート、レストラン、それに「港倶楽部21」……。

「※記号がついているのは、現在は存在していない施設だ」

「やはり六本木が多いね」

僕はいった。レストランやバーの多くが、「港倶楽部21」同様、今はなくなっている。

島津さんが画面をスクロールさせ、いった。

「現存している施設にはすでに放射能検知機をもった捜索部隊を派遣したが、見つかっていないようだ」

親父が首をふった。

「こういう場所じゃない。簡単にはなくならず、地震や火災に対しても安全なところを選ぶ筈《はず》だ」

「貸し倉庫とかは？」

僕は訊《たず》ねた。

「可能性がなくはない。ただし七年間、保管料を払いつづけていれば、本人も思いだすだろうし、ポポフにも気づかれる」

「どっかの公園に穴掘って埋めたとか」

「子供の宝ものじゃないんだぞ」

いった瞬間、親父ははっとしたような顔になった。

「リュウ、さらわれたとき、チャンとモーリスの話をしたといったな」

「うん。聞きたくもないのに、モーリスと知りあったいきさつや失踪《しっそう》の手助けをしたときの話をされた」

「その手助けをしたのは、チャンの弟だといわなかったか」

「そう。当時日本に留学中で、その後新宿でやくざに刺されて死んじゃった」

「島津、調べられるか」

「チャンの弟か。待て」

島津さんは膝の上のパソコンを叩《たた》いた。どうやらチャンに関するデータも入っているようだ。

「犯歴はないが、弟に関する情報はある。確かに七年前は、東京の建築専門学校に留学していた。留学はしていたが、ほとんど学校にはいかず、中国マフィアと組んで建築現場に中国人を送っていたらしい。日本人の手配師ともめて、六年前に刺され死亡している」

「弟の同級生を調べろ。当時弟が、日本でどんなことをしていたか。たとえばアルバイトをしていなかったか。していたとすればどこでやってたか。ありったけの情報を集めるんだ」

「わかった」

島津さんが携帯電話をとりだした。指示を送り始める。その最中に、レジデンシャルホテルのロビーから男たちがぞろぞろ現われた。ポポフ、梅本兄弟、アレクセイ、それに「マックス」の用心棒だった村月だ。

「でてきたぞ」

親父がいった。五人は、レジデンシャルホテルの横にある「契約者専用」と記された駐車場におかれた二台の車に分乗した。メルセデスのバンとジャガーだ。村月は、ジュラルミン製のぴかぴか光るアタッシェケースを大事そうに抱えている。

「おそらくあれが受信器だ。電波を受信したんで、動きだしたんだ」

島津さんが携帯電話を無線のマイクにもちかえた。

「こちら一号車より各車輛《しゃりょう》。マル対が動きだした」

『三号車です。マル対を視認。車輛ナンバーは――』

『二号車確認。追尾します』

『四号車確認。同じく追尾します』

『五号車待機中。マル対車輛通過後、追尾します』

島津さんがマイクに告げた。

「了解。各車、慎重に追尾せよ。なお、マル対は、銃器を所持している可能性が高い。接近、及び確保にあたっては、その点を留意されたい」

マイクを戻し、横で見つめている運転手に頷《うなず》いてみせた。僕らの乗った覆面パトカーも動きだした。

「連中の車のナンバーは、警視庁のNシステムにも登録される。幹線道路を走っている限り、絶対に見失わない」

島津さんがいい、うしろをふりかえった。

「チャンの弟が留学していたのは、どこの専門学校だ？」

親父は訊ねた。

「お茶の水だ。今、一課の人間が卒業名簿を入手しに向かっているが、夜間なので対応する者がいないかもしれん」

「もしいなかったらぶち破れ」

島津さんは反対するように口を開けた。だが結局、

「わかった」

と、ひと言だけいった。

その間にも、メルセデスのバンとジャガーを追いかける一団は、赤坂の街を走っていた。

外堀通りにでると左に折れ、四谷《よつや》方面へと向かう。

外堀通り…

尾行車は、そうと気づかれないように、ただの乗用車だけではなかった。コンビニエンスストアの配達トラックを偽装したものや4WD、タクシーなども混じっている。

島津さんの携帯が鳴った。

「何だ？」

相手の声を聞き、わかったといって切った。

「アレクセイを赤坂まで運んだタクシーの運転手から話が聞けた。アレクセイは、成田市内のホテルからタクシーに乗りこんだそうだ。つまり我々と同じように動いていたわけだ」

「たぶん、空港での騒ぎにまぎれて、バスか何かでホテルまで移動し、そこで着替えて検問がゆるむのを待っていたのだろう」

親父がいった。

車の隊列は、四谷で新宿通りにぶつかり、それを左に曲がった。新宿へと向かう道す

じだ。やがて新宿三丁目の交差点を右折し、靖国通りに入る。新宿歌舞伎町《かぶき》が近づいてきた。タクシーの空車や路上駐車が増え、渋滞がおきている。

「どうやら新宿のどまん中につっこむようだな」

親父がいうと、島津さんが暗い声で答えた。

「歌舞伎町に核がおかれているということにでもなったら大変だ」

「確かに新宿は中国人の街だからな、可能性はゼロじゃない。鮫《さめ》でも核爆弾には勝てんだろうしな」

親父がつぶやくと、島津さんがふりかえった。

「何だって？」

「何でもない、こっちの話だ。見ろ、車を止めてる」

バンとジャガーがハザードを点滅させ、車を路肩に寄せた。

「まずいな」

親父は舌打ちした。

「歩きじゃ、俺たちが付いていくわけにはいかん。すぐに尾行していると見破られる」

バンのドアが開き、ジュラルミンのケースをもった村月とアレクセイが降りた。ジャガーからはケンイチが降り立つ。どうやら梅本とポポフは車に残るようだ。

三人は路上で話していたが、やがてジュラルミンのケースを手に歩きだした。

それを見て、島津さんがあわただしく指示を無線で飛ばした。十人以上のエージェントが尾行についた。

「もしどこかの建物に入るようなら、ただちに連絡しろ」

島津さんが命じている。さらに携帯が鳴った。

「はい。どうだった？」

親父をふりかえった。

「専門学校に刑事が到着した」

親父が身をのりだした。島津さんは相手の話に耳を傾けている。やがていった。

「採点で残っている講師がいて、卒業名簿を手に入れた。今、人海戦術で片端から連絡をとる手配をしている」

「七年前、チャンの弟がどこで暮らしていたか、アルバイトはしていなかったか、していたとしたら、どこでどんな仕事をしていたのかを訊ねるんだ」

島津さんは頷いた。

島津さんの連絡が終わると、車内は静かになった。五十メートルほど前方には、ハザードを点《とも》したバンとジャガーが止まり、その先には新宿の街が広がっている。ネオンが点り、夜空全体が発光しているかのように、白っぽく輝いていた。

平日の真夜中だ。だがこの時間でも、おそらく何万人という人が新宿、特に歌舞伎町にはいるだろう。

それも日本人だけじゃない。中国や韓国、イランやパキスタン、タイ、フィリピン、それにアフリカ系の人たちもいる筈《はず》だ。レストランやバー、居酒屋、キャバクラやホストクラブ、風俗店、クラブ、映画館、ゲームセンター、その他もろもろのいかがわしいお店。

酔っぱらいや酔っぱらいを作っている連中、やくざのおじさんに水商売や風俗のお姐《ねえ》さん、お兄さん、クスリのプッシャー、もっと悪いことをやっている連中。

たぶんこの瞬間も、誰かが殴られ、誰かが泣き、もしかすると殺されかけている。何千人かが飲食中で、何千人かがセックス中。

まさにニコルが、爆破するのにふさわしいと感じる「悪徳の地」だ。「裁きの炎」とやらを点すにはふさわしい街。

僕は思わず固唾《かたず》を飲んだ。新宿に核爆弾が隠されていたら、ニコルはその場で点火装置のスイッチをいれるだろう。

無線機からはときおり、尾行しているエージェントどうしの交信が流れてくる。エージェントの中には女性もいて、カップルを装って尾行しているチームもいるようだ。

それによれば、アレクセイとケンイチ、村月の三人組は、新宿区役所通りを歌舞伎町の奥めざして進んでいるらしい。

ときどき立ち止まっては、アタッシェケースを開き、電波の状態を確認しているようす。彼らが歩いているということは、おそらくモニークも歩いて移動しているのだ。

あるいはどこかで止まって動かないのか。

僕の胸は痛くなった。

じりじりしながら時間が過ぎていった。

さすがの親父もひっきりなしに煙草を吹かしている。

「禁煙して何年かたつが、今ほど後悔したことはないな」

島津さんがつぶやいた。

「どうせ吹きとぶのなら、煙草を吸っていてもよかった、か」

親父がからかった。

「命が惜しくて禁煙したわけじゃない」

「だったら吸います？　ありますけど？」

僕はマルボロライトの箱をさしだした。島津さんはふりかえり、真剣な表情でそれを見つめた。だがいった。

「いや、今はやめておこう」

島津さんの電話が鳴った。

「はい、島津」

表情がかわった。相手の言葉に耳を傾けている。

「それで、どこなんだ？」

すっと顔が青ざめた。

「わかった。聴きとりを続行させてくれ」

電話を切り、親父を見た。

「チャンの弟は、留学生時代、中国人の仲間とともにビル建築の現場でアルバイトをしていた。モーリスが失踪《しっそう》した七年前は、ちょうど新宿の工事現場にいたそうだ」

「どこだ」

親父が短く訊《たず》ねた。

「歌舞伎町二丁目にある第十モリソンビルという建物だ。区役所通りに面した八階建ての雑居ビルで、テナントには、バー、レストラン、キャバクラ、焼肉店などが入っているそうだ」

「典型的な飲み屋のビルだな」

「そこに核爆弾を隠したのだと思うか」

「通常の隠し方なら、とうに見つかっていておかしくない。工事中だったとすれば、壁に埋めこむとか、そういう手段もある」

親父はいった。

「壁に埋めこむ、だと？」

島津さんはあっけにとられたようにいった。

「チャンの弟は、建築の勉強をしていたのだろう。鉄筋の壁の一部分に空間を作っておいてそこにスーツケース型の核爆弾をおき、薄く周囲をセメントでおおったらどうだ。ハンマーで叩《たた》けば、壁は簡単に崩れる」

「だが店を改装したりすれば、壁を削ることもあるだろう」

「改装にはひっかからない場所、たとえば配電室とかだったら？」

僕はいった。島津さんは考えていた。やがて携帯電話のボタンを押し、でた相手に命じた。

「新宿署から、第十モリソンビルのことに詳しい人間を誰かよこしてくれ」

親父が訊ねた。

「チャンの弟は、新宿では他の場所で働いていないのか」

島津さんは頷《うなず》いた。

「新宿ではそこだけだ。第十モリソンビルの工事期間は一年近くあって、チャンの弟は現場主任に気に入られ、最後は班長のような仕事も任されていたという話だ」

「それならまちがいないな。パリにいた兄貴に具体的な場所を教える前に、刺されて死んじまったのだろう。いってみるか」

親父はいった。

「区役所通りに入ってくれ」

島津さんが運転手に命じた。覆面パトカーは発進した。

「もし第十モリソンビルのどこかに小型核が隠されているとしても、営業時間中に回収するのはかなり難しい筈だ。テナントが営業を終える、朝方を狙うだろう。それまでに周辺を警察に固めさせる」

島津さんはいった。

「慎重にやれよ。ニコルがそれに気づいたら、自爆するかもしれん」

「クリスチャンは自殺を禁じてたのじゃなかったっけ」

僕は親父にいった。

「奴らの神様はキリストとは関係ない。もとはクリスチャンだったかもしれんが、教義が捻《ねじ》れに捻れて、もはや『聖人《セイント》』は、手段が目的化したテロ集団としかいえない」

島津さんが答えた。

「FBI情報か」

「そうだ。一九五〇年代にアメリカ南部で元になった集団は生まれた。教祖は石油成金の大金持だ」

「どっかの大統領みたい」

「その後一九九〇年代に入って、教祖が死亡し、養子となったニコルが跡を継いでから活動が活発化した。ただこの数年は鎮静化していたので、FBIのマークはゆるんでいた。CIAは逆に、国外で活発に活動する集団として注目していたらしい。だが具体的な破壊活動に至っていなかったのと、FBIとの情報交換をおこなっていなかったのが原因で、日本に入ってくるのを見過したということだ」

「ありがちな話だ。しょせん役人だからな」

親父は鼻を鳴らした。

覆面パトカーは渋滞の区役所通りをのろのろと進んでいた。信号とは関係なく、車道の流れをせきとめるメルセデスがいる。一目瞭然《いちもくりょうぜん》のやくざ屋さんたちだ。運転手がドアを開けるのを待って、のんびり乗り降りするごついおじさんたちに、タクシーや他の車はクラクションも鳴らさない。

車道の両側はずらりと違法駐車の列で、ただでさえ流れの悪い道をさらに混ませている。歩道には、日本人、中国人、アフリカ系の客引きが立ち、やくざを除くすべての歩行者に声をかけている。

「ニコルじゃなくても、すっきりさせたい気分になるね」

僕はつぶやいた。

「やっぱり異常だよ。この時間にこの人通りって」

「これが平和って奴だ、リュウ」

親父がいった。

「独裁者が権力を握り、秘密警察が目を光らせるような国には、こんな景色はない。確かにマトモじゃない奴らがうようよいるとしても、今この瞬間この街にいる連中は、自ら望んでここにきている。でかけたくないのにひきずりだされたり、本当は遊びにいきたいのだがつかまるのが恐くて家に閉じこもっているような人間はどこにもいない。平和は悪人にも善人にも平等だ。妙な話だが、ワルにカモられる被害者があとを絶たないのも、この国が平和だからなのさ」

覆面パトカーは、数百メートルを三十分近くもかかって進み、ようやく止まった。ハザードを点《とも》したとたん、

「おらっ、こんなとこ止めてんじゃねえ！」

バンパーを蹴《け》る、ボコッという音がした。五、六人のやくざの集団があたりをヘイゲイしながら歩いていたのだった。

むっとしたような運転手に、島津さんは、

「やめとけ」

といった。

「今、騒ぎを起こしたらマズい」

だがやくざ者の集団もそれ以上は文句をいわず、歩き去った。

数分後、徒歩でスーツ姿の男がやってきて、窓ガラスをノックした。僕がドアロックを解くと、後部席にするりと乗りこんできた。

「ご苦労さまです」

席をずれた僕がいうと、ぎょっとしたような顔になった。体つきがごつくて、メタルフレームの眼鏡をかけている。

「車、まちがえたかな――」

「まちがってない。新宿署の人だろう」

島津さんがいった。

「あ、はい。刑事課の立木《たちき》といいます。四係におります」

「私が島津だ。そこにいるお二人は、特別協力者だ。心配しなくていい」

「はいっ」

立木と名乗った刑事さんは敬礼せんばかりに頷いた。

「第十モリソンビルのことを話してくれ」

「はっ。第十モリソンビルは、ちょうど斜め正面にある、ピンク色の外壁タイルの建物です」

立木はいった。ずらりとネオン看板が連らなっていて、いかにもそれ風だが、ひとつだけ妙な点があった。第十モリソンビルに限っては、周辺に客引きの姿がひとりも見当らないのだ。

「客引きがあそこだけいない」

僕はいった。立木は僕に頷いた。

「理由があります」

そのとき無線が鳴った。徒歩で尾行していたエージェントからだった。アレクセイら三人が区役所通りをうろうろしながらも、第十モリソンビルに向かって近づいているらしい。向こうはこちらとちがって、ときおり受信器を確認しながらなので、さらに時間がかかったのだ。

「つづけてくれ」

島津さんがいった。立木は咳《せき》ばらいし、口を開いた。

「今年に入って二件、あのビルでは発砲事件が起こっています。まず二月に、指定広域の神葉会《しんようかい》系の組員が一階のエレベータホールで、吉林省《きつりんしょう》出身の中国人を撃ち、重傷を負わせました。その二ヵ月後の四月に、今度は同じ場所で中国人数名が、神葉会組員を狙撃、一名が死亡し、一名が軽傷を負いました。こちらの方はほしはまだつかまっていません」

「ずいぶんお盛んだな」

親父がつぶやいた。

「みかじめか」

島津さんがいった。

「何、みかじめって」

僕は訊《たず》ねた。

「用心棒代、あるいはショバ代だ。そこで商売をやっていくのに、いくらかを納める。今は現金のやりとりはほとんどない。組の息のかかったオシボリ屋や氷屋、観葉植物のリースなんかを使う。さもなきゃ、カレンダーや手帳を売りつける。いちおうみかじめを納めた組は、その店のケツモチになる。何かあったら頼りにしてくれ、ということだが、もちろん頼りにはならない。むしろ高くつくことの方が多い」

親父が説明した。立木がつけ加えた。

「歌舞伎町はよそとちがって、縄張りに線引きがないんです。何丁目をどこの組、何丁目から先が別の組、というわけではなく、店々で、ケツモチがかわってきます。それだけ早い者勝ちというわけです」

「だからあんなに熱心に見回りしているわけね」

僕は頷《うなず》いた。勉強にはなったけど、受験には何の役にも立たない。

「みかじめのこともあるのですが、それより根本的な問題があるんです。あの第十モリソンビルというのは、施工した建築会社がかなり問題のあったところで、建設中も、不法滞在者を安く使っているという噂が絶えませんでした。蛇頭《じゃとう》が口入れ屋を兼ねていて、密航させた中国人を翌日から現場で働かせていたらしいのです。結局竣工《しゅんこう》後、建築会社は不況で倒産したのですが、施工費の一部がテナントの所有権で支払われており、それが人件費として蛇頭に流れました。その結果、五階から上は、オーナーが中国人になっています。ところが、四階にあるキャバクラの大型店は、神葉会がマネーロンダリングのために作った店で、四階までは日本人従業員の店ばかりが集中しているんです」

「つまり下半分が日本人とやくざ、上半分を中国人と中国マフィアが牛耳《ぎゅうじ》っているということですか」

僕の問いに立木は頷いた。

「その通り。だからいつも小競り合いが絶えなくて、発砲事件以降は、大きな騒ぎがいつ起きても不思議のない状態なんです」

火薬庫に爆弾というわけだ。

「新宿署はそれに対し、何もしなかったのか」

島津さんがいった。

「いえ、一時は警官を常駐させたのですが、客が嫌がるという苦情が、二、三階あたりの店からでて。神葉会側も、意地になって、四階のキャバクラを移そうとしないのです。重点警戒区域として、地域課と四係で目を光らせている状態です」

「よりにもよってそんなところに……」

島津さんはつぶやいた。立木にいう。

「ご苦労だった。すまないが車の外にでてくれないか。さっきこの車を蹴っていった地回りがいた。そういうことのないようにしてもらいたい」

「了解しました」

立木はいって、車を降りた。本当は核爆弾のことを立木に知られたくないからだろう。

「楽しいことになった。やくざに中国マフィア、そこへテロリストと元KGBか」

親父がいった。どういう神経をしておるのか。

「ニコルたちはもう、このビルの中にいるのかな」

「いなくてもすぐ近くにはいる。さもなけりゃ、アレクセイらがここまでこられない」

「モニークもいっしょなんだ」

「ニコルはぎりぎりまでモニークを放さないだろう。どたんばでモーリスに裏切られたら元も子もない」

「きました！」

運転手が低い声でいった。僕らは車の外を見た。

アレクセイとケンイチ、村月の三人が第十モリソンビルの前に立っていた。村月が腕の上で広げたアタッシェケース内の受信器をのぞきこんでいる。

「どの階にいるかまでわかるのかな」

僕は親父を見た。

「それは難しいだろうな。ただ近づけば受信電波が強まるので、それで判断する他ない」

島津さんが腕時計をのぞいた。

もうすぐ午前零時になろうという時刻だ。

「ビルを包囲して封鎖するのは考えものだな。騒ぎになるのはまちがいない。かえって混乱がひどくなる」

親父がいうと、島津さんは息を吐いた。

「そのようだ」

「お前のエージェントを集めろ。銃はもたせているのだろ」

「ああ、もたせている」

「一軒ずつシラミ潰《つぶ》しにあたろうじゃないか。アレクセイたちもそうしているようだ」

親父はいった。三人がエレベータホールに立ち、エレベータを待っている姿が見えた。

「待つわけにはいかないか」

島津さんがいい、親父は首をふった。

「あいつらが動いている以上、ニコルと鉢合わせれば、結果は同じだ」

「撃ち合いになるな」

「そうだ。アレクセイたちは、モーリスやモニークの命など知っちゃいない。核爆弾を回収するのだけが目的なんだ。当然、ニコルらも応戦するだろうし、最悪の場合は、核を爆発させる」

島津さんは固い表情になった。

「この状況で道路を封鎖し、ビルの周囲と内部から人を避難させるのは不可能だと思うか」

「警官が入れば、まっ先にニコルが気づく。せいぜい、周辺の道路封鎖だろうな」

「火災報知機は？」

僕はいった。

「どっかで火事が起これば、人はいっせいに逃げだすのじゃない？」

「だがそれまでにニコルが核を手に入れていたら？　混乱に乗じた奴が、逃げやすくなるだけだ」

「そうか――」

「だが悪いアイデアじゃない。タイミングをうまく見はからえば、だ」

エレベータホールからは、アレクセイとケンイチの姿が消えていた。村月だけが残っている。ニコルたちといきちがいになるのを防ぐため、見張っているようだ。

「奴らは上から順番にやる気のようだ。となると、こちらは下からいくか」

「でも村月がいるよ」

巨体にアタッシェケースを抱えた村月は、嫌でも目立っていた。

「追い払おう」

島津さんがいって、サイドウインドウをおろした。車の外にいた立木に話しかける。

立木が村月に近づいていく姿を見つめ、僕はいった。

「うまくいくかな」

「騒ぎを起こしたくなければ立ち去るだろう。さもなきゃ――」

親父がつぶやいたときだった。

大柄な立木より、村月はさらに頭ひとつ大きい。その村月に立木がバッジを見せ、何ごとかを話しかけた。

初め、村月は知らん顔をしているように見えた。立木から顔をそむけ、エレベータの方角を凝視している。

だがなおも立木が話しかけると、アタッシェケースを左手にもちかえた。右手が目にも止まらない早さで立木の鳩尾《みぞおち》を突いた。思わず前かがみになった立木の首すじを巨大な拳《こぶし》で殴りつける。

「さもなきゃ、みたいよ」

僕はつぶやいた。一瞬の早業だった。あたりを歩いている人間にも気づく暇を与えず、崩れ落ちた立木を村月は抱えた。

そのまま肩に担いで、隣のビルの入口にある植えこみに放りこむ。まるで酔っぱらいがツブレているように、立木は動かない。

「あっさり片づけやがった」

親父は唸《うな》った。

村月は何ごともなかったように、第十モリソンビルの一階入口に戻った。アタッシェケースを足もとにおき、腕組みをする。

無線機が鳴った。アレクセイたちを尾行して集まり、今は第十モリソンビルの周辺で待機している、島津さんの部下からだった。今のを見ていたのだ。

「どうします？　逮捕しますか」

「騒ぎが起これば、ニコルたちにも知られる。あくまでも静かにいこう」

親父がいって、車のドアに手をかけた。

「島津――」

右手をさしだす。島津さんは一瞬迷い、車のグローブボックスを開けた。オートマチックの拳銃《けんじゆう》が一挺《いつちよう》入っている。見覚えがあった。フェイレイのVP70だ。

島津さんからうけとったＶＰ70を腰にさしこみ、親父はドアを開けた。

「リュウ、いくぞ」

「冴木、隆くんを連れていく気か」

「核がドカンといきゃ、車にいようが、建物の中にいようがいっしょだろう。どうする、リュウ。残りたいか」

「いくよ」

「よし。島津、部下に、俺が合図するまで動くなといえ」

島津さんはマイクをとりあげた。

車を降りた僕と親父は、まっすぐ村月に近づいていった。

村月はすぐに気づいた。組んでいた腕をほどき、ぐいと胸をそらす。

「やあやあ」

親父はいって村月の前に立った。

「奇遇だな。このビルには、俺のいきつけのキャバクラがあってな。『ヴィーナスフォート』って店で、しずくちゃんてかわいい子がいる。倅《せがれ》と張りあってるんだが、これがなかなかカタい子でな。どうやら俺たちみたいなナンパじゃなく、マッチョな男が好きらしい。もしかするとあんたみたいなタイプが好みなのかもしれん。どうだい、これから一杯」

村月は無言で瞬《まばた》きした。表情はまるでかわらない。

「おっと」

村月の足もとにあったアタッシェケースを親父の足が蹴《け》とばした。

村月の顔が一変した。

「あっちへいけ」

「そう冷たくするなよ」

「あっちへいかんと殺すぞ」

低い声で村月はいった。

「おっかないことというなよ。そうだ、しずくちゃんと俺たちが撮った写真見るか」

親父はいって腰に手を入れた。でてきたときはＶＰ70を握っている。

銃口を村月の顎《あご》の下につきつけた。

「おやおや、写真のかわりにこんなものがでてきちまった。動くなよ。こいつは一回引き金をひくと、三発つづけて弾が飛びだすという、物騒な銃だ。いくらあんたが頑丈でも、ちょっと助からんぜ」

村月は動かなくなった。

親父が左手を上げた。変装したエージェントがばらばらと走り寄った。人垣を作り、すばやく僕らをとり囲んで、あたりの視線をさえぎる。

村月の手に手錠がはめられた。親父は村月の身体検査をした。ごついコルトの軍用拳銃と携帯電話をとりあげ、僕に両方を押しつけた。

「とりあえず、もっていろ」

「覚えてろ、貴様——」

村月が歯ぎしりした。その口にガムテープが貼りつけられる。コンビニエンスストアのトラックがさっと横づけされると、一瞬で荷台の中に押しこめられた。

トラックが走り去り、エージェントたちが散らばった。一分もかかっていない。人垣に立ち止まった通行人もいたが、何が起こったのかわからないうちに、すべて終わっていた。

あとに僕と親父、島津さんが残った。

親父はおきざりにされたアタッシェケースを拾いあげ、蓋《ふた》を開いた。

カーナビシステムと同じ、液晶の画面が目にとびこんできた。拡大された歌舞伎町一帯の地図の中で、赤い光が点滅している。

「やはりフロアまではわからんようだ」

僕はビルのテナントを表示した看板に目を向けた。

地下一階は、「ドミンゴ」というクラブが一軒で占め、一階は焼肉店、二階から三階にかけては小さな店の看板が並び、四階は、さっき親父が口にした「ヴィーナスフォート」というキャバクラが入っている。五階から八階は、ずらりと漢字の名前が並んでいるが、それがどんな類《たぐい》の店なのかはわからない。

「放射能探知装置をもった、自衛隊の処理班がこちらに向かっている。ただ区役所通りの入口まではこられても、ここまで入ってくるのに、どれくらいかかるか。サイレンを鳴らさせるわけにはいかないからな」

島津さんがいった。親父はビルを見上げ、

「一軒一軒見ていった方が早い」

とつぶやいた。

「まず地下からいこう」

「待ってよ。ニコルたちがいたらどうするの？」

親父は顎の先をかいた。

「もし核を手に入れたら、さっさとここをでてくるだろう。そのときは包囲して何とかしろ」

島津さんを見ていった。島津さんは厳しい表情で頷《うなず》いた。

「狙撃《そげき》班を待機させてある。警告なしで狙撃してでも逃走は阻止する」

「中にいるのは、まだ核を手に入れていないからだろう。その状況なら、何とかなる。俺からの連絡があったら、部下を突入させろ」

「わかった。部下をつける」

島津さんはあたりに散らばっているエージェントをふり返った。

「じゃあ腕が立つのを二人預けてもらおうか」

島津さんが合図をした。ネクタイ姿のエージェントが二人、僕と親父のかたわらに立った。二人ともごつくてきびきびしている。

「冴木は知ってるな」

島津さんがいうと、二人は頷いた。

「冴木の命令に従え」

「了解しました」

「伝説の冴木さんとごいっしょさせていただけて光栄です」

エージェント一号がいった。

「自分もいろいろ聞いております。よろしくお願いします」

二号もいう。親父はあきれたように首をふった。

「そんな伝説など忘れちまえ。そこらの中学の番長の喧嘩《けんか》伝説みたいなもんだ。いくぞ」

親父は二人が顔を見合わせるのもかまわず、すたすた歩きだした。

25

まず僕らが向かったのは、地下一階にある「クラブ　ドミンゴ」だった。

階段を降りきったところに自動扉があり、先頭の親父が立つとすっと開いた。

「いらっしゃいませ」

　黒服が二人いて、声をかけてくる。だが親父につづいて扉をくぐった僕に、怪訝《けげん》な表情を浮かべた。

「失礼ですが、お客様、お年はおいくつでいらっしゃいますか」

「童顔なんでよく酒屋さんとかでもいわれるんです。もう二十二でーす」

「失礼いたしました」

　通路を歩き、縦長の店内に入った。サラリーマンらしいおじさんのグループが何組かいて、濃い化粧に肩むきだしのドレス姿や着物のおばさんたちと談笑中。

　ニコルの姿はない。

「お客様、どうぞ――」

　奥の席へと僕ら四人を案内しようとするボーイを親父は制した。

「他の席はないのかな」

「VIPルームがございますが、あいにくただ今満席でございます」

　ボーイは答えた。

「それはどこだい」

「入口が別になっておりまして、地下二階でございます」

「エレベータでいけたかな」

「いえ、あちらの階段から」

　ボーイはいって、店の奥にあるらせん階段を指さした。

「なるほど」

親父は頷き、ひとまず案内された席へと腰をおろした。

「ボトルのお預かりはございますか」

「ああ。島津という。捜してくれ」

いけしゃあしゃあと親父は答える。

「島津さまでいらっしゃいますね。お待ち下さい」

ボーイが立ち去ると、親父は僕に合図した。

「VIPルームとやらを偵察してこい」

「了解。五分たっても戻らなかったら、救出にきてね」

僕はいって立ちあがった。らせん階段を降りる。途中からざわついた上の階の音が消え、静かになった。

らせん階段を降りきった場所にグランドピアノがあり、それを囲むように革ばりのソファが配置されているのが、途中から見えた。

満席とボーイがいっていたわりには、やけに静かだ。もしかするとニコルたちがいるのかもしれない。

僕は立ち止まった。

「――てわけにはいかねえんだよ」

突然、男の大きな声が聞こえた。

「わかってんのか、手前《てめえ》。親父のツラに泥塗って、エンコ飛ばしゃ、それですむって時代じゃねえんだ、この野郎。顔上げろ、顔」

どうもちがう雰囲気。

気配を殺してさらに階段を降り、手すりのすきまから下をのぞきこんだ。

ふかふかのカーペットをしきつめた床に、男がひとり正座して、頭をこすりつけていた。周りの席にずらりとすわっているのは、ひと目でそのスジとわかるお客さんたちだ。はさまれたおばさんたちは、皆緊張した顔で黙りこくっている。

土下座している男の前にすわっているのが、喋《しゃべ》っているおじさんだった。どうやら偉いらしく、煙草をくわえると、周りのおばさんや若い衆が我先にライターの火をさしだす。

「勘弁して下さい、兄貴。もう二度と下手《へた》打ちませんから」

土下座した男がくぐもった声でいった。

「ふざけんな。ご免ですんだら、警察も俺たち極道もいらねえんだよ」

説得力のある発言。

どうやらここにニコルはいないと見た。そっと上に戻ろうとしたとき、

「ん？」

〝兄貴〟が、僕の方を見上げた。それにつられて、周囲の子分たちもいっせいにこっちをふりかえる。

「何だ、小僧！」

ひとりが唸《うな》った。

「すいません。トイレかと思ってまちがえました」

僕は急いで階段を駆けあがった。

「待て、コラ」

声が追っかけてくる。他のお客さんを入れたくなかったわけだ。

上のフロアにでると、親父とボーイがモメている最中だった。

「ない？　おかしいな。確かに島津でボトルを預けた筈《はず》だが――」

親父が僕をふり返った。僕は無言で首をふってみせた。

「そうか、しかたがない。店をまちがえたのかもしれん。でなおすとするか」

僕が近づいていくと、親父はいって立ちあがった。

「おい――」

僕の肩がうしろから押さえられた。二人のやくざが追ってきたのだ。

ひとりが親父の前にいたボーイを怒鳴りつけた。

「何やってんだ、手前《てめえ》。下には誰も入れるなっつったろうが」

店の中がしん、と静まりかえった。

「も、申しわけございません」

ボーイが蒼白《そうはく》になった。

「だいたい、なんでこんなガキがきてんだよ。お前、こいつの連れか」

もうひとりが親父にいった。

「連れというか、保護者です」

「保護者だとぅ、ちょっとこっちにこい」

やくざその二はＶＩＰルームの階段に顎《あご》をしゃくった。エージェント一号、二号がすっと立ちあがる。それに気づいたやくざその一が鼻白んだ。

「何だよ」

「まあまあ」

親父はいって、やくざその一の肩を押さえた。

「ここはひとつ穏便に。他のお客さんの迷惑にもなりますんで」

「だから下にこい、っつってんだろうが」

「いくと、お互いいろいろ困ることになりますんで。じゃ――」

親父は軽く頭を下げ、僕らを促した。

「待て、コラ。なめてんのか、お前」

親父のえり首をその二がつかみひきよせた。されるがままにひきよせられる親父。

「おい――」

だがその一があわててその二を止めた。目が親父の腰のあたりにいっている。めくれた上着の裾《すそ》からＶＰ70が姿をのぞかせていたからだ。

その二の視線がすうっと親父の顔から下に降りた。VP70で止まり、やがて再び顔まで上がってくる。手が親父から離れた。

「何だ、お前ら――」

ごくりと唾《つば》を呑《の》み、あとじさる。親父はめくれた裾を直すと、

「じゃ、そういうことで」

にこりと笑った。

「おい、下から何人か呼んでこい」

その一がボーイにいった。

「お客様――」

「いいから呼んでこい！」

ボーイは途方に暮れた顔で、僕らとやくざを比べ見た。何だか事態は悪化する一方という感じ。親父はてっきり、ヒットマンか何かとまちがえられているようす。

「あの――」

僕はいって咳《せき》ばらいした。その一、その二の視線がこちらを向いた。なにげなく、スイングトップのファスナーをおろして見せた。その一、その二の目がまん丸になる。村月から奪った軍用コルトをさしこんであるのだ。

「圧倒的な戦力差があるということで、ここはやめませんか。僕ら帰るところですし」

「手前《てめえ》ら、どこの人間だ」

その二がいった。

「中国人に雇われてんのか」

「いやいや、そういうのとはちがうんです」

「じゃあ何なんだ!?」

エージェント一号が無言で進みでた。懐ろに手を入れる。それを親父が制した。

「よせ」

「いいんですか」

「楽しく飲んでいるところを邪魔したのはこっちだ。おとなしく退散しよう」

その二の目をじっと見つめた。表情がかわっている。

「いいだろう?」

その二は親父の目を見返し、瞬《まばた》きした。

「駄目かね」

言葉は柔らかいが、有無をいわせない口調だった。

「か、勝手にしろ」

その二は吐きだした。親父は頷《うなず》き、その二の肩を叩《たた》いた。

「すまなかった」

そしてくるりと背を向け、店内を見回した。うってかわって、軽い調子でいう。

「どうもすみません、お騒がせしました。ほんのちょっとした誤解があったんですが、もう解けましたんで。これで私ら、失礼しますから。どうぞごゆっくりなすって下さい」

歩きだした。左右のテーブルに笑顔で、

「どうも、どうも、申しわけない」

と頭を下げながら出口に向かう。その場の全員が、あっけにとられた表情で見送った。

「クラブドミンゴ」の扉をくぐった親父は、息を吐いた。

「やれやれ」

「公務執行妨害で逮捕する手もありました」

一号が不満そうにいった。

「あのな、そういう権力の濫用《らんよう》は好かんのだ。第一、そんなんで騒ぎになってみろ。下にいた奴らまで引っぱらなきゃならなくなるぞ。そうなったら、収拾がつかん」

「こそっと帰ろうとしたのだけれどね、見つかっちゃって。兄貴分のムシの居どころが悪くて、なんか若い衆がシメられてたみたい」

「それも平和の証《あか》しだ」

親父はつぶやいた。

「次いくぞ」

一階にあがった僕らは、今度は焼肉店をのぞいた。ここは問題なくクリア。張りこんでいる島津さんたちによれば、まだニコルもアレクセイたちも、内部からでてきていないようだ。

つづいて二階へと向かう。ワンフロアを四つに分けて、スナックや割烹《かっぽう》料理店が入っている。廊下にまでカラオケの歌声を響かせている店もあって、このフロアも難なくクリアした。怪しい花婿軍団も、アレクセイたちもいない。

三階にあがったときだった。親父と僕のもっている携帯が同時に鳴りだした。僕のもっている携帯といっても、村月のものだ。

「どうする？」

「待て」

いって親父は自分の携帯を耳にあてた。

どうした、と訊《たず》ね、

「わかった」

と答えて、電話を切った。

「外にいる連中からだ。どうやら内部で何かトラブルが起こったらしい。中国人のグループがこのビルの前に集結しているそうだ」

「中国人が？」

僕はいって、踊り場の窓から下をのぞいた。本当だった。十人くらいの男たちの集団がビルの玄関のところに立っていた。そのうちの何人かは、携帯電話を耳にあて、声高に中国語のやりとりを交している。練習用の小型ゴルフバッグを手にしているのもいるが、もちろん中身がゴルフクラブのわけがない。

「なんか開戦前夜って感じなんですけど」

嫌な予感がした。今あそこに、地下のクラブで飲んでいた御一行がでてきたら、ちょっとエラいことになりそうだ。

村月の電話は、鳴り止んでいた。着信表示を見ると、ケンイチの携帯からだ。

「今の、ケンイチから」

「もしかして上でトラブったか」

親父はつぶやいた。〝調査〟を八階から始めたとしたら、アレクセイとケンイチが、僕らが地下のクラブで起こしたような騒ぎを、中国人相手に始めてしまった可能性はある。その場合、アレクセイが、親父のようにコトを荒立てず収めるとはちと考えにくい。

「どうする。いってみる？」

「いや、チェックをつづける。トラブルはおそらくニコルたちとは関係ない。ただリュウは、そこの窓から下を見ていろ」

「了解」

僕はいって、窓ぎわにとどまった。親父とエージェント一号、二号は、三階に入っている店のチェックに移った。

ビルの前に集まっている中国人の数はさらに増えていた。十五人、いや二十人近くはいるだろうか。上を見あげている者も多い。

やがて三階のチェックが終了し、親父たちが戻ってきた。

「どうだ」

「増えてるよ。やっぱりこのビルの上で何かあるみたい」

親父は小さく頷き、

「四階にいくぞ」

と答えた。

四階はワンフロアが「ヴィーナスフォート」というキャバクラだった。

「いらっしゃいませ！」

黒服に合唱され、扉をくぐる。

「ただ今、ショウタイム中ですので、少しの間、お待ち下さい」

入口で足止めされた。店内の照明が暗い。大きな音量で、ロシア人の女の子二人が大ヒットさせたナンバーが流れている。

「はい、四名様、こちらへどうぞ」

ボーイが懐中電灯を手に先に立った。

「E卓三番に、四名様ご案内です」

「いらっしゃいませ！」

「いらっしゃいませ！」

店の中心部にステージがあった。白いブラウスにチェックのミニスカートという制服スタイルの女の子たちが二人ひと組で、四組交代のダンスをくり広げている。何だかイケナイ学園祭にまぎれこんだ気分。

だが次の瞬間、僕ははっとして足を止めた。ステージに近い客席に、スポットライトの反射で浮かびあがったモニークの顔を見つけたからだ。

モニークの横には二人の大柄な白人が腰かけている。だが、ニコルとモーリスの姿はない。

僕はさりげなく店内を見回した。客席のあらかたは埋まっているのだが、やはりニコルとモーリスの姿は見つからなかった。

「こちらです、どうぞ」

モニークの席からは斜めうしろにあたるボックスに僕らは案内された。モニークと二人の白人は、ステージに目を向けているので、僕らに気づいたようすはない。

「親父――」

僕は小声でいって目配せした。親父も気づいていたのか、小さく頷き返した。

「ニコルとモーリスはいたか」

「いない。この店の中にはいないみたい。どうする、モニークを助ける?」

「ようすを見よう」

やりとりをくり返すと、女の子が三人やってきた。ドレスやスーツを着ているが、地下のクラブに比べると、ぐっと年齢が若い。

「いらっしゃいませぇ」

混んでいる店内の狭いボックスに、僕と親父、エージェント一号、二号がすわり、そこにさらに女の子が三人加わったものだから、席はスシ詰め状態だ。

「あら、まだ若いでしょう。うちは初めて？」

「ええ」

「いくつ、お客さん」

「十八です」

「わたしと同じじゃん！　仲よくしようよ」

僕の隣にすわった女の子はきゃっきゃと笑い、角の丸い名刺をくれた。ミカコと手書きのきたない字で書いてある。

「ねえ、名刺もってる？」

「いや、学生なんで、もってません」

「大学生？」

「高校生」

「えー、いけないんだよ。高校生は、キャバクラなんかきちゃ。働いてもいいんだけれど」

といいながらも、ミカコはもうひとりの女の子と水割りをてきぱきと作った。ステージではショウがまだつづいている。

親父の携帯が鳴った。親父はそれをとりだすと右耳にあて、左耳を掌《てのひら》でふさいだ。

「冴木だ。えっ、何だって？」

僕は喋《しゃべ》りかけてくるミカコを制した。

「何？　お仕事の電話？」

あどけない表情を作ってミカコは訊《き》いた。

「そう。とっても大事な」

「ふーん、偉いんだね。高校生なのに」

いえいえ、そちらこそ。十八とはいうものの、夜のお勤めはたっぷり経験しているクチと見た。

電話をおろした親父はいった。

「騒ぎは五階で起こっているらしい。今、集まった連中の半分が、エレベータで五階に上がったそうだ」

「ようすを見てきましょうか」

エージェント一号が訊ねた。

「いや。別の人間がいっている。俺たちはここで待とう」

「ショウはあとどのくらいつづくの？」

僕はミカコに訊ねた。

「うーんと、あと二曲かな。そうしたら明るくなるよ」

ステージに目を向け、ミカコは答えた。僕はモニークを見つめた。今は頭しか見えない。さっきの印象では、顔つきこそこわばっていたが、怪我をしているようすはなかった。

だがモーリスは足を撃たれ、怪我をしている筈《はず》だ。そのモーリスを連れて、ニコルはどこへいったのだろう。

「ねえねえ、高校どこ？」

「都立」

「都立のどこ？」

「K高」

「あ、知ってる。従兄《いとこ》がいってた」

「頭悪くなかった？」

「すごい馬鹿。今、二浪中。医者になるとかいって」

やっぱりね。

「リュウ」

親父が低い声でいった。入口を見ている。

僕はふりかえった。アレクセイとケンイチの姿が見えた。だがすごいことになっている。ケンイチの服は破れ、頬には血がついていた。アレクセイも髪が乱れている。

二人を怪しんだのか、ボーイが入店させまいとしているようすだ。だがケンイチは激しい権幕で何かをいって、無理に押し入ろうとした。止めたボーイをアレクセイが殴り倒した。えらく殺気だっている。

二人は店の中まで入ってきた。立ち止まり、店内を見渡す。ケンイチがモニークに気づいた。指をさして、アレクセイに合図を送った。

そのときだった。入口で大きな怒鳴り声が聞こえた。中国語だった。

「何か、かなりヤバい感じ」

僕はいった。「ヴィーナスフォート」の入口に、中国人の集団がいた。さっきビルの玄関に集結していた連中だ。

入口の騒ぎとは関係なく、ステージ上のショウはつづいている。

中国人の集団は、アレクセイとケンイチを追っかけてきたようだ。やはり上の階でトラブったにちがいない。

モニークとかたわらの白人二人も騒ぎに気づいた。ケンイチを見つけたモニークの目が丸くなった。

「モニーク！」

ケンイチが叫んだ。だがその直後、中国人の集団がばらばらと店内になだれこみ、ケンイチとアレクセイをとり囲んだ。

あっという間に乱闘になった。アレクセイが目の前にいた二人の中国人を叩《たた》きのめし、ひとりからナイフを奪いとった。悲鳴があがり、ショウが中断した。

「お客さん、やめて下さい！　警察を呼びますよ！」

ボーイが叫んだが、別の中国人が青竜刀《せいりゅうとう》のようにでかい刀をゴルフバッグから抜きだしてつきつけたので口を閉じた。

「静かにする！」

青竜刀をもった中国人が怒鳴った。店の中が静まりかえった。

アレクセイはひとりの中国人の背後に回り、首すじにナイフを押しつけている。ケンイチは懐ろから拳銃《けんじゅう》をつかみだしていた。

「お前！」

青竜刀の中国人は刃先でアレクセイをさした。

「なんで俺たちの店、壊した。許さない。外へでろ」

「中国人は関係ない。ひっこんでろ」

ケンイチが怒鳴り返した。

「ひっこんでろ？　仲間を怪我させせられたら、ひっこめないね。それともお前、神葉会か」

「なんだ、そりゃ。俺たちは人を捜しにきただけだ。そっちが妙な因縁をつけるからだろうが」

僕はモニークを見た。立てないように、かたわらの白人が肩をおさえつけている。

「勝手に入ってきて暴れたのはそっち。止めた店の人間、殴ったのはお前。お前たちが神葉会なら、俺たちもこの店、壊す」

「ちょ、ちょっと——」

「黙れ」

黒服の首すじに青竜刀があてがわれた。

「勝手にしろ。俺たちは関係ない。モニーク！　モーリスはどこだ⁉」

ケンイチがモニークに呼びかけた。白人二人がさっと立ちあがり、拳銃をひき抜いた。またも悲鳴があがり、その席にいた女の子たちが逃げだした。

アレクセイが盾にしていた中国人をそのテーブルめがけつきとばした。白人ひとりが発砲し、撃たれた中国人が悲鳴をあげて床に転がる。店内は悲鳴と怒号が交錯し、大パニックになった。

だが入口を中国人の集団が固めているため、客もホステスも逃げだせない。結局、席で身を低くする他ない。

「お前——」

アレクセイとケンイチを囲んでいた中国人の残りがモニークのいるテーブルに殺到した。中国人を撃った白人が拳銃を叩き落とされ、胸にナイフをつきたてられる。もうひとりの白人がモニークの腕をつかみ、拳銃を乱射した。ボトルやグラスが砕け、全員が床に伏せた。

ケンイチがしゃがみながら撃った。その弾丸が白人を刺した中国人の足にあたり、入口の中国人がケンイチめがけて拳銃を向ける。アレクセイがそれより先に撃ち返し、またひとり中国人が倒れた。残った中国人は、入口の受付の陰に身を伏せた。

なんかめちゃくちゃになってきた。

「どうするんだよ」

僕はテーブルの陰で親父にささやいた。

「恐いよ、恐いよ……」

ミカコが泣き声でいった。

「しーっ、大丈夫だ。おじさんがついているから」

親父が囁《ささや》いて、ミカコの肩に腕を回す。まったく、乱にいて治を忘れずというか。ナンパのココロだけは、この親父から失われることがないようだ。

「――こちら四階のキャバクラですが、モニークと『聖人《セイント》』のメンバー二名を発見しました。ただ中国人が乱入し、発砲が起きています――」

エージェント一号がシートの陰でイヤフォンマイクに小声で喋っていた。

「は？　今何と？」

相手の声に訊き返す。

僕は店内をふりかえった。

モニークを盾にした白人とケンイチがにらみあい、アレクセイが中国人を牽制《けんせい》している。エージェント一号が親父にいった。

「今度は神葉会の構成員が一階エレベータホールに集結しているもようです」

「ここの店員が呼んだのだろう。この忙しいときに……」

親父は舌打ちした。ミカコに猫なで声をだす。

「ちょっと場所をかわってくれる？　おじさん、仕事ができちゃった」

「モニーク！」

ケンイチが再び叫んだ。

「モーリスはどこなんだ？」

白人が喋《しゃべ》らせまいと、モニークの口を片手でふさいだ。そしてモニークのこめかみに銃口をあてがった。

「俺はここをでていく。邪魔したら、この子を撃つ」

英語で叫んだ。アレクセイがくるりと白人をふりかえった。

「撃ちたければ勝手に撃て。お前もどうせ死ぬんだ」

ロシア訛《なま》りの英語でいい返した。白人は胸をそらした。

「殉教者になる覚悟はできている」

「お前たち！　何の話している⁉」

青竜刀の中国人が叫んだ。

「だからいったろう。中国人は関係ねえんだ。邪魔するな」

「ふざけるな。お前たち両方とも皆殺しにしてやる」

「手前《てめえ》らっ、何やってやがんだよっ」

入口で怒号があがった。

「なんでお前ら中国人が、うちの店のカウンターに入ってやがるんだよっ。殺すぞ、こらあっ」

店の外にやくざの集団が詰めかけていた。先頭で怒鳴っているのは、さっきのやくざその一だ。

最悪。

「でてけ、こらあっ」

「よかった。助けがきたみたい」

ミカコがいった。どういう倫理観をもっておるのか。

やくざその一はのしのしと店内に入ってきた。度胸だけはある。

「何してくれんだ、カタギのお客さんもいるってのに。ケンカなら外でやれ、外で。えぇ？　だいたいお前何だ？　中国人じゃねえな」

アレクセイに顔をつきつけた。

「かっこいい」

うっとりしたようにミカコがつぶやいた。とたんにバン、という銃声がして、

「うそっ」

ミカコが手で口をおおった。かっこいいやくざその一をアレクセイが無雑作に撃った

からだった。その一は無言で崩れ落ちた。

今度は悲鳴もあがらない。中国人たちも目を丸くしている。

「あ、兄貴！」

「手前《てめえ》、何しやがる」

入口にいたやくざたちは口々に叫んだが、さすがに拳銃をもち歩いてはいないようで、アレクセイに向かっていく者はいない。今まで撃たれた者は皆、致命傷にはいたっていなかったが、やくざその一はちがった。目をみひらいたまま、ぴくりとも動かない。

アレクセイはその一の死体をまたぎこえた。手にした銃をまっすぐ、モニークを盾にしている白人に向ける。

「モーリスはどこにいる。今すぐ答えなければ二人とも撃つ」

口をおさえられたモニークがもがいた。白人がアレクセイに銃口を向ける。アレクセイが撃つ、と思った瞬間、親父が動いた。

親父の手もとから銃声が発し、アレクセイの銃をもった右手がはねあがった。驚いたようにアレクセイがこちらを見る。白人が撃った。アレクセイの体がくるりと回転して床に膝《ひざ》をついた。

「お前――」

アレクセイが左手で右手をおさえながら目をみひらいていった。親父は立ちあがっていた。

白人がモニークをつきとばし、銃口を親父に向けた。直後、エージェント一号と二号が撃った。

白人はつきとばされたように後方に転がり、動かなくなった。

「冴木っ」

ケンイチがあ然としたように叫んだ。

「リュウ、モニークを」

「がってん！」

僕はいってテーブルの陰から走りだした。モニークが目を丸くする。

「モニーク、こっちだ」

モニークの肩を抱き、親父たちのそばへと連れていった。エージェント一号、二号がさっと盾になってくれる。

「こちら四階です。モニークを確保しました。『聖人《セイント》』二名は死亡」

エージェント一号がイヤフォンマイクに報告した。

「モニーク、お父さんはどこだい」

僕はしがみついているモニークに訊《たず》ねた。とてもいいシチュエーションなのだけれど、楽しんでいたら核がどかんといくかもしれない。

「ニコルといっしょよ。さっき、このお店のステージの裏にいったわ」

「いけ、リュウ」

親父が低い声でいった。

「えっ」

「俺たちはここを動けない。微妙なバランスって奴だ。アレクセイとケンイチもいるし、中国人と神葉会もまだひきあげないだろう。国家権力がおでましになってこいつらを一網打尽にするのを待っている時間はない。お前がニコルを何とかして、核を爆発させないようにするんだ。銃の撃ち方は知ってるな」

僕は息を呑《の》んだ。銃の扱い方は知っている。ライールに王女ミオを助けだしにいったとき、撃ったこともある。人にはあてなかったけど。

「でも――」

「早くいくんだ。さもなきゃ俺たち全員、おだぶつだ」

僕は生唾《なまつば》を呑んだ。

「わかったよ」

「モニークも連れていけ。ここにいるよりマシだ」

「了解」

僕はモニークの腕をつかみ、エージェント一号、二号の背後から店内を横ぎる通路へとでた。

「よせっ」

親父がアレクセイに英語でいった。ひざまずいたまま、無傷な方の左手がズボンの裾《すそ》にのびていたからだ。

「お前が防弾チョッキの愛用者だというのはわかっている。たぶん左手でも銃を扱えて、そこにバックアップガンを隠しているのだろう。俺は頭を狙うぜ」

VP70の銃口がアレクセイの額に向けられていた。

「冴木、手を組もうぜ」

ケンイチがかすれた声でいった。

「無理だな。警察がこの建物を包囲している。リュウ、ステージからいけ」

僕は無言で頷《うなず》き、ステージにあがった。女子高生ルックの八人の女の子たちが抱きあって震えている。

僕とモニークが近づくと、いっせいに小さな悲鳴をあげた。

「大丈夫。僕は皆さんと同じ高校生です」

いったものの、近くで見ると涙で化粧がはげ、高校生に化けるには無理のあるお姐《ねえ》さんが混じっている。

僕はステージの奥、カーテンで隠された楽屋口へと向かった。

ステージの大きさは、二十畳くらいで、上手下手に出入口があるわけでなく、垂らされたカーテンでさえぎられた中央奥に、楽屋とつながる通路があるのだ。

モニークをうしろに退《さが》らせ、カーテンの陰から奥をのぞいた。人ひとりがやっとの通路は、長さが五メートルほどで、その先に扉の閉まった楽屋がある。おそらく楽屋にはもうひとつ別の出入口があって、店の他の場所から行き来できるしかけなのだろう。

「ここにいて」

モニークに囁《ささや》くと、僕は中腰で通路を進んだ。楽屋の扉にはりつき、耳をすます。

中からは何の物音もしなかった。扉をゆっくりと開いた。香水とか化粧品のいい匂いが流れでてくる。

ドレスやスーツが、おかれた椅子の上に散乱している。ライト付の鏡が二枚ずつ、左右の壁にとりつけられていた。中に人はいない。

最後のショウなので、八人以外の女の子たちは皆、席に戻っていたのだろう。

モニークをうしろ手で呼んだ。

楽屋に入る。

「ここで待ってて」

モニークの耳もとでいい、僕は入って正面にある、楽屋の出入口へと進んだ。扉は閉まり、内側から鍵《かぎ》がかかっている。その鍵を、そっと外した。

しゃがんだまま、扉をゆっくり内側に引いた。ほの暗い通路が扉の向こうにはのびている。通路の長さは十メートルほどで、扉がもうひとつあるのが見えた。

「照明・音響制御室」と書かれたプレートが貼られている。

半分開いた扉から通路へと忍びでた。通路の先はもう一枚の扉があり、半分開いている。店の入口近くの景色がそこから見えた。中国人が何人か、こちらに背中を向けてしやがんでいる。

どうやらモーリスとニコルがいるのは、「照明・音響制御室」のようだった。

わきの下を冷たいものがすーっとすべり降りた。暑くもないのに、体中が汗でべとべとだ。

しっかりしろ、と僕は自分を叱咤《しった》した。これまでだって、何度もこれで終わりと覚悟したことがあり、そのたびに何とか生きのびてきたではないか。

だいたい人間、死ぬのは一回きりだ。バイクでこけてガードレールの染みと化そうが、ピストルで撃たれようが、核爆弾で蒸発しようが、死ぬにはかわりがない。

いま度胸を決めなくて、いつ決める。

しゃがんでいると、ベルトにさしこんだコルトのグリップがお腹につき刺さる。人を撃つのは嫌だけど、撃たれるのはもっと嫌だ。

重たいコルトをひっぱりだした。第一弾はもう薬室に装塡《そうてん》されていて、ハンマーがハーフコックの状態で安全装置がかかっている。

撃つためにはハンマーを起こし、安全装置を外さなければならない。コルトのグリップは太く、僕の片手には余るほどだった。握った瞬間、木製グリップの表面が汗でぬらついた。チェッカー模様が入っているので、すべる心配はない。

しゃがんだまま、一歩一歩、カニのように通路を進んでいった。

ガツッ、ガツッという音が聞こえた。何か固いものを叩《たた》いて砕いているような響きだ。

まさかニコルが、核爆弾の隠し場所を思いだせないでいるモーリスの頭をぶっ叩いているわけではないだろう。

足を止め、耳をすました。パラパラッと、砂つぶがこぼれ落ちるような音もする。話し声はしない。

再びカニ歩きをして、扉の前にたどりついた。ガッ、パラパラは、つづいている。どうやら、建物のどこかに穴を開けているようだ。このようすでは、中にいる連中は外の騒ぎに気づいていない。

僕は腹に力をこめ、立ちあがった。ピストルの安全装置を外し、ハンマーを起こす。暴発が恐いから引き金には手をかけない。

カランという音が聞こえた。金属製の重たいものを床に投げだしたようだ。

「——あったか!?」

マギレもなくニコルの声が英語でいった。

「イエス・サー」

どうやら花婿のひとりはいっしょにいるようだ。

そのとき僕は壁にあるスイッチに気づいた。赤く丸いスイッチは、火災報知機だ。

こいつを押したからって、すぐにニコルたちがとびでてくるとは限らない。だがようすをさぐりに顔をのぞかせるくらいのことはするだろう。

「とりだせるか」

再びニコルの声が訊《たず》ねた。

「待って下さい――、駄目です。もうちょっと穴を広げないと」

「急げ」

再び、ガツッ、ガツッ、パラパラ……。大事なお店の壁に穴を開けられたことを知ったら、神葉会のやくざたちは怒るだろう。

僕はためらわず、火災報知機のボタンを押しこんだ。

とたんに、リリリリリ、とすごい勢いでベルが鳴りだした。頭の上にベルがあったのだ。

これは失敗だ。こんなでかい音で鳴りだしたのでは、中の会話やようすがまったく聞こえなくなってしまう。

だが一度鳴りだしたベルを止める手だてはなかった。

通路の正面を見た。ベルの音に驚き、中国人や、入口のところにつめかけたやくざがこっちを見ている。

その中に、さっきのやくざその二もいて、僕に気づいた。目を丸くしている。

不意に、「照明・音響制御室」の扉が内側から開かれた。ニコルが首をのぞかせた。黒いタートルネックに革のジャケットを着ている。白ずくめはやめたらしい。

「ハーイ」

こうなりゃやけだ。僕はいって、コルトをその顔に向けた。

「お前——」

ニコルが息を呑んだ。

「イエス。スーパー・ハイスクール・スチューデント・ディテクティブの冴木隆クンだよ、手をあげて」

ニコルの顔が固まった。

「いっとくけど、あんたになら一発ぶちかます覚悟はできているからね」

僕はせいぜい気合をこめていってやった。殺しちゃうのは嫌だけど、あれだけ痛めつけられたお礼に鉛玉一発くらいを、腕か足にぶちこんでも気はとがめない。

ニコルは両手をあげた。僕はニコルを部屋の奥へと押しこむようにして、ドアをくぐった。背後でドアが閉まり、ベルの音が少しだけ低くなった。

コンクリートの塊が散乱していた。窓のない部屋だ。配電盤のかたわらの壁が三十センチ四方くらい砕かれている。中はぽっかりと開いた空洞で、その前で上半身Tシャツ一枚になった花婿のひとりが、鉄の杭《くい》のようなものをふるっていた。よく見ると、シャッターの上げ降ろしに使う、先が鉤《かぎ》になった金属棒だ。

花婿は目をむいた。少し離れた場所に、黒服を着た、この店の従業員らしい男が転がっている。どうやら照明係らしい。死んでいるのか気絶しているのか、見ただけではわからなかった。

そして壁ぎわに、車椅子にのったモーリスがいた。足に包帯を巻きつけている。

「君は――」

　びっくりしたようにモーリスがいった。

「動かないで下さい」

　僕はとりあえず日本語でいって、壁にあいた穴を見た。穴の向こうに、黒っぽいケースらしいものが横たわっている。どきっとした。

　携帯電話をとりだした。島津さんにかける。

「リュウです。問題のブツを発見しました。四階キャバクラのステージの裏にある『照明・音響制御室』です」

「すぐいく」

　島津さんがいって切った。次の瞬間、花婿が大声をあげ、鉄棒を手に襲いかかってきた。よけたが間にあわなかった。鉄棒の先が僕の握っている銃にあたった。バン、という音が僕の手もとでした。衝撃で暴発したのだ。殴られた勢いでゆるんだ掌《てのひら》が反動を受けとめきれず、銃が僕の手をとびだした。

　とたんに花婿が呻《うめ》き声をたててひっくりかえった。暴発して飛びでた弾丸がどこかに命中したらしい。

　右足の爪先《つまさき》をかかえている。僕はほっとした。どうやら胴体にはあたらなかったようだ。

　だがほっとしたのもつかのま、ニコルがジャケットの下から拳銃《けんじゅう》を抜いた。

僕の目は床に落ちたコルトにいった。駄目だ。とびつく前にニコルに撃たれる。ニコルに目を戻した。銃口がまっすぐこちらを向いている。ニコルは無気味なほど落ちつきはらっていた。

「拾え」

日本語で僕にいった。

この期に及んで決闘でもしようというのか。まさか丸腰の人間は撃ちたくない、というほどフェアプレー精神のもち主だとは思わなかった。

僕は床に落としたコルトに足を踏みだした。手をのばそうとするとニコルが怒鳴った。

「それじゃない！　そっちだ！」

花婿が使っていた金属棒をさした。

「早くしろっ」

僕は無言で棒を拾いあげた。ニコルは壁の穴に顎《あご》をしゃくった。どうやら穴開け作業のつづきをやれということらしい。

ドアの外が騒がしくなった。ニコルがいきなり、ドアめがけてぶっ放した。

「下がってろ！　こっちには人質がいる。殺されてもいいのか」

英語で叫んだ。

銃口が僕を向く。急《せ》かすように、銃を振った。ここは、穴を開けるふりでもするしかないようだ。

金属棒を拾い、呻き声をたてている花婿をまたぎこえて、壁の穴に近づいた。ニコルが僕の落としたコルトを拾いあげ、ベルトにさした。

コンクリートの壁の厚みは、五センチに満たないくらいだった。近くで見ると、そこだけ鉄筋が外されていることがわかる。最初からすきまができるように壁の内側に木枠を組みこんでコンクリートを流しこんだようだ。

すきまの大きさは、高さが五十センチくらいで、巾《はば》が約一メートル、奥行きが三十センチほどだった。そこにつや消しの金属製のアタッシェケースが横たえられている。ひっぱりだすには、あと二十センチくらいは壁の穴を広げなければならない。

僕はモーリスをふりかえった。モーリスが小さく頷《うなず》いた。治療をうけたとはいえ、痛みはあるのだろう。顔色が悪い。

「モニークは大丈夫です。助けました」

僕が日本語でいうと、ほっとしたように目を閉じた。

「早く！」

ニコルが叫んだ。僕はしかたなく棒をふりあげ、壁に叩きつけた。ここはなるべくちんたら作業をして、時間を稼ぐのだ。

だがコンクリートは意外にもろく、一、二度叩《たた》きつけると、ぼろぼろと崩れ落ちてしまう。まずい、と思って力具合を加減すると、ニコルが僕の後頭部を銃口で小突いた。

「神への奉仕に、手抜きは許さない」

やむなく、僕は力を入れてコンクリートを崩した。せいぜい、穴の位置を少しずらすくらいしか工夫ができない。

穴が広がっていく。それとともに、アタッシェケースだと思っていたのが、濃緑色に塗られた容器だとわかってきた。確かに把手《とって》はついているが、留め金のようなものはどこにもない。第一、アタッシェケースにしては巾があって、高さのない、歪《いびつ》な形だ。横長の、絵具ケースのような形をしている。

リリリリリ、とずっと鳴りつづけていたベルがようやく止まった。どこかで誰かが止めたのだ。

「ニコル！」

ドアの向こうで呼ぶ声がした。島津さんだ。英語でいった。

「この部屋も建物も包囲した。投降しろ」

返事のかわりにニコルはドアめがけて再び発砲した。

壁の穴が突然大きくなった。そのつもりはなかったのに、わざと外して叩きつけた棒が、二十センチ四方はある大きな塊を落としてしまったからだ。

ニコルが僕を押しのけた。左手を穴にさしこみ、金属ケースをひっぱりだした。

「グラント！」

爪先を怪我した部下につきつける。グラントと呼ばれた花婿は、泣きべそをかきながら受けとった。

「ケースを開けて、起爆装置を作動させろ」

「よせっ」

　モーリスが低い声で叫んだ。

「ここにはモニークもいるんだ！」

　親子愛は美しいけど、そういう問題ではないと思う。グラントも、目を丸くしてニコルを見上げている。

「我々は全員、殉教者となって天国にいくんだ。この汚れたソドムの街を焼き尽くして」

「焼き尽す」――バーン・アウトという単語が恐しげに響いた。試験にでるだろうか。

「急げっ」

　グラントはうなだれ、ケースを膝《ひざ》にのせた。

「ニコル、私はシマヅ、現場の責任者だ。お前と話がしたい！」

　島津さんの声が再び聞こえた。

「あの世で話そう。もっとも私は天国、お前たちは地獄だがな」

　ニコルが叫び返した。

　グラントの血に染まった指がケースのどこかに触れると、パカッという感じで、一部が外れた。電卓を複雑にしたような装置が露《あら》わになる。

「起爆コードを」

　グラントがいうと、ニコルは銃口をモーリスに向けた。

「コードだ」

モーリスは首をふった。

「いやだ。モニークを、娘を、巻き添えにしたくない」

「今、死ぬか」

「撃てば、コードはわからなくなる」

ニコルの銃口が動いた。僕の方を向く。

「まずこの少年を撃ち殺す」

モーリスは僕を見つめた。

「すまない。でも許してほしい。何万人という人の命がかかっている」

正論だ。だがそれをいうなら、最初からこんな物騒な代物を東京にもちこんで欲しくなかった。

「ニコル」

声がした。今度は親父だった。

「起爆コードがわからなければ、そいつは爆発させられない。知っているとすりゃ、モーリスだが、モニークがここにいるんだ、教えっこない。だが俺なら、コードなしで稼動させる方法を知っている」

ニコルはグラントを見た。

「嘘だ、そんな方法はない」

低い声でグラントはいった。

「嘘じゃない。そこにあるのは、旧ソビエト製のK－一二〇〇型という小型核爆弾だろうが」

グラントがニコルに頷いて見せた。

「そいつはKGBが秘《ひそ》かに開発させたモデルで、俺はそれを設計した学者のひとりを亡命させたことがある」

「誰だ、お前は」

「サイキ・リョースケさ。そこにいる高校生の父親だ」

ニコルが僕を見た。僕は口を開いた。

「父ちゃん、確かにコードを入力しないと、こいつは動かないみたいだ。だけど――」

「お前は黙っていろ。ニコル、俺が爆弾を起動させてやる。ただし、ここにいる全員を避難させたら、という条件でだ」

「冴木！」

島津さんが驚いていう声が聞こえた。

「どうだ、ニコル」

親父はいった。

「お前のいうことなど、信用できん！」

ニコルが叫び返した。

「だったらどうする？　そこのK－一二〇〇にピストルの弾丸をありったけ撃ちこんだって、放射能洩《も》れはおきるかもしれんが、ドカンとはいかないぞ。といって、モーリスが教えるわけがないだろう」

ニコルが黙った。

「ドアを開けるぞ」

親父がいった。ノブが回った。直後、ニコルがドアめがけて撃った。ノブの周囲の木片がはねとぶ。

が、何ごともなかったようにノブは回り、ドアは外側に向かって開いた。

親父が立っていた。

「おいおい、俺まで殺しちまったら、本当に起爆させられなくなるぞ」

ニコルは顎《あご》を引いた。妙に顔が青ざめている。親父の背景には、ヘルメットをかぶり、戦闘服を着けた完全武装のSAT隊員が銃をかまえてひしめきあっていた。

「お前、いったいどういうつもりだ」

親父はニコルを見つめ、ぽつりといった。

「俺はエゴイスティックな人間でね、自分と周りの人間さえよければそれでいい、という、典型的な日本人なんだ」

ニコルは僕に顎をしゃくった。

「息子を助けるために、自分を犠牲にするのは、かまわないのか」

「こいつにはいろいろと迷惑をかけたからな」

うるわしい父性愛。だけどニコルはそんなものに感動してくれそうにない。

「起爆させる方法をいってみろ」

「起爆コードは、そいつを使う兵士にしか知らされない。だがその兵士が負傷した場合に備え、かわりの者が作動させるための、非常用コードがある。全部で九桁《けた》の長い暗号だが、偶然、俺の父親の誕生日にひとつ数字を足しただけのものでな。覚えていたのさ」

「その数字は」

「それをここでいっちまったら終わりだろうが」

ニコルは親父を見つめた。

「信用できんな」

「だったら俺を撃てばいい。わざわざ撃たれるためにそんな与太を吹かした俺が、大マヌケということになる」

グラントが口を開いた。痛みに喘《あえ》ぎ、喘ぎ、いう。

「非常用、起爆コードの入力方法をいって、みろ」

「ディスプレイのうちの、一番上の列のボタンをすべて押してみろ」

親父がいった。グラントは血まみれの手を広げ、ボタンを押しこんだ。

「次にその列の右から左にひとつずつ押す」

ニコルは無言で見つめている。グラントが親父の指示にしたがった。

「それから数字の1と0を押せ、最後にエンターキィ」

グラントがはっと顔をあげた。装置に明りが点《とも》ったからだった。

「作動しました！」

「嘘じゃないだろう。あとは非常用コードを入力すれば、一時間後に爆発する。タイマーはかえられない」

ニコルは銃を動かした。

「コードをいえ」

「全員の避難が先だ」

親父とニコルは見つめあった。

「わかった」

やがてニコルがいった。

「ただし、お前とリュウはここに残るんだ。お前の言葉が真実なら、お前たちにも一時間のチャンスがある。それをやろう」

親父が何かいおうとした。とたんにニコルは厳しい口調でいった。

「それ以外の選択肢はない。もし従えないというのなら、ここにいる全員を射殺し、この核爆弾を破壊する。深刻な放射能汚染が建物とその周辺に及ぶだろう。神が下された、汚れた者どもへの烙印《らくいん》をうけいれる他ない」

親父は小さく頷《うなず》いた。そしてニコルと向かいあったまま、大声でいった。

「島津、ここにいる全員を避難させろ。これから非常用起爆コードを入力する。入力後一時間でこいつは爆発する」

「冴木！」

島津さんが戸口から顔をのぞかせた。

「しかたない。そうしなけりゃ、ここにいる全員が殺された上に放射能汚染が起きる」

僕は成田のホテルで島津さんから聞いた話を思いだした。

一キロのウラン235を使用した小型核爆弾の破壊力は、TNT火薬二万トン分、爆心地から半径一キロにある建物はほぼ全壊、爆風は半径二キロを超えた地点でも秒速五十メートルを超えるという。

つまりこれがここで爆発すれば、歌舞伎町はきれいさっぱり消えてなくなる。

本気で親父はそんなことを考えているのだろうか。それなら、まだ放射能汚染の方がマシだと思うのだが。

「最低でも二キロ半径の人間を、一時間以内に全員、避難させろ」

「無理だ、冴木。ここをどこだと思っているんだ⁉」

「じゃなけりゃ、この建物にいる全員が放射能汚染される」

ニコルが叫んだ。

その言葉を証明するつもりか、左手で腰にさしていたコルトを抜いた。銃口をグラントがもつ核爆弾に向けている。

「今すぐこちらの指示に従わないのなら、核爆弾を破壊する。グラント、そこをどけ」

グラントが爆弾を床におき、足をひきずって離れた。

ニコルは戸口に向き、上着の前を広げた。胸に何かを巻きつけている。

「これが見えるか。高性能爆薬だ。お前らが強行突入するなら、こいつを爆発させる。爆弾は粉々になり、放射能が撒《ま》き散らされるぞ」

灰色の四角いふくらみをいくつもつなげたベルトだった。それを胸と腹に巻きつけている。

僕はぞっとした。ニコルは本気だ。まかりまちがって撃っていたら、とんでもないことになったろう。

「わかったろう。それでも私を止めたいと思うのなら、やってみるがいい」

島津さんの顔が、白っぽい彫刻のようになった。

「島津、どうやらここは、こいつのいう通りにするしかないぞ」

親父が低い声でいう。島津さんは深々と息を吸いこんだ。

「わかった。自衛隊と消防庁の協力を仰いで、なるべく早く避難を完了する」

「この街を焼き払えば、少しは神の怒りに目を覚ます者もいるだろう」

ニコルが満足そうにいった。

「まずモーリスとこの男を外へ連れだせ」

親父が床に倒れている従業員を示した。島津さんの指示で、丸腰になったSAT隊員が二人、部屋に入ってきた。

「ミスター冴木――」

乗っている車椅子を押されたモーリスがつぶやいた。

「あんたには残って、責任をとってもらいたいところだがな。モニークまで巻き添えにするわけにはいかん」

親父はモーリスに告げた。モーリスは唇をなめた。

「私は……私は、本当は恐しくなったのだ。核爆弾を売り渡すという行為は、いくら私が武器商人でも許されることではなかった。だから記憶喪失を装った。フォンが中国情報部と組んでいることはわかっていた。フォンを身代わりにして、この世から姿を消そうと思ったのだ」

「それに気づくくらいなら、核爆弾を売買しようなどと思わなけりゃよかったんだ」

親父は厳しい目でモーリスを見つめた。モーリスは深々と息を吸いこんだ。車椅子を回し、ニコルに向き直った。

「私もここに残る」

「よせ。その怪我じゃ、一時間では爆心地から逃げだせないぞ」

親父がいった。

モーリスは首をふった。

「君と君の息子は命がけで、私の娘を救おうとしてくれた。私ひとりが逃げだすわけにはいかない。それにすべての発端は私にあるんだ」

「好きにしろ」

ニコルが吐きだした。親父は、SATの隊員に頷いてみせた。隊員は、倒れている従業員だけを連れてでていった。

店内の動きがあわただしくなった。詰めかけていたSATや警察官が、店の客や従業員、中国人ややくざを外へと誘導し始めたからだった。中には逆らう者もいたようだが、完全武装のSATにあっという間に制圧されたようだ。

「パパ！」

不意に戸口から叫び声が聞こえ、モニークが現われた。島津さんに肩をつかまれている。

モーリスがふりかえった。

「モニーク」

二人はフランス語で何ごとかをいいあった。モニークの目から涙が流れ落ちた。

やがて、

「リュウ」

モニークは僕を見た。

「ありがとう、リュウ。あとで、待ってるよ」

僕は小さく頷いてみせた。島津さんが進みでて、モニークをうしろにかばった。

「あと十分で、建物周辺を含めた退避が完了する」

「五分だ。五分後に、冴木にコードを入力させる」

ニコルがいった。島津さんは首をふった。

「それは無茶だ。一時間では、歌舞伎町中の人間を退避させられない。せめて三十分、余裕をくれ」

「十五分だな。七十五分の時間が、お前たちにはある」

冷酷にニコルは告げた。

島津さんは目をみひらき、ニコルをにらみつけた。こんな恐い顔をした島津さんを見るのは初めてだ。

島津さんはくるりと踵《きびす》を返した。

「島津——」

親父が呼びかけた。

「そこを閉めていってくれ。うるさいと入力をまちがえちまうかもしれん」

「わかった」

島津さんが扉を閉めた。部屋の中は静かになった。

「煙草を吸うぞ」

親父がいった。

「駄目だ。神は喫煙も飲酒も許してはいない」

ニコルがいったが、親父は無視した。煙草をとりだし、くわえて火をつけた。

「お前の神など、知ったことか」

煙とともに言葉を吐きだした。ニコルがさっと銃口を親父に向けた。

親父は無視して煙草を吸いつづけた。やがてニコルはいまいましそうに銃口を下げた。

「非常用コードを」

ニコルがいった。

「まだ時間がきていない」

「コードだ！」

ニコルは叫んだ。

「今すぐ入力しなけりゃ、この爆薬を破裂させる！」

胸をさし、金切り声でいった。親父は首をふった。煙草を床に落とし、踏み消した。

「しかたがない。そこをどけ」

グラントにいった。グラントは足をひきずり、核爆弾のそばを離れた。親父は床に膝《ひざ》をついた。

ボタンをひとつずつ、押し始める。僕は黙ってそれを見つめた。古い大きな液晶画面に、数字が浮かびあがる。

七桁《けた》まで押したとき、親父の手が止まった。

「リュウ、モーリスを連れて部屋をでろ」

「まだだ」

ニコルが止めた。

「あとふたつ残っている」

「こいつらを逃がすまでは押さない」

親父がいった。

「ふざけるな！」

ニコルが撃った。親父が左肩を撃たれ、倒れこんだ。

「親父！」

「お前たちはどのみちここで死ぬんだ。あとふたつの数字をいえ！」

ニコルが親父の前に立ちはだかり、銃口を顔に向けていった。

「悪いな。今ので忘れちまった」

親父がいった。ニコルがかっと目をみひらいた。そのときモーリスが車椅子から立ちあがるとニコルに組みついた。

「サイキ、爆弾を！」

ニコルにしがみつき、床に倒れこむ。グラントがニコルに加勢しようとするのに、僕は体当たりした。グラントが床に倒れこんだ。

くぐもった銃声が、もつれあったモーリスとニコルの体のあいだから洩《も》れた。

親父が叫んで、核爆弾を僕に押しやった。グラントの頭を殴りつけ立ちあがった僕は、それをかかえあげた。ずっしりと重い。

「走れっ、リュウ」

親父がいった。

僕はドアに駆けだした。すると、触れてもいないのにドアが外から大きく開かれた。そこに島津さんとSATの隊員がいた。避難していなかったのだ。

「リュウくん！」

島津さんがさしだした手に核爆弾を押しつけた。島津さんが受けとると、すぐに放射能防護服を着けた大男二人に渡した。鉛製の巨大なケースが廊下の先に用意されている。

僕はうしろをふりかえった。

モーリスの体を押しのけ、ニコルが立ちあがったところだった。モーリスはぐったりとして動かない。

「お前たち！」

ニコルがかっと目をみひらき、銃を自分の胸に巻きつけた爆薬ベルトに向けた。

親父が床の上でくるりと回転した。右手に拳銃《けんじゅう》を抜いている。ニコルの足もとに寝そべり、まっすぐ右手に握った銃を上にのばした。

「リュウ！」

銃口の先は、ニコルの顎《あご》だった。親父の右手のVP70が火を噴いた。

顎から上に向かって三発の銃弾がつき抜けたニコルは、頭の上半分を吹きとばされがくんと体を震わせた。そのまま膝を折り、床に倒れこむ。

「ニコル――」

グラントが叫んで死体にとびつこうとしたとき、SATの隊員が踏みこみ、自動小銃を発射した。Tシャツの胸にぱっぱと赤い穴が開き、血煙があがる。グラントは床に崩れ落ちた。

「ニコルの体を調べろ。時限装置がついているかもしれん」

親父が苦しげにいった。ニコルの死体がひっくり返され、SAT隊員がかがみこむ。

「通常の起爆装置だけです」

「背中も調べろ」

上着がひきはがされた。

「大丈夫です」

「よし。起爆装置を外せ。慎重にな。この期《ご》に及んでドカンじゃ、洒落《しゃれ》にならん」

親父はつぶやくと、ぐったり顔を伏せた。

「親父――」

僕は親父にかけよった。

「冴木！　担架を早くっ」

島津さんも叫んで、僕のかたわらに膝をついた。

親父は目を薄く閉じ、浅い呼吸をくり返している。左半身が血に染まっていた。

「少し、休ませろよ」

目を閉じたまま、親父がいった。

「少しだけだよ。ずっとは駄目だからね」

鼻の奥がツンとしてくるのを感じながら僕はいった。

「馬鹿。お前の裏口費用、稼がなきゃならないんだ。ずっとは休めないだろ」

それが親父の返事だった。

26

モーリスは親父といっしょに病院に運ばれたが、夜が明ける前に息をひきとった。せめてもの救いは、モニークに見とられたことだ。親父はただちに手術室にかつぎこまれ、弾丸の摘出《てきしゅつ》手術をうけた。幸い輸血まではしないですむということだった。

事件は、新聞では日本人やくざと中国マフィアの抗争という形で報道された。中国マフィアのメンバーが〝爆発物〟を所持していたため、自衛隊とSATが駆りだされた、という話になっていた。

アレクセイとケンイチは、「ヴィーナスフォート」で逮捕された。だが、ポポフと梅本は行方をくらました。二人は新宿の路上にジャガーを放置し、徒歩で逃げだしたのだった。

事件の二日後、モニークの母親が来日した。僕は彼女とモニーク、それに島津さんといっしょに、荼毘《だび》に付されたモーリスの骨を拾った。

「リョースケに会いたい」

斎場をでてくると、モニークがいった。僕は腕時計をのぞいて答えた。

「今なら面会時間に間に合うよ」

「連れていって、リュウ」

僕は頷《うなず》き、島津さんを見た。

「モニークのお母さんは、私がひきうけた。いくつか訊《き》きたい話もあるし、あとでホテルまで送っておく」

乗ってきた黒塗りのセダンにモニークの母親を案内しながら、島津さんはいった。

モニークのお母さんは、金髪の派手な感じのおばさんだった。モニークはその頬にキスをし、フランス語で何か話しかけた。お母さんは頷くと、モニークを抱きしめた。

僕は喪服姿のモニークをバイクのうしろに乗せ、親父の入院している病院に向かった。

親父は国家権力の払いで、特別室に入っている。

病室に入っていくと、弾丸に削られた左肩の骨をギプスで固定された親父の姿があった。さすがに落ちつかないらしく、しきりに体を動かして、テレビを見ている。

「ハイ、リョースケ」

病室の入口に立ったモニークがいうと、初めて気づいたようにテレビを消した。

「モニーク」

ベッドに上体を起こし、かたわらのソファを僕らに勧めた。

「無事すんだのか」

僕を見ていう。僕は頷いた。

「お母さんは、島津さんが案内してる」

モニークはベッドににじり寄ると、親父の右手を握った。

「リョースケ、ありがとう。リョースケとリュウのおかげで、パパの爆弾が爆発しなかったって聞いたよ」

「お礼はいい。それよりこれからどうするんだい」

「パリに帰る。でもまた東京にはくるね。リョースケやリュウがいるし」

モニークが答えた。どうもいちいち順番が〝リョースケ〟の方が先なのが気に入らないが、ここは大人でいるしかないリュウ君。

「よかった。モニークが日本を嫌いになったのじゃないかと心配していたんだ」

モニークは首をふった。

「リュウ、モニークをホテルまで送ってやるんだぞ」

「もちろん。ところでひとつ訊きたいことがあるのだけれど」

僕は咳《せき》ばらいしていった。

モニークと目と目を見つめあっていた親父は、ここでようやく僕をふり向いた。

「何だ」

「あのとき本当に非常用コードを入力するつもりだったの」

僕は訊《たず》ねた。僕を助けるためにこの人は本気で歌舞伎町を焼失させるつもりだったのだろうか。

「ああ、あれか……」

親父はつかのま沈黙した。

「どうなのよ」

「非常用コードなんて知るわけないだろう」

「えっ」

僕はぽかんと口を開けた。親父はにやりと笑った。

「強制的に装置を起動させる方法を聞いていただけだ。九桁《けた》の数字だの何だのは、全部口からでまかせだ。だがあのときはああでもいわなけりゃ、中に入れなかった。島津とはあらかじめ打ち合わせておいたんだ。撤退するフリをして、SATを待機させておけとな。あとは何とかニコルを倒すチャンスをうかがうつもりだった。奴が爆弾を体に巻きつけているとまでは、正直、予想しちゃいなかった。せいぜい手榴弾《しゅりゅうだん》までだろうと思っていた」

「じゃあ、あのとき押した数字は？」

「でたらめだ。俺が父親の生年月日なんて知るわけないのを、お前も知っているだろう」

脱力した。やっぱりこの親父は、口からでまかせで世の中を渡っているのだ。

親父はだが笑顔を消していった。

「モーリスがいなけりゃ、俺たちは吹っ飛んでいたろう。そういう意味では、モーリスは俺たちの命の恩人だ」

「ちなみに、九桁押しても、起爆しないときは何ていいわけするつもりだったの？」

親父は困ったように僕を見た。僕は急いでいった。

「やめた。これ以上訊いたって、そのときは何とかなる、くらいしか返事は返ってこないだろ」

「わかってるじゃないか。人間、死ぬのは一度だけだ。ああいうときは、覚悟を決めた奴が勝つのさ」

「同じことを思ったよ、僕も」

「大学なんていく必要ないな。それがわかってりゃ、充分、世の中で闘える」

「それとこれとは別」

ぴしりといってやって、僕は立ちあがった。

「リョースケ――」

名残り惜しそうにしているモニークの腕をそっととった。

「ゆっくり休ませてあげるよ。治るものも治らないとマズいから」

恨めしげな目で親父が僕を見た。モニークは親父の頰に唇を押しつけた。

「明日は、圭子ママもくるって」

僕はいって、病室をでた。

病院をでたが、モニークはまだ僕と別れたくなさそうだった。そこで「麻呂宇」にいくことにして、僕はモニークをバイクに乗せた。

本当のところ、このまま「インランの間」になだれこみたかったのだけれど、それではいくら何でもキチクになってしまう。

バイクを止め、「麻呂宇」の扉を押した。お客さんはおらず、カウンターにママと星野さんの二人だけだったが、どこかようすが変だ。

「リュウちゃん……」

ママがこわばった声でいう。どうしたの、と訊き返しかけたとき、キッチンとの仕切りが開いて、梅本が現われた。手に銃をもっている。

「梅本さん」

「ミスター梅本！」

僕らは立ちすくんだ。梅本は険しい顔で僕をにらみつけた。

「お前たち親子のせいで、俺たち兄弟の夢は滅茶苦茶だ」

「どうしてここが――」

「ケンイチから聞いていた。奴はお前が信用できないと最初からいってた。今度だけは、奴の方が正しかった」

「ポポフはどうしたんです」

梅本は目を伏せた。

「あのあといろいろもめてな。奴はすべてを俺の責任にしようとした。店への出資も全額ひきあげると。冗談じゃない。俺が奴のマネーロンダリングにどれだけ協力したと思ってやがる……」

「もしかして撃っちゃったとか――」

梅本は小さく頷いた。

「新宿のビジネスホテルに転がっている。俺は、お前たち親子だけは許せんと思って、ここまできたのさ」

僕は目を閉じた。親父とのやりとりがよみがえった。人間、確かに死ぬのは一度きりだが、それが今で、こんな形では、あまりに悲惨ではないか。

「ミスター梅本、やめて。パパも死んだ。もう何をしたって、爆弾は手に入らないのよ」

モニークがいった。梅本は目をみひらいた。

「何だって。モーリスは死んだのか」

「新聞にはでませんでしたが。ニコルが撃ったんです。ニコルも死にましたけど」

梅本は大きく息を吐いた。

「俺たちは何を追っかけていたんだ」

「人殺しの道具ですよ。それ以上でもそれ以下でもない。そのピストルでも僕たちは殺せるし、あの爆弾でも殺せた」

梅本は目を上げた。

「最初から爆弾を回収するのが目的だったんだな、お前たちは」

僕は頷《うなず》いた。

「ニコルは新宿であれを爆発させるつもりだったんです。あなたたちが横どりしてどこかに売れば、それはどこか別の国で、やっぱりたくさんの人を殺す道具に使われたでしょう」

「パパはそれがわかっていたから、記憶喪失のふりをしていたの。パパの最後の良心だった」

梅本はぐっと頬をふくらませた。

「確かにあんなもので金儲《もう》けをしようと考えた俺たちもまちがっていたかもしれん。だが、お前らだけは許さん」

やっぱりそうなるのね。

「お前が死ねば、冴木も悲しむだろう。それで痛み分けということにしておいてやる。モニーク、こっちへきなさい。この店の連中といっしょにキッチンへ入るんだ」

カウンターの中に立ち、銃をふって、梅本がいった。

「嫌よ、ミスター梅本。もう血を見るのは嫌っ」

モニークが首をふった。

「わかった。じゃあそこにいて、こいつが死ぬのを見てるがいい」

梅本はカウンターから抜けだそうとした。そのとき圭子ママが動いた。カウンターに飾られていたワインの壜《びん》をつかみあげると、うしろから梅本の頭に叩《たた》きつけたのだ。

ガシャン！　という音がして壜が砕け、梅本は頭から赤ワインをかぶった。

くるっと背後をふりむいた梅本が鬼のような形相でママをにらんだ。ママが息を呑《の》み、立ちすくんだ。

「ママっ」

僕は叫んで、梅本にとびかかろうと足を踏みだした。

梅本の体から不意に力が抜けた。ぐにゃりと、床に両膝《りょうひざ》をつく。

「リュウちゃん――」

僕は梅本の手から拳銃《けんじゅう》をもぎとろうとした。目を回しながらも、梅本がそうさせまいとする。

「これをっ」

星野さんがフライパンをさしだした。僕は拳銃から手を離し、梅本がそれをかまえるより早く、フライパンで梅本の頭を殴りつけた。

梅本の目が裏返った。バタンと横に倒れ、拳銃が床に転がった。

島津さんに連絡すると、すぐにエージェントが駆けつけ、梅本を連れていった。島津さんも、モニークの母親といっしょにやってきた。

死なずにはすんだけど、モニークへの野望が、その瞬間、潰《つい》えた。

「間一髪だったわね、リュウちゃん」

まだ体が震えるわ、とつぶやきながら、ママが僕を見た。

「涼介さんがいないときに、リュウちゃんに何かあったら、大家さんとして責任問題だもの」

僕は首をふった。

「親父より頼りになります」

「リュウ――」

母親と話していたモニークが呼んだ。

「明日、パリに帰るよ、わたし」

僕は息を吐いた。

「そうだね。その方がいいかもしれない」

「リュウ、パリの大学、こない？」

僕は微笑んで、しかし首をふった。

「フランス語、ぜんぜん駄目なんだ」

「わたしが教えてあげる。わたしとママの家に住めばいい」

希望がわいた。それも悪くないかもしれない。

「大丈夫、リュウならきっとうまくなる」

「考えてみる」

そう、その気になれば、何だってできるかもね。

ファンの多大な期待に応《こた》えて
――大沢在昌インタビュー

『ダ・ヴィンチ』二〇〇四年四月号収録

1980年代の伝説のヒーローが帰ってきた。80年代の正しい青少年にとって、かっこいい男の見本はハンフリー・ボガートではなくて、「アルバイト探偵《アイ》シリーズ」の冴木涼介・隆の父子コンビだった。
その二人が、10年以上の沈黙を破って再び読者の前にお目見えする。お待ちかねの新作『帰ってきたアルバイト探偵《アイ》』(角川文庫版は『アルバイト・アイ　最終兵器を追え』)登場である。なぜ『アルバイト探偵《アイ》』を再開させたのか。その経緯をまず大沢氏に聞いてみた。

大沢　1991年に書いた第5作の『拷問遊園地』(角川文庫版は『誇りをとりもどせ』)で、シリーズは終わりにしてもいいかな、となんとなく思っていたんです。気が変わったきっかけは、今から7、8年前。ある場所でトークショーをやったんですが、ショーが終わったとき、その会場で目の前に座っていた女性が僕に本を差し出した。ページが真っ白な本で、何かと思ったら、点字の『アルバイト探偵《アイ》』（角川文庫版は『命で払え』）だったんです。サインを差し上げたら、彼女が泣いて喜んでくれたのがすごく印象に残っていて。そのとき「『アルバイト探偵《アイ》』はもうお書きにならないのですか？」と。こんなに喜んでくださる方がいるならまた書いてみようか、という気持ちが出てきたんですね。ただ少し困ったのは、隆は『拷問遊園地』で初めて負け、親父に助けられて挫折《ざせつ》・再生の過程を経たことで一つ大人になっているんですよ。それで少し彼が真面目になってしまったので、なかなか次が思い浮かばなかった。

『アルバイト探偵《アイ》』の主人公・冴木隆は初登場時17歳だった。デビュー作『感傷の街角』の主人公・佐久間公も最初は23歳の青年だったが、96年の『雪蛍』では中年の域に達する年齢になっていた。リアルに年をとったのだ。かたや冴木隆は19歳にはなったもののの、いまだに高校生。この違いはどういうことなのだろうか。

大沢　『アルバイト探偵《アイ》』なんだから、隆は高校生でなければ駄目なんですよ。ただし、隆を取り巻く環境は、10年前とは決定的に違っています。10年前の高校生と今の高校生ってまるで違うわけでしょう。『アルバイト探偵《アイ》』を書いていた頃には、援助交際なんてなかった（笑）。現代の高校生については、佐久間公シリーズの『心では重すぎる』

で一度取り上げましたが、今の高校生のことをどうとらえるべきか、前の世代と断絶があるのかないのか、すごく悩んで書きました。だから、今回は少し気楽でしたね。「前の作品で一つの認識は示したので、こっちでは遊ばせてもらった」と言うことができますから。

記憶の糸をたどろう。86年に『アルバイト探偵《アイ》』はスタートしたが、その頃の受け止められ方は、とにかく若い人の感覚で書かれたハードボイルド、ということに尽きた。大人が無理して書いたのではなく、街の空気がそのまま小説になったという作風が受けたのだ。『帰ってきたアルバイト探偵《アイ》』では、その頃のテンションがみごとに再現されている。

大沢　『アルバイト探偵《アイ》』のファンが読んで、「これ全然違うよ、『新宿鮫《ざめ》』みたいじゃん」と言われても困るから（笑）、文体は意識しました。もちろん昔ほど能天気に書けなくなっているのは事実で、今は重たいタッチのほうが楽になっているから、苦戦しましたね。昔の文章を読んで、「なんでこんなノリ良く書けてるんだよ、おまえ」と昔の自分に語りかけたり、「あの頃、俺才能あったなぁ」とため息ついたり（笑）。ただ並行して重たい『天使の爪』の週刊連載もやっていたから、隆と向かうと、このノリがいいなと思って安らぎました。「おまえと付き合うのは楽でいいよ」と癒《いや》されながら書いていたんですよ。

そう、『帰ってきたアルバイト探偵《アイ》』は、昨年の話題作『天使の爪』と並行して執筆された作品だったのである。『天使の爪』のストーリーはかなり入り組んだものだったが、本書も過去のシリーズ作品に比べてストーリーが複雑化している印象がある。同時期執筆という影響があったのだろうか。

大沢　それはあまりない。たしかにこれまでのシリーズ作品は割合シンプルな話が多かったですね。僕は物語の型から入るほうなので、シリーズを通して読んでくださっている方に、同じものは提供したくないという気持ちはあるんです。それで今回は故意に複雑化させた面はありますね。でも、このシリーズの持ち味は突拍子もないホラ話だから。その基本姿勢は変えてないですよ。

そうだ。『アルバイト探偵《アイ》』シリーズのもう一つの魅力は、そのとんでもない大嘘にあった。当時、そういった大ホラ話がハードボイルドの文体で綴《つづ》られた作品がほかになかったのだ。その軽やかさが魅力だった。

大沢　ちょうどその頃、ロバート・B・パーカーの私立探偵スペンサーシリーズがブームだったんです。ハードボイルドはすなわち男の生き方の教科書、みたいなイメージが定着していたから、それに対する反発もありましたね。「教科書ばっかりじゃつまらないだろ、普段のノリは軽いけれど決めるところはぴしっと決める、そういうハードボイルドがあっていいじゃん」と思ってね。そんな軽いものは日本であまりなじみがなかったから、ずいぶん批判されましたよ。「大沢は軽いものに逃避している」とか（笑）。でも気にしなかったね。書いていて楽しかったし。あんまり売れはしなかったけれど、ファンレターはいちばんもらったシリーズでした。特に女性からは過激なファンレターが来ました。「昨日夢の中で隆くんのバイクの後ろに乗せてもらって、彼の背中の感触が胸に残っています」とかね、ドキドキしたなあ（笑）。

そういった意味では、少し早すぎた作品だったのかもしれない。

大沢　『アルバイト探偵《アイ》』が始まった頃、「こんな高校生、現実にはいないだろ」って言われていたんですよ。でも、今の高校生なら隆みたいな子はいてもおかしくないでしょう。変わりましたよね。逆に今はピアスとタトゥー入れて、茶髪でも高校生です、っていう時代だから。隆のほうがまともに見えるかもしれない。かつてはちょっと悪っぽくて、不良と真面目の中間にいた隆なんだけれど、その頃の尺度で言ったら、今の高校生は90パーセントが不良（笑）。その中で彼のアイデンティティーを突出させるために、あえて事件を大がかりにして強調したんです。

逆に現在では、エキセントリックなまでに悪に傾いた主人公も、ミステリーには登場するようになっている。

大沢　でも、やはりハードボイルドの主人公は綺麗《きれい》なままであってほしい。正義感があって、弱い者には優しい。そういう主人公でなければ、少なくとも自分は読んでいてがっかりしますからね。

『アルバイト探偵《アイ》』のノリは軽いが、受け継がれているのは、正統的なハードボイルドの魂なのである。そういえば、冴木隆と父・涼介の関係も、最近の小説では珍しいものだろう。涼介というのは、実に頼もしい存在なのだ。

大沢　男の子が父親にこだわる点では時代と逆行しているかもしれないですね。ただ、涼介みたいな父親が理想というのは変わらないと思うんです。普段はちゃらんぽらんだけど、いざというときは息子の背後を固めてくれるという。ジョージ秋山《あきやま》さんの『浮浪雲《はぐれぐも》』ですね。僕自身、涼介みたいな親父がいたら、と思っていたし、ひいては、そういう父親になりたい、と思います。

前作『拷問遊園地』で、涼介は隆の再生を助ける役割で登場した。あれは息子の自立を父親が見守る物語だったのである。普通に考えると、そこで父子の物語は完結していてもおかしくない。今回の『帰ってきたアルバイト探偵《アイ》』における涼介はどう動くのだろう。

大沢　息子の自立が嬉《うれ》しい反面、もう別個の人間であるということを否応《いやおう》なく感じさせられた瞬間に、父親はとてつもない寂しさを感じるだろう、と思うんです。自分が父親になったからそう思うのかもしれませんが（笑）。そこで息子とどう折り合いをつけるのか。その距離感を父親のほうから作っていくっていうのもありかな、と」

たしかにこの二人の距離感は、べたべたせず、離れすぎず、実にいい感じである。その絶妙な感覚はぜひ実際に読んで確かめていただきたい。

ところで、このシリーズはかつて単発でTVドラマ化されたことがある。そのときの配役では、隆が岡本健一《おかもとけんいち》で、涼介は山﨑努《やまざきつとむ》だったというが。

大沢　涼介のイメージは、昔の藤竜也《ふじたつや》さんです。ちょっとキザだけど2・5枚目。絵に描いたような渋い中年ね。彼の秘められた過去について書かないのか、と聞かれることもあるんですが、そこは想像して楽しんでください。それを書いたらシリーズは終わりですよ（笑）。『新宿鮫』の鮫島の手紙みたいなものです、彼ら親子の謎というのは。

ちなみに、シリーズ続編の予定は決まっているのだろうか。

大沢　今はまったく考えていません。というより、いつも進行中の仕事のことしか考えられないんです（笑）。今年は『新宿鮫』の新作を書き始める予定で、どうしてもそっちにエネルギーをとられるので、少し仕事を絞っています。

取材・文／杉江松恋

本書は二〇〇六年に講談社文庫として刊行された『帰ってきたアルバイト探偵《アイ》』を改題したものです。

アルバイト・アイ
最《さい》終《しゅう》兵《へい》器《き》を追《お》え
大沢在昌《おおさわありまさ》

平成26年 7月25日　初版発行
令和6年 12月15日　7版発行

発行者●山下直久

発行●株式会社KADOKAWA
〒102-8177　東京都千代田区富士見2-13-3
電話　0570-002-301（ナビダイヤル）

角川文庫 18655

印刷所●株式会社KADOKAWA
製本所●株式会社KADOKAWA

表紙画●和田三造

ISBN978-4-04-101406-6　C0193

角川文庫発刊に際して

角川源義

第二次世界大戦の敗北は、軍事力の敗北であった以上に、私たちの若い文化力の敗退であった。私たちの文化が戦争に対して如何に無力であり、単なるあだ花に過ぎなかったかを、私たちは身を以て体験し痛感した。西洋近代文化の摂取にとって、明治以後八十年の歳月は決して短かすぎたとは言えない。にもかかわらず、近代文化の伝統を確立し、自由な批判と柔軟な良識に富む文化層として自らを形成することに私たちは失敗して来た。そしてこれは、各層への文化の普及滲透を任務とする出版人の責任でもあった。

一九四五年以来、私たちは再び振出しに戻り、第一歩から踏み出すことを余儀なくされた。これは大きな不幸ではあるが、反面、これまでの混沌・未熟・歪曲の中にあった我が国の文化に秩序と確たる基礎を齎らすためには絶好の機会でもある。角川書店は、このような祖国の文化的危機にあたり、微力をも顧みず再建の礎石たるべき抱負と決意とをもって出発したが、ここに創立以来の念願を果すべく角川文庫を発刊する。これまで刊行されたあらゆる全集叢書文庫類の長所と短所とを検討し、古今東西の不朽の典籍を、良心的編集のもとに、廉価に、そして書架にふさわしい美本として、多くのひとびとに提供しようとする。しかし私たちは徒らに百科全書的な知識のジレッタントを作ることを目的とせず、あくまで祖国の文化に秩序と再建への道を示し、この文庫を角川書店の栄ある事業として、今後永久に継続発展せしめ、学芸と教養との殿堂として大成せんことを期したい。多くの読書子の愛情ある忠言と支持とによって、この希望と抱負とを完遂せしめられんことを願う。

一九四九年五月三日

角川文庫ベストセラー

アルバイト・アイ 命で払え 大沢在昌

冴木隆は適度な不良高校生。父親の涼介はずぼらで女好きの私立探偵で凄腕らしい。そんな父に頼まれて隆はアルバイト探偵として軍事機密を狙う美人局事件や戦後最大の強請屋の遺産を巡る誘拐事件に挑む！

アルバイト・アイ 毒を解け 大沢在昌

「最強」の親子探偵、冴木隆と涼介親父が活躍する大人気シリーズ！　毒を盛られた涼介親父を救うべく、東京を駆ける隆。残された時間は48時間。調毒師はどこだ？　隆は涼介を救えるのか？

アルバイト・アイ 王女を守れ 大沢在昌

冴木涼介、隆の親子が今回受けたのは、東南アジアの島国ライールの17歳の王女の護衛。王位を巡り命を狙われる王女を守るべく二人はある作戦を立てるが、王女をさらわれてしまい…隆は王女を救えるのか？

アルバイト・アイ 諜報街に挑め 大沢在昌

冴木探偵事務所のアルバイト探偵、隆。車にはねられ気を失った隆は、気付くと見知らぬ町にいた。そこには会ったこともない母と妹まで…！　謎の殺人鬼が徘徊する不思議の町で、隆の決死の闘いが始まる！

アルバイト・アイ 誇りをとりもどせ 大沢在昌

莫大な価値を持つ「あるもの」を巡り、右翼の大物、ネオナチ、モサドの奪い合いが勃発。争いに巻き込まれた隆は拷問に屈し、仲間を危険にさらしてしまう。死の恐怖を越え、自分を取り戻すことはできるのか？

角川文庫ベストセラー

天使の爪（上）（下）　大沢在昌

ジャングルの儀式　大沢在昌

標的はひとり　大沢在昌

深夜曲馬団《ミッドナイトサーカス》　大沢在昌

夏からの長い旅　大沢在昌

麻薬密売組織「クライン」のボス、君国の愛人の体に脳を移植された女刑事・アスカ。かつて刑事として活躍した過去を捨て、麻薬取締官として活躍するアスカの前に、もう一人の脳移植者が敵として立ちはだかる。

鍛えられた身体と強い意志を備えた青年・桐生傀は、父を殺した男への復讐を胸に誓い、ハワイから真冬の東京にやってきた。明確な殺意が傀を〝戦い〟という名のジャングルに駆り立てていく。

私はかつて暗殺を行う情報機関に所属していたが、組織を離れた今も心に傷は残る。そんな私に断れない依頼が来た。標的は一級のテロリスト。狙う側と狙われる側の息詰まる殺しのゲームが始まる！

フォトライター沢原は、狙うべき像を求めてやみくもに街を彷徨った。初めてその男と対峙した時、直感した……〝こいつだ〟と。「鏡の顔」の他、四編を収録。日本冒険小説協会最優秀短編賞受賞作品集。

最愛の女性、久邇子と私の命を狙うのは誰だ？　第二の事件が起こったとき、忘れようとしていたあの夏の出来事が蘇る。運命に抗う女のために、下ろすことのできない十字架を背負った男の闘いが始まる！

角川文庫ベストセラー

ウォームハート　コールドボディ　大沢在昌

ひき逃げに遭った長生太郎は死の淵から帰還した。実験台として全身の血液を新薬に置き換えられ「生きている死体」として蘇ったのだ。それでもなお、愛する女性を思う気持ちが太郎をさらなる危険に向かわせる。

B・D・T［掟の街］　大沢在昌

不法滞在外国人問題が深刻化する近未来東京、急増する身寄りのない混血児「ホープレス・チャイルド」が犯罪者となり無法地帯となった街で、失跡人を捜す私立探偵ヨヨギ・ケンの前に巨大な敵が立ちはだかる！

悪夢狩り　大沢在昌

未完成の生物兵器が過激派環境保護団体に奪取され、その一部がドラッグとして日本の若者に渡ってしまった。フリーの軍事顧問・牧原は、秘密裏に事態を収拾するべく当局に依頼され、調査を開始する。

眠たい奴ら　大沢在昌

その街で二人は出会った。組織に莫大な借金を負わせ逃げるヤクザの高見、そして刑事の月岡。互いに一匹狼の二人は奇妙な友情で結ばれ、暗躍する悪に立ち向かう。大沢ハードボイルドの傑作！

冬の保安官　大沢在昌

シーズンオフの別荘地に拳銃を片手に迷い込んだ娘と、別荘地の保安管理人として働きながら己の生き方を頑なに貫く男の交流を綴った表題作の他、大沢ファン必読の「再会の街角」を含む短編小説集。

角川文庫ベストセラー

らんぼう　大沢在昌

事件をすべて腕力で解決する、とんでもない凸凹刑事コンビがいた！　柔道部出身の巨漢「ウラ」と、小柄だが空手の達人「イケ」。〝最も狂暴なコンビ〟が巻き起こす、爆笑あり、感涙ありの痛快連作小説！

未来形J　大沢在昌

その日、四人の人間がメッセージを受け取った。四人はイタズラかもしれないと思いながらも、指定された公園に集まった。そこでまた新たなメッセージが……差出人「J」とはいったい何者なのか？

秋に墓標を（上）（下）　大沢在昌

都会のしがらみから離れ、海辺の街で愛犬と静かな生活を送っていた松原龍。ある日、龍は浜辺で一人の見知らぬ女と出会う。しかしこの出会いが、龍の静かな生活を激変させた……！

魔物（上）（下）　大沢在昌

麻薬取締官・大塚はロシアマフィアと地元やくざとの麻薬取引の現場を押さえるが、運び屋のロシア人は重傷を負いながらも警官数名を素手で殺害し逃走。その超人的な力にはどんな秘密が隠されているのか？

ブラックチェンバー　大沢在昌

警視庁の河合は〈ブラックチェンバー〉と名乗る組織にスカウトされた。この組織は国際犯罪を取り締まり奪ったブラックマネーを資金源にしている。その河合たちの前に、人類を崩壊に導く犯罪計画が姿を現す。

角川文庫ベストセラー

嗤う伊右衛門　京極夏彦

鶴屋南北「東海道四谷怪談」と実録小説「四谷雑談集」を下敷きに、伊右衛門とお岩夫婦の物語を怪しく美しく、新たによみがえらせる。愛憎、美と醜、正気と狂気……全ての境界をゆるがせる著者渾身の傑作怪談。

巷説百物語　京極夏彦

江戸時代。曲者ぞろいの悪党一味が、公に裁けぬ事件を金で請け負う。そこここに滲む闇の中に立ち上るあやかしの姿を使い、毎度仕掛ける幻術、目眩、からくりの数々。幻惑に彩られた、巧緻な傑作妖怪時代小説。

続巷説百物語　京極夏彦

不思議話好きの山岡百介は、処刑されるたびによみがえるという極悪人の噂を聞く。殺しても殺しても死なない魔物を相手に、又市はどんな仕掛けを繰り出すのか……奇想と哀切のあやかし絵巻。

後巷説百物語　京極夏彦

文明開化の音がする明治十年。一等巡査の矢作らは、ある伝説の真偽を確かめるべく隠居老人・一白翁を訪ねた。翁は静かに、今は亡き者どもの話を語り始める。第130回直木賞受賞作。妖怪時代小説の金字塔！

前巷説百物語　京極夏彦

江戸末期。双六売りの又市は損料屋「ゑんま屋」にひょんな事から流れ着く。この店、表はれっきとした物貸業、だが「損を埋める」裏の仕事も請け負っていた。若き又市が江戸に仕掛ける、百物語はじまりの物語。